열정, 그 길에서
세상의 빛이 되다

열정, 그 길에서 세상의 빛이 되다

초판1쇄 인쇄 | 2017년 1월 5일
초판1쇄 발행 | 2017년 1월 15일

글 | 정세균 외 17인(전국검정고시총동문회)

발행인 | 김남석
발행처 | ㈜대원사
주   소 | 06342 서울시 강남구 양재대로 55길 37, 302
전   화 | (02)757-6711, 6717~9
팩시밀리 | (02)775-8043
등록번호 | 제3-191호
홈페이지 | http://www.daewonsa.co.kr

값 18,000원

Daewonsa Publishing Co., Ltd
Printed in Korea 2017

ISBN | 978-89-369-2001-2

국립중앙도서관 출판시 도서목록은 e-CIP홈페이지(http://www.nl.go.kr/ecip)에서
이용하실 수 있습니다. (CIP제어번호 : CIP2016031859)

열정, 그 길에서
세상의 빛이 되다

대원사

한 줄기 빛으로 다가와 세상을 환히 비추다

　180만 검정고시인들의 마음이 담긴 네 번째 수기집『열정, 그 길에서 세상의 빛이 되다』의 발간을 진심으로 축하드립니다.

　"신은 다시 일어서는 법을 가르치기 위해 넘어뜨린다."는 말이 있습니다. 이 말은 우리 검정고시인들을 두고 하는 말처럼 가슴 깊이 다가옵니다. 우리 검우인들은 가난, 병마, 방황 등 예기치 않은 삶 속에서 정규 학교를 다니지 못한 아픔이 있습니다. 그 아픔은 오히려 약이 되어 부족한 것은 채우고 노력하였으며, 고난을 두려워하지 않는 불굴의 의지로 인간 승리를 이루었습니다. '역경'이라는 거센 파고를 뚫고 그 누구보다도 뜨겁게 열정적으로 살아왔습니다. 그래서 검우인들의 가슴은 언제나 꺼지지 않는 용광로처럼 활활 타오르는 열정으로 가득합니다. 그 뜨거운 열정은 희망이요, 성공 그 자체입니다.

　이 책은 전후(戰後) 세대로서 온갖 역경을 헤쳐 나가며 자신의 꿈을 향해 열정적인 삶을 살았던 성공한 분들과 풍요로운 시대에 학교 밖 청소년이 될 수밖에 없었던 자유로운 영혼을 소유한 젊은이들의 진솔한 이야기입니다.

　사회적으로 성공한 필자들은 다난하고 고단한 시대를 살면서 정치,

경제, 의료, 교육, 국방 등 우리 사회의 각 분야에서 목표를 이룬 분들의 치열한 삶의 기록입니다. 어려운 환경으로 공부의 때를 놓쳤지만 끝까지 정진하고 노력하여 멋진 성공적인 삶을 살아온 분들의 눈물은 보석으로 빛나고 있습니다. 낮에는 일하고 밤에는 공부에 매달리며 '주경야독(晝耕夜讀)'의 삶을 살면서 자신의 꿈을 향해 공부의 끈을 놓지 않았던 필진들의 용기와 인내심에 힘찬 격려의 박수를 보냅니다.

또한 필자들은 자신의 성공에 머물지 않고 자신의 위치에서 아낌없는 봉사의 삶을 살아가고 있는 훌륭한 분들입니다. 고난과 역경을 통해 한 줄기 빛으로 세상을 환히 비추는 별이 되고 있습니다.

끝으로 여러 가지 사정으로 어려움을 겪으며 좌절하고 있는 이 땅의 많은 분들과 특히 꿈을 포기하고 실의에 빠진 청소년들에게 이 책이 꿈과 희망이 되기를 진심으로 바랍니다.

2017년 1월

문주현 전국검정고시총동문회 총회장 ㅣ (주)엠디엠 회장 ㅣ
한국자산신탁(주) 회장 ㅣ 재단법인 문주장학재단 이사장

'나는 할 수 있다'는 도전 정신의 삶

　'전국검정고시총동문회', 조금은 생소하게 들릴지도 모릅니다. 가난이나 질병 등 이런저런 사정으로 제때에 정규 교육을 받지 못하였다가 뒤늦게 검정고시 시험을 거쳐 상급학교에 진학하고 사회 각 분야에 진출하여 활동하고 있는 사람들의 모임입니다. 여러 소모임을 통하여 상호 친목을 도모하고 정보를 교류함으로써 개인과 동문회의 발전을 추구하고 있습니다.

　검정고시 동문들은 모두가 어려운 역경과 고난을 누구보다도 치열한 삶으로 이겨 내고 견디어 낸 경험을 공유하고 있습니다. 저 역시 초등학교 졸업 후 7년여 동안 음식점 종업원, 양복점 공원, 동대문시장 점원 등 여러 일자리를 전전하다가 중·고등학교 과정 검정고시를 통하여 대학에 진학하고 사법시험에도 합격, 지금은 로펌의 변호사로 활동하고 있습니다. 이 수기집 『열정, 그 길에서 세상의 빛이 되다』 발간에 남다른 애정과 감회를 갖는 이유입니다.

　이 책은 저자들이 삶 속에서 맞닥뜨리는 수많은 장애 앞에서 쉽게 좌절하거나 포기하지 않고 처절하게 부딪히고 버텨 냄으로써 기어코 극복해 낸 소중한 경험을 생생하게 기록하고 있습니다. 우리 사회는 경제 성장 부진, 장기 불황 등에 따른 극심한 취업난으로 인하여 꿈과 희망까지 포기하는 젊은 청년들이 늘어가고 있습니다. 여기에 실린 값진 체험담은 우리 모두에게 관점을 달리하여 '구하고', '찾고', '문을 두드리면' 마침내 이루어지고 얻을 수 있다는 것을 몸소 보여 주고 있습니다. 자신들에게 주어진 어려운 환경을 탓하거나 피하거나 뒤로 미루지 않고 '지금, 현재, 여기'를 불굴의 의지로 감내한 삶의 모습들이 우리 모두에게 진한 감동과 함께 꿈과 희망이 꿈틀거리게 합니다.

이 기록은 검정고시 동문들에게는 지난 시절을 반추하며 새로운 관점에서 내일을 설계하고 끈끈한 유대감과 커다란 자부심을 고취시키고 취업 경쟁 등 어려운 환경 속에서 방황하는 청소년들에게도 '할 수 있다'는 도전 정신을 일깨워 주리라고 믿습니다.

이 수기집에 참여하신 정세균 국회의장을 비롯한 동문 저자들과 발간을 위하여 수고하신 문주현 총회장을 비롯한 전국검정고시총동문회 임원진, 편집위원 여러분께 진심으로 축하와 함께 감사를 드립니다.

2017년 1월

박영립 법무법인(유)화우 대표 변호사
전국검정고시총동문회 초대 회장

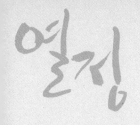

차 례

열정

한국전쟁이 일어나던 1950년에 태어난 나는 너무 어려서 전쟁에 대한 끔찍한 기억은 없다. 하지만 풀죽과 고구마, 감자로 끼니를 때우던 기억만큼은 어른이 되어서도 좀처럼 잊히지 않는다. 한국전쟁 직후 온 국민이 어렵고 힘든 시절을 보냈다. 특히 온통 산으로 에워싸인 전북 진안의 궁벽한 산골 마을에서 자란 나에게 먹고사는 건 가장 현실적인 문제였다. 초등학교를 갓 졸업하고 처음으로 어머니와 산속에 들어가 화전을 일구었다. 집안 형편이 어려워 중학교에 진학하지 못하고 나뭇짐을 하며 농사일을 거들 때다. 초등학교 졸업 1년 후, 드디어 공부할 기회가 생겼다. 왕복 40리 길을 걸어서 정규 학교가 아닌 고등공민학교에 다녔고, 검정고시에 합격했다. 돌이켜보면 그 시절 검정고시와의 인연이 없었다면 나는 정치인의 꿈을 이루지 못했을 것이다. 검정고시는 어려운 환경에서도 내가 보다 넓은 세상으로 나아갈 수 있는 토양이자 정치인의 꿈을 키우는 자양분이었다.

희망과 당당함을 꿈꾸는
청년들에게

산골 소년, 국회의장이 되다

정세균(제20대 대한민국 국회의장)

제15·16·17·18·19·20대 국회의원(서울 종로)
고려대 총학생회장
열린우리당 정책위의장, 원내대표, 당의장
국회 예결위원장, 운영위원장
산업자원부 장관
민주당 대표

가 난 하 다 고 꿈 조 차 가 난 할 순 없 다

100만 불짜리 스마일 맨의 비밀

사람들은 내가 100만 불짜리 미소를 가졌다며 부러워한다. 심지어는 TV에서 웃는 내 모습을 보면 마음이 편해진다고도 하고, 평생 부부싸움은커녕 어느 누구에게 단 한 번도 화를 낸 적이 없을 것 같다는 말을 하는 사람도 있다. 하지만 나라고 왜 화가 없고, 스트레스가 없었겠는가! 다행히도 천성적으로 타고난 긍정적이고 낙천적인 성격 덕분에 '스마일 맨'이라는 애칭을 듣게 된 것 같다.

나는 가능한 한 상대방 입장에서 생각하고 이해하려고 노력하는 편이다. 하지만 정도에 어긋나는 행동을 보거나 남자답지 못한 행동을 하면 다시는 안 보는 고집스러운 일면도 있다. 외유내강의 내 성격은 어떤 생활철학에서 만들어졌다기보다는 어머니의 좋은 유전자 덕인 것 같다.

사람들은 우리 어머니를 일본에서 공부한 신여성으로 생각했다. 하지만 우리 어머니는 당시 여성들이 대부분 그랬듯이 초등학교만 겨우 졸업한 분이셨다. 신여성처럼 보인 것은 아마도 타고난 미모와 부드러운 미소가 한몫한 것이 아닌가 싶다. 어머니는 첩첩산중 산골 마을의 가난한 살림살이로 7남매를 키우면서도 늘 미소를 잃지 않고 부드러움으로 자식을 대하셨다. 그런 어머니 미소 덕분인지 사람들은 나를 보고 가난이란 그림자는 밟지 않고 온실 속 화초처럼 자라온 '귀공자' 같다고들 한다. 하지만 나는 산골에서 어머니를 도와 화전을 일구고 나뭇짐을 지던 '진짜 촌놈'이다.

진안 능골의 화전민 소년

내가 자란 진안 능길 마을은 전라도의 강원도라 불릴 만큼 첩첩산중의 산골이다. 사람들은 주로 산에서 나무를 하고 소를 키우며 살았다. 마을에는 산비탈에 기댄 천수답도 조금 있었지만 10% 남짓 뿐, 추수가 끝난 겨울철에만 겨우 쌀밥을 구경할 정도였다. 벼농사가 별로 없는 곳이다 보니 사람들은 대부분 생활이 어렵고 궁핍했다. 잘사는 집이라고 해도 겨우 삼시세끼 굶지 않을 정도였다.

내가 아홉 살 되던 해, 가뜩이나 궁핍하기 짝이 없는 형편에 심한 흉년마저 들었다. 하루 세 끼를 '밀기울' 즉, 밀을 빻아 체로 쳐서 남은 찌꺼기로 수제비를 떠서 먹었다. 산에서 구하기 쉬운 산나물에 밀기울로 뜬 수제비는 말이 수제비지 탄수화물보다는 나물이 더 많은 소위 '풀죽'이었다. 요즘은 '산나물' 하면 웰빙 식품으로 여기지만 진한 풀냄새가 진동하는 그 당시의 수제비는 지독한 가난의 냄새였다. 한창 자랄 때라서 그런지 밥을 먹고 돌아서면 금세 배가 고팠다. 점심은 고구마 한 개였는데, 그때 그 고구마는 꽤 먹을 만했다. 고구마는 기온이 갑자기 떨어지면 얼어서 상하기 때문에 늘 신경을 써야 했다. 그래서 고구마를 방 안에 신주 모시듯 보관했는데, 방 윗목에 자리한 고구마는 쳐다보기만 해도 참 뿌듯했다. 고구마는 우리의 배고픔을 잊게 해주는 유일한 겨울 양식이었다.

산골 소년, 검정고시로 꿈을 키우다

나는 취학 전에 한글을 뗐고, 천자문을 읽었다. 초등학교 2학년 때 담임 선생님은 3학년 과정이 필요 없으니 4학년으로 월반하라고 하셨다. 4학년에 누나가 다녔지만 학교에서 받아온 숙제를 나 혼자서 모두 풀었다. 남들보다 한 해 일찍 졸업했는데, 자랑 같아 쑥스럽지만 사실 전 과목 만점이었다.

우수한 성적으로 초등학교를 졸업한 나는 어려운 집안 사정 때문에 중학교 진학은 포기해야만 했다. 아버지 말씀대로라면 공부를 하면 가난에서 벗어날 수 있다고 했는데, 공부할 형편이 안 되었다. 당시 60원 정도 하던 수업료를 낼 수 없어 진학을 포기하거나 학교에 들어가더라도 몇 달씩 수업료가 밀려 중도 하차하는 아이들이 많았을 때였다.

나는 1년 넘게 산에 가서 나무를 하며 화전을 일궜다. 내가 해 온 장작으로 아궁이에 불을 지피고 난 다음 고무래로 재를 긁어모아 글씨도 쓰고 알 수 없는 그림을 그리며 심란한 마음을 표현하면 기분이 조금 나아졌다. 나는 '고무래 정(丁)' 자를 쓰는 '의성 정씨'이다. 벽에 기대어 놓은 고무래를 보면, 꼭 내 신세 같다는 생각이 들어 쳐다보기 싫을 때도 있었다.

이듬해, 나는 마을에서 10리 정도 떨어진 곳에 있는 고등공민학교에 들어갔다. 우리 반은 남녀 모두 합쳐서 40여 명 정도였는데, 정식 인가 난 중학교에 가지 못한 인근 마을에서 온 또래 아이들이었다. 나는 그곳에서 중학교 과정을 공부했다.

이 학교를 설립하신 교장 선생님은 원래 공군사관학교에 다니셨는데, 폐결핵에 걸려 퇴교하고 전북대를 나오신 분이다. 교장 선생님은 결핵을 치료하기 위해 휴양 차 시골에 왔다가 학교 밖 청소년들에게 배움의 기회를 주고자 사비를 털어 고등공민학교를 세우셨다. 안타깝게도 내가 고려대학교에 다닐 때, 교장 선생님은 지병이 악화되어 돌아가셨다. 당시 나는 서울에서 급히 내려가 교장 선생님의 마지막을 떠나보내는 자리에서 조사를 하며 매우 슬퍼했다. 지금도 그때 눈물을 흘렸던 기억이 생생하다. 교장 선생님은 짧지만 인생을 멋지게 사신 분이셨다.

나는 그나마 부모님의 배려로 운 좋게 고등공민학교에라도 다녔지만 빤한 시골 살림에, 농사일에 매달려 있는 친구들이 참 많았다. 학교가 멀어서 아침 7시경에 집을 나섰는데, 이른 아침부터 소를 끌고 나가거나 지게를 지고 산과 들로 나가는 친구들을 길에서 마주치고는 했다. 1년 전만 해도 나와 함께 산을 쏘다니며 나뭇짐을 하던 친구였는데, 지게를 짊어지고 선 채 그 친구는 책가방을 든 나를 부러운 눈으로 쳐다보았다. 나는 괜히 그 친구에게 미안한 마음이 들었다. 그 뒤로는 학교를 오가다 그 친구와 마주칠까 봐 일부러 먼 길을 돌아서 다녔다. 자연스레 그 친구와는 점점 멀어지게 되었다. 비록 어린 나이였지만 이런 현실이 원망스러웠다. '적어도 학교는 가게 해줘야 하는 것 아닌가.' 하는 탄식이 절로 나왔다.

고등공민학교는 무인가 학교로서 정규 학교가 아니다 보니 언제 폐교될지 모른다. 그래서 나는 더욱 열심히 공부했다. 그 결과 2년이 채 안 되어 검정고시에 합격했다. 그러나 남은 1년 과정을 끝까지 마쳐 졸업했다. 그 시절, 시험 준비를 하며 정약용(丁若鏞)의 실학정신과 실용주의를 배우면서 다산 정약용 선생이 우리 조상이라는 사실이 참 뿌듯했다. 어렸지만 '저런 선각자가 대접받았으면 우리가 식민지도 안 되었을 거고, 이렇게 곤궁하지도 않았을 텐데.' 하는 아쉬운 마음도 들었다. 나는 막연하게나마 좀 더 나은 삶에 대해 동경했고, 어떤 탈출구가 없을까 하는 답답함에 가슴 한편이 웅어리졌다.

정약용의 후예, 정치인의 뜻을 품다

초등학교 저학년 때 어머니를 따라 읍내 장에 나갔다가 벽에 붙은 선거 벽보를 본 적이 있다. 구체적이지는 않았지만 순간 정치를 해야겠다는 꿈을 갖게 되었다. 벽보에 담긴 멋진 신사들의 모습은 어린 내게 희망의 존재가 되었다. 그 후, 사춘기를 거치면서 나의 꿈은 비로소 삶의 목표가 되었다. 이처럼 확고하게 정치인이 되고자 하는 배경에는 아버지의 영향이 컸다.

아버지는 한국전쟁 후 면 의원을 한 번 하셨다. 더 큰 정치를 하고 싶었으나 집권 자유당 시절, 야당에 몸담고 있다 보니 뜻대로 잘 되지를 않았다고 한다. 초야에 묻혀 살면서도 아버지는 계속 야권을 지지하고 활동하셨다. 아버지의 평생 친구 '신숙철'이라는 분의 부친은 후에 제2공화국 장면 내각에서 장관을 지냈을 만큼 야권의 유명 인사였다. 아버지는 그 집안의 영향을 받아 젊어서부터 민국당, 민주당에 몸을 담았다.

아버지는 자식들에게 우리 조상 중에 5대조가 사간원 대사간에 호조, 병조의 참판까지 이르렀다는 사실을 유난히 강조했다. 우리 집안이 이 지방의 지도자를 배출해야 한다는 소명 의식 같은 걸 심어 주려고 했다. 집안 사정은 몹시 어려웠지만 배움을 게을리 말라 했고, 나에게 웅변을 배우게 했다. 면 대회에 나가 상도 받았는데, 훗날 정치인이 되어 연설을 하는 데 큰 도움이 되기도 했다. 지금도『천자문』의 '학우등사(學優登仕 : 많이 배우면 벼슬에 오를 수 있다.)'라는 구절을 읽히며 담뱃대로 탁탁 치던 아버지의 모습이 선명하다.

아버지는 정약용 같은 훌륭한 가문의 후손으로서 당신이 가문을 빛내지 못한 것에 대한 아쉬움이 크셨다. 그래서 틈만 나면 우리 형제들을 앉혀 놓고는 정약용 같은 훌륭한 인물을 배출한 가문을 더럽히는 행동을 해서는 절대 안 되며, 반드시 가문을 빛내는 사람이 되라고 하셨다.

이런 집안 분위기는 어릴 때부터 은근히 몸에 배어 나도 모르게 '훌륭한 정치인'이 되어 아버지의 기대에 부응하고자 했다. 어느덧 귀가 따갑도록 들었던 정약용 같은 사람이 되어 세상을 풍요롭게 만들어야겠다는 것이 나의 이상이 되었고, 이는 내가 농사일에서 벗어나 공부하며 누리는 작은 혜택에 대한 심리적 의무감이기도 했다.

하지만 그런 혜택도 고등공민학교 졸업과 함께 끝이 났다. 검정고시 합격증이 있었지만 고등학교에 진학할 형편이 안 되었다. 나는 다시 나무를 하고 지게를 지는 일상으로 돌아왔다. 계속 공부를 하고 싶었지만 집안 형편을 이해할 수밖에 없었다. 먹고사는 문제는 언제나 내 삶의 발목을 잡았다. 그러나 이 경험은 성장하면서 사회를 보는 눈이 되었다. 가난이란 멍에는 여간해서는 벗어나기 힘들다는 사실도 그때 알았다.

꿈을 위해 학교를 세 번 옮기다

고등공민학교 졸업 후 어느 날, 나무를 하다 말고 숲속에 누워 파란 하늘에 떠 있는 구름이 흘러가는 모습을 바라보았다. 하늘은 참 드넓고 푸르렀다. 문득 더 넓은 세상을 향해 떠나고 싶었다. 이 대로 산골에 파묻혀 나무꾼 정세균으로 살고 싶지는 않았다. 친구들 중에는 돈을 벌기 위해 객지로 떠난 이들도 있었다. 하지만 나는 돈 버는 일보다는 공부를 계속하고 싶었다. 아버지는 이런 나의 마음을 알고 있었는지 어려운 형편에도 어떻게 해서든 공부를 시켜보려고 노심초사하셨다. 그때 아버지의 심정을 생각하면 지금도 가슴이 찡하다.

그렇게 한 해 동안 농사일을 하던 나는 무주에 있는 안성고등학교에 입학했다. 기대에 부풀어 갔던 학교였지만 학습 분위기가 영 아니었다. 이러다가는 실력이 늘기는커녕 오히려 떨어질 것 같아 걱정되었다. 결국 6개월 만에 그만두고 전주에 있는 공업고등학교에 응시, 전체 응시생 중 8등으로 합격했다. 산골에서만 잘한다는 소리를 듣다가 도시로 와서도 크게 뒤지지 않자 몹시 기뻤고 자신감이 생겼다.

입학 후 나는 더욱 열심히 공부했다. 꼭 장학금을 받아야 하는 입장이었기에 누구보다도 열심히 공부했고, 줄곧 전교 1등을 했다. 공고에 입학하면서 '이젠 먹고는 살겠구나.' 하는 안도감이 들었지만 기분은 뭔가 개운치 않았다. 대학에 진학하고 싶어 하는 의중을 알게 된 담임 선생님은 자신이 나온 서울대 공대에 들어가 훌륭한 공학도가 되라고 용기를 주셨다.

문과 성향이 강한 나는 작업실에서 쇠를 깎고 용접하는 학교 수업이 적성에 맞지 않았다. 몇 달을 전전긍긍하다가 용기를 내어 전주 시내의 신흥고등학교를 방문했다. 무턱대고 찾아간 교장 선생님께 성적표를 내밀고는 전학을 허락해달라고 말씀드렸다. 그러자 교감 선생님을 부르시더니 모의고사 시험문제를 풀게 하라고 하셨다. 나는 그 동안 갈고 닦은 실력으로 최선을 다해 문제지를 풀었다. 잠시 후, 답안을 확인한 교장 선생님은 고개를 끄덕이더니 당장 내일부터 등교해도 좋다고 허락해 주셨다. 내친김에 한 번 더 용기를 냈다. 가난한 집안 사정을 교장 선생님께 말씀드렸다. 그러자 교장 선생님은 선뜻 학비를 면제해 주겠다고 하셨다.

지금 생각해 보면 그 어린 나이에 어디서 그런 당당함과 기백이 솟아났는지 의아스럽기도 하다. 아버지의 기대와 공부를 꼭 하고 싶다는 절박함이 용기를 부추겼던 것 같다.

전주신흥고등학교 '빵돌이'에서 '학생회장'으로

전주신흥고등학교 교장 선생님의 배려로 학비는 해결되었지만 당장 객지에서 먹고살 돈이 없었다. 나는 염치 불구하고 교장실을 다시 찾았다. 결국 학교 매점에서 일할 수 있는 기회를 얻었고, 그 덕에 용돈을 벌어 고등학교 2년을 무사히 다닐 수 있었다. 당시 친구들은 매점에서 빵을 파는 '빵돌이'라고 장난삼아 놀렸지만, 나는 개의치 않고 학업에 열중했다. 어떻게 얻은 기회인데 함부로 일을 놓겠는가. 전북대 총장을 지낸 서거석 교수도 그때 그 빵돌이 중 하나였다.

최상위권 성적을 유지한 덕에 3학년이 되자 전액 장학금 혜택이 주어졌고, 드디어 매점 일에서 해방되었다. 그때 학생회장에 출마하여 당선되었는데, 그것이 나의 첫 선출직이었다. 러닝메이트였던 부회장은 송완용이었다.

후배와 동료들 앞에서 어릴 적 배운 웅변 솜씨로 연설할 때 온몸이 짜릿했다. 한 표, 두 표, … 나에 대한 지지를 늘려 갈수록 허기진 배를 채우듯 그 기쁨과 행복감은 커져 갔다. 학생회장에 당선되자 학교를 대표해서 여러 가지 일을 할 수 있었다. 자부심에 가슴이 벅찼다.

그러던 어느 날, 사건이 일어났다. 학교재단이 학교 뒤에 병원을 신축했는데, 병원으로 통하는 도로를 학교 운동장에 내겠다는 것이었다. 학생들은 반발했고, 나와 부회장은 고심 끝에 수업 거부를 결행하기로 했다. 그 어려운 상황에서 시골 촌놈을 거두어 준 학교와 교장 선생님께는 미안했지만 옳지 않은 일 앞에서는 어쩔 수 없었다.

학교에 큰 종이 있었는데, 그것이 울리면 학생들더러 모이라는 신호였다. 나는 종루에 올라가 "뎅~, 뎅~" 하고 밧줄을 당겨 종을 울렸다. 그러자 학생들이 우르르 교실에서 몰려나왔다. 솔직히 어린 마음에 '제명이라도 당하면 어쩌나.' 하는 걱정이 없었던 것은 아니다. 어려운 형편에서 들어간 학교이기에 더욱 그랬다. 하지만 나는 학생회장으로서의 본분도 중요하기에 각오하고 결단을 내렸고, 전교생을 모아 집회를 열어 학교 측 결정에 적극적으로 규탄했다.

마침내 학교는 우리의 입장을 수용해 학교 바깥으로 길을 내기로 했다. 곧 사태가 마무리되자 나와 부회장은 전교생이 보는 앞에서 호되게 매를 맞았다. 다행히 그 밖의 징계는 없었다. 교장 선생님은 회장단 두 사람이 평소에 얌전하고 착실해서 정상을 참작했다고 했다.

전주신흥고등학교는 일제강점기 때 3·1 만세운동을 가장 먼저 주도하고 신사참배를 거부해 폐교까지 당한 곳이다. 학교가 지향해 온 불의에 저항하는 정신이 곧 우리에게도 은혜를 베풀어 준 것이다. 교내의 작은 불합리에 저항해 본 당시의 경험은 집단적 궐기의 가치에 대해 다시 한 번 생각을 가다듬는 계기가 되었다.

고려대 법대 시절, 세상에 눈뜨다

신흥고 3학년 시절 나는 문과에서 전교 1등을 유지했다. 그러나 서울대 법대에 두 번 지원했지만 모두 낙방하고 말았다. 1971년, 나는 고려대 법대에 입학했고, 종로구 팔판동에 입주 과외를 하게 되어 먹고 자는 것까지 해결할 수 있었다.

대학에 들어가 보니 나보다 똑똑한 친구들이 셀 수 없이 많았다. 시골에서 '영재' 소리를 듣고 자랐지만 서울에는 영재들이 넘쳐났다. '우물 안 개구리'였다는 사실을 실감했지만 결코 주눅 들지 않았다. 어릴 때 웅변을 한 덕분인지 사람들 앞에서 늘 당당했고, 자신감이 있었다.

대학에 들어오자마자 도서관을 내 집처럼 드나들며 반드시 졸업 전에 사법고시에 합격한다는 목표를 세웠다. 하지만 세상은 나를 도서관에만 눌러앉게 하지를 않았다. 사회의 지성인인 대학생으로서 사회 현실을 외면하고 사법고시에만 매달릴 수는 없었다.

그해 여름, 도서관에서 더위와 싸우며 고시공부를 하고 있을 때였다. 경기도 광주에서 폭동이 일어났다는 기사를 봤다. 신문에는 도심 테러처럼 보도돼 있었는데, 사정에 밝은 친구들은 광주로 내몰린 청계천, 용산 등의 빈민들이 당국의 무리한 요구를 못 견 뎌 들고일어난 거라 했다.

부당한 정부 시책에 반발하여 흥분한 주민들이 몽둥이와 연장을 들고 성남 출장소와 경찰서를 파괴하고 시영 버스를 탈취했다. 사태는 한나절 만에 진압되었고, 서울시장이 주민들의 요구를 들어주기로 약속했다. 이 과정에서 20여 명이 구속되었는데, 반공법으로 엮어서 온갖 고문을 당했다. 그러나 반공법 혐의를 씌우기 어렵게 되자 경찰은 상습 폭동 유발자, 정신 이상자 등으로 조서를 꾸며 수감했다. 부당하기 짝이 없는 처사였다. 공부가 손에 잡히지 않아 두어 번 더 찾아갔지만 도울 길은 없고 스스로 무력감만 잔뜩 안고 돌아왔다. 오히려 광주 대단지의 실상을 알리던 교내 서클 친구들이 간첩으로 몰려서 구속되었다. "가혹한 정치는 호랑이보다 무섭다."는 말이 실감났다.

유신, 법관의 길을 버리다

이듬해 10월, 유신이 일어났고 '유신헌법'이 선포되었다. 도서관에 있던 나에게 팔판동에서 살던 친구가 찾아왔다. 내 고향 옆 동네 임실 출신인 심학무였다.

"세균아, 너 한태연, 갈봉근 같은 이가 만든 헌법 책으로 공부하고 시험 볼 거냐?"

두 사람은 유신헌법을 만든 교수들이다. 어렵사리 들어온 법대라서 고시에 꼭 합격하려고 했지만 학무의 말에 달리 항변할 길이 없었다.

내가 다닌 고려대에서 헌법을 가르치셨던 한동섭 교수님은 유신헌법을 작성하라는 정권의 요구에 불응해서 중앙정보부로 끌려가 고문을 받았다. 당시 내가 선생님의 헌법 강의를 수강한 직후에 일어난 일이었다. 동료 교수 몇 명은 유신헌법을 선전하러 전국을 순회 중이었다.

고민 끝에 법관의 길을 포기하기로 결심했다. 고시공부를 그만두고 반독재 운동을 하는 친구들과 어울렸다. 그리고 이듬해인 1974년, 고려대학교 총학생회장에 출마했다. 당시는 학점이 나쁘면 출마할 자격이 없어 친구들 대부분에게는 기회가 주어지지 않았다. 나는 성적이 좋았고, 장학금을 받고 있어서 자격이 되었다. 선거 캐치프레이즈는 '친진보 탈보수'였다. 내가 찾아낸 표현이다. 나는 단과대학을 돌아다니며 진정성 있게 다가섰다. 그리고 남들이 어림없다던 고려대학교 총학생회장에 당당히 당선되었다.

총학생회장에 당선되었지만 계엄 정부에 대항하는 반정부 활동은 적극적으로 펼치지 못했다. 학교 정문에 탱크를 앞세워 군인들이 진주하던 엄혹한 시대였다. 조금만 기미가 보여도 당국에 끌려가 온갖 학대를 당하고 구속되었다. 지금까지 두터운 교분을 유지하는 송인회는 우리 동기 중에서 가장 먼저 잡혀갔다. 하도 울화가 치밀어 나도 맞붙어서 잡혀가야 마음이 편해질 것 같았다. 면회 간 내게 인회는 분을 삭이고 스스로를 보전하길 권했다. 극도로 억눌린 상황에서 대책 없이 나섰다가 무너지느니, 사회에 나가서 제 역할을 할 수 있도록 준비하길 바랐다.

이후 총학생회를 운영하면서 갈등을 겪었다. 역량을 다 동원해 한번 맞붙어 보고 장렬히 산화하느냐, 아니면 최소한의 자치 기구를 보전하느냐의 갈림길에서 나는 후자에 무게를 두기로 했다.

'바위에 부딪쳐 깨지는 달걀이 되느니, 차돌이 되어 저 바위를 깨리라.'

나는 동지들에게 진 빚을 반드시 갚겠다고 다짐했다. 동료들이 감옥에서 하는 고생만큼 스스로를 단련하리라 생각했다. 그렇게 스스로를 달랬지만, 치욕스러운 느낌이 계속해서 치밀었다. 투항한 것 같은 자괴감에 시달렸다.

"너는 무너지지 말라."는 말이 나에겐 '살아남은 자의 슬픔'처럼 가슴을 저몄다. 송인회가 던진 애정 어린 충고가 내게는 엄숙한 명령처럼 다가왔다. 이 날의 빚은 후일에 꼭 정치에 뛰어들어 가혹한 정치를 바로잡는 것으로 갚겠다고 다짐했다. 당시 꺾인 나뭇가지처럼 외롭고 쓸쓸했던 송인회는 어려운 시절을 이겨 내고 지금은 이름난 CEO가 되었다.

취직, 고향 아이들을 위한 장학사업

대학을 졸업하고 늦깎이로 군대에 갔다. 제대를 하고 나니 어떤 진로를 정해야 할지 갈등이 일었다. 법관의 꿈은 이미 접었고, 긴급조치로 언론도 재갈이 물려 있어 기자노릇마저 치욕처럼 여겨지던 때였다.

당시 의식 있는 청년들 사이에서는 행정, 법무, 경찰 등 관공서에 진출하는 것을 터부시하는 분위기였다. 그 대신 수출입국 시대에 종합무역상사는 각광받던 직장이었다. 나는 종합상사에 지원서를 냈고 '주식회사 쌍용'에 입사했다. 마침 고교 동창 송완용도 비슷한 시기에 대학을 졸업하고 같은 그룹사인 '쌍용양회'에 들어왔다. 인생 계획에는 차질이 빚어졌지만 선택의 여지가 없었다. 당장 돈을 벌어야 했기 때문이다.

첫 봉급을 받았다. 당시로서는 괜찮은 직장이어서 봉급도 꽤 되었다. 처음 만져 보는 큰돈이었다. 놀랍고 기쁘면서도 어딘지 깊은 허전함이 밀려왔다. '정치하겠다는 내 꿈은 이렇게 끝나는 거구나.' 하는 탄식이 절로 나왔다. 그 뒤 몇 달간은 잠을 청하기가 쉽지 않았다. 고민 끝에 봉급의 상당 부분을 떼서 고향 아이들에게 장학금을 줘야겠다는 마음을 먹었다.

내 학창 시절은 전부 장학금에 의존한 삶이었다. 그걸 되돌려 줘야겠다는 선의가 앞섰다. 친구 송완용이 동참했다. 송완용은 시멘트 수출을 전담하는 부서에 있었는데, 계약한 시멘트를 상선회사를 통해 수출했다. 상선회사의 담당자 김창중도 내가 장학금을 내놓기로 한 이야기를 듣고 돈을 보태겠다고 나섰다. 아무 연고도 없는 내 고향 아이들을 돕겠다고 하니 정말 고맙고 반가웠다. 이게 미담이 되어 회사의 선배들과 동료들이 참여했고, 그 장학회가 지금까지 이어져 매년 50여 명의 학생들을 지원하고 있다.

정치에 대한 꿈을 간직하고 있으니 매사에 좀 더 노력을 기울이게 되고, 인간관계에서도 베풀고 돕는 삶을 살고자 했다. 내 꿈을 실현하려면 주위에서 인정받아야 한다고 생각했다. 회사에서 중견 간부에 올랐을 때, 부하 직원들 사이에서 '같이 일하고 싶은 상사 1위'로 뽑히기도 했다. 정치가라는 인생 목표가 회사 생활에서도 매우 긍정적인 동기로 작용했다. 정치가의 꿈은 삶에서 필수불가결한 공기처럼 그렇게 내 삶의 필요조건이었는지도 모른다.

1995년, 출마를 결심하다

대기업에서 국제 무역업에 열중하면서 정치의 꿈은 잠시 미뤄두었다. 미국으로 발령이 나서 일하는 동안에는 경영학 석사(MBA) 코스도 밟았다. 생산과 유통 과정을 효율화하고, 제품을 잘 팔기 위한 온갖 혁신적인 아이디어를 배우며 임원으로 승진했다. 열심히 일한 덕에 그 대가도 보람 있었고, 나로선 의미도 컸다. 하지만 어쩐지 도피해서 사는 것 같은 불편한 느낌이 지워지지 않았다.

1994년 출근하던 길이었다. 라디오를 켜고 운전을 하고 있는데, 뉴스에서 '통합선거법'이 제정되었다는 보도가 흘러나왔다. 선거사범에 대한 처벌을 강화하고, 선거공영제를 도입해서 돈 안 드는 선거를 만든다는 내용이었다. 잠시 정신이 몽롱해졌고 결국 차를 세웠다. '돈이 없어도 출마할 수 있다(?)'는 의심이 가면서도 뭔가 서광이 비치는 것 같았다.

1995년, 결국 정치인이 되기 위해 출마를 결심하고 사표를 냈다. 그러자 김석원 회장이 나를 불렀다. "당신이라면 회사에서 최고위직에 오를 수도 있는데 뭣하러 정치하려고 나가느냐, 정치가 좋아 굳이 가겠다면 사장까지 하고 나가면 좋지 않겠느냐."며 나를 설득했다. 왜 나라고 경영인으로서 최고 위치에 오르고 싶지 않겠는가. 회사의 최고위직은 대부분의 직장인이라면 누구나 꿈에 그리는 목표였다. 대기업 사장을 하면 성공한 CEO가 될 수 있다. 그때가 되면 정치권에서 나를 영입하려 들 수도 있다. 하지만 나는 이 시점에서 꼭 사표를 내야 하는 이유가 있었다.

"자기 분야에서 재능이 고갈되고 난 다음에 국회로 가면 안 됩니다. 한창 일할 때 국회로 가는 게 맞습니다. 그렇지 않으면 일은 안 하고 권력만 누리게 될 것 같습니다."

나는 소신을 밝혀 회장님께 말씀드렸다. 나는 인생 말년에 할 일 없거나 자신의 욕심 때문에 정치판에 기웃거리는 사람들을 잘 알고 있었고, 그런 사람 부류에 들고 싶지 않았다. 나는 전문 정치 인으로서 왕성하게 국회의원으로서의 역할을 다하고 싶었다.

회사를 그만둘 즈음, 삼성 이건희 회장이 베이징에서 한 말이 화제가 되었다.

"정치는 4류, 관료와 행정조직은 3류, 기업은 2류."

옳은 말 같으면서도 선뜻 동의하기 어려웠다. 정치와 정부가 저급한데, 기업이 잘 하기는 어렵기 때문이다. 그의 발언은 오히려 나로 하여금 정치를 해야겠다는 확고한 생각을 갖게끔 해주었다. 제대로 된 정치를 보여 주고 싶었다. 한시도 잊은 적 없는, 어릴 적부터 간직해 온 정치에 대한 나의 꿈을 이번 기회에 반드시 이루고 싶었다.

취직할 요량이면 정치를 그만두라

1995년 6월, 지방선거가 끝나자마자 영국에 체류하던 김대중 총재가 정계에 복귀했다. 나는 마음먹었던 대로 회사를 그만두고 민주당에 입당했고, 이후 새정치국민회의 창당에 참여했다. 김대중 총재를 지지하는 청년 조직인 '민주연합청년동지회(연청)' 전라북도 지부장도 맡았다. 김대중 총재가 대통령 선거에 출마했을 때는 연청 중앙 회장을 맡아 전국을 순회하며 선거운동을 지휘했다. 눈 코 뜰 새 없이 분주했고 빡빡한 일정이었지만 오히려 신이 났다. 목표가 정당하다면 힘이 들수록 힘이 나는 게 정치다.

민주화의 투사로 불리며 오랫동안 고난과 역경을 헤쳐 나온 김 대중 총재가 대통령에 당선되던 12월 18일, 나는 감격에 겨워 잠을 이룰 수 없었다.

1996년 총선에서 나는 '무진장'이라고 불리는 무주군, 진안군, 장수군을 합친 지역구에 도전장을 냈다. 출마를 앞두고 두 분을 시청 앞 한 호텔에서 만났다. 송인회도 동석했다. 내가 정치에 나서자 동향 출신 한승헌 변호사께서 직접 천거해 주었다. 한승헌 변호사는 민주인사들의 변호를 도맡은 대한민국의 대표적인 인 권 변호사이다. 또 대학 은사인 이문영 교수님은 민주화 운동의 중심에 있던 인물로, 대학 때부터 나를 성실하다며 아껴 주셨던 분이다.

한승헌 변호사는 "정치에 새바람을 불어넣고, 고향을 잘 가꿔 달라."며 따뜻하게 격려해 주었다. 함께하신 이문영 교수님은 "취 직할 요량이면 그만두라."며 엄한 충고의 말씀을 해주셨다. 정치 에 의존해서 사는 사람들의 구태를 많이 봤다고 했다. 함께 반독 재 투쟁을 하던 사람들이 기회가 열리자 얼른 정계에 진출해서 권 력에 물들어 가는 모습에 실망이 컸다고도 했다. '저 사람들 편하 게 먹고살게 하려고 우리가 그렇게 힘들게 싸웠던가!' 하는 깊은 절망감마저 느꼈을 법하다. 얼마 뒤 나는 고향에서 출마하여 당선되었고, 그렇게 정치인의 길에 들어섰다.

가족은 가장 든든한 버팀목

나는 7남매의 중간으로, 위로는 사랑을 받았고 아래로는 사랑을 주는 방법을 터득하며 살았다. 형제들이 많고 집안은 가난했지만 우애만큼은 돈독했다고 자부한다. 그 우애가 가족의 힘으로 뭉쳐져 내가 정치인이 되는 데 정신적으로 큰 도움이 되었다.

내가 초선의원이 되어 정치에 입문하자 큰형님은 내게 당부의 말씀을 전했다. 민의를 대표하는 국회의원이 되었으니 이제부터는 다른 곳에 신경 쓰지 말고 오직 국민을 위해 매진하라는 것이었다. 정약용 선생의 자손으로서 가문을 더럽히지 않는 정치인이 되라고 신신당부하셨다. 권력을 가진 자들이 오히려 그 권력으로 인해 패가망신하는 경우를 많이 보아왔다며 염려와 함께 격려를 아끼지 않으셨다.

내가 국회의원에 출마할 때마다 큰형님을 비롯한 우리 가족 모두는 진심으로 애를 써 주었다. 아무 대가도 없이 말이다. '가족'이기 때문에 가능한 일이었다. 이처럼 가족은 내가 힘들 때 언제나 아낌없이 베풀고 용기를 주는 버팀목이 되어 준 소중한 존재이다.

국민에게 신뢰받는 국회

어릴 적부터 꿈꿔 온 일이지만 나는 참으로 오랜 기다림 끝에 먼 길을 돌고 돌아 정치인이 되었다. 제15대 초선으로 국회의원을 시작하여 16·17·18대까지 고향 전북에서 4선 국회의원을 지낸 뒤 19대 총선을 앞두고 서울 종로구로 지역구를 옮겼다. 더 이상 지역에 기대어 정치를 하지 않겠다는 의지였다. 19대에 이어 2016년 4월 치러진 20대 총선에서도 종로구민의 선택을 받으면서 6선의 정치인으로 발돋움했다.

20여 년간 정치인의 길을 걸어오면서 소속 정당의 정책위의장, 원내대표, 당대표 등 당의 주요 요직을 거쳤고, 노무현 정부에서는 산업자원부 장관을 지내는 등 나름대로 정치적 역량을 키워왔다.

나는 스스로를 '엘리베이터형 정치인'이 아니라 '에스컬레이터형 정치인'이라고 평가한다. 단번에 몇 단계를 뛰어넘어 성장한 정치인이 아니라 한 계단 한 계단 성실히 올라가며 내실을 다져왔다. 그리고 이제 20대 국회의 의장이 되어 국민들의 삶을 위해 노력해야 하는 막중한 임무를 부여받기에 이른 것이다.

지금의 내가 있기까지 주변의 많은 사람들의 도움, 그리고 국가로부터 혜택을 받으며 살았다는 생각이 든다. 이제는 국민들과 국가로부터 받은 사랑과 혜택을 다시 되돌려주기 위해 노력하고자 한다. 바로 '환원의 삶'을 말한다.

우리나라 국회는 그 동안 권위주의의 상징이 되어 국민들과 거리를 좁히지 못한 부분이 많았다. 정치가 국민을 걱정하기에 앞서 국민이 정치를 걱정하는 상황인 것이다. 정치가 국민들로부터 신뢰를 얻지 못한 결과다. 나는 입법부의 수장인 국회의장으로서 국회와 국민 사이의 거리를 좁히는 일부터 하려고 한다. 국민으로부터 신뢰를 받지 못하는 국회는 존재의 의미가 없기 때문이다. 국회의 문턱을 낮춰 국민과의 거리를 좁히고 입법부가 헌법에서 부여받은 역할을 다할 수 있도록 만드는 것이 국회의장인 나의 역할이다.

"정치의 역할은 국민의 눈물을 닦아 주는 것"이라는 네루 수상의 말처럼 국회가 어려움에 처한 국민들에게 힘이 되어 주어야 한다. 더 나아가 피땀으로 이룬 민주주의가 국민들의 자랑이고 희망이 되도록 만드는 일이 내 일이라고 생각한다. 이는 곧 자유와 질서, 행복과 돌봄, 번영과 정의가 어우러진 나라로 만드는 일이다. 사람들이 먹고살 걱정을 덜고, 인간적 품위를 지키면서 불의와 타협하지 않아도 되는 사회 말이다.

그러려면 우리 민주주의 수준에 걸맞은 품격 있는 정치가 필요하다. 적대하는 힘 간에 공통분모를 찾아내고 함께 이룰 수 있는 변화를 도모하는 대화와 타협의 정치문화가 뿌리를 내려야 한다. '모 아니면 도'가 아니라 작든 크든 가능한 진보라면 그 싹을 소중하게 가꿔 나가야 한다. 혁명이나 운동이 아니더라도 정치제도와 일상적인 정치적 실천을 통해서 느리지만 단단한 변화를 도모하는 정치가가 되고 싶다. 나는 그런 새로운 일에 알맞은 사람이라고, 아니 그렇게 되리라고 줄곧 다짐하며 정치인의 길을 걸어왔다.

널리 세상을 균형 있게 바로잡는 정치

"가난은 나라님도 해결하지 못한다."는 말이 있다. 하지만 그 속담은 잘못된 것이다. 나는 국민의 아픔을, 눈물을, 배고픔을 해결해 주는 것이 정치이며, 반드시 정치인이 지향해야 할 덕목이라고 말하고 싶다.

우리나라는 광복 이후 혼란한 정치적 소용돌이 속에서 오늘에 이르기까지 숱한 국민들의 희생과 눈물이 스며 있다. 우리나라의 민주주의가, 경제 발전이 어떻게 여기까지 오게 되었는지 생각할 때마다 나는 가슴이 뭉클하다.

나는 '정세균'이라는 내 이름을 좋아한다. 국회를 방문한 어린이들에게 "아저씨 이름이 세균이야."라고 말해 주면 아이들은 박테리아 '세균(細菌)'을 떠올리며 까르르 웃는다. 금세 나를 친숙하게 받아들인다.

'세균(世均)'이라는 내 이름은 '세상을 균형 있게 바로잡는다.'는 뜻이 담겨 있다. 정치는 바로 '평형을 잃은 위태로운 세상을 균형 있는 세상으로 바로잡는 것'이라고 생각한다. 가난한 사람과 부유한 사람, 못 배운 사람과 배운 사람, 아픈 사람과 건강한 사람, 젊은이와 어른들이 한데 어울려 멋지고 신명나는 세상을 만들어가는 것이 바로 '세균'이며 '균형'이다.

이제 정치는 나와 떨어질 수 없는 숙명 같은 관계이다. 국회의장으로서 균형 잡힌 세상을 만드는 데 최선을 다하고자 한다. 그렇게 하는 것만이 내가 정치인으로 살아오면서 받은 사랑을 국민들에게 보답하는 길이다.

고등학교 시절 공부에 대한 간절함으로 교장 선생님을 찾아간 기백, 모든 걸 던지고 정치인의 길에 들어섰던 당당함, 고비고비마다 나를 지탱해 준 가족의 응원과 격려, 품격 있는 정치를 바라는 국민의 염원을 자양분 삼아 국회의장으로서 '국민에게 힘이 되는 국회', '넘어져도 다시 일어날 수 있는 균형 잡힌 대한민국'을 만들기 위해 진력을 다할 것이다.

가난하다고 꿈조차 가난할 순 없다

끝으로 이 글을 읽는 검정고시 출신들이나 청소년들에게 당부의 말을 전하고 싶다. 어떤 어려움이 있더라도 희망의 끈을 놓지 않았으면 한다. "가난하다고 꿈조차 가난할 수는 없다."는 말이 있다. 어떤 어려움과 고난이 닥치더라도 자신의 꿈을 위해 최선의 노력을 다해 주길 진심으로 바란다. 주눅 들지 말고 당당하게 앞날을 헤쳐 나가기를 바란다.

"젊음은 희망이다, 당당함이다."

열정

1967년 중학교를 졸업하던 그해, 푸른 꿈을 안고 누이와 함께 상경했다. 열일곱 살 나이에 본동 달동네의 삶은 녹록지 않았다. 새벽 여명이 트기 전에 신문을 돌리고 온갖 아르바이트를 하며 힘겨운 서울 생활을 이어 갔다. 친구들은 대학입시의 문을 두드릴 때, 나는 열아홉 나이로 뒤늦게 검정고시를 준비했다. 학원비가 없어서 기도 생활을 하면서 3년을 공부했다. 검정고시에 합격하고 대입 준비를 하면서 시험 삼아 본 세무공무원 시험에 합격했다. 대학 진학이냐, 사회생활이냐를 놓고 갈등하다가 당장 빈궁한 삶이 싫어서 세무공무원이 되었다. 그 후, 주경야독으로 야간대학을 다녔다. 공무원을 그만두고 세무사를 개업해 전국에서 다섯 번째 안에 들어갈 정도로 키웠다. JC 활동을 하면서 사회봉사에 눈을 떴으며, 신혼의 꿈을 이룬 광명시에서 시의원, 도의원, 시장 2선을 거쳐 국회의원 3선으로 나라와 국민들의 '행복한 밥상'을 위해 국정을 보살피고 있다.

꿈이 있는 사람은
행복을 디자인한다

세무사에서 광명시장, 그리고 국회의원이 되다

백재현(제20대 대한민국 국회의원)

18·19·20대 국회의원(현재, 경기 광명 갑)
새정치민주연합 정책위의장
민선 2·3기 광명시장
지방자치실무연구소 초대 감사
가톨릭대학교 행정대학원 겸임교수
세무사 합격
국회 도서관 이용 최우수 국회의원 수상(2014~2016)
4년 연속 헌정대상 수상(국회 의정 모니터단, 2013~2016)
6년 연속 국정감사 우수의원 수상(NGO 국감모니터단, 2010~2015)

초심과 성실함은 성공의 근본이다

망운지정(望雲之情), 아버지를 그리며

우리 집 현관에는 '가훈(家訓)'이 걸려 있다. 내가 정한 가훈이 아니라 내 어릴 적 아버지께서 직접 지으신 자작시이다.

간소한 생활로 고상한 사상을 길러 내고
불멸의 행복은 조그만 분수를 사랑한다
듣고만 보는 건 말해야 할 때를 아는 듯이
참고만 쫓는 건 소원이 마침내 풀릴 듯이
내 마음 옳은데 차분해 나날이 밝아진다.

생각해 보니 어릴 적 우리 집 가훈은 좀 특이했다. 다른 집들처럼 '정직', '성실' 등의 간단한 글귀가 아니라 골방문 창호지에 덧발라져 있는 시 한 수이니 말이다. 우리 7남매는 예외 없이 매일 아침 '가훈'을 읊는 것으로 하루를 시작했다. 시를 그저 뜻 모르고 달달 외웠지만 나이가 들수록 인생의 답이 들어 있다는 것이 우리 7남매의 공통된 결론이다.

검소하고 만족할 줄 아는 생활, 인내할 줄 아는 겸손함이 행복으로 한 발짝 다가서는 길임을 일러주신 아버지. 소박하지만 꼿꼿한 선비다운 내용이다. 내 아이들도 저 시를 외우며 컸고, 아마도 그 참된 뜻은 손자들에게까지도 전해지리라 믿는다.

아버지는 천생 가난한 농사짓는 선비셨다. 아버지의 직업은 농부였지만 짓는 농사가 너무 적어 농부라고 부르기도 쑥스러울 정도였다. 논 8마지기와 밭 3마지기가 전부였으니 말이다. 7남매가 먹고살기엔 턱없이 부족한 농사였으니 우리 7남매는 늘 배를 주렸다. 부지런하셨지만 소출이 적어 배곯는 어린 자식들을 지켜보아야만 했던 아버지의 삶의 무게가 얼마나 무거웠을까 생각해 보니 눈물이 앞을 가린다.

전북대학교에 다니셨던 아버지는 당시 드문 인텔리였다. 그러나 돌연 구학문에 뜻을 두시고 오로지 독학으로 한학(漢學)과 한의학을, 말년에는 풍수지리에 이르기까지 두루두루 공부하셨다. 그중에서도 『동의보감』에 대한 조예가 깊으셨던 까닭에 우리 형제들은 웬만한 잔병에는 아버지가 제조한 탕약이 두 대접까지도 필요 없었다. 무슨 자격증이 있는 것도 아니니 그저 환자라고 해봤자 우리 아홉 식구요, 알음알음 찾아온 동네 분들이 전부였다.

광명시장·국회의원이 되고 난 후 그 많은 스트레스 속에서도 매일 5시 반이면 어김없이 눈이 떠지는 체력도 어린 시절부터 수없이 먹어온 아버지의 탕약 덕분이라고 생각한다. 그 탕약에 담겨진 뜨거운 부정(父情)과 정성의 효험일 게다.

그런 아버지가 1995년 7월, 내가 도의원에 당선된 직후 세상을 떠나셨다. 아버지를 떠나보내며 그 이름에 부끄럽지 않은 자식으로 살겠다는 약속을 드렸다. 내 인생에서 그보다 경건한 다짐은 없었을 것이다.

지금도 나는 매일 아버지가 손수 써 주신 시를 읽는다. 보고 싶어도 만날 수 없지만 아버지가 남겨 주신 좋은 말씀은 마음속 깊이 새기고 있다.

'욕심내지 말고 분수를 지켜 살라.'는 지혜의 말씀은 언제나 마음의 평화를 찾게 해준다. 이는 비단 우리 가족에게만 가르침을 주는 것이 아니라 그 누구에게도 교훈이 될 수 있는 말이라고 생각한다. 사치성 소비가 만연하고 정신적인 가치보다 물질적인 가치를 더욱 중요시하는 현대사회에서 진실한 삶이 무엇인지 성찰하게 한다.

'망운지정(望雲之情)', 멀리 구름을 보며 어버이를 그린다고 했던가. 아버지를 기억할 때마다 고통과 회한보다는 이렇듯 따사로운 마음으로 아버지를 추억할 수 있게 해주셔서 감사하다.

1966년, 누이와 함께 상경

1966년 내가 중학교를 졸업할 무렵에 집안 사정이 더욱 어려워 졌다. 몇 년 동안 계속되는 가뭄과 흉년 탓이었다. 나는 고등학교에 진학할 일이 막막했다. 형님도 국비로 먹여 주고 재워 준다는 교통고등학교(철도고등학교의 전신)로 진학했다. 물론 어려운 집안 사정 때문이었다. 경제적인 문제도 걱정이었지만 틈만 나면 소먹이고 꼴 베고 하면서 통 공부에 매달릴 시간이 없었다. 그 시절의 농촌 학생이란 반(半)농사꾼이었다. 팔뚝만 좀 굵어지면 집안의 농사를 모른 체하고 책상머리에만 붙어 있다는 건 웬만해서는 어려운 일이었다. 그러려면 소문난 수재거나 얼굴에 철판을 깔아야만 가능했다.

나는 1967년 내 나이 열일곱 살 때, 누이와 함께 서울행 기차를 탔다. 그때부터는 말 그대로 고생길이었다. 아침에는 신문 배달, 저녁에는 아르바이트를 하면서 안 해 본 일이 없었다. 처음엔 서울에 올라가 일하면서 공부를 해야겠다는 계획이었으나 먹고사는 데 정신없이 살다 보니 공부는 아예 뒷전으로 밀렸다. 시간은 참으로 빨리도 지나갔고, 어느새 친구들은 이미 고등학교 3학년이 되어 대학입시를 앞두고 있었다. 공부를 해야겠다고 마음을 잡았을 때엔 이미 내 나이가 열아홉 살이었다. 그 나이에 고등학교 입학시험을 쳐서 어린 동생들하고 함께 고등학교에 다닌다는 것이 영 개운치 않았다. 자존심이 허락하지 않아 검정고시를 준비하기로 방향을 바꿨다.

나는 곧바로 검정고시 준비에 들어갔다. 오랫동안 공부에 손을 놓은 까닭에 실력이 부족하다는 사실을 깨달았다. 학원을 찾아가 사정을 이야기하고는 공부할 수 있는 방법을 찾았다. 학원비를 내는 대신에 '기도' 일을 하면서 학원에 다니게 되었다. 당시에는 학원마다 수강증을 검사하고, 쉬는 시간에 칠판을 지우고 지우개를 터는 등 잡다한 일을 하는 '기도'들이 있었다. 그것도 경쟁이 치열해 운이 좋아야 할 수 있었다. 열아홉 살부터 약 3년 동안 학원 기도 생활을 하면서 하루에 네 시간 이상 잠을 자 본 적이 없었다. 지금도 나는 하루 수면 시간이 네다섯 시간을 넘지 않는다. 그 당시부터 버릇이 되어서 그런 것 같다.

학원에 다닐 때도 새벽에 신문 배달이 끝나면 곧장 학원으로 가서 공부하느라 무척 힘이 들었다. 돌아보니 이 기간 동안에 '삶에 대한 내공'을 쌓은 것 같다. 이때의 고생으로 나는 어떠한 시련이 닥쳐도 언제나 삶에 자신감을 잃지 않았고, "젊어 고생은 사서 한다."는 말을 실감했다.

1968년 형님이 제대를 하고 바로 철도청에 취직을 했다. 비로소 나의 고학 생활도 종지부를 찍을 수 있게 되었지만, 나는 새벽에 신문 배달하는 것을 그만두지 않았다. 하루 종일 손발을 놀리지 않고 공부만 한다는 것이 내겐 오히려 마음 편치 않은 호사였다. 1969년

무사히 검정고시를 통과한 나는 이듬해 대입 준비에 들어갔다.

본동에 부는 철거 바람

그러던 어느 날이었다. 학원에 갔다 오니 살던 집이 부서져 있는 것이 아닌가! 당시 누나와 함께 자취하던 곳은 한강이 내려다보이는 달동네 본동이었다. 집은 무허가로, 지붕에 기와나 슬레이트 대신 기름종이로 만든 '루핑' 집이었다. 누군가 돌을 던지면 구멍이 날 정도로 약하고 장맛비가 내리면 어김없이 빗물이 줄줄 새어 천장이 터질 것처럼 부풀어 오른다. 그러면 얼른 양동이나 바가지를 방 안에 갖다 놓고 바늘에 실을 꿰어 부풀어 오른 천장을 찌르면 실을 타고 물이 줄줄 흐른다. 무더위엔 너무 뜨겁게 달아올라 불이 날지 모른다는 생각이 들 정도로 화재에 무방비 상태였다. 또 겨울에는 방 안에 둔 물대접이 꽁꽁 얼 정도로 냉동고나 다름없는 방이었다. 금방이라도 쓰러질 것 같은 무허가 판잣집이긴 했지만 하루의 피곤함을 달래 주던 유일한 안식처였는데, 희망을 꿈꾸던 집이 부서졌다는 것은 여간 충격이 아니었다. 그때는 미숙한 대로 자취 생활에도 제법 이력이 붙어갈 무렵이었다.

철거반원들이 반쯤 부수고 떠난 집은 폐허가 된 것처럼 을씨년스럽기만 했다. 여기저기 좁은 마당에 내팽개쳐진 살림살이들을 보니 불안이 엄습했다. 6월도 막바지 무렵이라 이제는 시험에만 집중해도 모자랄 때였다. 낮에 외운 한자성어가 입속에서 맴돌았다.

"인간만사(人間萬事) 새옹지마(塞翁之馬)라……."

한자성어를 외우며 마음을 달랬지만 부서진 집을 버리고 당장 갈 곳이 없었다. 울상인 채 냄비 보따리를 보듬고 있는 누이의 얼굴을 보는 순간 울컥 눈물이 솟구쳤다. 언젠가는 철거반원들이 들이닥칠 것으로 짐작은 하고 있었던 일이지만, 막상 내가 당하니 불시에 누군가에게 해머로 한 대 얻어맞은 것처럼 어질했다.

부서진 집을 대충 고쳐 놓으면 철거반원들이 들이닥쳐 또다시 부수어 버리니, 아예 산동네를 떠나는 주민들도 있었다. 어디로 가야 할지 막막한 상태에서 며칠 지내고 나니 뜻밖의 소식이 들려왔다. 철거민들을 본동 시민아파트로 입주시킨다는 소식이었다. 우리는 드디어 셋방살이의 서러움으로부터 놓여날 수 있었다. 도무지 믿어지지가 않았다. '전화위복(轉禍爲福)'이란 말이 있지만 이렇게 기가 막힐 수는 없을 성싶었다. 뭔가 자꾸만 좋은 일이 생길 것 같아 가만히 있어도 웃음이 새어 나왔다.

세무공무원 시험에 합격하다

이사 간 지 얼마 안 되는 9월 어느 날이었다. 집 앞에 서 있는데 멀리 아래쪽에서 집배원이 땀을 뻘뻘 흘리며 올라오고 있는 것이 보였다. 왜 그랬을까, 그것을 보는 순간 '쿵!' 하고 심하게 가슴이 뛰었다. 그러면서 나에게 어떤 소식을 가져올 것 같은 예감이 스쳤다.

예감대로 집배원이 배달해 준 것은 뜻밖의 세무공무원 합격 통지서였다. 검정고시를 친 다음 우연히 공무원 시험 공고를 보고 시험 삼아 9급 공무원 시험을 쳤던 기억이 났다. 그때가 4월이었고, 까마득히 잊고 있던 일이었다. 어쨌거나 합격 통지서는 기쁘기 그지없었으나 그것은 새로운 갈등의 시작이었다.

'대학입시 준비를 계속할 것인가, 아니면 지금의 이 기회를 놓치지 말고 취직을 할 것인가.'

워낙 어렵게 살던 때라 조금이나마 형님과 누이의 어깨를 가볍게 해드리고 싶은 마음이 우선이었다.

'그래, 공부할 기회는 다음에도 얼마든지 있을 거야. 내 의지가 꺾이지 않는 한…….'

조건이 안 돼서 공부를 하지 못한다는 말은 나에겐 사치였다. 지금까지 한 번도 공부할 여건이 마련되어 있었던 적은 없었다. 결국 자신의 의지와 문제로 귀착될 수밖에 없다는 생각이 앞서서 세무공무원이 되기로 했다.

나는 그해 10월 1일, 뚝섬에 있는 세무공무원 교육원에 입교했다. 그렇게 새로운 생활은 시작되었다.

세무공무원 생활과 야간 대학생활

내가 세무공무원이 되어 첫 근무를 시작한 곳은 예산세무서였고, 거기서 수습 딱지를 뗐다. 처음 부임하여 수습으로 근무한 지 6개월 뒤인 1971년 5월, 두 번째 근무지인 천안세무서로 정식 발령을 받았다.

천안은 스무 살 내 청춘의 꿈과 희망이 고스란히 간직된 곳이다. 20대 초반의 대부분을 거기서 보냈다. 소년으로 들어가 어른이 되어 나왔다. 그렇다고 뭐, 이상한 상상을 할 필요는 없다. 제대로 '사회 물'을 먹기 시작한 곳이라는 뜻이다. 바로 얼마 전까지만 해도 학원비가 없어서 날마다 칠판을 닦으며 근로 장학생으로 어렵사리 학원 수업을 들어야 했던 나였다. 매달 박봉이나마 월급 봉투라는 것을 받고 보니 갑자기 몸이 둥둥 뜨는 것 같은 기분이었다. 밥을 안 먹어도 배가 불렀다. 월급날이면 화장실에 들어가 남몰래 몇 번이고 봉투 안의 돈을 세어 보았다. 신기했다.

'아, 나도 이제는 돈을 버는 어른이구나.'

이런 자부심에 공연히 뿌듯해지기도 했다.

천안세무서에 근무하던 시절 가끔씩 밀주(密酒) 단속을 나가곤 했다. 그때만 해도 집에서 막걸리를 담가 먹는 경우가 많아 밀주를 단속하여 벌금을 부과하는 일은 세원(稅源) 포착이라는 측면에서 강조하던 업무였다.

밀주에 대한 신고는 대개 마을의 양조장에서 들어오게 마련이다. 속사정 뻔히 아는 동네에서 잔치나 큰일이 있을 때, 양조장에서 막걸리를 사가지 않으면 십중팔구 밀주를 만들어 사용한다는 의심을 받았다. 이런 경우는 그나마 이해가 간다. 기껏 새참거리로 담가 먹는 농주를 두고 밀주 단속 해달라고 신고가 들어오면 어쩔 수 없이 단속을 나가긴 해도 떨떠름하기 짝이 없다.

농주까지 단속하라고 했던 것은 지금 생각해 봐도 농촌의 실정을 고려하지 않은 다소 무리한 법 적용이 아니었던가 싶다. 그때는 참 누구랄 것도 없이 몹시 어려웠던 시절이라 당장 끼니도 해결하기 어려운 이들에게 세금을 받으러 다니자면 그런 고역이 따로 없었다. 신고가 들어와서 단속원들과 함께 나가서 술이라도 들어 있나 하고 쌀독을 열어보게 되는데, 술은 고사하고 쌀마저 떨어져 텅 비어 있는 집들이 태반이었다. 밀주 단속하고 세금 걷으러 갔다가 오히려 궁핍한 생활을 보고는 몰래 돈을 놓고 오는 경우도 있었다. 나중에 주인이 알고 쫓아 나와 팔려고 묶어 둔 채소 다발을 안기는 바람에 거절하느라고 진땀을 뺐던 일까지 있었다.

그런가 하면 추징(追徵)이 즐거운 분야도 있었으니, 주로 외국 투자법인이나 덩치가 큰 기업들에 세금을 부과하는 일이었다. 지금 생각하면 다소 치기 어린 애국심의 발로였지만 그때는 정말 불타는 의기라고 생각했던 것이다. 그런 사례 가운데 하나가 충남방적에 대한 세무 실사의 경우다. 여공 3천 명의 임금을 체불했다는 사실을 전해 듣고는 책을 사서 밤을 새워 가며 연구했다. 원사(原絲 : 천 짜는 실)의 정확한 원가 계산법을 알기 위해서였다. 이런 나를 두고 사람들은 지독하다고 혀를 내둘렀지만, 일에 대해서는 공정하고 철두철미하게 처리한다는 게 내 신조였다.

새로운 분야의 기업이나 공장에 조사를 나가면 처음부터 끝까지 공정을 알아야 직성이 풀렸다. 이렇듯 내가 모르던 세계를 하나씩 알게 된다는 기쁨도 있었지만 시간이 지날수록 점점 무언가 허전한 것이 배움에 대해 목이 말랐다. 닥치는 대로 책을 읽어 보았지만, 그래도 그 갈증은 쉽게 풀리지 않았다. 원인을 알 수 없는 답답한 아픔이 계속되었다.

그러던 어느 날, 동창 녀석들이 우르르 몰려 내려왔다. 모처럼 죽마고우를 만난 나는 무척 들떠 있었다. 다들 대학에 진학해서 이제 졸업이나 입대를 앞두고 있었다. 근사한 술집에 데려가 순진한 녀석들에게 사회생활이 어떤 것인지 보여 주고 싶었다. 어쩌면 결코 내가 낙오자가 아니라는 것을 입증하고 싶었는지도 모른다. 친구들은 처음 접해 보는 고급 술집의 낯선 분위기에 주눅이 들었는지 영 말이 없었다. 슬며시 웃음이 나왔다. 나는 제법 익숙한 솜씨로 어색해하는 친구들에게 술을 권했다. 몇 순배 술이 돌았다. 시간이 흘렀지만 웃고 떠드는 것은 나 혼자였다. 아마도 사회생활의 선배로서 호기 있게 자랑을 좀 늘어놓았을 성싶다. 그리고 술판이 끝날 무렵이 되자 잠시 긴 침묵이 감돌았다.

"너, 그냥 이렇게 파묻혀 살래?"

친구가 무심코 던진 한 마디에 나는 뭔가 둔탁한 것이 머리를 내려치는 듯했다.

"공부는 영 하지 않을 거냐고?"

그랬다. 그들은 돈 버는 친구에게 대접을 받기 위해 온 것이 아니었다. 내 주제넘은 호기를 감상하기 위해 찾아온 것은 더더욱 아니었다. 갑자기 머릿속이 하얘지는 것이 아무 생각도 나지 않았다.

참으로 오랜만에 나는 비로소 옛날의 나로 돌아갈 수 있었다. 학구열에 불타고 도전 의지로 똘똘 뭉쳤던 옛날의 나. 그제야 나를 괴롭히던 미열(微熱)의 정체를 알 수 있었다.

1974년, 동인천세무서로 발령을 받자마자 나는 학원에 등록을 했다. 노량진 집에서 출퇴근하며 대학 진학을 준비하기 시작했다. 몇 년 동안 묶어 둔 채 풀지 않았던 책 보따리를 꺼내 매듭을 풀었다. 풀풀 날아오르는 묵은 먼지마저 그렇게 신선할 수가 없었다.

이듬해인 1975년 경기대 무역학과 야간부에 입학하자 더 이상 갈증도, 미열도 없었다. 당시 경기대학 야간은 직장생활을 하는 사람들이 가장 많이 다녔다.

1975년 3월부터 직장생활과 대학생활을 함께하기 시작했다. 아침에 노량진에서 인천으로 출근해 근무를 마치고는 서울 서대문에 있는 학교로 향했다. 늦은 시간 수업을 마치면 노량진 집으로 갔다가 다음 날 아침이면 다시 인천으로 향했다. 그야말로 주경야독의 생활이 계속되었다.

당시 세무서와 학교를 오가며 고군분투하는 나를 지켜보며 조금은 안타까웠는지 당시 총무과의 김학주 과장님이 나를 서울 을지로로 발령이 나도록 힘써주셨다. 물론 떠나는 날, "공부 열심히 하라."는 말도 잊지 않았다. 김학주 과장님의 배려에 대한 고마움을 지금까지도 잊을 수 없다. 이때가 1975년 5월이었다.

서울 을지로에서의 생활은 1987년까지 이어진다. 1976년 나는 훗날 국세청장을 지내게 되는 안정남 과장을 만나게 된다. 안 과장은 내게 통계숫자를 관리하는 업무를 맡겼다. 통계숫자 관리 업무란, 세수를 전망하고 부과하는 등 통계표를 작성, 보고하는 일이었다. 유난히 숫자에 밝았던 나는 인정을 받았고, 이때의 인연으로 지금도 안 청장님과는 친하게 지내고 있다.

을지로에서 근무하던 나는 1978년 새로이 문을 여는 강남의 개청 요원으로 발령이 났다. 나는 당시 한창 아파트가 들어서던 압구정동 지역을 담당했다. 이때부터 나는 새롭게 문을 여는 지역으로 배치받아 개청 전문요원으로 활동했다.

1979년에 공무원 사회에 커다란 비리 사건이 터졌다. 이 사건으로 인해 나는 신설되는 남대문지서의 개청 요원으로 차출되었다. 당시 바로 밑 여동생은 신광여고를 졸업하고, 1976년에 공무원 시험에 합격하여 공무원으로 근무 중이었다. 내가 남대문으로 차출되었을 때 여동생이 우연히 남대문의 개청 요원이 되어 같은 곳에서 근무하게 되었다. 그러나 우리는 괜한 오해를 살지도 모른다는 생각에 직장에서는 서로 모른 척하고 지냈다.

당시 서울역 앞에 있는 대우빌딩에 있던 남대문 사무실에서 나는 1980년 서울의 봄을 현장에서 목격하게 된다. 그곳에서 대학생들의 서울역 앞 집회 등 민주화 과정을 눈으로 확인하게 되고 외국에 나가 있던 DJ가 귀국하던 날, 나는 공항에 나가 그의 귀국 장면을 확인하게 된다. 1987년 6·10 항쟁 역시 직접 현장에 나가 확인했다. 그 시절 나는 훗날 구미시장과 경북지사로 재직한 김관용 총무과장을 만나 인연을 맺게 되었다.

1979년부터 나는 세무사시험 준비를 하기 시작했다. 낮에는 근무하고, 저녁이면 시험 준비를 하는 '주경야독'을 시작했다. 이때 무리를 했는지 1980년 간염으로 병원에 입원, 45일간의 투병생활을 하기도 했다. 병상에 누워 늙으신 어머니가 병수발하시는 것을 보고는 결혼해야겠다는 생각을 하게 되었다. 당시 병문안 온 초등학교 선생이던 아내에게 나는 병실 프러포즈를 했고, 이듬해인 1981년에 우리는 결혼을 했다.

그 동안 나는 남대문에서 영등포로, 다시 구로로 자리를 옮기며 근무를 했다. 1981년 구로에서 근무하던 나는 세무사시험에 합격했다. 그리고 10년이 넘도록 인연을 맺었던 공무원 생활을 마무리했다.

세무사의 길을 걷다

공무원 생활을 마무리하고 세무사를 개업하려고 하자 동료들은 "왜 편한 직장을 그만두고 어려운 길을 가느냐"며 말렸다. 하지만 나는 젊었을 때 열심히 사업해서 평생 먹고살 만한 돈을 벌어야 한다는 목표가 있었다.

사표를 내고 닷새 후인 1982년 2월 10일, 세무사 사무실을 개업했다. 당시 구로세무서 청사가 있던 개봉동의 명지빌딩 바로 옆 건물 1층에 작은 사무실을 마련했다. 사무실은 8평이 채 못 되는 작은 공간에, 여직원 2명과 함께 시작했다.

미약한 출발이었지만 열심히 일했다. 세무사 사무실은 개업 첫 달부터 흑자를 기록했다. 얼마 후 같은 빌딩 2층 일부를 추가로 임대했고, 다시 3층으로 옮기며 사무실을 확장했다. 오가는 사람들이 찾아오기 쉽도록 한동안 1층 사무실을 함께 사용했으나 구로세무서가 다른 곳으로 옮겨 간 후에는 1층의 공간을 없애고 3층만을 사용했다.

1986년이 되자 거래처가 450여 개에 달해 전국 세무사 사무실 가운데에서 다섯 손가락 안에 들어갈 정도로 규모가 커졌다. 여직원 2명으로 출발한 우리 사무실은 3년 만에 직원이 25명으로 늘어날 정도로 성장한 것이다. 더 넓은 공간이 필요해 당시 완공된 구로구 고척 공구상가 4칸을 분양 받아 이사를 했다. 어느 누구도

입주하기 전이라 내가 1호 입주자를 기록했다.

세무사 사무실을 개봉동에 마련하면서부터 나와 경기도 광명시와의 인연이 시작되었다. 사무실은 개봉동이었지만, 신혼 초였던 우리 부부의 살림집은 인근 도시 광명시에 자리를 잡았다. 이렇게 인연을 맺은 나와 광명시는 어느덧 30년이 넘었다.

여기서 나의 인생관에 대해 잠시 짚고 넘어가야겠다. 대학 시절, 나는 '앞으로 어떻게 살아가야 할까'에 대해 깊이 생각을 하게 되었고, 고민 끝에 나만의 인생관을 갖게 되었다. 인생관은 곧 내 삶의 자세를 스스로에게 다짐한 것으로, 그때 마음 깊이 새긴 나의 인생관은 이렇다.

20대에는 무엇이든 배우자.

30대에는 평생을 먹고살 만큼 돈을 벌자.

40대에는 사회적으로 기반을 닦자.

50대에는 활발한 활동으로 인생의 꽃을 피우자.

60대에는 사회를 위해 봉사활동을 하자.

70대에는 손주들에게 '할아버지는 이렇게 살아왔다'고 떳떳이 말할 수 있도록 살아가자.

주변에서 말리는 데도 굳이 세무사 사무실을 개업한 데에는 그만한 이유가 있었다. 20대에 어렵지만 일을 하면서 대학을 다녔고, 일을 하면서 업무와 관련된 전문지식도 습득했다. 30대에 접어들면서 마침 세무사시험에도 합격했다. 그렇다면 내가 할 일은 분명했다. 30대에 열심히 일을 해 앞날을 준비해야 한다. 바로 이런 연유로 안정된 공무원 생활을 청산하고, 세무사 사무실을 개업하게 된 것이다.

세무사로 일하면서 공무원과는 또 다른 세상살이를 알게 되었다. 아마도 공무원과 세무사의 시각 차이가 세상을 바라보는 차이를 가져온 것인지도 모르겠다. 남녀노소, 빈부귀천 없이 사람을 만나면서 지역경제와 서민들에 대한 이해의 폭이 넓어졌고, 지역경제의 흐름과 지역사회의 여론도 쉽게 접할 수 있었다.

이렇게 나의 30대는 세무사 사무실에서 시작되었고, 그곳에서 사람을 만나고 일에 빠져서 그렇게 마무리되었다고 해도 과언이 아니다.

JC 활동과 정치 입문

세무사 사무실이 어느 정도 자리를 잡아갈 즈음, 거래처 사장이던 김포 JC(청년회의소) 박명덕 회장의 권유로 광명 JC에 입회하게 되었다. 내가 망설임 없이 JC에 입회할 수 있었던 것은 "조국의 미래, 청년의 책임"이라는 슬로건과 "인류에의 봉사가 인생의 가장 아름다운 사업임을 믿는다."는 구호가 내 마음을 움직였기 때문이다. 이후 어떻게 살아야 하는가에 대한 삶의 지표를 찾은 느낌이었다.

JC는 20~40세의 청년실업인 모임으로, 리더십 개발 조직이다. JC의 행동강령도 리더십 개발과 지역사회 개발, 그리고 세계화와 우정이다. 아무튼 JC 회원이 된 나는 1987년에 광명 JC 회장, 1988년에 JC중앙회 재정부실장, 1989년 JC중앙회 재정자립전문위원장, 1990년에 상무위원급인 JC중앙회 재정실장을 맡으며 JC 활동에 열심이었다.

전국 조직인 JC 활동을 하면서 나는 많은 사람들과 친분을 쌓을 수 있었다. 당시 JC 활동을 통해 알게 된 많은 이들 가운데 우리 사회에서 중추적인 역할을 하는 사람이 적지 않다. 문희상 의원 등을 비롯해 많은 JC 출신들이 정관계에서 중추적으로 활동하고 있다.

당시 JC 회원들은 만 40세가 되면 현역에서 물러나야 했다. 1991년 초, JC중앙회 재정실장을 끝으로 40세가 된 나는 좀 쉬고 싶었다. 나는 한동안 '세무사로서 열심히 일하자.'고 생각하며 현역에서 물러난 JC 회원들을 중심으로 '로터리' 결성을 구상하고 있었다. 그러나 JC 후배들은 나를 그냥 두지 않았다. 당시 1991년은 지방자치제도가 부활한 이래 최초로 선거가 실시되던 해였다. 후배들은 백 선배가 지방의회에 참여해야 한다면서 '광명을 위한 일꾼이 될 것'을 요구했다.

'풀뿌리 민주주의'가 제자리를 잡으려면 그 동안의 조직 활동

경험과 매사에 적극적인 성격을 가진 내가 적임자라면서 추천했다. 결국 거의 강제에 가까운 후배들의 끈질긴 종용에 나는 항복하고 말았다. 나의 저돌적인 추진력이 지방자치제의 실현에 작은 보탬이나마 되리라는 믿음으로 시의원에 입후보하고 뒤늦게 선거에 뛰어들었다. 한 달 반의 짧은 준비 기간이었지만 광명시민들의 적극적인 도움으로 시의원에 당선되었다. 이렇게 나는 뜻하지 않게 타인들의 적극성에 의해 정치 행보의 첫걸음을 떼었다.

시의원으로서 첫 의정 활동은 시에 대한 결산을 검토하는 일이었다. 당시 시의회가 처음 생겨 전문지식이 없다보니 '결산'이라는 개념이 부족했다. 나는 세무사로서의 전문성을 살려 세입 부분 체계의 토대를 만들고, 지방세 징수·체납액 처리·국세 행정을 지방세 행정에 접목시키는 등의 일을 했다.

시의원으로서 시의회가 시 행정에 브레이크를 거는 존재가 아니라 시정의 파트너로 자리 잡도록 하고자 노력했다. 시의회와 시정이 동반자가 되어야 시를 발전시키고 시민을 위할 수 있기 때문이었다. 2년 후에는 총무위원장을 맡아 의정 활동을 했다.

애초에 후배들이 나의 등을 떠밀 때만 해도 '내가 시의원으로 무슨 일을 할 수 있을까?' 하고 생각했지만, 막상 시의원으로 활동하기 시작하면서 시의원이 되길 잘했다는 생각이 들었다. 공무원과 세무사로서 일한 것이 세금 부과와 관련된 법의 체계, 배경 등에 대해 쉽게 이해하는 데 도움이 되었다. 또 세무사로 일하면서 남녀

노소, 빈부귀천 없이 사람을 만났던 것이 지역경제와 서민들에 대한 이해의 폭을 넓혀 주었고, 지역경제의 흐름과 지역사회의 여론 파악이 가능한 것도 시의원으로서 활동하는 데 큰 힘이 되었다.

도의원을 거쳐 광명시장으로

시의원으로서 눈코 뜰 새 없을 정도로 일에 매진하다 보니 어느새 4년이 후딱 지나갔다. 참으로 세월이 빠르다는 것도 이때 느꼈다. 1995년 제2기 지자체 선거가 곧 눈앞에 다가왔다. 나는 시의원을 그만두고 도의원에 도전하기로 마음먹고는 본격적으로 도의원 출마 준비를 시작했다. 선거구가 분할 합병되면서 3명의 도의원을 뽑던 선거구에서 4명의 도의원을 선출하게 되었다. 선거 결과 1등으로 당선되었다.

제2기 지자체 선거에서는 재선된 의원들이 많지 않았다. 나는 도의원으로 당선되자마자 시의원 경력을 인정받아 통상경제위원장으로 활동을 시작했다. 특히 중소기업을 지원하는 자금 확대에 노력을 쏟았다. 중소기업에서 자금이 필요할 때 담보 없이 쉽게 자금을 쓸 수 있도록 하기 위해 '경기신용보증기금'을 설립했다. 말뿐인 지원이 아니라 실질적인 지원이 될 수 있도록 하기 위해 경기도의 모든 금융기관에서 자금을 지원받을 수 있도록 했다.

하반기에는 문교위원회에서 도의원으로서 의정 활동을 했다. 문교위원으로서 첫 사업은 '학교운영위원회를 어떻게 활성화시킬 것인가' 하는 것이었다. 당시는 학교운영위원회를 심의기구로 할 것인지, 아니면 단순한 자문기구로 머물 것인지에 대해 도교육청과 운영위원회가 갈등 중이었다. 장기적인 관점에서 볼 때 도교육청의 권위주의적 관행이 사라지려면 학교운영위원회의 위상 강화는 절대적으로 필요했다. 그래서 학교운영위원회의 위상을 강화하고 활동을 확대시켰다. 이는 학부모와 학교가 함께 학교 행정의 주체가 되는 계기가 되었다.

시의원과 도의원을 거치면서 지역을 위해 일을 했다는 뿌듯함보다는 오히려 아쉬운 마음이 점점 커져 갔다. 의정 활동을 통해 시 행정과 도 행정을 지켜보면서 계획 단계에서부터 꼼꼼히 검토했으면 줄일 수 있었던 오류들이 의외로 많음을 알게 되었다. 그러면서 '이제 우리 시를 위해 직접 행정의 중심에서 온몸으로 뛰어 보자.'는 생각이 내 머리 속을 지배하기 시작했다.

의정 활동 7년을 통해 광명시가 무엇이 문제이고, 어떻게 해야 광명시민이 행복한가, 광명시민이 필요한 것이 무엇인가 하는 것을 알게 되었다. 그리고 이를 위해 단체장을 해야겠다고 결심했다. 가족을 설득하기까지는 힘이 들었지만, 가족들이 동의하고 적극적으로 도와주어 출사표를 던졌다.

광명시장 예비 후보 자격으로 당내 경선을 치렀고 승리했다.

그리고 광명시 시민의 열의에 찬 지지를 받아 제2기 민선 광명시장이 되었다. 그리고 4년 후인 2002년, 나는 또 한 번 광명시장에 당선되어 2기와 3기에 걸쳐 8년 동안 민선시장으로서 광명시민들을 위해 있는 힘을 다해 일할 수 있었다.

2년에 걸쳐 이뤄 낸 환경 기초시설 빅딜

내가 광명시장에 당선되면서 다짐한 것이 있다. 시민들에게 부끄럽지 않은 시장이 되려면 나만의 경영 마인드를 갖자는 것이었다. 지자체 경영은 기업 경영과 달라서 이윤 추구만이 최상의 과제는 아니다. 도덕적 마인드가 필수라는 생각이 지배적이었다.

내가 시장이 되기 전인 1997년부터 광명시는 집회와 구호로 인해 시끌벅적했다. 광명시와 인접한 구로구에서 소각장 건설을 계획한 것이 바로 그 이유였다. 여기에 광명시에서 추진 중이던 하수처리장 건설 계획에 대하여 예정 지역 5만여 명의 주민이 집단 민원을 제기했다.

시장으로서의 고민이 시작되었다. '시민들의 이유 있는 반대를 어떻게 해소하고, 하수 처리 문제를 어떻게 해결할 것인가?' 하는 것이 바로 그것이었다. 반드시 필요하지만 내가 사는 곳은 안 된다는 이 쉬우면서도 어려운 문제를 풀기 위해 고민해야 했다. '님비 현상'은 광명시만의 문제가 아니다. 광명시와 경계를 두고 있는 인근 지역도 같은 문제를 안고 있다. 그렇다면 혐오 시설을 우리 시에 모두 갖추면서 문제를 만들 것이 아니라 이웃한 지역과 함께 이용한다면 보다 쉽게 문제를 풀어나갈 수 있을 것이다. 생각이 여기에 미치자 좀 더 구체화시켰다.

소각장 건설을 계획하고 있는 구로구와 하수 처리장이 필요한 광명시가 서로의 시설을 바꿔 사용한다는 것이 그것이었다. 구로구에서 발생되는 생활쓰레기는 '광명시 자연회수시설'에서, 광명시에서 발생되는 생활하수는 '가양 하수종말처리장'에서 처리한다는 것을 기본으로 한 환경 기초시설 빅딜(Big deal)을 구상하였다. 이를 해결하기 위해 서울특별시장과 구로구청장을 직접 만나 협의했다. 환경 기초시설 빅딜의 성공은 광명시에 커다란 재정적 도움을 가져다주었다. 유사 시설 중복 투자 방지로 인한 예산 절감 1천655억 원, 시설 공동 이용 지원 자금 272억여 원 세입, 쓰레기 처리비·주민지원기금 등 세외 수입 등이었다. 이 빅딜이 공공 분야 혁신 사례가 되어 광명시는 많은 상을 받기도 했다.

살고 싶은 도시, 희망을 디자인하는 시장

시장으로 당선된 뒤 시민 복지와 삶의 질을 향상시키는 것, 즉

'시민이 살고 싶은 도시'를 만드는 것이 중요했다. 시민의 편의를 높이고 자족도시가 되도록 최선을 다했다. 이 결과 고속철도 광명역 개통, 광명역세권개발사업 추진, 소하택지개발사업 추진, 도시주거환경개선사업 추진, 경륜장 유치 및 준공, 문화 및 복지시설 확충 등의 성과가 있었다.

특히 경륜장 유치는 광명시 세입 중 가장 많은 세수를 차지하면서 대단히 빈약했던 광명시 재정에 큰 보탬이 되었다. 광명시 전체 건물 재산세를 합친 것보다 많고, 담배세와 자동차세보다도 많은 금액이 세수가 되어 시 재정이 훨씬 좋아졌다.

광명시장이 되고 나서 첫 번째 시작한 일이 택시사업구역 통합이다. 당시 광명시민들이 살면서 가장 자존심 상하는 일이 택시 타는 일이었다. 시민 대다수의 직장과 생활권이 서울임에도 서울이나 영등포에서 택시를 타고 광명에 가자고 하면 승차 거부를 당했다. 광명시민 중에서 택시기사와 안 싸워 본 사람이 거의 없을 정도라는 말들이 나돌았다. 그래서 우여곡절 끝에 결국 구로, 금천과 광명을 한 지역으로 묶었다. 서울의 택시는 광명에 들어오게 만들고, 광명 택시는 원칙적으로 구로, 금천만 나가는 것으로 해서 영구 통합을 만들어 냈다. 광명시민들을 대단히 행복하게 한 일이다.

그렇게 만든 이유가 또 있었는데, 당시 지하철 7호선 개통이 1년 6개월 정도밖에 남지 않은 상황이었다. 광명시에 택시가 600여 대

정도 있었는데, 7호선이 개통되면 광명시 택시업계가 거의 도산을 할 수밖에 없는 상황이었다. 이러한 상황도 인식하고 있었다.

시정을 운영하면서 가장 뿌듯했던 또 하나의 기억은 '전국 최초'라는 수식어를 여러 개 만들어 낸 것이다. 우선 전국 최초로 광명시가 '평생학습도시'로 지정받았다. 지식 기반 사회가 오면서 배움이 끝이 없게 되었으나 배움의 기회를 놓친 분들에게 그 기회를 되돌려 드리고 싶었다. 그리고 이것은 그간의 내 삶과도 무관하지 않다고 생각했다. 일하며 검정고시를 준비했던 10대의 기억, 역시 일하며 대학공부를 병행한 20대의 기억 때문에 남다른 애착을 보였는지도 모른다.

당시 '평생학습도시'라는 개념 자체가 대중에게는 잘 알려지지 않았고 이 방면을 연구하는 사람들 정도만 알고 있었다. 그런데 일본은 '생애학습'이라는 개념으로 보편화되어 있어 벤치마킹을 많이 했다. 한 2년쯤 지나니 교육부에서 관심을 가지게 되었고, 평생학습도시 1호로 지정되었다. 당시 2천200평 정도 되는 평생학습센터를 주민들이 접근하기 쉬운 지역에 세웠다. 평생학습 대상도 받았고, 평생학습 전국 축제를 개최한 적도 있다.

또 전국 최초로 했던 일이 지방자치단체 최초로 직영하는 '노인요양원 건립'이다. 보건소를 옮기면서 보건소 부지 안에 지었다. 그 요양원을 지으면서 공무원들에게 당부를 했다.

"내가 여러분과 약속을 하겠다. 모든 인원과 예산을 충분히 주겠다. 꼭 성공시켜야 한다." 요양원을 지을 때 인원과 예산을 충분히 지원해 주어 내가 한 약속을 지켰다. 대단히 잘 된 시설이어서 외국 교수들의 견학도 많았다. 일본, 미국에도 이런 시설이 없다는 얘기를 들을 정도로 굉장히 의미 있는, 성공한 사업이다.

지방행정뿐 아니라
국회의원으로서 국정을 돌보다

두 번의 시장 생활을 성공적으로 마치고 나니 시정 경험을 되살려 국회의원에 도전, 국가와 국민을 위해 일해야겠다는 생각으로 출마를 결심했다. 그리고 2008년 광명시민들의 적극적인 지지를 받아 국회의원에 당선된 후, 이제는 3선 의원으로 입법 활동을 하고 있다.

참으로 감사한 일이다. 기초·광역의원, 민선 2·3기 시장으로 지역의 정치와 행정을 살피는 것을 넘어 이제는 국가와 국민을 위해 일할 수 있는 기회까지 갖게 되었다.

지난 18대·19대 국회 8년간의 의정활동을 축약하자면 지방자치통 의원·조세재정전문 의원·을(乙) 위한 서민경제 전문의원·자타공인 정책통 의원으로서의 삶이었다.

18대 국회에서는 기획재정위 상임위에서 종부세 무력화, 법인

세·소득세율 인하, 다주택자 중과세 폐지 등 오로지 부자들의 세금을 깎아 주겠다는 정부에 맞섰다. 그 성과로 2009년 법인세·소득세 최고 구간 세율 추가 인하를 유보시켜 부자 감세 저지의 성과를 냈다. 국토교통위 상임위로 옮긴 후에는 세종시 수정안 저지와 4대강 사업 저지, 인천공항 민영화 저지 등 정부의 잘못된 정책을 막아 내기 위해 모든 노력을 다했다.

제19대에서는 안전행정위 상임위에서 활동하며 국회 최고의 지방자치전문가·조세재정전문가로서 지방자치 발전에 있어 뜻 깊은 성과들을 많이 남겼다. 특히 연간 1조 3천억 원의 지방세수를 확보하게 하는 등 어려운 지방재정을 위해 한몫 톡톡히 했다. 2013년 말, 지방세특례제한법 개정을 주도하여 대기업에게 집중되던 법인에 대한 지방소득세 공제·감면을 폐지시킴으로써 부자 감세를 일정 부분 시정하고, 지방재정 연간 9천500억 원을 확보하고, 2014년 말에는 지방교부세법 개정안을 대표 발의 통과시킴으로써 지방소방안전재정 연간 3천400억 원을 확보한 것이다.

이후 산업통상자원위 상임위에서 활동하면서 우리 사회의 약자인 중소기업·자영업·골목상권·전통시장을 보호하고 육성하는 일에 집중했다. 전통상업보존구역을 보전시키는 유통법 개정안을 본회의 통과시켰고, 적합업종제도를 강화하는 상생법 개정안은 진짜 민생법안으로 선정된 바 있다. 국감 등을 통해 골목상권을 마구잡이로 침탈하는 대기업 한식뷔페의 실상을 밝혀 골목

밥집을 지켜 내는 등 입법 외 활동에도 매진했다.

특히 19대 임기 중에는 제1야당의 정책 전반을 책임지는 정책 수장인 정책위의장을 맡은 바 있다. 당시 당의 지지도가 10%대 초반으로 곤두박질치고, 그 수습을 위해 비대위가 꾸려지는 등 당이 몹시 어려웠던 상황이었다. 하루도 밤잠을 쉽게 이루지 못하고 최선을 다했다. 다행히 노력만큼 성과가 있었다.

매번 정쟁으로 인해 기한을 넘겼던 새해 예산안을 12년 만에 법정 기한 내 처리해 의회정치의 새로운 모델을 보여 주었다. 갖가지 국부 유출 의혹을 집중 제기해 정부의 무능을 고발하였으며, 연말정산 파동 정국을 적극적으로 주도하여 현재 더불어민주당의 '더불어성장론'의 기초가 된 '가계소득 중심 경제성장론'에 대한 국민적 컨센서스를 이끌어 내 대안 세력으로서의 존재감을 각인시킬 수 있었다. 이러한 노력의 결과로 정책위의장을 퇴임할 당시에는 우리당 지지율이 30%선을 훌쩍 넘어 대통령의 국정 지지도를 뛰어넘는 소위 '골든크로스'를 기록하기도 했다.

이러한 성과들을 인정받아 가장 공신력을 인정받는 NGO 모니터단이 선정하는 '국정감사 우수의원'에 6년 연속 선정되었고, 의정 모니터단이 선정하는 '헌정대상'을 4년 연속 수상했다. 이와 더불어 대한기자협회 선정 '2015 대한민국 의정대상'을 수상하기도 하였고, 3년 연속 '국회도서관 최우수 국회의원'으로 선정되기도 했다. 6년 연속 '국감우수의원'과 4년 연속 '헌정대상'을 받은 19대 국회의원은 백재현 단 한 명밖에 없었다고 한다. 자랑스러운 일이다.

갓 시작된 20대 국회에서도 변함없이 지방자치통 의원·조세재정전문 의원·을(乙) 위한 서민경제 전문 의원·자타공인 정책통 의원으로서의 삶을 이어 가려고 한다. 국회 개원 첫날, 약자들과 을(乙)을 위한 민생법안들을 발의한 것으로 그 첫 발걸음을 떼었다.

새벽밥을 짓는 마음으로

"당신이 남들보다 나은 것이 무엇이냐?" 하고 묻는다면 나는 다른 것은 몰라도 성실하고 부지런한 천성만큼은 누구에게도 뒤지지 않을 자신이 있다고 말할 것 같다. 나는 지금도 날씨가 아주 춥거나 궂지 않으면 새벽같이 일어나 광명의 집에서부터 직장인 여의도 국회까지 뚝방길을 따라 걷는다. 인적 드문 천변을 걷다 보면 자연스레 인생과 사명에 대해서 성찰할 수 있는 시간을 갖게 된다. 그때마다 스스로에게 묻곤 한다.

'백재현, 당신은 왜 정치를 하는가?'

여러 고민 끝에 다다른 답변은 의외로 간명하다. 그것은 바로 '더 행복하기 위해서'이다. 우리는 언제 가장 행복할까? 바로 더불어 살아갈 때다. 자기 입에 맛있는 음식이 들어갈 때가 아닌, 사랑하는 가족들과 식탁에 둘러앉아 맛있는 음식을 나눌 때 우리는 가장 큰 행복을 느낀다.

'정치'란, 바로 그런 밥상을 마련하는 것이고, '정치인의 역할'은 그 밥상을 위하여 씨를 뿌리고 전답을 갈고 수확해서 밥을 지어내는 것이라고 나는 생각한다. 따라서 나는 정치인으로서 사명이 내가 가진 나름의 실력과 재주로 국민을 위한 밥상을 마련하는 것에 있다는 확실한 결론에 다다랐다.

때문에 새벽밥을 짓는 마음, 농사짓는 농부의 마음을 가지고 그 누구보다도 성실한 삶을 살아야 한다. 그리고 그렇게 살아왔다고, 최선을 다했다고 자부한다. 물론 그 원동력은 유년기, 청년기를 거치며 사서 했던 고생들, 주경야독했던 시간들이 자양분이 된 것이다. 젊은 시절 내 삶은 결코 평범하지 않았고 순탄치만은 않았다. 어려운 환경에서도 포기하거나 좌절하지 않고 극복하면서 얻은 소중한 경험 덕분에 비로소 지역과 국가, 시민과 국민에게 봉사하는 삶을 살고 있다.

전국의 검정고시 출신자들은 나와 비슷한 환경에서 그 누구보다도 역경을 극복한 사람들이다. 그 훌륭한 자산을 바탕으로 살아가는 소명을 찾아서 더욱 찬란히 빛나는 삶을 영위할 것으로 믿어 의심치 않는다. '가난은 역경의 열매'이기 때문이다. 새벽밥을 짓는 마음으로 난 오늘도 하루를 살아간다.

열정

일본의 기업가 내셔널 창업주 마쓰다 고노스케 회장은 성공의 원동력으로 '3불(不)'을 이야기하며 "가난했기에 부지런히 일했고, 몸이 약했기에 건강의 소중함을 알아 몸을 지켰으며, 못 배웠기에 세상 모든 사람들을 스승으로 삼아 배우고자 노력하였다."고 했다. 마쓰다 회장의 말대로 나는 일천한 학력을 보충하고자 제법 책을 많이 읽었다. 아마도 수천 권은 될 듯싶다. 어쩌다 책 속에서 좋은 글귀 하나를 발견하면 온몸에 전율을 느낄 정도로 매우 기뻤고, 이를 실천하기 위해 밤을 새우면서 즐거운 마음으로 노력했다. 또한 태어날 때부터 허약한 건강을 도모하기 위해 새벽마다 운동을 하며 심신을 단련시켰다. 학교라고는 초등학교밖에 다니지 못했지만 검정고시를 통해 학력 콤플렉스를 극복했고, 39년 동안 공직생활을 하면서 세무공무원의 꽃인 광주국세청장이 되어 주위의 부러움을 샀다.

신뢰를 바탕으로
공직사회의 신화를 쓰다

초등학교 졸업 학력으로 광주국세청장이 되다

신수원(세무법인 에이블 대표세무사·회장)

세무공무원 공채 4급을(7급) 합격
국세청 개인납세국장
광주지방국세청장
홍조근정훈장 수훈

'신사모'의 합창

어떤 시인이 나의 사무실에 진열된 기념패들을 살펴보았다. 그는 2012년 12월 31일 20명의 후배 직원들이 저마다의 추억을 연서(連書)하여 부이사관으로 전근하는 내게 만들어 준 감사패를 보고는 무릎을 쳤다. 그러고는 "네 귀퉁이를 갈고 닦아야 이응(ㅇ)이 되나니, 비로소 사람이 사랑이라"고 하는 짧은 시('ㅁ과 ㅇ')의 주인공을 찾았다는 듯 감격적인 목소리로 감사패에 박힌 글을 또박또박 소리 내어 읽었다.

"당신은 2010년 마지막 날 국세청 개인납세국 전자세원과에 부임한 후 지난 2년 동안 뜨거운 열정과 사랑의 리더십으로 전자세원과를 지금의 모습으로 잘 키워 내셨습니다. 부이사관 승진을 진심으로 축하드리며 지금은 이렇게 헤어지지만 기쁜 마음으로 보내드립니다. 앞으로도 지금처럼 밝은 미소와 따뜻함을 잃지 않으시고, 이제 더욱더 높은 곳에서 원하시는 세정 마음껏 펼치시길 바랍니다. 그리고 지금까지 우리에게 주신 사랑과 가르침 감사합니다. 우리는 영원히 당신을 잊지 못할 것입니다. 우리는 당신과 함께 신나게 일하며 수없이 많은 것을 배웠습니다. 원하옵건대 한 번 더 함께 일하고 싶습니다. 사랑합니다. 우리의 영원한 멘토 신 수원 과장님! 흰 눈이 소복이 쌓이는 용의 해 끝자락에서."

그러면서 그 시인은 내게 12수에 대한 이야기를 풀어 놓았다.

"천국이든 극락이든 들어가려면 12대문을 통과해야 한다고들 하지요. 12수는 하늘 3수와 땅 4수의 입체적 완성수인데, 12대문이란 게 실은 12가지 인간형의 시험이라네요. 지상에서 두루 원만, 원융회통(圓融會通)의 삶을 살면서 수많은 사람들로부터 인정받고 '그 사람 된 사람이야.' 하는 도장을 받아야 한다는 것이지요. 오늘 신 회장님의 삶을 돌아보니 그런 도장이 발자국마다 찍혀 있네요."

부드러운 미소와 자유로운 화법으로

그 시인의 말처럼 삶은 끊임없는 도전과 시련의 문턱을 넘으며 사람이 사랑의 실체로 거듭나는 과정인지도 모른다. 돌이켜보면 39년의 공직생활, 아니 오늘날까지 살아온 60여 평생의 숨 가빴던 순간순간의 과정이 실로 그러했던 것 같다. 12대문이 아니라

24대문을 통과해 온 느낌도 든다.

사람들은 내가 정규 초등학교 졸업이 다인 학력에도 이 살벌한 학벌사회에서 수많은 사람들에게 꿈과 희망의 아이콘이 될 만한 입지전적인 본보기의 삶을 살아왔다고 평가한다. 자리를 옮길 때마다 후배들은 내가 공직생활의 자양분이 되어 준 선배라면서 '신수원을 사모하는 모임(신사모)'을 만들었다. 또 나를 지켜본 기자들은 '국세청을 지켜온 숨은 일꾼'이라거나 '불꽃처럼 살아온 화합의 달인'이라는 평을 내놓았다. 선후배 국세공무원들 사이에서는 '화합과 융화를 모토로 최고보다는 최선의 결과를 추구하는 업무 스타일로 편안한 분위기 속에서 창의성을 발휘할 수 있도록 이끌어 주는 관리자'라는 평도 나왔다. 내게는 과분한 평들이다.

한편 나의 닉네임을 '신나라'로 부르는 지인들이 나를 놓고 "한결같이 부드러운 미소와 자유로운 화법으로 촌철활인(寸鐵活人)의 번뜩이는 충고와 격려를 준 멘토"라고 하는 대목에서는 스스로 위안이 되기도 한다. 내가 그런대로 나름 잘 살아 왔구나, 최선을 다해 여기까지 왔구나 하는 위안!

『아침에 편지』 책 발간을 통한 메세지

2015년 12월 28일 광주지방국세청장 명예퇴임식이 열리는 날,

이날 나는 "국세행정 집행 여건이 순탄치 않은 때에 여러분들에게 무거운 짐을 미루고 떠나게 되어 송구한 마음을 금할 길이 없다. 그러나 열정과 패기가 넘치는 여러분이 계시기에 마음의 짐을 내려놓고 홀가분하게 떠날 수 있을 것 같다."고 소회를 밝혔다. 그리고 덧붙였다. 기죽지 말고, 눈치 보지 말고, 당당하게 소신껏 맡은 바 일에 임하라고!

이 자리에서 나는 사비로 출간한 200쪽짜리 정사각형의 책 『아침에 편지』를 전 직원들에게 한 권씩 선물했다. 내가 아침마다 직원들에게 메일로 보냈던 시구, 아포리즘, 명언 등을 묶어 펴낸 책이다. 다들 "참으로 예쁘게 정성 들여 디자인한 세련된 책"이라고 이구동성이었다. 나는 책 서문에 이렇게 썼다.

자랑스럽고, 사랑하는 광주지방국세청 직원 여러분!

여러분들과 함께한 1년은 제 인생에 있어서 가장 행복했습니다. 제게 열정적으로 잘 해주어 고맙고 감사했습니다. 저는 일천한 학력을 스스로 보충하고자 제법 많은 책을 읽었습니다. 어쩌다 책 속에 좋은 글귀 하나를 발견하면 온몸에 전율을 느낄 정도로 매우 기뻤고, 이를 실천하기 위해 밤을 지새우며 즐거운 마음으로 노력하여 왔습니다. 좋은 한 마디는 사람의 인생을 바꾸게 하고 꿈을 이루게 합니다. "아는 만큼 느끼고, 느낀 만큼 보인다."는 말이 있듯이, 여러분의 마음을 움직이게 하는 한 마디를 발견하기를 바라는 마음에서 아침에 편지를 보내왔습니다. '아침에 편지'를 모아 책으로 발간하여 드리니, 곁에 두고 자주 보면서 자신이 성장하고 꿈을 이루는 데 훌륭한 동반자가 되길 기원합니다.

또한 우리 청에서 추진하고 있는 '존중과 배려의 세정문화' 실천운동은 내가 존중받고 배려받는 운동임을 명심하여 잘 실천해 주시기 바랍니다.

1700여 명의 직원들과 함께 호남 지역의 세정을 총괄하는 광주지방 국세청장에 부임하면서 나는 '존중과 배려, 소통의 세정'을 강조했다. 공교롭게도 그 당시 세월호 사고에 이어 메르스의 여파로 지역경제 활성화가 주요 현안으로 떠오른 시점이라, KC TV 광주방송(2015년 7월 28일)과 CMB 광주방송(2015년 8월 19일)에서는 연이어 대담 프로그램을 마련하여 나를 초대석에 앉혔다. 이 방송이 나가고 나서 지방국세청이 도대체 무슨 일을 하는 거냐고 묻곤 하던 사람들이 기존의 인식을 바꾸게 되었다는 이야기를 많이 들었다.

도전과 열정 사이

많은 이들이 나의 공직생활 39년 중 언제, 어떤 때에 가장 힘들었느냐고 물어본다. 어려운 시기가 왜 없었을까마는 나는 어려움을 어려움으로 느끼지 않고 오히려 도전적인 열정으로 즐겼던 것 같다. 매 순간 몰입해 일하다 보니 후회스러운 일이 기억에 없다.

이상하게 들릴지 모르지만 나는 일기도 쓰지 않았다. 과거를 반성한다는 것이 현재의 소중한 시간을 허비하는 것이라 생각했기 때문이다. 지금 여기(Now & Here)에서 그때그때 주어진 상황에 몰입하며 살다 보니 뒤돌아볼 시간도 없었고, 설혹 과거에 잘못했던 것이 있었더라도 '과거'로 훌훌 털어버리고 '미래'에 집중하는 것이 좋다고 생각했다.

어떤 상황에서도 긍정적인 사고가 중요하다. 나의 부족함에 대해서도 장애나 불편으로 여기지 않고 채우면서 보람을 느끼는 것이라고 긍정적으로 생각했다.

나는 뚜렷한 목표를 가지고 달려오지도 않았던 것 같다. 언제든지 문제가 생기면 옷을 벗겠다는 자세로 최선을 다해 왔다. 어떤 목표를 가지고 뭐가 되겠다고 하다 보면 때로는 비굴해져야 하고 타협도 해야 하기 때문에 당당할 수가 없게 된다. 나는 그저 열심히 살다 보면 뭔가 되지 않겠나 하며 살아왔다.

사람들은 검정고시를 봤다고 하면 다들 경제 사정이 어려웠으리라 생각하는데, 사실 그 당시 우리 집은 광주 시내에 집이 세 채나 있을 정도로 상당히 여유가 있었다. 그래서 나는 공직생활을 하면서 돈의 유혹으로부터 자유로울 수 있었다.

고향은 해남이지만, 나는 2014년 12월 광주국세청장에 취임하여 정이 많고 마음이 따뜻한 고향처럼 편안하게 즐거운 마음으로 근무했다. 그간 일선 현장을 자주 방문하여 지역 실상을 파악하고, '세월호 사고'로 어려움에 처한 진도 지역의 특산품 직거래 장터를 운영하였으며, 지역 중소상공인을 지원하기 위해 전국 최초로 '중소상공인 현장소통위원회'를 출범시켰다. 3월 3일 납세자의 날에는 음악회를 개최하였고, 무료급식봉사·전통시장 장보기 등 사회공헌 활동도 지속적으로 전개하여 매우 바빴지만 기쁘고 보람찬 나날을 보냈다.

국세 행정은 나라의 곳간을 채우는 매우 중요한 곳이다. 따라서 나는 기업들에 대한 세무 조사나 사후 검증을 지양하고 우선 성실 신고를 할 수 있도록 최대한 여러 가지 자료를 지원하는 데 역점을 두었다. 한편, 고의적이고 지능적인 탈세에는 엄정하게 법을 집행하는 준법 세정에 초점을 맞췄다. 현장과의 소통을 강화하여 억울한 일이 없도록 하고, 복지세제인 근로장려금과 자녀장려금을 차질 없이 집행하여 서민생활 안정과 세정 지원에 최선을 다했으며, 끊임없이 개혁하고 혁신하여 공정한 세정을 구현하는 데 모든 세정 역량을 집중했다.

또한 납세 의무를 널리 알리고 정착시키기 위해 '납세자의 날'에는 진정성 있는 행사를 가졌다. 나는 예전부터 수상자들을 줄 세워 놓고 인사 받으며 상장 수여하는 것은 너무 권위적이고, 또 분위기가 너무 딱딱해 보인다고 생각했다. 그래서 우리 청은 간부들과 포상 받는 분들이 함께 다과회를 가지며 대화를 나누는 시간을 갖도록 했다. 나는 수상자들을 행사장 단상에 모시고 일일이 다가가서 표창장을 수여했다. 세금을 낸 납세자들은 총칼을 든 군인 못지않은 애국자이므로 최대한 예우하고 존중해야 한다는 생각에서 나온 특별한 행사였다.

소통과 문화의 장

어느 직장이든 직원들 간의 소통이 없다면 동맥경화에 걸린 조직이다. 내가 광주국세청장으로 있을 때 가장 중요하게 여긴 것 중 하나가 '소통'이었다. 그래서 우리 청은 나를 비롯한 간부들과 직원들 사이에 원활한 소통을 위해 매분기마다 '문화가 있는 날'을 정해 놓고, 이 날은 영화를 관람하거나 산행을 하며 직장 동호회를 활성화하고자 했다. 때로는 현장에서 직원들과 도시락으로 오찬을 먹으며 애로사항 등 대화를 나누며 소통했다. 또 납세자와의 소통을 위해 매월 셋째 주 화요일은 '세금문제 소통의 날'로 정해 놓고, 소관 분야별로 우수 국세 공무원들이 세무사·변호사·회계사 등 외부 전문가들과 함께 납세자의 불편이나 애로사항을 최우선으로 해결하기 위해 모든 역량을 집중시켰다.

탈세는 국가의 조세 수입을 타인에게 전가하는 행위로 매우 나쁘지만, 절세 과정에서 실수한 납세자를 죄인처럼 다뤄서는 안 된다고 생각한다. 자칫 세법을 지나치게 해석하여 무리하게 과다한 세금을 부과하면 자금줄이 막혀 사업에 막대한 피해를 입히기도 한다. 나는 이런 부실한 세금 부과를 막기 위해 과세할 수 없는 논리를 개발하여 조사 직원들과 토론하고, 나의 논리가 잘못되었다고 인정될 때만 세금을 부과하도록 하여 납세자가 과세의 불만으로 불복하는 경우가 거의 없었다. 그리고 조사 과정에서도 납세자 입장에서 과세될 세금을 함께 고민하고, 법리적으로 과세하지 않을 방법이 없음을 안타까워하며 고민해 주면 많은 세금을 부담하면서도 오히려 고마워한다는 사실을 알았다. 심지어는 조세포탈로 검찰에 고발되어 감옥에 갔던 분들도 나를 상담 멘토로 찾아오곤 했다.

상대를 포용하기 위해서는 공직자 자신이 상대의 입장에서 많이 아파봐야 한다. 이는 온정주의에 빠지지 않으면서도 운영의 묘를 살려 상생의 길을 모색하는 소통과 배려의 해법이라고 할 수 있다.

호남의 열악한 세수를 위한 세정 홍보

광주국세청장으로 있으면서 가장 고민되었던 부문은 열악한 세수이다. 호남 지역은 전국 지역 총생산의 10.2%, 세수는 6.6%에 불과한 수준으로 상당히 열악한 편이다. 지역의 특성상 넓은 농어촌

도서 지역으로 인구 노령화가 가속화되고 있는 데다 산업경제 기반 시설의 부족 등으로 경제적 취약 계층이 밀집해 있다. 이러한 지역 상황에 맞추어 납세자에 대한 불필요한 간섭을 최대한 줄이고자 했으며, 성실 신고 지원에 힘썼다. 당시는 메르스로 인해 여러 관광업과 숙박업, 중소상공업이 매우 어렵다는 사실을 피부로 느끼고 있었다. 이에 도움을 주고자 세정지원제도를 적극 시행하였으며, 영세 납부자의 권익보호에 만전을 기했다. 국선 대리인 제도를 통해 납세협력 비용이 절감되도록 지원하고, 경제적 취약 계층을 보호하면서 지역경제 활성화에 보탬이 되도록 뒷받침했다.

사실 국세청은 국민의 행복에 기여하는 복지 행정에도 큰 축을 담당하는 복지기관으로서의 역할도 수행하고 있다. 2009년에는 처음으로 서민층의 경제적 안정을 위해 실직 소득을 보장해 주는 근로장려금 제도를 도입하여 보험설계사와 방문판매원까지 수급 대상이 확대되었다. 2015년부터는 전문직 사업자를 제외한 자영업자까지 확대하여 운영하고 있고, 출산장려 정책에 따라 가정에 양육비를 지원하는 자녀장려금 제도가 또 시행되고 있다. 국세청에서 시행하고 있는 이러한 여러 복지세정이 지역민들에게 골고루 전달되도록 세심한 노력을 기울였다.

또한 광주국세청은 지역주민과의 소통을 위해 탁상행정에 머물지 않고 공무원들이 직접 지역의 대표적인 축제 현장을 찾아가는 등 다각도의 홍보활동을 꾸준히 전개했다. 과거의 홍보방식에서 벗어나 IT에 기반한 새로운 납세 환경에 능동적으로 대응하여 지역민들의 눈높이에 맞는 맞춤형 세금 정보를 제공하였다. 또한 KC TV 광주방송, CMB 광주방송 등과 세정홍보 업무 협약을 체결하고 세금 절약 특집 프로그램을 방영하여 지역민들의 큰 호응을 얻었다. 근로장려금 신청 기간에는 지방자치단체와 협업을 통해 읍·면·동사무소 633개소와 노인 일자리 사업을 수행하는 119개 단체에 현지 접수창고를 운영하여 신청률이 92%에 달할 정도로 큰 성과를 이루었다. 이는 전국 지방청 중에서 가장 높은 신청률이었다. 6월에는 올바른 납세의식을 높이기 위해 세정 자료를 전시하는 새미래 체험관을 개관, 맞춤형 세금교육과 청소년을 위한 진로체험 확대 및 학습과제를 개발 보급하며 국세행정에 대한 이해의 폭을 넓혔다.

돌이켜 생각해 보니 어려운 여건 속에서도 자기 몫의 세금을 성실히 납부하고 세정에 적극 협조했던 광주지역민들이 참으로 고맙게 느껴진다. 호남 지역의 세정을 총괄하는 지방국세청장으로서 책임감이 무겁지만 안으로는 1천700여 명의 직원들과 함께 국가 재정의 안정적인 확보라는 본연의 임무에 충실하고, 근로장려금과 자녀장려금 복지 혜택이 잘 집행되도록 만전을 기했다. 아울러 지역경제 활성화의 불씨가 살아나도록 모든 역량을 투입하며, 현장에서 느끼는 작은 불편 하나라도 귀담아 듣고 정성껏 고쳐 나가면서 지역민들의 사랑과 신뢰를 받는 세정을 구현하도록 애썼다.

세무공무원 외길 39년의 발자취

되돌아보니 나는 여러 임지에서 다양한 업무 경험을 통해 세정 전반에 걸쳐 전문성을 쌓아온 것 같다. 1977년 남부산세무서 등 부산지방국세청에서 11년간 근무하면서 능력을 인정받고 19년 만에 사무관으로 승진하여 논산세무서 간세과장과 국세청 부가가치세과, 구로세무서 부가가치세 1과장, 서울국세청 감사관실, 서울국세청 조사1국 등을 거쳤다. 사무관 승진 10년 만인 2006년에 서기관으로 승진, 진주세무서장을 시작으로 중부국세청 조사3국 3과장과 2과장을 거침으로써 일반·특별 세무 조사의 전반을 섭렵했다. 2010년 말 국세청 전자세원과장으로 본청에서 근무하다가 중부국세청 납세자보호 담당관을 거쳐 부이사관으로 승진, 1년여 만에 고위 공무원으로 승진하여 본청 개인납세국장에 올랐다. 다시 1년 만에 호남 지역 세정의 컨트롤타워인 광주지방국세청장에 영전, 주위에서는 공직사회의 신화를 기록했다고 평가했다.

그중 가장 보람 있는 일은 국세청 전자세원과장을 역임하면서 전자세금계산서 제도를 도입하여 정착시키고, 고소득 전문직의 현금 매출에 대한 현금영수증 발급을 의무화하는 등 과세 인프라 구축에 기여했다는 점이다. 현금영수증 발급제도의 활성화를 위해 발급 거부 신고 기한을 한 달에서 5년으로 확대하는 '조세특례제한법' 시행령이 통과되면서 가짜 세금계산서는 자취를 감추게 되었다. 당시 인기 스타 텔런트 김정은과 함께하는 현금영수증 가맹점 스티커 부착, TV 광고 등 적극적인 홍보와 기발한 아이디어를 펼친 것이 제도 안착에 주효했던 것 같다. 현금영수증·전자세금계산서 제도는 세계에서 우리나라만이 갖고 있는 투명하고 합리적인 과세 인프라로, 다른 나라의 벤치마킹 대상이 된 점에 긍지를 느끼고 있다.

아들 결혼식의 주례로 서서

2015년 9월, 아들 결혼식의 주례를 섰다. 그간 몇 차례 후배들의 간곡한 요청에 의해 주례를 섰고, 요즘에도 부탁이 들어오지만 나는 손사래를 친다. 사실 주례를 선다는 것은 쑥스럽기도 하고, 본인의 지난 과거 행동보다 과한 훈계를 하게 되는 경우도 있어서 싫다. 그러나 아들과 며느리에게는 내가 축복의 메시지를 주고 싶었다.

사랑하는 아들 동혁아, 그리고 우리 며느리 보리야!
너희들이 사귀는 몇 년 동안을 지켜봤는데, 별 다툼 없이 친하게 지내는 모습만 보여서 좋았다. 그런데 결혼하고 나면 다를 수 있다는 노파심에서 한마디 하겠다.
부부란 자라온 생활환경과 문화, 습관 등이 달라서 먹고 싶은 것, 하고 싶은 것 등 모든 면에서 이견이 있을 수밖에 없다는 사실을 명심하고, 사랑의 힘으로 소통하고 이해하며 잘 극복하길 바란다. 그리고 사랑에 대해서 멋있게 표현된 것이 있어 읽어 주니 참고하기 바란다.

"사랑은 사흘만 지나면 곰팡이가 피는 연약한 빵이고, 물을 자주 갈아 주지 않으면 며칠 만에 시들어 버리는 꽃이며, 더운 날의 호박무침처럼 쉽게 변한다. 영원한 사랑은 없다. 사랑은 변하기 때문에 가치가 있다. 변하는 것을 지키려는 노력, 사랑하는 사람이 아름다운 건 그 때문이다."

그렇단다. 사랑은 상대를 소유하며 내 맘대로 하는 게 아니라, 상대방이 원하는 것을 주고 세심한 배려로 상대방의 바라는 마음을 읽어 주고 가꾸어 줌으로써 그 마음이 변치 않도록 하는 것이다.

사실 이 주례사는 내가 늘 후배 직원들에게 하던 이야기이다. 이것도 일종의 직업병(?)인가? 어쨌거나 오랜 세월에 걸쳐 터득한 '소통과 배려'의 철학을 직장에서나 가정에서나 일관되게 할 수 있다는 것이 뜻깊게 여겨졌다. 적어도 수신제가(修身齊家)하여 안에서는 일가(一家)를 이루고 밖에서는 공직을 완주(完走)했으니!

4남 5녀의 철없던 막내 '개수'

눈 감으면 손에 잡힐 듯 되살아나 파노라마처럼 스쳐가는 지난

날의 기억들! 나는 1955년 9월 19일 '땅끝'이라 불리는 전남 해남군 현산면 조그만 시골 마을에서 4남 5녀 중 막내로 태어났다. 한국전쟁이 끝난 지 얼마 안 되어 굶주림과 전염병으로 유아 사망률이 높았던 시절이었다. 두 분의 형님도 내가 태어나기 전에 돌아가셨다. 그런데 나 또한 병치레가 잦아 2년이나 지나서야 출생신고를 했으니, 당시 부모님의 심정은 얼마나 애가 탔을까. 이렇게 실제보다 두 살이 늦어진 호적 나이 때문에 젊었을 때는 동갑내기를 형이나 선배로 불러야 하는 등 불편하고 억울한 측면도 많았지만, 아이러니하게도 그 덕에 광주지방국세청장이 될 수 있었다.

아버지는 막내아들이 오래오래 살아야 한다는 염원으로 '壽(목숨 수) 遠(멀 원)'이라 이름을 지어 주셨고, 동네에서는 천한 이름으로 부르면 오래 산다는 미신이 있어 초등학교 시절에는 '개수'라고 불렀다. 지금도 고향 어른들은 '개수'라고 해야 알아본다.

나는 초등학교 들어갈 때까지 어머니 젖을 물었다. 그 젖을 떼려고 엄청 쓴 토끼풀 진액을 젖꼭지에 묻혔던 기억이 떠오르는데, 그 쓴맛이 아직도 혀끝에서 느껴질 정도다. 누나들은 막내 동생 놀린다고 재미삼아 처녀귀신, 달걀귀신, 빗자루귀신 등 온갖 귀신 이야기를 해주었는데 어찌나 무서웠는지 지금도 비가 오는 날 아파트에 혼자 있으면 귀신이 나올 것 같아 잠을 설치곤 한다.

집에서 초등학교까지는 왕복 40리(16km)로, 산과 강을 넘어야 했다. 비가 좀 많이 오면 강을 건너지 못해 학교에 갈 수 없었고,

농번기 때는 일한다고 안 갔다. 때로는 등굣길에서 선배들이 땡땡이치자고 해서, 때로는 마을 친구들과 토끼몰이 등으로 노느라 안 갔다. 아마 3분의 1 정도는 학교를 빼먹은 것 같다.

게다가 나는 정신이 산만하여 선생님 말씀에 집중하지 못했고, 난독증 때문인지 초등학교 졸업 때까지 한글도 잘 읽지 못했으며, 집에서도 공부를 해 본 기억이 전혀 없다. 공부는 제쳐 놓고 친구들과 들에서 소를 풀어놓고 풀을 베거나 마을 앞 저수지에서 목욕하고 낚시질하는 것이 즐거운 소일거리였다. 또한 친구들과 몰려다니며 외갓집 산에서 밤 따 먹던 기억이 생생하다.

방황의 끝, 검정고시 합격

아버지는 도시의 발전을 예측하고 광주로 이사 가고자 1964년경부터 시골 농토를 팔아 광주 소재 토지를 매입하기 시작했다.(당시 광주나 해남의 농지 가격은 큰 차이가 없었음.) 그러나 내가 열 살이 되던 1965년 2월, 아버지는 위암으로 갑작스럽게 세상을 뜨셨다. 그런데 엎친 데 덮친 격으로 8개월 후에 할머니마저 돌아가셨다. 나는 철이 없어서 그런지 엄한 아버지의 죽음 앞에서는 덤덤했지만, 당시 굶는 사람들에게 쌀도 주고 집에 데려와 식사도 대접하셨던, 그리고 언제나 나를 보호하며 피신처가 되어 주셨던 할머니가 돌아가셨을 때는 너무 슬퍼서 많이 울었다. 그만큼 할머니의 사랑을 듬뿍 받고 자랐다.

두 분의 죽음 이후 어머니를 비롯한 우리 가족은 1968년 3월, 그러니까 내가 초등학교를 졸업할 무렵 광주로 이사를 하게 되었다. 당시에는 중학교에 진학하려면 입학시험에 합격해야 했는데, 초등학교 졸업 때까지 한글도 제대로 깨우치지 못했으니, 입학시험은 감히 엄두도 내지 못했다. 그런 나에게 11세 위의 형님은 자신이 이루지 못한 명문학교의 진학을 강요했다. 참 답답하기 짝이 없었다.

나는 공부가 싫어 집을 나가 친구와 자취를 하면서 신문 배달에 포장마차 튀김장사를 하기도 하고, 산속에 들어가 도를 닦는다고 몇 달을 보내기도 했다. 이렇게 3년이라는 허송세월을 보내고 1972년에야 중학교 졸업 자격 검정고시에 합격했다. 그리고 명문고에 진학하겠다고 공부하며 1년의 세월을 보낸 뒤 1974년에 고등학교 졸업 자격 검정고시에 합격했다.

두 차례나 겪은 죽음의 문턱

내가 굳이 중·고등학교를 가지 않은 이유에는 나에게 대리만족을 느끼고 싶어 하는 형님의 명문학교 진학 고집 때문이기도 했지만, 왠지 평범한 것을 싫어했던 나의 성격 탓도 있다. 이를테면, 뭔가 남과는 다르게 살아야 한다는 생각에 낮에는 자고 밤새워 공부하다가 새벽에 해가 떠오르는 것을 보아야 뿌듯한 마음이 들었다.

1970년대 초, 부동산 개발 바람이 불어 우리는 논밭을 팔고 광주 도심지에 건물을 사서 임대업을 하는 한편, 슈퍼마켓을 운영해 경제적으로 여유가 있었다. 마침 나를 통제, 관리하던 형님이 군 입대 후 월남에 파병되었다. 이제 나는 더 이상 아무런 제재 없이 친구들과 어울려 술이나 먹고 방탕하게 세월을 보낼 수 있었다. 이런 상태에서 소위 잘나가는 명문대학에 진학한다는 것은 애시당초 틀려먹은 것이었다.

1975년 8월 중순경, 친구들과 해남 여행 중에 사달이 벌어졌다. 속이 쓰린 데도 계속 술을 마셨더니 배가 너무 아파 도저히 참을 수 없는 지경이 되었다. 해남에 있는 병원에서 '위천공' 진단을 받고 곧바로 전남대학병원 응급실로 호송되어 급하게 수술을 받았다. 겨우 목숨은 건졌으나 위를 반 이상 절제하였다.

그 당시 의료 시스템으로는 이렇게 신속하게 병원을 옮겨 가며 수술을 한다는 건 거의 불가능한 일이었다. 다행스럽게도 해남에서 실세인 여당 국회의원 보좌관을 지낸 둘째 매형 덕분에 가능했다. 어쩌면 내가 살 운명이어서 그랬는지도 모른다.

그렇게 목숨을 건진 나는 그해 10월에 퇴원, 배에 붕대를 감은 상태에서 여전히 친구들과 어울려 다녔다. 참 겁도 없고 철도 없었다. 일주일쯤 지나자 또 배에 심한 통증이 왔다. 수술한 부위에 염증이 생겨 또다시 위 절제 수술을 받을 수밖에 없었다. 이제 나의 위는 겨우 3분의 1 정도만 남게 되었다. 의사들은 살기 어렵다고 했다. 그러나 나는 이렇게 기적처럼 살아났다.

57:1의 경쟁, '공무원 4급을' 합격

두 번이나 죽음의 문턱을 넘고 나니 많은 생각이 교차했다. 나 때문에 병간호하면서 고생하신 어머님이나 결혼한 지 얼마 안 된 형님과 형수님에게 죄송하다는 생각이 들었다. 더 이상 가족들의 도움을 받지 않고 스스로 번듯하게 성공해서 어머님께 효도하고, 주위 분들의 기대에 부응하고 싶었다.

집에서 요양하고 있던 1976년 1월 중순경, 명문고인 광주고등학교를 졸업한 삼촌뻘 되는 분이 대학교에 갈 형편이 안 되어 '4급을(현재의 7급)' 공무원 시험공부를 한다는 말을 듣게 되었다.

'그래, 나도 거기에 도전하자!'

형님께 결심을 말하고 서울에 가서 학원에 다니겠다고 경비를 부탁하니, '4급을은커녕 5급을(현재의 9급)이나 보라'며 핀잔만 주었다. 물론, 그간의 내 행동을 보고 믿음이 가지 않아서 한 말이겠지만 모처럼 작정하고 뜻을 세운 나에게 찬물을 끼얹으니 내 마음의 상처는 이루 말할 수가 없었다. 결국 더 이상 주장하지 못하고 나는 또 방황하기 시작했다.

이런 나에게 어머님과 형수님은 서울에 가서 공부하라며 형님 몰래 학원비를 마련해 주었다. 2월부터 마포에 있는 셋째 누나 집에서 숙식을 하며 종로에 있는 학원을 다니게 되었다. 누나 집은 조그만 방 두 칸에 조카가 세 명이나 있어 새우잠을 자야 했고, 주로 밀가루 수제비 죽을 먹었다. 어렵사리 꾸려 가는 형편임에도 군말 없이 나를 받아 준 매형과 누나의 신세를 생각하면 미안하고 참 고맙다.

평소에 공부를 제대로 하지 못한 상태에서 대졸 수준의 시험 과목을 3개월 만에 마스터하기란 여간 어려운 일이 아니었다. 나는 새벽 6시에 제일 먼저 독서실 문을 열고, 밤 12시가 되어 독서실 문이 잠길 때까지 예습과 복습을 했다. 그렇게 하니까 강의 시간이 얼마나 즐겁고 재미있는지, 그야말로 교과 내용이 머리에 쏙쏙 들어왔다. 학원을 마치고 돌아오는 30분 소요의 시내버스에서 5시간의 강의 내용이 재미있는 영화를 본 것처럼 처음부터 끝까지 리바이벌(revival)되었다.

지금 생각해 보니 이 시기에는 내가 완전히 공부에 몰입되어 있었던 것 같다. 이렇게 1976년 2~4월의 학원 공부 3개월을 마치고 6월 12일 시험 보는 날까지는 집에서 공부를 했는데, 만 4개월이 조금 지나면서 시험과목의 교과 내용을 거의 다 외울 정도의 실력이 되었고, 57 대 1의 치열한 경쟁률에도 나는 좋은 성적으로 합격했다.

마음의 문을 열고 텃세를 극복하다

합격 당시 나는 호적으로 만 19세가 안 된 탓에 다른 동기들보다 다소 늦은 1977년 1월에 부산지방국세청으로 임용되었다.

전라도 촌에서 초등학교만 나온 20대 초반의 어린 새내기가 생활 기반이 전혀 없는 경상도에서의 직장생활은 쉬운 일이 아니었다. 특히, 당시 세무서에서는 두 사람이 한 조가 되어 특정 지역의 업무를 처리했는데, 직급이 높은 내가 반장이 되자 30대 중반의 나이 많은 반원은 나를 무시하고 자기 임의로 일을 처리하는 등 이른바 텃세를 부렸다. 그렇다고 반장 대우를 해달라고 요구할 수도 없고, 요구한다고 들어줄 리도 없었다.

이 난관을 어떻게 극복할 것인가. 나는 오직 실력을 갖추는 길밖에는 없다는 생각에 업무능력 향상을 위해 더욱 노력했고, 그 결과 직무 관련 필수인 회계실무와 조사요원 자격을 누구보다 먼저 취득했다. 또한 못 먹는 술이지만 직원들과 어울리면서 내가 먼저 마음의 문을 열고 다가서니 어느덧 정을 담은 소통이 시작되었다. 권리는 당연히 주어지는 것이 아니라 치열하게 싸우고 힘을 길러 찾아야 한다는 걸 이때 깨달았다.

객지인 부산으로 발령받아 10여 년의 공직생활을 하는 가운데 손꼽을 수 있는 기념비적인 일 중 하나는 진주가 고향인 지금의 아내를 만나 국민화합의 상징인 '원조 영호남 부부'가 된 것이다.

내가 세무공무원으로 첫발을 디딘 1977년은 부가가치세가 도입되어 업무량이 폭주했고, 지금처럼 체계적이지도 않아 야근은 물론 주말 근무도 많았다. 세금 부과의 기준이 되는 과세 자료도 없어 담당자와 납세자가 적당히 타협하여 세금을 과세하는, 이른바 '인정과세'를 남발하기도 했다. 나는 그러한 과정에서 돈이나 향응을 받고 세금을 깎아 주는 부정을 저지르다가 발각되어 쫓겨나는 공직자들도 많이 보았다. 이런 충격과 회의감에 공직을 그만두고 대학교에 가서 다른 공부를 할까 하는 생각도 많이 했지만, 공직자로서 억울한 납세자에게 도움을 주었을 때의 기쁨과 자긍심을 포기할 수는 없었다.

지독한 학력 콤플렉스

당시 주위의 고졸자들은 직장에 다니면서 야간대학을 많이 다녔는데, 나는 간판이나 스펙을 위해 공부하는 것이 싫어 굳이 대학 진학을 하지 않았다. (나중에 사이버대학 중국학부에서 공부한 것은 스펙 때문이 아니라 지적 욕구를 좇아 좋아서 한 것이다.) 돌이켜보면 나의 치기 어린 생각이 아니었나 하는 회한도 들지만, 누구에게 보이기 위한 행동이나 제스처를 나는 천성적으로 싫어했다. 그 대신 책을 많이 읽었다. 어떤 책은 소름이 돋을 정도로 공감이 되어 몇 번씩 보면서 그 내용을 실천하고자 했다. 남자는 모름지기 수레 다섯에 실을 만큼 많은 책을 읽어야 한다는 "남아수독오거서(男兒須讀五車書)"라는 말도 있듯이 그 시절 몸에 밴 독서습관은 나로 하여금 오늘날까지 수천 권의 책을 읽게 했다.

1996년에 사무관(공무원은 이때부터 과장으로 불리며 간부가 됨.)으로 승진했는데, 나는 이 시기부터 학력 콤플렉스에 시달리기 시작했다. 국세청은 1~2년마다 다른 세무서나 타 지방청으로 전보 발령을 받는데, 그때마다 학력 등 기본적인 사항(인사 요약 카드)을 작성하여 제출해야 했다. 간부들의 상당수는 고시 합격자들로, 소위 SKY 대학 출신들이 많았다. 그런데 나는 달랑 '초등학교 졸업'이라고 기재하니, 그때의 스트레스는 말로 형언할 수 없이 컸다. 심지어 "검정고시 출신들은 어렵게 자랐기 때문에 욕심이 많고 이기적이며, 조직생활을 안 해 봐서 화합에 부정적이다."란 말도 들어야 했다. 어떤 때는 인사 요약 카드를 박박 찢어 버리거나 모든 걸 다 버리고 숨고 싶은 충동마저 일었다.

가장 콤플렉스가 심했던 시기는 서기관 승진 시점인 2005~2008년으로, "초등학교만 나온 사람이 어떻게 서기관으로 승진할 수 있느냐."는 소리가 들리는 듯했다. 늘 그랬던 것처럼 겉으로는 당당하고 밝은 얼굴로 웃고 다녔지만 잠도 못 자고 매사가 짜증스러웠다. 그러던 어느 날, '내가 왜 학력 콤플렉스 때문에 이렇게 시달려야 하나?' 하고 자문해 보았다. 그 이유는 학력으로 폼 잡고 싶고 승진하고 싶은 욕심 때문이었다.

나는 먼저 나 자신의 학력이 미천하다는 것을 솔직하게 알리며 더욱 겸손하게 처세하되 상대의 우수한 학력을 인정하자고 마음을 추슬렀다. 그리고 승진으로 인정받기보다는 상하 동료들로부터 신뢰받는 사람이 되고자 작정했다. 그렇게 마음을 정리하고 처세를 하니 내 자신이 오히려 더욱 여유 있고 당당해졌다. 콤플렉스의 종류는 인류의 개체 수만큼 다양하며, 누구나 나름의 콤플렉스가 있기 마련이다. 그 콤플렉스를 잘 받아들여 극복하면 오히려 큰 장점이 된다는 것을 나는 스스로 터득했던 것이다.

신뢰를 바탕으로 거듭된 승진

사람들은 종종 "어떻게 해서 초등학교 졸업이 전부인 학력으로 '지방국세청장'이라는 고위 공무원까지 승진할 수 있었느냐?" 묻는다. 무슨 비결이 있느냐는 것이다. '비결'이랄 것까지는 아니지만 나는 나름대로 나만의 소신과 가치관으로 열심히 살아왔다. 얼추 다섯 가지로 정리해 볼 수 있겠다.

첫째, 나는 매우 긍정적이고 적극적인 자세로 일을 즐기는 사람이다. 후배들과 대화를 나누다 보면 39년의 오랜 공직생활을 해오면서 얼마나 힘든 일이 많았느냐고, 그 가운데 가장 힘들었던 시기가 언제였냐고들 묻는다. 그런데 이상하게도 나는 정말 힘든 시기는 없었고 의미 있었던 시기만 기억이 난다. 사실 나는 힘든 문제나 도전적인 과제가 생기면 이를 '어떻게 다른 사람들보다 더 멋지게 해결할 수 있을까?' 하고 오히려 희열을 느꼈다.

1979년 7월경 상급기관으로부터 업무감사를 받았는데, 교육기간 중에 반원이 잘못한 일로 내가 징계(견책)를 당했다. 너무 억울하여 감사반장에게 찾아가 호소하자, 감사 담당자도 잘못 없음은 인정하지만 한번 처리된 것이라 어쩔 수 없다고 했다. 나는 행정심판으로 불복 제기를 하여 끝내 승소를 했다. 당시 상급기관으로부터 불복 제기를 취하하라는 협박을 받기도 했지만, 나는 힘들었다는 생각보다는 잘 대응했다는 생각만 기억에 남아 있다.

늘 이런 자세로 살아온 나는 39년의 공직생활 동안 경고장 하나 받지 않았다. 만약 귀찮다고, 힘들다고 적당히 받아들였다면 징계전력으로 인해 지방청장이 되는 데 걸림돌이 되었을 것이다. 세상을 살면서 대인관계가 유연해야겠지만, 정의에 어긋나거나 위법부당한 처사에 대해서는 거부할 수 있는 용기가 있어야 한다.

둘째, 나는 늘 부족한 것을 채우고자 노력했다. 일본의 기업가

내서날 창업주 마쓰다 고노스케 회장은 성공의 원동력으로 '3불 (不)'을 이야기하며 "가난했기에 부지런히 일했고, 몸이 약했기에 건강의 소중함을 알아 몸을 지켰으며, 못 배웠기에 세상 모든 사람들을 스승으로 삼아 배우고자 노력하였다."고 했다. 마쓰다 회장의 말대로 나는 일천한 학력을 보충하고자 제법 책을 많이 읽었다. 앞에서 말했지만 아마도 수천 권은 될 듯싶다. 어쩌다 책 속에서 좋은 글귀 하나를 발견하면 온몸에 전율을 느낄 정도로 매우 기뻤고, 이를 실천하기 위해 밤을 새우면서 즐거운 마음으로 노력했다. 또한 건강을 도모하기 위해 새벽마다 운동을 했으며 국선도, 단학, 파룬궁에 심취하여 심신의 기를 조절하고 생명에너지를 감지할 수 있는 능력도 갖추게 되었다. 『논어』 '옹야편'에 내가 좋아하는 말씀이 있다. "아는 사람은 좋아하는 사람만 못하고, 좋아하는 사람은 즐기는 사람만 못하다(知之者 不如好之者, 好之者 不如 樂之者)."

셋째, 승진이나 영전에서 누락되었을 때 스스로 얼마나 잘 참고 극복하느냐에 따라 전화위복의 기회를 삼을 수 있다고 생각했다. 상당수의 사람들은 자기가 분명 승진해야 된다고 생각하지만 인사권자 위치에서 보면 아니거나 피치 못한 경우가 있는데, 이를 원망하거나 조직을 매도하면 이러한 것들이 위에 보고되어 오히려 불이익을 당하게 된다. 이럴 때일수록 좀 더 차분하게 평정심을 발휘하여 흔들림 없는 자세를 취하는 게 중요하다.

넷째, 나는 함께 근무한 직원들이 나로 인해서 좀 더 발전하고, 웃음 지을 수 있는 역할을 할 수 있도록 늘 신경을 썼다. 예를 들면, 회식자리에서는 각자의 생각을 자연스럽게 이야기 하고 건배사를 곁들이도록 분위기를 만들어 준다. 대부분의 직원들이 말하기를 싫어하지만, 이렇게 함으로써 누구를 만나면 무슨 말을 어떻게 해야 할 것인가를 생각하게 하고, 또한 서로 진실한 소통을 할 수 있는 기회가 되기 때문이다. 그리고 평소 책을 읽고 분류해 놓았다가 생일이나 결혼기념일 등에는 성격, 종교, 건강 등을 고려해 직원에게 필요한 맞춤형 책을 선물했다. 나는 조직의 리더로서 부하 직원들의 부족한 점을 간파하고 필요한 것을 채워 주며 소통하는 능력을 갖추고자 애썼다. 또한 행복한 직장 분위기를 창출하기 위해 탄력적인 시간제 근무를 유도하는 등 가정 친화적인 환경을 만들어 주고자 신선한 아이디어를 짜냈다.

다섯째, 업무에 관한 한 강력하고도 치밀한 장악력을 발휘해야 한다. 간부들이 업무 파악을 하지 못해 실무직원들이 장난을 치거나 사고를 저지르는 일이 발생해서는 안 된다. 향응이나 접대의 유혹을 물리칠 수 있는 지혜와 판단력은 세무공무원에게 필수덕목이다. 사소한 잘못도 SNS나 언론의 도마에 오르는 것이 오늘날의 투명사회 아닌가. 나는 직원들의 청렴성과 현장소통 능력을 제고(提高)하기 위해 워크숍도 열고 토론회도 가졌다.

또 한 가지 중요한 것은 업무의 혁신을 이끌어 내기 위해서는 부단히 실력을 갖추는 것은 물론이고 번뜩이는 창의성을 발휘할 수 있어야 한다는 점이다. "형식이 내용을 지배한다."는 말이 있듯이 공직자도 자유로운 복장을 했을 때 더욱 당당하고 창의적인 아이디어가 계발된다고 생각한다. 나는 젊었을 때도 소위 '공돌이'로 비치는 흰 와이셔츠는 잘 입지 않았다. 그걸 입으면 생각이 부자연스럽게 위축되고 행동도 불편해진다. 공직을 마친 후로는 염색한 머리에 청바지 캐주얼 복장을 즐기는데, 생각도 행동도 젊고 자유로워지기 때문이다. "신사도 예비군복을 입혀 놓으면 길가의 전봇대에 오줌을 눈다."는 말이 있듯이 복장에 따라 행동도 달라진다.

'에이블(ABLE)'의 이름으로 재능 기부

2016년 4월 8일, 나는 서울 서초동에 '세무법인 에이블(ABLE)' 사무소를 개업하고 회장으로 취임했다. 이날 개소식 소연회에는 나를 아끼고 좋아하는 지인들과 '신사모' 회원들 350여 명이 방문해 주었으며, 가수 현숙과 탤런트 김성환, 배우 정준호 등 유명 연예인들도 축하해 주었다. 이러한 지인들의 격려와 축복을 받고 보니 제2의 인생을 시작했다는 실감이 온몸으로 느껴졌다.

흔히들 "과정은 쓰지만 열매는 달다."라고 말한다. 그러나 나는

"과정도 달고 열매는 더 달다."고 말해 왔다. 그러한 나의 말이 나를 위해 그대로 이뤄진 것 같았다. 지금까지 그래왔지만 앞으로도 그럴 것이라는 벅찬 자신감이 차올랐다.

이날 나는 "그 동안 공직에서 익힌 다양한 실무 경험과 세법 지식을 바탕으로 세무법인 에이블의 역량 있는 구성원들과 함께 성실한 자세와 감사의 마음으로, 납세자의 권익보호와 국세행정 협조자로서의 소임을 위해 최선을 다하겠다."고 인사말을 통해 다짐했다.

에이블(ABLE)! 함께 일하는 베테랑 세무사와 직원 12명이 머리를 맞대고 지은 이 명호가 부르면 부를수록 마음에 든다. 국제조세 문제가 다양하게 대두되는 글로벌 시대에 걸맞은 이름이라고 생각되어 더 그런 것 같다.

나의 집무실 벽에는 광주청장 부임 때 서예가 학정 선생이 보내온 힘찬 휘호 '춘풍득의(春風得意)', 그리고 개소식에 맞춰 진주의 서예가 신경용 선생이 보내온 담백한 휘호 '서기운집(瑞氣雲集)'의 액자가 걸려 있다. 오늘의 나에게 깊은 의미와 약동하는 기운을 보내 주는 작품들이다.

사무실 개소식이 끝나고 두 달 후 6월에는 정부로부터 홍조근정훈장을 받았다. 고위 공직자로서 받을 수 있는 최고의 영예다. 국가와 대통령이 주는 최상의 격려이니 더 이상 무엇을 바랄 것인가.

언젠가 누가 "세무 공직자의 길이 아니었다면 무슨 일을 하고 싶었냐?"라고 물은 적이 있다. 음식 솜씨가 제법이라고 자타가 공인하니 '음식장사'가 하고 싶었다고 답했다. 그러면서 내가 감동적으로 읽은 일본 만화 『초밥왕』(20권 시리즈)의 내용을 소개해 주었다. 매권마다 특정 음식을 만드는 것으로 시합하여 우승자가 결정되는데, 우승의 비결은 누군가에게 간절히 그 음식의 맛을 보여주고 싶은 마음에서 온갖 고난을 무릅쓰고 최상의 재료와 최고의 정성을 들인 데 있었다. 참으로 눈물겹고 감동 깊은 책으로, 사무실에 비치하여 직원들이 읽도록 했다.

무슨 일이든 'For me'보다는 'For you'의 마음으로 다가설 때 기적 같은 사랑의 힘이 폭발한다는 것을 나는 믿는다. 오늘이 있기까지 도움받고 사랑받아 왔으니 앞으로 더욱더 사랑과 봉사를 나누며 살고 싶다. 억울한 사람의 사연을 들어주며 무료 세무상담도 하는 등 나의 공직 39년에 걸쳐 축적된 노하우를 재능 기부하고 싶다. 나로 인해 더 많은 사람이 웃을 수 있는 날을 위하여!

끝으로 이 책을 읽는 후배들에게 "모든 일에 신뢰를 바탕으로 끊임없이 도전하라!"는 말을 전하고 싶다. 그리하면 언젠가는 자신의 꿈을 이룰 수 있을 것이다.

열정

나는 어릴 때 부유한 집안에서 사랑을 독차지하며 자랐다. 중학교를 수석으로 들어
갔으나 틀에 박힌 학교생활에 염증을 느껴 자퇴했다. 좋아하는 책을 마음껏 보고
노래하면서 자유로운 영혼의 삶을 누리며 살았다. 검정고시에 합격하고는 아랍 영
사관에 취직해 VIP의 의전을 담당했고, 30대 초반에 첨단산업을 이끌며 '(주)태광
엔지니어링' 회장으로 산업전선에 매진, 국가경제발전에 이바지했다. 이후 사업을
통한 이익금으로 어려운 단체와 개인을 돕는 봉사의 삶을 시작했다. 그 후, 남편과
함께 동남아시아의 가난한 나라의 교육환경 개선을 위해 컴퓨터 및 학습교재, 교실
수리 등 자금을 지원하면서 해외 봉사활동에 주력했다. 나는 한 나라의 미래가 청
소년의 교육에 달려 있다고 생각, 소외된 청소년 활동에 매진하여 일반인 최초로
'서울시교육감상'을 수상했다. 남편과 함께 성직자의 본분을 다하며 '어렵고 힘든
이웃을 섬기는 삶'을 살고자 제2의 인생 목표를 위해 노력하고 있다.

더불어 사는
행복한 세상을 위하여!
영혼이 자유로운 소녀, 봉사의 삶을 천직으로 여기다

류제리(온세상 김포교회 찬양 목사)

'올 월드(All World) 경배와 찬양단' 단장
전국검정고시장학위원장
새터민 검정고시 학교장
(사)전국검정고시지원협회 자문위원
(주)태광엔지니어링 회장
서울시교육감상, 대한민국 실천대상, 한미문화협회 공로상,
국제문화예술진흥협회 신사임당상,
국제로터리 북한어린이 돕기 대상 수상
학점은행제 행정학사(사회복지학)

봉사는 세상을 향해 비추는 등불

유복한 사춘기 소녀의 고민

나는 기차가 달려오기를 기다렸다. 1970년대 서울역을 상징하는 스카이라인, 급속한 산업화의 상징인 서울역 고가도로 남쪽을 향한 난간을 붙잡고 선 나는 이를 악물었다. 이윽고 검은 기차가 기적을 울리며 달려오고 있었다. 기차를 향해 몸을 던지려는 찰나 눈물 어린 엄마의 모습이 섬광처럼 떠올랐다.

"엄마!"

나도 모르게 소리쳐 엄마를 불렀다. 앞이 보이지 않게 눈물이 쏟아졌다.

"내가 죽으면 엄마가 얼마나 슬퍼하실까? 아버지는……!"

부모님 생각에 차마 뛰어내리지 못하고 머뭇거리는 사이, 어디로 가는지 알 수 없는 기차는 쏜살같이 지나가 버렸다. 문득 초등학교 6학년 때 친구 모습이 떠올랐다.

"명주야, 너 어느 중학교에 갈 거니?"

내가 물었다. 친구는 도리질을 하며 중학교에 못 간다고 대답하는 것이었다. 나는 깜짝 놀라서 못 가는 이유를 물었다.

"우리 집은 아주 깊은 산골에서 가난하게 살아. 아빠는 일찍 돌아가시고 엄마 혼자 농사짓고 살거든. 나는 지금 큰오빠네 얹혀 사는데, 오빠랑 올케가 공장에 다니고 있어. 월급을 조금밖에 못 받으니까 살기가 힘들대. 조카들도 많고. 오빠가 졸업하면 바로 공장에 다니랬어."

나는 가난하면 중학교를 가지 못한다는 사실에 충격을 받았다. 명주는 공부를 정말 잘했고 공부하는 것을 즐겼다. 마음씨도 곱고 무슨 일이나 열심이었다. 나는 그 친구가 소중하게 가지고 다니는 몽당연필이 좋아 보여 새 연필을 주며 바꾸자고 조른 적도 있었다. 명주가 그럴 수 없다고 단호하게 거절해서 섭섭했지만, 우리는 여전히 사이좋게 지냈다.

'그래, 명주 같은 애도 있는데…, 내가 왜 이러지?'

나는 마음을 다잡고 터덜터덜 집으로 돌아왔다.

나는 학과공부는 제쳐두고 학교에서 돌아오면 오빠 책장에 있는 '세계문학전집'을 탐독했다. 노벨문학상 수상작을 비롯해『로미오와 줄리엣』,『젊은 베르테르의 슬픔』,『안나카레리나』등을 읽으며 깊은 감동을 받았다. 아버지는 그런 나를 언짢아하셨다.

아버지는 특별 과외 그룹에 나를 끼워 넣었다. 그 그룹에는 남학생들만 있고 여자는 나 혼자였다. 그들의 아버지들은 모두 고위직에 있는 공직자였다. 남학생들과 어울릴 수도 없고 과외공부도 재미가 없어 너무나도 다니기 싫어 죽을 지경이었다. 일류 학교 입학을 장담하는 족집게 강사에게 나를 보낸 아버지는 내가 순종하는 것이 대견했던지 과외 그룹에 데려다 주고 데려오곤 했다. 아무리 싫어도 중간에 빠져나올 만한 용기는 없었다. 그렇게 몇 달 과외공부를 하여 선생님이 추천한 중학교 시험에 합격했으나 아버지를 만족시키지는 못했다.

아버지는 나를 수준 낮은 학교에 보낼 수 없다며 재수를 하라셨다. 어쩔 수 없이 재수를 하기 위해 재수학원에 다녔다. 아버지를 실망시킬 수 없다는 마음으로 열심히 공부한 결과 아버지가 바라던 학교에 수석으로 합격했고, 3년 장학생이 되었다. 어른들은 나를 천재라고 추켜세웠다. 그러나 내 마음은 어두울 뿐 마냥 좋지만은 않았다.

입학하고 처음 중간고사를 치렀다. 결과는 나를 나락으로 곤두박질치게 했다. 내 석차가 6등이었던 것이다. 나는 부끄럽고 창피하여 얼굴을 들 수 없었다. 부모를 실망시키고 일가친척들에게 망신을 당했다는 죄책감과 절망감에 사로잡히고 말았다. 나를 주시하는 선생님들과 주위의 눈이 무섭고 두려웠다. 그들의 기대를 채워 주지 못하면 나는 세상의 낙오자가 될 것 같은 강박감에 사로

잡혔다. 아무것도 먹을 수가 없었다. 먹기가 싫었다. 그런 나를 걱정하시는 엄마조차 부담스럽기만 했다.

나는 내가 살 가치가 없는 인간이라는 참담한 생각에 빠져든 채 집을 나왔다. 교복을 입고 책가방을 들고 학교에 가는 척 나왔지만 갈 곳이 없었다. 여러 날 궁리 끝에 내린 결정대로 서울역 고가도로로 가는 길밖에 없었다. 고가도로에 올라가 나란히 누워 있는 긴 무쇠 레일을 내려다보았다. 오늘이 내 짧은 일생의 마지막이라는 비장한 각오를 하며 나를 산산조각 낼 기차를 기다렸던 것이다. 그때 내 나이 열네 살이었다.

수석 합격의 고뇌

서울역 고가도로를 뒤로 하고 집으로 돌아오긴 했지만 학교엔 가기 싫었다. 부모님을 걱정시키지 않으려면 학교를 가야 했지만 몸과 마음이 피폐해진 나는 몸져 눕고 말았다.

엄마가 온갖 정성을 들여 간호해 준 바람에 며칠 지나자 몸은 회복되었다. 하지만 마음은 아니었다. 지옥 같은 학교에 다시 가고 싶지 않아 생병을 앓았다. 아프다는 핑계로 누워 있는 것도 못할 짓이었다. 내가 살려면 학교를 그만두는 길밖에 없다는 생각만 들었다.

담임 선생님을 찾아가 자퇴하겠다고 말했다. 선생님이 나를 회유하려다 포기하고 나가셨다. 이윽고 교장 선생님께로 불려 갔다. 수석 입학생이 자퇴하면 학교 체면이 뭐가 되겠느냐며 부모님을 호출했다. 깜짝 놀란 아버지가 달려와 이유를 캐물었지만 학교를 계속 다녀야 한다면 자살할 수밖에 없다는 말은 차마 할 수 없었다. 아버지나 교장 선생님과 담임 선생님은 나 같은 문제아를 어찌해야 제대로 선도할 수 있을지 의논하며 여러 말로 타이르고 위협도 했다. 그러나 나의 태도가 워낙 완강하자 속수무책으로 물러서고 말았다. 그렇게 나의 중학생 시절은 두 달 만에 종지부를 찍었다.

학교생활의 압박감과 성적에서 자유로워진 나는 날아갈 것 같았다. 삶에 대한 희열을 느끼며 교과서를 다락방에 처박아 버렸다. 그 자유로움과 희열은 잠깐, 새로운 문제에 부딪친 나는 당황했다. 지상에서 나 홀로 선 존재로 나도 내 자신에게 뭐라 설명할 수 없는 외로움에 떨어야 했다. 교복을 입지 않은 나를 대하는 주변 사람들은 물론 모르는 사람들조차 시선이 묘했다. 아니, 나를 문제아 대하듯 하찮게 여기고 무시하는 기색이 역력했다. 성당에 가도 나는 어느 그룹에도 낄 수가 없었다. 중학생도 아니고 성인도 아닌 나는 항상 외톨이였다. 마치 존재하되 존재하지 않는 투명인간 같은 존재였다. 무엇보다 정규 교육을 받지 않은 나는 내 또래가 알고 있는 일상적인 지식이나 상식이 부족하여 소통이 원활치 못했다. 수많은 문학서적을 탐독하며 다양한 인간의 삶에 대해 간접 체험을 쌓았지만 현실과의 간극을 메울 수는 없었다. 그럴수록 나는 마음을 다잡고 내 안의 나에게 말했다.

'나는 너희들이 얕보는 그런 사람 아니야. 너희들보다 훨씬 뛰어난 사람이 되어 너희들 보란 듯이 살 거야. 두고 봐!'

부유한 집안

우리 가문은 일찍이 개화하여 천주교를 믿었다. 할아버지는 집에서 가장 남향이면서 바르고 좋은 방을 예비해 두고 아무도 그 방에 드나들지 못하게 했다. 신부님이 오면 모실 방이었다. 신부님은 할아버지 댁 사랑방에서 미사를 집전했는데, 할아버지 가족들은 물론 오십 리, 백 리를 멀다 않고 미사 드리러 온 신자들에게 강복을 주셨다. 조선을 강탈한 일본은 신앙의 자유를 박탈했다. 국제 간첩이라는 누명을 쓰고 순교당한 신부님이 있었는가 하면 우리나라 영토 밖으로 강제 출국당한 신부님도 있었다.

아버지는 어려서부터 신부가 되라는 불란서 신부님 말씀대로 철저한 신부 수업을 받는 가운데 국내와 만주, 일본, 홍콩 등으로 신부님을 수행하고 다녔다. 그 신부님이 아버지를 불란서에 데리고 가려고 홍콩으로 갔었지만 비자가 나오지 않았다. 신부님이 먼저 떠나고 비자가 나오기를 기다리는 동안 영어 실력이 뛰어난 아버지는 호텔 지배인으로 취직했다. 그때 중국어를 배웠다. 아버지는 영어, 일본어, 불어, 중국어를 유창하게 구사하셨다. 무술도 뛰어나 검도 유단자로, 신문지를 말아서 급소를 공격할 수 있는 대단한 실력을 지니셨다.

아버지는 일본 동경물리전문대에 재학 중, 학도병으로 만주에 끌려갔다. 그러나 특별한 기술자로 인정받아 동경에 돌아왔고, 그 뒤 광복이 되었다. 학업을 다 마친 아버지는 1948년, 대한민국 정부수립 직후 고향 충남 논산으로 귀국했다. 영어에 능통한 아버지는 미군정청의 협조를 받아 '대건 영어학교'를 창설하여 학교에 다니지 못하고 농사짓는 청소년들을 모아 영어를 가르쳤다. 현재 '논산 대건중고등학교'는 명문학교로 발전을 거듭했으며, 아버지가 작사 작곡한 교가가 지금까지 불리고 있다.

한국전쟁 당시 아버지가 중공군에게 잡혀 북한으로 납북될 뻔했지만 유창한 중국어로 말하는 아버지를 본 지휘관이 흔쾌하게 풀어 주어 살아났다는 이야기를 들었다. 아버지는 수많은 전쟁고아가 거리를 헤매고 다닐 때, 전답을 팔아 고아원과 양로원을 세워 고난받는 사람들을 돕는 일을 계속하셨다.

아버지의 취미는 늘 뭔가를 연구 개발하는 일이었다. 발명 특허를 여러 개 갖고 있으면서도 쉬지 않고 새로운 아이디어를 창출하여 개발에 전력을 다하셨다. 그 시절 농촌은 쥐 떼가 창궐하여 농작물을 갉아먹어 집집마다 피해가 막심했다. 그때 아버지는 쥐

덫을 발명했다. 공주사범대 교수로 재직하면서 학교에 자료를 제출하고 학생들에게 보급했을 뿐만 아니라 장날에는 장터에서 하루 종일 농민들을 만나 사용법을 설명하며 나눠 주곤 했다. 또 문자동개폐장치를 발명한 아버지가 우리 집 대문에 설치해 놓아 한동안 대학생들이 떼로 몰려와 온종일 문을 열었다 닫았다 법석을 떨며 실습을 하기도 했다.

아버지가 미 8군으로 직장을 옮기셨다. IBM 컴퓨터 미 8군 책임자가 되셨던 것이다. 우리 식구도 서울로 이사를 했다. 종로구 이화동에 있던 우리 집은 커다란 서양식이었는데, 화장실도 크고 뒤뜰도 여간 넓은 게 아니었다. 앞마당 가에는 큰 가게 건물이 있었는데, 가게 문은 항상 닫아 놓았다. 세놓으라고 사정해도 오빠와 나 그리고 동생의 공부에 방해된다며 비워 두었다. 지하실 넓은 공간은 우리 삼 남매가 숨바꼭질하며 놀기에 안성맞춤이었다. 나는 어두컴컴한 지하실을 들면날면 노는 것이 너무 즐거웠다.

아버지는 컴퓨터 소프트웨어나 하드웨어를 개발하여 IBM 본사에 보냈고, 자주 상금을 받아 오셨다. 달러를 신문지에 싸서 나일론 실로 짠 가방에 가득 담아 오셔서 우리들에게 보여 주기도 하셨다. 나는 그런 아버지가 너무 자랑스러웠다. 어린 나는 달러의 가치는 몰랐지만 아버지가 상을 받았다는 사실이 좋았다. 아버지가 발명한 하드웨어와 소프트웨어가 아직도 IBM에서 쓰이고 있다.

초등학교 시절, 선생님이 달러와 원화를 비교하며 수업을 한 적이 있다. 우리나라 아빠들은 100달러 이상 월급을 받는 사람이 없다고 했다. 혹시 있으면 손들어 보라고 했지만 나는 손을 들지 않았다. 오빠로부터 들은 아버지의 월급은 수만 달러라 했는데, 내가 알고 있는 숫자 개념과는 먼 숫자였고, 아무도 믿을 사람이 없을 것 같았다.

미술시간의 어린 모델

아버지는 불란서 신부님의 간곡한 소원을 배반하고 엄마와 결혼하셨다. 엄마는 전형적인 한국 여인, 알뜰한 살림꾼으로 늘 한복을 곱게 입고 앞치마를 두르고, 머리를 우아하게 올린 단아한 모습이었다. 엄마는 일본에서 살다가 광복이 되자 귀환선(歸還船)을 타고 한국으로 오셨다. 외할아버지가 동경에서 쌀가게를 하여 경제적인 어려움 없이 안정된 생활을 했지만 고국에 가서 살아야 한다는 외할아버지의 신념이 귀국을 재촉했던 것 같다.

엄마는 일본에서 태어나서 자랐기 때문에 일본 말을 아주 잘하셨고, 세련된 신여성이었다. 엄마는 초등학교 다닐 때 외조부모님의 심부름으로 집에서 상당히 떨어져 있는 백화점에까지 다녀오곤 할 만큼 총명하셨단다. 엄마는 백화점에 가면 에스컬레이터를 타고 오르내리는 것이 무척 재미있어서 백화점 심부름이 즐거웠다고 회상했다.

엄마가 열두 살 때 호수에 빠져 죽을 뻔한 적이 있다고 했다. 내가 너무 놀라 어떻게 살아났는가 물었더니, 엄마가 입고 있던 빨간 망토 외투가 360°로 펼쳐져 물 위에 둥둥 떠 있는 바람에 구조되었다고 했다. 나는 그 말을 듣자마자 엄마를 죽음에서 건져 낸 망토를 해달라고 졸랐다. 솜씨 좋은 엄마는 하루가 지나자 장미꽃 같은 빨간 망토를 만들어 주셨다.

항상 엄마가 만든 내 옷은 서울에서는 처음 보는 옷들이었다. 나를 예쁘게 치장해 주는 것을 좋아하는 엄마가 입혀 준 옷을 입고 나가면 너무 많은 사람들이 쳐다봐서 곤혹스럽기 그지없었다.

초등학교 1~2학년 때는 미술시간만 되면 선생님은 나를 교탁 앞 의자에 앉게 하고는 아이들에게 그리라고 했다. 어린 내 마음은 참 불편했다.

"이쪽으로 돌려봐."

"저쪽으로 돌려봐."

이렇게 요구하는 아이들이 원망스러웠다. 미술시간만 되면 내 마음은 괴롭고 창피했다.

'선생님은 왜 나만 가지고 못살게 하실까?'

그런 의문은 오래지 않아 엄마가 입혀 준 예쁜 옷 때문이라는 사실을 알게 되었다. 그래서 엄마가 새 옷을 만들어 주면 담벼락에 문질러 헌 옷처럼 해진 구김살투성이 옷을 만들어 입곤 했다.

미술시간을 마치면 선생님은 아이들이 그린 인물화에 점수를 매겨 교실 뒷벽에 전시해 놓았다. 나는 전시된 그 그림들을 바라볼 용기가 없어 결국 한 번도 본 적이 없었다.

홈스쿨과 마로니에 공원

비가 오는 날이면 개울이 넘쳐서 집에 가지 못하는 오빠 친구들과 내 친구들이 우리 집에서 자고 다음 날 학교에 가기도 했다. 엄마는 내가 학교에서 돌아오면 언제나 맛있는 간식을 준비해 놓곤 했다. 아버지가 미 8군에 다니셨기 때문에 미제 초콜릿, 사탕, 껌, 빵 등 온갖 간식이 넘치게 있었다. 아버지는 내 친구들이 오면 앉았다가도 일어나 손을 내밀며 악수를 청했고, 항상 존댓말을 쓰며 어른들과 같이 대하셨다. 친구들이 그런 아버지를 이상하다고 했지만 아버지는 사고방식이 미국 사람과 같았다. 집에서도 영어로 말하는 때가 많아 자연스럽게 식구들이 영어를 익히게 되었다.

아버지는 식구들이 식사를 하고 나면 반드시 30분 정도 누워 있게 했다. 그러는 것이 건강에 좋다는 것이었다. 훗날 결혼하고 처음 시부모님 댁에 갔을 때 식사 후 바로 방바닥에 누웠더니 시어머님이 어디가 아프냐고 깜짝 놀라시는 바람에 곤혹을 치른 적도 있다.

아버지의 엄명에 따라 친구, 전화, 편지, TV 시청 등이 일체 금

지된 나의 일상생활은 오직 공부였다. 노래 부르기와 미술전시회에 가는 것이 유일한 즐거움이었다. 나를 지도해 주신 개인교사는 S대 법대 출신으로 경기중·고교생들 진학 과외를 전담했는데, 90% 이상 합격시킨다고 했다. 그러니까 요즘으로 말하면 아버지는 홈스쿨 교육을 시킨 것이다. 그런 교육은 나를 '생각하는 아이'로 성장하게 했다.

매일 반복되는 지루한 수업이었다. 수업이 끝나면 일찍 퇴근한 아버지가 도서관에 데려다 주고 밤 9시에 데리러 오셨다. 그곳에서도 교복을 입고 온 학생들이 나를 왕따시켰다. 내가 그들에게 못된 짓을 한 적도 없고 그들을 해치지도 않았는데 왜 별종으로 취급하는지 알 수가 없었다. 교복을 입지 않았다는 한 가지 이유에서였다. 편견의 늪에 갇혀 상처투성이가 된 나에겐 탈출구가 필요했다.

나는 밤 11시쯤 이화동 집을 나서서 옛 서울대학교 문리대 교정으로 갔다. 그때 그 대학은 숲에 싸여 있었다. 나는 마로니에 나무 밑에 서서 소리 높여 노래를 불렀다. 찬송가, 우리 가곡, 팝송 들을 1시간 정도 마음껏 부르고 나면 행복한 미소가 저절로 피어올랐다. 어려서부터 노래 부르기를 즐겨했던 나는 밤마다 노래를 부름으로써 밤하늘의 별에게 나의 미래를 속삭였고, 제비꽃의 보랏빛 황홀감을 느꼈으며, 세상의 생명 있는 모든 이름 없는 잡초까지도 사랑하게 되었다.

야학에 다니는 어린 소녀들

나의 학력에 대해 마음 쓰시던 아버지가 검정고시제도에 대한 말을 듣고 나를 야학에 보내기로 했다. 마침 집 근처 종로 5가에 검정고시 준비를 위한 야간학교가 개설되어 있어 그 학교에 들어 갔다. 북한에서 내려온 교회 장로님이 세운 학교였다.

여학생 반에는 25명이 같이 배웠다. 낮엔 회사 급사로 일한다는 학생은 적은 월급으로 병들고 늙은 어머니를 봉양하며 제대로 먹지 못해서인지 키도 작고 깡마른 모습이었다. 오징어 공장에서 일한다는 아이는 주인 몰래 오징어채를 가져와 급우들에게 한 가닥씩 나눠 주곤 했다. 사탕공장, 버스 안내양, 밤 깎는 일, 돼지 머리털 깎는 일 등 다양한 직업을 가진 소녀들이었다. 그중에서 가장 좋은 직장에 다니는 학생이 은행의 급사였는데, 정식 행원이 되려면 고등학교를 졸업해야 한다고 했다. 힘들고 지친 삶을 살고 있는 소녀들이었지만 학교에 오면 명랑했고, 즐겁게 그리고 열심히 공부했다.

가을이 되자 학교에서 수학여행을 간다고 했다. 모두 들떠서 와글와글 떠들어 댔다. 가슴이 설레었다. 그러나 수학여행을 가겠다는 내 말을 들은 아버지는 절대 안 된다며 펄쩍 뛰었다. 우리나라는 도로도 좋지 않고 안전에 대한 의식이 없으며 사고가 나도 제대로 처리하는 곳이 없다고 했다. 버스를 타고 수학여행을 가는 것은 위험하다고 조목조목 예를 들어가며 못 가게 했다. 급우들이 다 같이 타고 떠나는 버스 뒤에 서서 나는 눈물을 훔쳤다.

그 학교를 다니면서 가장 즐거웠던 추억은 이사장인 장로님이 학생들에게 다양한 체험과 견문을 넓혀 준 일이다. 좋은 영화 관람, 펄시스터즈(당시 유명한 걸그룹) 콘서트에도 데리고 갔다. 그런 날은 항상 맛있는 음식을 사 주셨는데, 워커힐에 있는 명월관 같은 유명한 한식집에 우리를 초대하기도 했다. 70세가 넘은 장로님이 우리 같은 어린 소녀들에게 성심을 다하는 모습이 너무도 존경스러웠다. 그분은 야학에서 우리나라의 미래를 짊어지고 갈 훌륭한 꿈나무를 기르고 싶다고 했다. 나는 그분을 보면서 이다음에 나도 장로님같이 소외된 사람을 돕고 섬기며 살겠다고 굳게 다짐을 했다.

그 무렵 검정고시는 사법고시를 뺨칠 정도였다. 검정고시 관문은 하늘의 별 따기보다 어렵다고 했다. 야간학교는 수업시간이 많지 않았다. 나는 부모님께 야학을 그만두겠다고 의논 드렸다. 시험일자가 발표되지는 않았지만 시간을 죽이고 있을 수가 없었던 것이다.

정든 친구들과 헤어져 본격적인 검정고시 시험 준비를 했다. 2시간밖에 자지 않으면서 검정고시 예상문제집은 말할 것도 없고 중요하다고 여겨지는 내용들은 거의 다 암기했다.

고입 검정고시를 무난히 통과했다. 야간학교 선생님께 인사를 갔더니 칭찬해 주면서 "고등학교에 입학해야지!" 하셨다. 내가 대입 검정고시 공부도 혼자 할 작정이라고 하자 선생님은 어이가 없다는 듯 목소리를 한껏 낮춰 고입 검정고시는 어찌어찌 합격했지만 대입 검정고시는 꿈도 꾸지 말라고 타이르셨다.

골프장 캐셔와 대입 검정고시

대입 검정고시를 혼자 준비하면서 시간이 자유롭자 아르바이트를 하고 싶었다. 마침 골프장을 신설한 친척이 일손이 부족하다며 도와달라고 했다. 나는 기다렸다는 듯이 일해 보겠다고 했다.

골프장에서 캐딜락을 보내서 타고 갔다. 프론트에서 일하던 캐셔가 갑자기 그만두었으니 캐서 일을 하라고 했다. 당시 골프장 캐서는 미스코리아 출신들의 자리일 만큼 인기가 있는 직종이라 했다. 프런트에서 그린피를 받는 일이었는데, 고객들은 거의 현금이나 수표를 냈다. 네 사람의 그린피를 계산하고 거스름돈은 안 받아가는 것을 매너로 여기던 시절이었다. 돈 많은 VIP들의 거스름은 적은 액수가 아니었다. 매주 300만 원 이상 분배를 받았다.

나는 꼬박꼬박 돈을 모았다가 엄마께 드렸다. 많은 돈을 본 엄마가 눈을 휘둥그렇게 뜨고 입을 벌린 채 다물지 못했다. 표정으로 무슨 돈이냐고 묻고 있었다. 아르바이트하며 받은 돈이라는 내 말에 엄마는 당장 그만두라고 했다. 어린 나이에 돈을 그렇게 쉽게 벌면 안 된다는 것이었다. 나는 열일곱 살이었다.

나는 5개월간 캐셔 일을 하다가 그만두었다. 다시 대입 검정고시에 몰두했다. 다음 해 합격했는데, 결과를 알아보니 독일어 성적이 제일 좋았고 만점에 가까운 성적이라고 했다.

돌이켜보면 부모님의 끊임없는 격려와 학구열에 힘입은 바가 컸다. 하지만 무엇보다 경쟁심으로 찌든 제도권 교육에 멍들지 않을 수 있어서 좋았다. 그런 환경은 나에게 한 사람, 한 사람을 귀하고 소중하게 여기는 품성을 길러 주었다. 외로웠기 때문인지도 모른다. 어쩌면 내가 제도권 교육을 받았다면 더 나은 삶의 길을 가지 않았을까 생각해 본 적도 있다. 그러나 결코 아니다. 검정고시 과정을 거쳤기 때문에 오늘의 내가 있다. 인간관계는 수직적이 아닌 수평적이다. 섬기는 마음, 부한 자나 가난한 자를 똑같이 사랑하며 대할 수 있는 토양을 기를 수 있게 해준 검정고시는 내 인생에 더할 수 없는 축복이다.

요르단 영사관 직원이 되다

대학입시를 앞두고 있을 무렵, 영자신문을 읽다가 눈길을 끄는 광고를 보았다. 요르단 영사관(The korea arab friendship and sociaty) 여직원 모집 광고였다. 까다로운 자격 요건이 없어 모험하는 셈치고 지원서를 제출했다. 며칠 뒤 인터뷰에 응하라는 연락이 왔다. 그런 연락이 온 것만으로도 엄마는 대견해했다. 설레는 마음으로 인터뷰 장에 갔다.

지원자들은 모두 당당한 명문대학 출신들이었다. 게임이 되지 않는 처지였다. 포기했는데 뜻밖에 합격 통지서가 왔다. 혹시 착오가 아닐까 싶기도 했지만 분명 내 이름 석 자가 합격자로 쓰여 있었다. 이보다 더 좋을 수는 없었다. 나는 경쟁률을 뚫고 당당하게 합격했다. 급료도 많았다.

중동 붐이 일고 있던 때라 한국과 아랍 간의 교류가 활발했다. 알프스 소녀 하이디인 양 외로움에 시린 가슴을 안고 살던 나는 일약 우리나라 외교 무대에 선 입장이 되었다. 사우디 왕이나 왕자가 전용기를 타고 방한하는 일이 드물지 않았다. 나는 아랍어를 열심히 배웠다. 아랍의 VIP를 환영하고 상담하는 대그룹 회장님들이 주최하는 행사 때면 의전에 최선을 다했다. 나에 대한 인기는 주간지 표지를 장식했고, 신부감 1호라고 했다. 일개 직장인이 연예인처럼 인기가 치솟자 직장에서 여직원들의 시샘이 만만치 않았다.

5년 동안 매일 세 통씩 온 편지

어느 날 이화여대에 재학하고 있는 친구가 서울운동장에서 열리는 10월 1일 국군의 날 행사 초대권을 주며 같이 가자고 했다. 남자친구인 육사생도가 초청했다는 것이다. 친구와 같이 간 나는 그렇게 사람이 많이 모인 곳에 가 보기는 난생 처음이었다. 그야말로 인산인해였다. 포기하고 우리는 그냥 헤어지기 싫어 제과점에 들렀다. 빵만 먹고 집으로 돌아가려던 참이었다. 그때 제과점 문이 열리며 한 무리의 군인들이 들어왔다. 그중 한 사람이 지금의 남편이다. 그 군인은 그날 우리를 서울운동장으로 안내하여 박정희 대통령이 앉은 단상 뒤쪽에 앉게 하고 간식까지 가져다주었다. 내게 관심을 가진 듯 사적인 질문을 하기에 혜화동성당에 다닌다는 말만 하고 헤어졌다. 그리고 나는 그 군인을 잊고 있었다.

몇 개월 후, 우여곡절 끝에 그 군인이 내 앞에 나타났다. 주일마다 혜화동성당으로 나를 찾아왔었다며 만나자고 안 할 테니 편지라도 할 수 있게 집 주소만 알려 달라는 것이었다. 얼마나 집요한지 주소를 주지 않고는 그 자리를 피할 수 없을 것 같았다. 그 후 5년 동안 하루도 거르지 않고 매일 세 통씩 편지가 왔다. 편지를 보내는 군인의 주소는 자주 바뀌었다. 해군본부, 진해, 광주, 포항 등등 나는 그 군인의 편지를 읽기는 했지만 단 한 번도 답신을 보내지 않았다.

마침내 아버지가 이 사실을 알게 되어 집안에 난리가 났다. 심상치 않게 여긴 외할머니, 이모들까지 모여 의논이 분분했다. 아버지가 어떤 군인이냐고 물었다. 내가 묻고 싶은 말이었다. 모른다는 내 대답에 오빠가 명찰이 무슨 색인지도 모르냐고 했다. 명찰? 순간 빨간색이 생각났다. 내 말을 들은 외할머니가 방바닥을 치며 탄식하셨다.

"아이고, 이 순진해터진 녀석이 어디서 개병대를 만났으니 우리 집안은 망했구나. 어찌하면 좋단 말이냐?"

"해병대는 무서워서 떼어 낼 수도 없다더라."

외할머니와 이모들이 주거니 받거니 하늘이 무너지기라도 할 듯 걱정을 쏟아 냈다. 그때 육군 소위로 복무하는 오빠도 해병대는 피도 눈물도 없는 무시무시한 군인이라 내가 시집가면 틀림없이 날마다 매를 맞을 것이라고 했다. 엄마는 어쩌면 좋으냐고 애면글면했고, 아버지는 국방부와 청와대로 진정서를 제출했다. 그러나 그 사람은 요지부동이었다.

멋진 남자 내 남편 '이희준'

5년이라는 세월 동안 내게 한결 같은 사랑을 보낸 그 사람과 결혼하기로 결심하게 된 것은 권력, 명예, 물질보다는 오직 예수님만 의지하는 믿음과 나라에 대한 특별한 애국심 때문이었다. 남편은 길을 가다가도 애국가가 흘러나오면 눈물을 주르르 흘리는 사람이었다. 건빵 한 개도 군인들이 먹는 것이라며 집에 가져오지 않았다. 날이 갈수록 훌륭한 점이 많은 남편에게 존경심이 솟아나 내가 결혼을 참 잘했다고 생각했다.

결혼하고 3년 후였다. 처음으로 아파트를 계약하고 잔금 치를 돈을 장롱에 보관하고 있었다. 남편이 출근한 뒤 현관 벨이 울려 문을 열자 낯선 아주머니가 ○○○호 우리 집 바로 아래층에 산다며 급해서 그러니 돈을 꾸어달라고 했다. 그녀는 친정어머니가 시골에서 소를 팔아가지고 올라오고 있는 중이라며 오후 5시면 꼭 돌려줄 수 있다고 사정하는 것이었다. 돈이 있는데 없다고 거짓말을 할 수가 없었다. 그녀가 빌려간 금액은 우리가 잔금 치를 돈 전부였다. 그런데 약속 시간이 지나도 돈을 가져오지 않았다. 이상한 느낌이 들어 그녀가 말한 집을 찾아가 보니 다른 사람이 살고 있었다.

'사기당했구나!'

직감했다. 너무 황당했다. 천연덕스럽게 나를 속인 그녀의 얼굴이 가물가물했다.

퇴근한 남편이 하얗게 질려 있는 내 기색을 보고 깜짝 놀라며 어디가 아프냐고 물었다. 나의 어리석음을 뭐라 말할 수가 없었다. 그저 아프지 않다는 표시로 도리질하다가 눈물을 쏟아 냈다. 남편은 아무 말 없이 내 어깨를 가만히 쓰다듬으며 나의 말을 기다렸다. 사기당한 자초지종을 들은 남편은 돈을 잃어버린 것은 다시 벌면 되지만 내가 '사기'라는 단어를 알게 되어 그것이 마음이 아프다고 했다. 그 일 후에도 이따금 나는 얼토당토않은 일을 저질렀지만 남편은 내게 단 한 번도 나무라거나 화를 낸 적이 없다.

남편은 군에 있을 때 자신의 소임을 충실히 행한 모범군인이었다. 중대장 시절, 훈련 중 이북으로 침투한 대원들이 돌아오지 않자 상부에서는 말렸지만 보트를 타고 훈련 루트를 따라 이북으로 갔다고 한다. 밀물이 밀려오는 바다 한가운데에 대원 8명이 바위 위에서 시시각각으로 다가오는 죽음의 순간에 맞서 두려움에 떨고 있었다고 한다. 대원들이 타고 간 보트가 찢어졌기 때문에 속수무책이었다는 것이다. 남편은 대원 전원을 구출하여 보트에 태우고 왔다. 지휘관은 휘하 대원들을 위해서는 자신의 목숨을 언제 어디서나 희생시킬 수 있어야 한다고 했다.

나와 결혼하고 2년 후의 일이었다. 부마사태로 정국이 혼미하던 시대다. 조국과 생명을 사랑하는 남편은 부마사태 당시에도 자신의 목숨을 던지며 위기의 사태를 평화롭게 해결했다. 그날 부산시 서면 로터리는 수많은 시위대가 운집해 있었다. 현수막과 깃발을 든 시위대원들은 '박 정권 독재타도', '유신 철폐', '긴급조치 9호 해제'를 외치며 극렬한 시위를 전개하고 있었다. 상부의 발포 명령을 받은 진압군은 시위대를 향해 총을 겨누며 맞대결하고 있었다. 일촉즉발의 순간 맨 앞에 선 지휘관이 갑자기 큰 소리로 찬송가를 부르기 시작했다. 그러자 진압 군부대원들이 따라서 찬송을 불렀다. 구호를 외치던 시위대들이 잠잠해지면서 찬송가를 부르기 시작했다. 찬송을 부르다가 시위대들이 하나둘 조용히 흩어져 갔다. 진압군 역시 총신을 거두며 피 흘리지 않고 평화롭게 퇴각할 수 있었다. 그 지휘관이 바로 나의 남편 이희준 대위다. 1979년, 그 공로로 남편은 국가가 전시에나 수여하는 '보국훈장 광복장'을 수훈하였다.

그 후 광주 5·18 민주화운동 때 남편은 몇 달간 죄인 아닌 죄인으로 군 영창에 수감되었다. 광주시민을 향한 발포 명령을 거부한 항명죄였다.

'올 월드 경배와 찬양단' 단장으로 봉사

아랍 영사관에 있을 때 나는 대학입시를 포기했다. 교육을 많이 받은 일류대학 출신들에게 실망했기 때문이다. 물론 나의 편견일 수도 있지만 그 무렵 내가 만난 이들은 대부분 바람직한 인성이 상당히 부족했다. 대학교육이라는 것이 과연 나에게 필요한가를 심각하게 고민하고 내린 결정이었다. 그 대신 나 자신을 위해 끊임없이 자기계발에 힘썼다. 정규 교육을 이수한 사람보다 더 이 나라와 사회에 반드시 필요한 사람으로 보람 있고, 가치 있는 삶을 살 것을 다짐했다.

조리사(한식) 자격증은 물론 사회복지사 교육과정을 이수하여 복지사 자격증을 받았다. 골프, 운전, 승마, 스키 등 내가 배우고 싶은 것은 모두 열심히 배웠다. 그 무렵 일본 동경에 가서 택시를 탔는데, 전날 밤 9시 뉴스에 내가 나왔다고 택시기사가 알아보기도 했다.

그런 나는 군인의 아내가 되어 군인의 아내답게 살고자 노력했다. 남편에 대한 예우라 여기며 남편이 내게 준 첫 월급봉투부터 깨끗하게 보관했다. 한식 요리도 배웠다. 배우다 보니 요리하는 데 취미가 붙어 MBC TV '요리경연대회'에서 내가 개발한 요리로 수상, 88올림픽 한식 요리 봉사자로 선발되기도 했다. 어려운 이웃들은 돌아보면 어디에나 있었다. 손길을 펴는 데 인색하지 않으려고 마음을 썼다.

그런데 남편이 군복을 벗겠다고 했다. 이유를 말했다. 서울운동장 앞 제과점에서 나를 처음 본 순간 "저 처녀가 네 배필이다!"라는 분명한 음성을 들었다는 것이다. 그런데 아무리 노력해도 미동도 않는 내 태도에 절망하여 "저 사람을 제 아내로 주시면 주의 종이 되겠습니다." 하고 서원을 했다는 것이다.

나는 남편을 따라 개신교로 개종했다. 교회에서 '어머니 합창단', '크로마하프 합주단'을 만들어 단장을 맡아 고아원, 양로원 등으로 봉사하러 다녔다. 지금도 '올 월드 찬양단(단원 400명)' 단장을 맡고 있다. 이런 나의 활동은 시부모님을 뵈러 가도 두 분 앞에서 춤을 추며 나의 장기인 소프라노로 노래를 부르곤 한다. 그러면 시부모님께서 박수를 치며 매우 즐거워하신다.

어려운 세상, 빛으로 인도

친정아버지는 이렇게 사는 나를 새로운 길로 인도하셨다.

"내 딸은 범상한 딸이 아니다. 네가 사업을 하면 크게 성공할 것이다. 앞으로 사업을 해 보아라."

아버지는 50년을 앞서가는 사고의 소유자셨다. 아버지의 혜안을 따라갈 사람이 없었다. 그런 아버지가 나를 인정하자 나는 가슴이 벅차고 황홀하기도 했다. 그러나 고심했다.

'과연 아버지의 기대를 실망시키지 않을 수 있을까?'

자신이 없었다. 남편의 격려에 힘입어 30대 초반에 컴퓨터 에러방지 시스템을 제작하고 설비하는 첨단산업에 뛰어들었다. '(주)태광엔지니어링' 회장으로 취임했다.

아버지의 아이디어에 힘입어 나는 마케팅을 맡았다. 전산실의 산업용 항온항습기(恒溫恒濕機), 제습기(除濕機), 크린룸(병원 수술실용), 산업용 공기정화기(産業用空氣淨化機), 저온냉동기(低溫冷凍機), 금형냉각기(金型冷却機) 등의 첨단제품이 주력 상품이었다.

전자제품에 문외한인 나는 제품 하나하나에 대해 제조 과정부터 철저하게 공부했다. 그리고 회장 자격으로 새로 건설하는 빌딩,

박물관, 예술의 전당, 병원, 아파트, 콘도 등 다양한 오너들을 만나야 했다. 내 삶에 상상해 본 적이 없는 새로운 세상이 펼쳐졌다.

오너들과 약속을 하고 내가 약속 장소에 나타나면 깜짝 놀라 어떻게 된 일이냐고 물었다. 화장품 모델이 아니냐고 묻는 게 다반사였다. 씩씩한 여장부를 예상했던 사업가들에게 나의 등장은 깜짝 쇼 같았을지도 모르겠다. 아무튼 영업은 순조로웠다. 컴퓨터가 기하급수적으로 보급되던 때였으므로 우리 회사 제품의 수요는 거의 폭발적이었다. 아버지의 혜안은 적중했다. 동생은 아버지가 나를 사업가로 택한 것은 신의 한 수라고 했다.

직원들 수가 수백 명으로 증가했고, 공장 확장을 위해 새로운 부지를 매입하여 곳곳에 공장을 세워야 했다. 내가 제일 먼저 실시한 일은 그때까지 우리나라에 적용된 적이 없는 '토요일 휴무제'이다. 그리고 무상교육을 받는 초등학생을 제외한 중등교육 이상 직원과 종업원들의 자녀를 위한 장학제도를 마련했다.

나는 장애인 단체 회장 및 심장병 어린이 돕기, 북한 어린이 돕기, 국제 로터리 부회장 등을 맡아 봉사활동도 했다. 아시아 마라톤 행사 상임회장을 맡아 국왕이나 왕비가 초청하는 행사에 참석하여 꽃다발 받는 일은 예사였다. 주간 인물사와 국제문화예술진흥협회가 주최한 '신사임당상(고 육영수 여사가 첫 수상)'을 수상하기도 했다. 그 시절 뜻밖의 인물을 만났다. 미국 부시 전 대통령의 수석 선거참모였던 니나 메이 여사가 한국에 왔던 것이다. 그녀가 창설한 '르네상스 파운데이션 한국지부(총재 장태완)' 개설에 여러 여성 지도자들을 만나고도 굳이 나를 부총재로 추대했다.

자랑 같아서 기록하기 부끄럽지만 나는 사업하면서 돈에 목적을 두지 않았다. 수익이 나는 대로 어려운 단체와 개인을 도왔다. 나자로 마을, 탈북민, 중국 동포, 장애자, 양로원, 고아원, 결핵환자 마을 등 한 번 돕기 시작하면 30년, 20년, 10년을 계속 후원하고 있다. 중국의 조선족·묘족·경포족·차마고도에 사는 이수족 산악지대나 변방에는 전기와 수도를 설치해 주고, 교회와 학교를 세워주었다. 지진이 난 처참한 현장에는 구호품을 싣고 누볐다. 땅이 없는 농민들에게는 농사지을 땅을 마련해 주어 호구(주민등록)를 할 수 있게 해주었다.

광대한 중국 땅에는 56개의 소수민족이 살고 있다. 대부분 척박한 산악지대에서 교육을 받지 못하고 산다. 중국 당국은 경작지와 거주지 600평(한국 평수로 200평)을 소유하지 않으면 주민등록을 할 수 없도록 규제한다. 밀림 이곳저곳으로 옮겨 다니며 사는 경포족은 찾기가 힘들다. 미얀마 국경지역에서 군인에게 발각되면 무조건 총을 쏜다. 시체를 찾을 길도 없다. 경포족 청장년들은 긴 치마에 장총을 가지고 다닌다. 오토바이에 강력한 엔진을 달아 마치 타잔처럼 산악지대를 날아다닌다. 세상에 태어나기는 해도 존재를 인정받지 못한 채 살다가 죽어도 흔적이 없다. 13억 중국 국민 숫자에는 이런 소수민족의 수는 포함되지 않을 것이다.

남편과 함께 조립식 집을 지어 주고 호구 만들어 주는 일과 교육 불모지에 있는 어린이들의 교육비 지원하는 일을 계속하고 있다. 미얀마, 캄보디아 오지 역시 중국의 소수민족과 다를 바 없는 극한 상황에서 살고 있다. 처참한 모습을 외면할 수 없어 도움의 손길을 놓을 수가 없다.

감격의 눈물

나의 사업은 날로 번창해 갔다. 회사의 수익도 막대했다. 그 수익금의 대부분을 국내외 필요한 곳에 아낌없이 지원했다. 그 무렵, 1995년 '전국 검정고시동문회' 모임이 있다는 소식을 들었다. 그때까지 검정고시동문회 조직에 관해 몰랐던 나는 먼저 감격스러웠다. 그러나 사법고시만큼이나 어려운 관문을 통과하여 사회 각층에서 활약하고 있을 동문들의 모임일 터인데, 열악한 조직을 상징하듯 허술한 사무실은 내 마음을 아프게 했다. 바로 사무집기를 모두 새로 교체하여 사무실 분위기를 쾌적하게 바꾸도록 도왔다.

전국에서 지부가 결성되는 곳이 생기면 솔선하여 사무국장과 항공편으로 동행, 금일봉의 후원과 격려를 아끼지 않았다. 이어서 '장학위원회'를 구성하였고 장학위원장을 맡게 되었다. 지금도 어러운 환경에서 검정고시를 준비하는 검우인들을 후원하고 있다. 검정고시 단체를 위해 일하는 것이 나에겐 말할 수 없는 기쁨이다. 검정고시는 내 삶의 자랑스러운 기반이기 때문이다.

'검정고시 여성동문회'가 결성되었다. 회장을 맡은 나는 회원들을 기쁘게 할 수 있는 일이라면 무슨 일이나 하고 싶었다. 예술의 전당에서 공연하는 오페라도 단체 관람했고, 경치 좋은 워커힐 호텔에 가서 최고의 식사를 대접하며 검우인의 우의를 다졌다. 검정고시를 준비하는 학생들도 초대하여 식사 대접을 하고 희망과 용기를 불러일으키며 격려해 준다. 나는 검정고시를 통해 남다른 창조적인 사고력과 어려운 이웃을 돌아보는 통찰력을 얻게 되어 자랑스럽기만 하다.

내가 검정고시에 합격되었을 때는 정부에서 관심을 많이 갖고 있었다. 교육감, 장학사 등이 참석하여 한 명, 한 명에게 합격증을 수여했다. 장학위원장인 나는 검정고시 합격증 수여행사 제도를 부활시키고 싶었다. 드디어 폐지 35년 만에 이 제도가 부활되었다. 관계하신 여러분들이 적극적으로 노력한 결과다.

첫 번째 행사는 효제초등학교 교장을 찾아가 구걸하듯 강당을 빌려 초라한 합격증 수여식을 할 수밖에 없었다. 검우회원 몇 사람 외에는 아무도 관심이 없었다. 나는 썰렁한 강당 한켠에서 울고 또 울었다. 감격이 복받쳐 눈물을 멈출 수가 없었다. 나이 지긋한 서울시 관계자(주사)가 내게 다가와 물었다.

"누구신데 왜 그렇게 우십니까?"

"저는 검정고시동문회 장학위원장입니다. 딸 시집가면 주려던 아파트를 팔아서 장학금을 준비했습니다. 35년 만에 이 합격증 수여식을 하게 되어 너무 기뻐서 눈물이 저절로 납니다. 어제 밤 밤새도록 딸과 함께 장미꽃도 포장하고 선물도 포장했습니다. 우리 검정고시인들 많이 도와주세요."

이런 말을 하면서 나는 계속 흐느꼈다. 듣고 있던 시청 직원의 눈이 붉게 물들어 있었다. 그 다음 해부터 매년 검정고시 합격증 수여 행사는 자랑스럽게 소개된 교육위원회의 홍보와 교육감이 참석하여 합격증을 수여하는 성대한 행사로 거행되었다. 여러 가지 요인으로 교육의 기회를 잃고 정규 교육을 받지 못하고 검정고시를 지원하는 이들은 나라에서 당연히 관심을 가져야 한다.

가끔 군부대에 가서 '행복한 삶'에 대해 강연을 한다. 중학교 졸업 학력으로 국방의 의무를 다하는 동안 못다 한 공부를 하겠다는 의지를 보이는 병사들을 볼 때마다 용기가 난다.

군부대 안에도 중학교 출신들은 고등학교 졸업 자격 검정고시 운동이 일어나 해마다 합격률이 높아지고 있다. 정부에서도 군대 내의 검정고시 희망자에게 교과서를 지원해 주고 검정고시 준비 반을 편성하여 적극 돕고 있다. 여기에는 전국 검정고시인들의 숨은 노력과 수고의 뒷받침이 크다.

군대에서 고등학교 졸업 학력 인정 자격을 획득한 이들은 제대하고 나서 열심히 공부하여 대학 진학을 하였다는 기분 좋은 소식도 듣게 된다.

2015년도에 '사단법인 검정고시지원협회'가 창설되었다. 학교 밖 청소년들이 검정고시를 통해 학력 인정을 받을 수 있도록 노력하는 비영리 법인단체이다. 협회의 창설 소식을 듣고는 뜻이 좋다면서 남편이 고맙게도 협회 기금을 쾌척해 주었다.

나는 요즘 '새터민 검정고시 학교' 교장으로 열심을 다하고 있다. 새터민이나 중국 동포 자녀들이 한국에 와서 학교에 다니더라도 적응하지 못해 학교를 그만두는 아이들이 많다. 북한의 학력을 한국에서 인정받을 수 없기도 하려니와 남북한 언어의 차이를 극복하지 못해 갈등이 심하다는 이야기를 듣고는 이들을 위해 봉사해야겠다는 생각이 들어서 시작한 학교사업이었다. 나는 이 어린 청소년들이 거리에서 방황하지 않고 대한민국의 자녀로서 당당히 학력 인정을 받을 수 있도록 노력하고 있다. 이들이 한국 땅에 와서 사회적 약자로 전락하는 경우가 있기 때문에 검정고시에 합격해 당당히 사회의 한 일원으로 살도록 하고 싶다.

때로는 내가 왜 이토록 검정고시에 지나친 열정을 갖고 있을까, 자문해 보기도 한다. 우려가 되는 때도 있다. 그러다가 초대부터 지금까지 동문회를 이끌어 주신 회장님들과 중앙회장님, 사무국 관계자들 등 검우인들만의 끈끈한 우정을 생각하며 '더욱 분발해야지!' 한다.

섬김의 삶을 위하여

사업을 접고 목사로 제2의 인생을 살아가는 나는 대학 졸업장은 필요하지 않지만 사회전문복지행정학사 및 석사·박사과정, 사회복지사, 요양보호사, 노인심리치료사 자격증을 취득했다. 그러나 마음껏 봉사할 수 있는 자리가 바로 목사였기에 봉사자의 자격도 갖추게 되었다.

서울시 주관 다문화 가정 어린이 학습지원금 바자회, 저소득층 어린이 간식 바자회, 장애인 돕기 아름다운 바자회 등 매년 열리는 바자회에 최선을 다해 트럭으로 몇 대씩 물품을 지원한다. 이런 공적이 통과되어 일반인으로서 최초라는 '서울시교육감상'을 수상했다. 그 외에도 '대한민국 실천대상', '한미문화협회 공로상', '국제문화예술진흥협회 신사임당상', '국제로터리 북한어린이 돕기 대상' 등 내가 바란 바 없는 과분한 상을 수상했다.

나는 상금을 바라고 일하지 않는 사람이다. 이 땅에 살아 있는 동안 최선을 다하며 섬김의 삶을 살고 싶다. 내가 가장 좋아하는 찬송시로 나의 소망을 말하고 싶다.

어둔 밤 마음에 잠겨(찬송 267)

어둔 밤 마음에 잠겨 역사에 어둠 짙었을 때에

계명성 동쪽에 밝아 이 나라 여명이 왔다
고요한 아침의 나라 빛 속에 새롭다
이 빛 삶 속에 얽혀 이 땅에 생명 탑 놓아 간다

옥토에 뿌리는 깊어 하늘로 줄기 가지 솟을 때
가지 잎 억만을 헤어 그 열매 만민이 산다
고요한 아침의 나라 일꾼을 부른다
하늘 씨앗이 되어 역사의 생명을 이어 가리

맑은 샘 줄기 용솟아 거친 땅을 흘러 적실 때
기름진 푸른 벌판이 눈 앞에 활짝 트인다
고요한 아침의 나라 새 하늘 새 땅아
길이 꺼지지 않는 인류의 횃불 되어 타거라.

열정

집안 형편이 가난했던 나는 초등학교를 졸업하고는 학업을 중단했다. 나이는 어렸지만 돈을 벌기 위해서라면 온갖 잡일을 마다하지 않았다. 대구 비행장 조종사 숙소의 청소 사환으로 들어가 낮에는 일하고 밤에는 야간학교에 다니면서 중·고등학교 졸업 자격 검정고시에 합격했다. 그 후 육군3사관학교에 입교해 수석으로 졸업했고, 피나는 노력을 통해 계속 진급하여 3성 장군이 되었다. 수도군단장으로 부임해서 야간학교인 '충의학교'를 세워 저학력 병사들에게 못다 한 배움의 기회를 주었다. 여러 이유로 인해 학업을 제대로 마치지 못하고 국방의 의무를 다하기 위해 군대에 온 이들의 아픔을 나는 누구보다도 잘 알고 있었기에 가능한 일이었다. 현재는 민주평화통일자문회의 사무처장으로 통일시대를 준비하고 노력하는 국내외 2만여 자문위원들의 발이 되어 국가 발전에 기여하고 있다.

매사에 전력투구(全力投球)하라, 죽을 만큼 공부하라!

사환에서 3성 장군이 되다

권태오(민주평화통일자문회의 사무처장)

육군3사관학교 13기 졸업
미트로이대학교 경영학 석사
한미연합사 작전처장
육군 제51사단장
수도군단장
국방부 6·25전쟁사업단장
건군 제65주년 국군의 날 제병지휘관
2014년 1월 3성 장군으로 전역
중원대학교 초빙교수
보국훈장 국선장·보국훈장 천수장 수훈
대통령 상장·대통령 표창 수상
미 Legion of Merit
미 Meritorious Service Medal

물난리 불난리에 파산

대구 방천강 지류에 속한 작은 강 옆에 있는 대봉동 외가의 커다란 초가집 사랑채에서 나는 2남 3녀 중 막내로 태어났다. 네 살 때 아버지 직장을 따라 서울로 이사 왔는데, 생활이 어려워서인지 형과 누이는 계속 외갓집에서 학교를 다녔다.

행당동 산동네에 살게 된 나는 무학초등학교에 입학했다. 초등학교 1학년 때 구구단 경진대회가 있었는데, 뜻밖에도 1학년인 내가 그것을 다 외웠다. 덕분에 교내방송을 통해 내 이름이 나오는 것을 듣고는 무척 신기해하던 기억이 난다.

부모님이 흑석동 명수대극장 입구에서 빵가게를 여는 바람에 또 한 번 이사를 가서 나는 은로초등학교에 다녔다. 그때 뇌염에 걸렸는데, 당시에는 뇌염에 걸리면 대부분 죽거나 반신불수가 되었다. 내가 죽음을 이겨 내고 살아나자 혀를 끌끌 차며 측은해하던 주변 사람들은 '기적'이라면서 앞으로 '대성할 인물'이라고까지 말했다고 한다.

빵집 아들이었던 나는 친구들 사이에서 꽤 인기가 좋았다. 부모님이 알게 모르게 슬쩍 빵을 들고 나가 친구들에게 나눠 주다 보니 인기도 저절로 올랐던 것 같다. 당시엔 빵집 아들인 것이 마냥 즐거웠던 시절이었다.

그런데 어느 날, 서울에 대홍수가 일어났다. 한강 강물이 넘쳐서 흑석동 시장 저지대가 완전히 침수되었고, 명수대극장까지 한강 물이 들어와 풀장처럼 변했다. 어쩔 수 없이 거의 한 달 동안 초등학교 교실에 마련된 '수재민 집단 거주지'에서 생활했다. 물 빠지기를 기다렸다가 집에 들어가 보니 집 안을 채운 토사는 정강이까지 푹푹 빠질 정도였다. 결국 우리 집은 빵집을 포기하고 명수대를 떠나야만 했다.

흑석동 인근 본동 산동네에 세를 얻어 그곳에서 온 가족이 힘들게 살았다. 아버지는 병환이 깊었고, 어머니의 날품으로 온 식구가 근근이 하루하루 입에 풀칠하기에 바빴다. 그나마 외가가 잘사는 편이어서 어머니는 자주 외가댁에 손을 벌려 생활비와 아버지 약값을 충당하곤 했다. 출가외인으로서 친정에 손 벌리는 일은 결코 쉽지 않았으리라. 어린 자식들 입에 밥 한술이라도 떠먹이려고 당신 자존심을 한없이 내려놓았던 어머니였다. 친정에서 돈을 빌릴 때면 곤혹스러워하던 어머니의 낯빛이 어릴 때 내 기억 속에 또렷하게 자리하고 있다.

당시에는 초등학교도 '월사금'을 내고 다녔다. 나는 매번 월사금이 밀려 선생님한테 자주 불려가 꾸중을 들었다. 그런데 6학년 때 담임 선생님은 박봉을 쪼개 내 월사금을 남몰래 대납해 주셨다. 나는 그 선생님 덕에 겨우 졸업할 수 있었다.

초등학교 졸업을 앞두고 담임 선생님과 중학교 진학상담을 했다. 나는 중학교 진학을 포기해야 할 형편임을 선생님께 말씀드렸다. 그러자 초등학교 내내 우등생이었던 내 재주를 안타까워하신 담임 선생님은 일단 시험이나 보라면서 부근에 있는 사립중학교에 선생님이 직접 원서를 사서 응시토록 하셨다. 뚜렷한 의지가 없었던 나는 합격은 했지만 3년 장학생으로는 선발되지 못했다. 그렇다고 꼬박꼬박 등록금을 내고 다닐 형편도 안 되었다.

이미 우리 집은 내 졸업을 염두에 두고 본동을 떠나 양재동 말죽거리로 이사를 하여 작은 식당을 운영하는 중이었다. 당시 교통상황으로는 양재동에서 흑석동까지 통학할 형편이 아니었다. 사정을 알게 된 담임 선생님은 매우 안타까워하며 말씀하셨다.

"태오야, 이대로 학업의 끈을 놓으면 영원히 공부하고는 멀어지게 된다. 그러니 월사금 내지 말고 내 반에 와서 6학년을 다시 다녀라. 1년 후에 집안 형편이 좋아지면 그때 중학교에 들어가도 늦지 않아."

아마도 담임 선생님은 내가 대단한 잠재력이 있는 아이로 보였던지 이대로 공장이나 허드렛일을 하다가 공부와는 영 담을 쌓고 살게 될까 봐 무척 안타까워하셨다. 담임 선생님의 제안을 부모님께 말씀드리자 1년 후에는 어떻게든 가까운 중학교에 보내 주겠다면서 그렇게 하라고 하셨다. 그래서 나는 초등학교를 졸업하고 나서도 3개월을 후배들과 함께 공부했다. 맨 뒷좌석에 앉아서 공부하니 후배들이 수군거렸다. 하지만 당시에는 그런 것들이 통하던 인간적인 시대였다.

불타는 식당, 공장을 전전하다

내년이면 중학교에 입학할 생각으로 다시 초등학교에 다니던 어느 날이었다. 학교에서 집에 돌아오니 우리 식당이 몽땅 불에 타서는 잿더미로 변해 있었다. 군불을 때던 장작불이 구들장을 너무 달궈 그만 불이 난 것이다.

결국 물난리 불난리로 생활 터전을 모두 잃게 된 우리 가족은 잘사는 삼청동 작은이모님 댁 식객으로 들어갔다. 자연히 나의 추가된 초등학교 6학년 과정도 물 건너가 버렸다.

어머니는 작은이모님 댁에서 조카들을 돌보며 허드렛일을 하셨고, 나는 객식구로 얹혀살면서 조간과 석간 신문을 배달했다. 초등학교를 갓 졸업한 소년이 할 수 있는 일이라고는 신문 배달이 거의 유일했다. 열심히 신문 배달을 하면 1년 뒤에는 내 힘으로 중학교 입학금을 벌 수 있겠다는 생각 때문이었다.

당시 내가 제일 무서워했던 사람은 신문을 끊는 구독자였다. '신문사절'이라고 쓰인 대문에 계속 신문을 넣는 일은 참으로 고역이었다. 신문 안 본다며 거절해도 못 들은 척 계속 신문을 넣고 한 달 지나면 구독료를 달라고 초인종을 누르니 구독자 입장에서 화가 날 만도 했다. 그래도 어쩔 수가 없었다. 신문 구독이 끊기면 지국에 돌아와서는 총무에게 매를 맞거나 혼났으니 말이다.

신문 배달 일이 끝나면 남은 신문을 들고 거리로 나가 지나가는 사람들에게 팔았다. 신문 한 부를 팔면 지국에 신문 값을 주고 약간의 수고비가 떨어졌는데, 그걸로 호떡을 사 먹었다. 그러고도 팔지 못해 남은 신문을 아이스케끼나 어묵과 바꿔 먹는 재미도 쏠쏠했다. 아무튼 당시 고학생들이 주로 신문 배달을 했는데, 생고생만 했지 돈을 모을 수 있는 일은 아니었다.

나는 신문 배달 일을 그만두고 이모부가 추천해 준 국기 제작 공장에 들어갔다. 하루 종일 지독한 날염 냄새를 맡으며 국기 제작을 하는 통에 냄새를 잘 못 맡게 되고 코가 헐 정도였다. 그 일도 바로 그만두고 다른 공장을 돌아다니며 겨우 밥벌이를 했다.

그러던 어느 날, 어머니는 이모님 댁 일을 그만두고 대구 외가로 내려가게 되었다. 당시 외갓집은 잘사는 편이었는데, 이모님 댁에 얹혀사는 어머니 형편을 알고는 외가로 내려오라는 전갈을 보낸 것이었다. 그렇게 해서 나는 어머니를 따라 대구로 내려갔다. 대구 외가로 가서도 나는 그냥 놀고만 있을 수 없어서 인근 공장에 다니며 밥벌이를 하며 생활에 도움이 되고자 노력했다.

야간학교에서 찾은 불굴의 희망

당시 큰이모 집은 대구 공군기지에서 당구장을 운영하고 있었는데, 이모님 소개로 나는 조종사 숙소 사환으로 들어갔다. 그런데 당시 공군부대의 뜻있는 군인들이 힘을 모아 군부대 인근 경북대학교 뒤편 산격동 산성교회에서 야간학교를 운영하고 있었다. 배움에 목말랐던 나는 야간학교 소식에 귀가 번쩍 뜨였다. 그래서 낮에는 공군장교 숙소 청소와 잡일을 하고, 밤에는 야간학교로 달려가 공부했다.

야간학교 학생들은 인근 지역에 사는 어린 학생들로, 배움의 기회를 놓친 학생들이 대부분이었다. 밤늦게 수업이 끝나고 집으로 돌아갈 때가 되면 인근 불량배들이 야간학교 학생들을 때리고 위협하면서 괴롭혔다. 나는 야간학교 학생들을 보호하기 위해 의협심을 발휘해 불량배들의 시비에 일일이 대응, 다시는 얼씬거리지 못하게 주먹으로 처리했다. 그리하여 불량배들이 다시는 나타나지 않았고, 학생들은 마음 편히 학교에 다닐 수 있었다. 당시 나는 고등학교 1학년의 나이여서 학생들 중 제일 나이가 많았고 덩치도 컸다. 또 공부도 잘해서 학교에서 많은 신임을 얻었다.

지금도 기억에 남는 선생님이 있다. 최계호 선생님은 수학 선생님으로, 영남대학교에 재학 중인 고학생이었는데 그곳에서 숙식하며 교무과장을 맡았었다. 그 선생님한테 수학을 개인지도 받았는데, 한 번 알려 준 문제를 잘 풀지 못하면 호되게 꾸짖었다. 심지어 엉덩이 찜질까지 당하면서 공부할 정도였다. 후에 그 선생님은 경북과학대학 총장을 역임하셨고, 대학협의회 회장을 지낼 정도로 성공하셨다. 영어 선생님은 두 분이었는데, 당시 경북대학교 학생이던 김길곤 선생님은 후에 성공회대학교 교수가 되었고, 평생 성직자 같은 삶을 살아가셨다. 군복무 중인 공군병장 김태우 선생님은 훗날 유명한 동시통역사가 되셨고, 계속 공부를 하셔서 국방연구원의 연구원을 거쳐 나중에 통일연구원장을 지내셨다.

어쩌면 당시 사람들에게는 교회 자투리 공간에서 어쭙잖게 학교 흉내나 내는, 보잘 것 없는 야간학교로 보였을지도 모른다. 그러나 그 선생님들은 최고의 열정으로 최선을 다해 어린 학생들에게 기회와 희망을 주기 위해 귀중한 시간을 쪼개어 봉사한, 진정으로 훌륭한 선생님들이었다.

사실 나는 야간학교에 다닐 때만 해도 대학에 들어간다는 생각은 꿈조차 꾸지 못했다. 우선 중학교 졸업 자격증만 따면 보다 편한 직장을 찾아볼 생각뿐이었다. 선생님들은 고등학생 나이에 중학교 과정을 공부하는 것이 안쓰러웠는지 내 질문에 정성을 다해 열심히 가르쳐 주었다.

3년제로 운영되던 이 고등공민학교에 다닌 지 2년 만에 중학교 졸업 자격 검정고시에 합격했다. 내친김에 고등학교 졸업 자격 검정고시에 도전하여 또 6개월 후에 합격했다. 1년 만에 중·고등학교 졸업 학력 인정 검정고시에 모두 합격한 것이다. 자신감이 붙은 나는 이때 처음으로 '대학'이라는 단어를 떠올렸다. 그리고 입학고사를 보기 위해 시집간 누나가 살고 있는 서울로 올라왔다. 그리고 누나의 지원을 받으며 대학입시를 준비했다.

나는 여전히 대학에 갈 형편이 못 되었다. 학비가 싼 국립대학 서울대학교가 아니면 다닐 수가 없었다. 그래서 서울대학교 입시 현황을 살피며 마지막까지 눈치작전을 펼치다가 당시 원서접수 창구가 있던 동숭동 캠퍼스의 정문이 닫히려는 순간 황급히 뛰어 들어가 입시원서를 접수했다.

안도의 숨을 내쉬고 돌아와 1차 시험을 치르고 났는데, 2차 실기시험과 면접이 있다고 했다. 순간 뭔가 일이 잘못 돌아가고 있다는 생각이 들었다. 기가 막혔다. 알고 보니 내가 지원한 학과는 '미술대학 회화과'였던 것이다. 그림이라고는 스케치 한 번 해 본 적이 없는 내가 미대를 지원하는 실수를 하고 말았다. 나는 미술대학 '회화과'를 영어를 배우는 '회화과'로 잘못 인식했던 것이다. 초등학교만 졸업하고 돈 버는 일에만 전전했던 나의 환경 수준에서 비롯된 오류였다. 주변 사람들과 대학 진로에 대해 의논 한 번 하지 않고, 또 나에게 알려 준 사람도 없어서 일어난 대실수였다.

그럭저럭 실기시험을 치르고 면접을 보게 되었다. 면접관은 대뜸 아버지께서 하시는 일이 무엇인지를 물었다. 나는 사실대로 편찮으시다고 대답했다. 면접관의 표정이 달라지는 것을 보고는 떨어졌다는 생각이 들었다. 결국 재수를 결심하고는 동네 교회에 나가서 등사기로 주보를 만들고, 또 봉사를 하며 틈틈이 공부했다.

육군3사관학교와의 인연, 군인의 길로 들어서다

어느 날, 아버지는 육군3사관학교 모집 공고가 난 석간《중앙일보》를 들고 오셨다. 그리고 이 학교에 시험을 보라고 하셨다. 수업료는 국비로 충당되며 재학생에게도 약간의 용돈을 준다는 것에 우선 호감이 갔다. 이제 곧 군대도 가야 하고, 일반 대학에 합격한다 해도 등록금과 생활비 때문에 어려울 것이 뻔했기 때문이다. 1차 필기시험에 합격하고 나니 당시 학교장이던 육장균 장군께서 계속 격려의 편지를 보내 주셨다. 내 마음은 점점 육군3사관학교에 끌렸다. 결국 군문에 들어서기로 결심, 무엇보다도 아버지의 뜻을 존중하고 따르기로 했다.

아버지는 일제강점기 때 대구상고를 수석 졸업하신 분으로, 매사 일에 있어서 신중하고 모범적이셨다. 병환으로 경제적 능력은 없었지만 존경심이 저절로 우러나오는 분이다. 나는 존경하는 아버지 말씀에 따르는 것이 옳다고 판단했다. 막상 결정하고 나니 군인을 평생 직업으로 삼는 것이 과연 내 적성에 맞는지, 힘들지는 않은지 여러 가지로 고민이 많았다.

내가 어릴 때 군대에 대해 막연한 호기심을 갖게 된 것은 텔레비전에 나오는 베트남전 승전 소식에서였다. 만화 같은 전쟁이야기에 파월부대가 세계 최강이며 무적이라고 생각하며 자랐다. 베트남에 가면 돈 많이 벌 수 있다는 소리에 나도 빨리 커서 베트남에 가야겠다는 생각을 했다. 비록 어렸지만 제법 수준 있는 나름대로의 인생 목표를 세웠던 것 같다. 아무튼 우리 또래들은 골목을 몰려다니면서 맹호부대나 백마부대, 청룡부대 군가를 큰 소리로 부르면서 전쟁놀이를 하며 자랐다.

나의 어린 시절은 이처럼 군사문화에 젖어 살았다. 이후 성장하며 변화는 있었지만 여전히 마음속에는 군에 대한 동경이 있었다. 물론 내가 사관학교에 들어갈 무렵에는 베트남에서 우리 군대가 철수해 어릴 때 품고 있었던 파월군대에 대한 환상은 깨지고 월남에 가서 돈 많이 벌겠다던 목표도 사라진 상태였다. 그러나 여전히 남과 북이 대치 상태에 있다 보니 군에 대한 믿음과 신뢰는 여전히 높았다.

나는 험난한 여정이 기다리고 있는 군인의 길로 들어서겠다는 각오를 다지며 입학시험을 보았다. 필기로 치러진 1차 시험은 무난히 넘어갔으나 2차 체력시험이 아슬아슬했다. 못 먹고 자라서인지 바람 불면 쓰러질 듯 꼬챙이처럼 말라 비틀어져 있어서 체력적으로 한계가 있었다. 다행히 체력시험을 어렵사리 통과하고는 합격 통지서를 받았다.

8월 1일, 여전히 몸이 좋지 않은 아버지께 절을 올리고 가입교를 위해 집을 떠났다. 그리고 8월 15일, 육영수 여사가 저격당해 돌아가시고 온 국민이 슬픔에 젖어 있을 때 병석에 누워 계시던 아버지마저 그 이튿날 세상을 뜨셨다. 가입교 기간이었지만 학교의 배려로 나는 집으로 돌아가 아버지의 마지막 가시는 길을 지키며 눈물을 삼켰다. 입학식에서 제복 입은 늠름한 모습을 보여 드리고 싶었는데, 결국 못 보시고 돌아가시니 슬픔은 배가 되었다. 상을 치르고 학교로 돌아오자 동료들과 선배들이 찾아와 많은 격려와 위로를 해주어 슬픔을 이겨 낼 수 있었다.

가입교 기간에 가장 힘들었던 것은 역시나 군사훈련이었다. 특히 정규 고등학교를 다니지 않아서 교련을 받아 본 적이 없는 나로서는 '제식훈련'이나 '총검술', '무기분해결합' 같은 것이 매우 생소하고 서툴렀다. 이미 교련을 배운 동기들은 제법 숙련된 군인처럼 잘 따라했다. 나는 쉬는 시간에도 끊임없이 동작을 반복하며 동작이 완성될 때까지 노력했다. 교련 경험이 있던 동기들과 겨루려면 그들보다 많은 시간을 할애해 노력하는 수밖에 없었다.

드디어 첫 학기 성적표가 나왔다. 훈육장교는 우리 중대 생도 120명 중 전 과목 평균 90점 이상을 받은 사람은 나 권태오 생도 한 명뿐이라며 칭찬을 아끼지 않았다. 노력하는 자에게 불가능은 없었다. 그때 나는 배운 것이 없어 미천하다고 탓할 게 아니라 더 노력하면 누구나 목표를 성취할 수 있다는 커다란 교훈을 얻었다. 이제 일반고등학교를 나온 동기들과 겨뤄도 절대 뒤지지 않을 자신이 생겼고, 그래서 학과 공부에 더 적극적으로 임하게 되었다. 그 결과 나는 첫 학기부터 졸업할 때까지 단 한 번도 전교 1등을 놓치지 않았다.

육군3사관학교 13기 수석 졸업의 영예

어려운 환경 속에서도 굴하지 않고 검정고시에 합격해 사관학교에 입학, 줄곧 1등을 놓치지 않는 나에게 교수들은 관심을 갖고 지켜보았다. 당시 새로이 부임하신 교장이던 황영시 장군은 내가 자라온 환경을 알고는 격려차 생도인 나를 관사로 불러 여러 차례 함께 식사 자리를 마련했다. 그 자리에서 자신이 살아온 이야기와 힘들고 보람찼던 군 시절 이야기를 들려주면서 용기를 주셨다. 그때 황영시 장군이 늘 강조하며 전했던 말이 생각난다.

"전력투구하라!"

이 말은 내가 힘들 때마다 나를 붙잡아 주는 명언 중의 명언이다. 황영시 장군은 어려운 환경을 극복하고 모범적으로 학교생활을 하고 있는 나를 입지전적인 인물로 여기고 아끼셨다. 우여곡절이 많았던 나의 삶을 후배 생도들에게 들려주면서 "인간 권태오 생도에게서 배워라." 하고 강조하는 바람에 내 삶의 이야기는 한동안 3사관학교 정신교육 교재처럼 쓰였다.

이윽고 2년의 세월이 흘러 졸업 및 임관식에 박정희 대통령께서 방문한다는 소식이 전해졌다. 육군3사관학교에 대통령 방문은 처음으로, 생도들에게는 큰 영광이었다. 졸업을 앞두고 수석 졸업자에게는 학교 홍보 차원에서 헬기에 태워 출신 고등학교를 방문한다는 소식도 전해졌다. 그 소문이 나돌던 어느 날, 학교 관계자가 나를 불렀다.

"권태오 생도는 어느 고등학교를 나왔나?"

"예, 저는 검정고시 출신입니다."

"검정고시?"

"예, 그렇습니다!"

"거참 아쉽게 됐네. 수석 졸업자는 헬기에 태워 출신 고등학교 방문하는 계획을 세웠는데 말이야."

나는 정상적으로 학교에 다니지 못한 것이 원통했다. 아니 무척 아쉬웠다. 그리고 항변하고 싶었다. 출신 고등학교가 없다면 고향에라도 방문하면 되지 않는가. 그러나 그 자리에서 내색할 수 없었다.

얼마 후 나는 수석 졸업의 영예를 안고 대통령상을 받았다. 박정희 대통령을 직접 뵌다는 생각에 설레었는데, 마침 '판문점 도끼만행 사건'이 발생하여 대통령은 졸업식에 참석하지 못하셨다. 무척 아쉬움이 컸지만 국가의 안위가 무엇보다 중요했으므로 애써 위안을 삼았다. 대통령은 다음 해 14기 졸업식에 방문해 많은 격려를 해주셨다는 소식을 듣고는 멀리서나마 감격해마지 않았다.

내 생의 절반은 군(軍)

초급장교를 시작으로 3성 장군으로 전역할 때까지를 돌이켜보면 그 역정(歷程) 중에는 지금의 나를 있게 해준 많은 감동의 순간이 있었다. 그리고 그 기억들은 내가 어려움에 처할 때마다 큰 힘으로 작용해 지친 심신을 추스르는 활력소가 되었다.

나는 초급장교 시절부터 전방과 후방에 근무하는 것을 마다하지 않았다. 국가안보의 최첨병 군인으로서 명령에 따라 음지양지를 가리지 않고 기꺼이 달려갔다. 물론 결혼해 가족이 생기면서 전방 근무를 할 때는 다소 복잡한 어려움이 뒤따랐지만 그것은 군인을 가장으로 둔 아내와 자식들의 몫이라고 생각했다. 군인이 가정사 때문에 보직과 근무지에 신경을 써서는 안 된다는 확고한 신념으로 움직였다. 다행히 아내와 자식들은 이런 내 마음을 잘 알고는 묵묵히 따라 주었다. 참 고마운 일이다.

초급장교 시절부터 내가 가장 신경 썼던 일 중 하나는 군의 전투력 증가와 병사들의 안전이다. 군 특성상 여러 곳에서 예기치 않은 사고들이 빈번하게 일어날 수 있기 때문이다. 인생에 있어서 가장 젊고 혈기 왕성한 나이에 가족을 떠나 사적인 모든 것을 잠시 접고 국방의 의무를 다하는 병사들의 안전은 무엇보다도 중요한 문제였다.

또 나는 애국심이 발휘되는 군대 분위기를 고조시키려고 노력했다. 애국심만이 나라를 지킬 수 있다는 생각 때문이었다. 과거 나폴레옹 군대가 유럽연합군을 맞아 승리할 수 있었던 것은 징집 병사들의 굳건한 애국심 하나 때문이었다. 유럽연합군은 모병제의 성격이 강해서 그들은 돈 받고 팔려온 사람들로, 애국심은 찾아볼 수가 없기에 이해타산에 따라 움직였다. 무엇보다도 전쟁에서의 승리는 강한 정신으로 무장한 애국심이 없으면 불가능하다고 나는 확언한다.

오랜 기간 군생활을 하는 동안 나는 한시도 초급장교 시절의 교훈을 저버린 적이 없다. 직접 병사들과 함께 동고동락하던 시절의 중요한 훈련들을 떠올리며 어려움을 극복했다.

대대장 시절 1주간의 야외 기동훈련을 마치고 토요일 새벽같이 아침밥을 먹고 훈련장을 출발하여 주둔지로 복귀하던 어느 여름

날이었다. 출발하면서부터 내리던 비는 장대같이 변했고, 조금도 그칠 줄을 몰랐다. 계획대로라면 중간에 하룻밤 숙영을 하고 다시 그 이튿날 행군을 해야 했지만 해가 넘어 가던 저녁 무렵이 되자 등에 짊어진 군장이 이미 축축히 젖어 버렸고, 온몸은 땀에 범벅이 되어 있었다. 전 대대원을 모아놓고 의견을 물었다.

"계속 철야 행군을 하겠는가, 아니면 빈 학교 교실이라도 빌릴 테니 숙영하고 내일 행군하겠는가?"

장병들은 큰 소리로 계속 철야 행군을 하자고 했다. 엊그제 전입 온 이등병이 걱정되었지만 그 친구의 눈빛이 밝았다. 믿음이 갔다. 나는 비를 뚫고 계속 철야 행군을 하기로 결심했다.

밤새 빗속을 뚫고 행군한 다음 날 새벽, 빗줄기가 서서히 가늘어졌다. 우리 부대 주둔지로 들어설 무렵이 되자 언제 그랬냐는 듯이 하늘은 완전히 갰고 밝은 해가 사방을 내리쬐고 있었다. 전체 부대원 중 낙오자는 단 한 명도 없었고, 대오는 질서정연했다. 누가 시작했는지 모르겠지만 어디선가 군가가 들려왔다. 그 소리는 이내 전 장병의 제창으로 확대됐다. 모두가 해냈다는 성취감, 자신감을 한껏 느끼는 순간이었다. 저 멀리 대열이 들어서는 부대 입구에는 밤새 잠 못 이루고 걱정하던 상급 지휘관, 참모들과 부대 간부 가족들이 나와서는 먼저 도착한 첨병에게 꽃을 건네주었다. 순간 장병들을 한 명의 낙오도 없이 안전하게 이끌고 부대로 돌아왔다는 안도와 함께 눈물이 핑 돌았고, 나는 그때만큼 우리의 세상천지가 더 맑고 밝은 적을 본 적이 없다. 그날 이후 우리 부대는 사소한 사건사고 하나 없는 전투력 최강의 사기 높고 단결된 최고의 부대로 발전해 나갔다.

이 경험은 '도전을 극복한 값진 환희'로 내 기억 속에 강하게 각인됐고, 그날 이후 언제나 내가 어려움에 봉착할 때마다 이를 극복할 수 있는 힘으로 작용했다. 한마디로 "고생 끝에 낙이 온다."는 속담을 직접 체험한 순간이었다. 이처럼 군대는 대한민국의 젊은이들에게 도전의 기회와 극복의 기쁨을 알게 해주고 미래에 대한 강한 자신감을 키워 주는 진정 가치 있는 기간이라는 사실을 강조하고 싶다.

끊임없는 학구열, 3성 장군이 되다

나는 임관 후 소대장을 마치고 3사관학교의 전쟁사를 가르치는 교수로 선발되어 경북대학교 문리대에서 위탁교육을 받았다. 그리고 이후에 군의 고등군사반 과정과 육군대학을 졸업했다. 경북대학교 다닐 때의 성적도 대단히 우수했던 것으로 기억한다. 당시 동양중세사를 전공하신 고석림 선생님이 "자네는 군에 있지 말고 전역해 바로 학교에서 내 뒤를 이으면 좋겠다."고 말씀하실 정도였다.

고등군사반과 육군대학을 다닐 때에도 성실하게 최선을 다해 열심히 공부한 덕에 우등으로 졸업했다. 나는 '공부만 잘하는 군인'이라는 소리가 듣기 싫어 체력을 키우는 동시에 다른 분야에서도 뛰어난 군인으로 성장하기 위해 남모르게 노력했다.

중령 때, 대대장을 마치고 나니까 '한미연합사'로 발령이 났다. 솔직히 고백하건데 영어라고는 야간학교 다닐 때 두 선생님한테서 배운 것이 전부였다. 물론 틈을 내어 영어공부에 매달리긴 했어도 영어의 기초는 그 당시에 습득한 것이다.

나는 전 세계 유일의 연합군 조직인 '한미엽합사'에서 근무하면서 배운 것이 참 많았다. 흔히들 한미연합사에 근무한다고 하면 한국군이 미군에 배속된 요원들인 것으로 오해해 매끼 양식 먹고 커피 마시면서 근무하는 줄 안다. 물론 이곳의 일부는 한국군 야전과는 다른 환경 때문에 혜택을 보는 면도 있는 게 사실이지만 현실은 일반적인 인식과 상당히 다르다. 구체적인 이야기를 여기서 다 말할 수는 없지만 대한민국 안보에 있어서 한미연합사의 존재는 그 의미가 매우 크다.

한미연합사에서 중령으로 시작해서 소장까지 근무하는 동안 선진군사제도 시스템을 부러워했고, 중요한 전략전술에 대해 의논하고 결정하면서 많이 배웠다. 군 생활 중 매우 중요한 시기에 많은 것을 체득했던 시절이다. 그렇다고 실패 없이 승승장구하면서 소장까지 진급했던 것은 아니다. 중령에서 대령으로 진급할 때는 여러 차례 낙방의 쓴잔을 마셨다. 그런 때마다 불평불만하지 않고 오히려 무엇이 부족한지 늘 내 자신을 스스로 검증하면서 노력해 왔다. 지금도 내 자신을 되돌아보는 습관은 아마 오랜 군 생활에서 터득한 생활철학이 몸에 밴 까닭인 듯싶다.

나는 2003년 한미연합사 특수작전처장, 2005년 대테러 및 부대방호처장을 거쳐 장군으로 진급 후 2007년 연합사 작전처장, 그리고 2007년 소장으로 진급하여 육군 제51사단장을 했고, 2010년에 국방부 동원국장을 거쳐 다시 연합사로 이동하여 연합사 부참모장 겸 UN사 군사정전위원회 수석 대표를 했다. 이어서 2011년에 중장으로 진급하여 수도군단장이 되었다. 그 후에 제2작전사 부사령관을 잠시 한 후 다시 국방부로 이동하여 6·25전쟁 사업단장, 건군 제65주년 국군의 날 제병지휘관을 거쳐 2014년 1월 말에 3성 장군으로 전역하였다. 스무 살 무렵에 초급장교로 출발해서 예순을 목전에 두고 전역했으니, 내 생애 절반 이상을 군에서 보낸 셈이다.

오랜 군 생활을 하다 보면 인내와 끈기를 요하는 때가 많다. 나의 끈질긴 이 근성은 아마도 검정고시를 준비하는 시기의 생활습관 덕인 것 같다. 나는 이미 그 시기에 부족한 것은 남들보다 백 배천 배 피나는 노력을 통해 극복할 수 있다는 진리를 경험을 통해 깨달았다. 그래서 스스로 뭔가 부족하다는 것을 느끼면 열심히 노력하는 습관이 들었던 것이다. 나는 남들보다 체력이 약했는데 부지런히 몸 관리를 하여 결국 강인한 체력으로 거듭났다. 뭐든 부족한 것은 노력하여 채우는 습성은 영광스럽게도 '3성 장군'이라는 열매로 보답했고, 덕분에 보람찬 군 생활을 마칠 수가 있었다.

자신을 그르치는 가장 큰 적은 '자만'

장군이 되고 나서 후배 장교들의 진급 심사요원으로 투입되는 일이 종종 있었다. 2주간의 진급심사라는 대장정을 마치고 나면 마치 100km 철야 행군 후 군장을 벗고 목표를 달성한 듯 홀가분한 기분이 든다. 그러나 한편으로는 가슴 한구석에 무언가 개운치 않은 뒷맛이 남는다. 아마 비선 된 수많은 우수 자원들이 눈에 밟히기 때문일 것이다.

중령에서 대령으로 진급할 때 여러 차례 낙방의 쓴잔을 마셔 본 경험자로서 진급 대상자들 각 개인이 얼마나 현 직책에서 최선을 다하며, 그 가족들 또한 진급 선발의 영광과 은총이 있기를 간절히 빌고 있는지를 누구보다도 나는 잘 알고 있다.

사실, 나를 포함한 선발위원회 위원들에게도 이 시기는 후보들만큼이나 힘들고 고통스러운 기간이다. 모두들 냉정할 수밖에 없었던 심의 결과에 대해 회한과 고통이 뒤따르기 때문이다. 그러나 그 많은 보석 가운데 한정된 그릇에 담아야 하는 진짜 보석을 골라 내는 작업이야말로 큰 가르침을 준다. 심사위원이 하는 일이나 개인을 떠나 국가 발전에 크게 이바지할 수 있다는 사명감으로 자부심을 갖기에 충분하다.

진급 대상자들의 자력 분석 시 그들의 군 생활 역정을 유추해 가면서 때로는 그들과 함께 밤새 보고서와 작전계획도 만들어 보고, 저 멀리 아프가니스탄과 이라크 같은 열사의 땅을 달려도 보았으며, 수년간 햇빛 하나 없는 지하 벙커에서 생활하던 시절을 떠올려 보지 않을 수가 없다. 이렇듯 객관성을 유지하려고 노력하면서도 가끔씩 주관적인 감정이 개입되는 상황을 반복하면서 심사위원들은 이른 아침부터 다음 날 새벽까지 가끔은 공석 한 자리를 놓고 몇 시간씩 토론하면서 어려운 심의를 진행해 나간다. 우수 자원이 많아 불가피하게 비선자가 생기는 아픔은 당연히 감수해야 한다. 그러나 결코 선발돼서는 안 될 품성 저열자나 대민 악성사고 관련자, 상습 음주운전자 등은 선발 시 신중에 신중을 기해야 한다. 이것은 군 진급뿐만 아니라 다른 사회 분야에서도 마찬가지로 적용되어야 할 점이라고 나는 강조하고 싶다.

진급한 장교들이 가장 경계해야 할 것은 '자만'이다. 이 자만은 스스로 자신을 그르치는 결과를 초래한다. 소령 때까지는 경력과 교육 성적이 좋아 일찌감치 중령으로 진급하고는 자만에 빠져 사생활이 문란해지고 부하와 주변 동료를 업신여기다가 지탄받아 결국은 비선의 요인이 되는 경우가 많다. 자질과 능력은 뛰어나지만 자신을 관리하지 못한 잘못이 진출에 장애가 됨을 명심하고 스스로를 잘 다스려 나가는 자기 성찰의 자세가 반드시 필요하다.

선발된 자들 역시 절대 겸손해야 한다. 선발되지 못한 다른 동료보다 인간적, 능력적으로 모든 면에서 자신이 앞서 있다고 생각하면 큰 착각이다. 만일 그런 생각이 들었다면 바로 그 순간부터 자만의 늪에 빠지고 있음을 명심해야 한다. 또 비선 됐다고 자책하거나 비굴해지지 말아야 한다. 다만, 인생을 살면서 닥칠 수 있는 여러 번의 시련 중 하나이겠거니 생각해야 한다. 어려움이 있고 나서 더욱 단단해지는 성숙한 자세가 필요하다.

수도군단에 '충의학교'를 세우다

한미연합사에서 부참모장을 하다가 진급이 되어 수도군단장으로 부임했다. 부임 즉시 군단 업무 파악을 하던 중 독신자 간부 숙소 내에 대·소 연회실을 만든다는 사실을 알게 되었다. 나는 군단에 그렇게 큰 연회실이 두 개씩이나 필요치 않은 것 같아서 공부하는 교실을 만들라고 계획 변경 지시를 내렸다. 간부들에게 필요한 전술학이나 외국어 공부를 그 교실에서 하도록 한 것이다. 이는 '공부하는 군인이 성공한다.'는 나의 신념 때문이었다. 그러나 내 생각만큼 외국어나 기타 공부에 관심 있는 간부는 별로 없었다.

이때, 오래 전 내가 다녔던 공군비행장 병사들이 운영하던 대구 야학이 생각났다. 그래서 주임원사에게 고등학교를 졸업하지 못한 병사들이 얼마나 되는지를 파악하라고 지시했다. 고등학교 졸업을 하지 못한 현역병들과 상근 예비역들이 예상 외로 많았다. 더 파악해 보니 전군에는 약 2.5%나 있다는 통계가 나왔다. 이들이 전역 후 사회에 나가 저학력으로 인한 콤플렉스와 사회적 약자로 평생을 살아갈 생각을 하니 내 가슴이 답답했다.

당시 저학력 병사들은 소위 관심병사로 분류되기도 했다. 그렇다면 군대가 의무 복무기간에 이들의 학력을 높여 주는 일을 하면 좋겠다는 생각이 들었다. 이왕이면 학력을 인정받을 수 있는 자격까지 얻을 수 있다면 더 좋겠다는 생각이었다.

즉시 연회실을 야학교실로 꾸미라고 지시했다. 저학력자 병사들을 모으고 동료 병사들 중에 야학에서 학생들을 가르칠 교사를 선발했다. 군인 가족들과 여군 부사관들도 야학을 위해 자원봉사를 하겠다며 지원했다. 군부대에서 야학을 세웠다는 소식을 듣고는 민간인들도 '충의학교'에 입학하겠다며 신청했다.

나는 충의학교 입학 개소식에서 열정적으로 매진해 주기를 당부하며 격려와 축하의 말을 했다.

"낮에는 근무에 충실하고 밤에 시간을 내어 공부에 매진하기 바란다. 충의학교 학생들이 공부할 수 있도록 최대한 지원을 아끼지 않겠다."

교사 경험이 있는 송지원 하사 작전처 항공장교의 부인 권도희 씨, 그리고 같은 병사들 중에서 가르치는 데 힘을 보태겠다고 나선 자원봉사자들은 의욕으로 똘똘 뭉쳐 열심이었다. 이들은 진도를 따라오지 못하는 병사들에게는 밤늦게까지 개별 지도를 해주는 수고도 마다하지 않았다. 충의학교 학생들은 낮에는 맡은 보직에 충실하고 밤에 다시 공부를 해야 하는 그야말로 '주경야독'의 어려움이 있었다. 그럴 때마다 '주경야독'을 먼저 실천해온 선배로서 나는 어려운 환경에 굴하지 말고 공부에 매진하라며 격려했다.

이들의 공부 기간은 불과 3개월 정도였다. 그런데 1기생 35명은 고등학교 졸업 자격 검정고시에 '전원 합격'이라는 쾌거를 이루며 보답하였다. 33명은 현역 병사들이고 2명은 인근 지역 주민이었다. 나는 충의학교 졸업식에서 "이제부터 여러분과 나는 장군과 병사의 지위를 떠나 검정고시 동문"이라고 말했다. 군단장과 '같은 동문'이라는 말에 병사들의 눈빛이 달라 보였고, 곧 얼굴빛에서 자긍심이 절로 생겨나는 듯했다.

군대에서 무슨 학교를 만드느냐며 불만의 소리를 높이는 사람들도 있을 것이다. 하지만 저학력으로 인해 관심병사인 이들이 검정고시 합격과 더불어 모범병사가 되면 군 전투력 향상에도 큰 기여를 한다고 나는 자부한다. 군대에 온 젊은이들은 복무기간 동안 배운 지식과 경험을 바탕으로 사회에 나가 나라의 큰 자원이 될 청년들이다. 군대는 이들을 훌륭한 젊은이로 거듭나도록 위탁교육을 시키는 교육장이기도 한 것이다.

나는 매번 충의학교 졸업식과 입학식에서 축사를 통해 강조하는 말이 있다.

"검정고시 합격은 자신의 꿈을 향한 첫 출발일 뿐이다. 여러분 모두 더 큰 꿈을 향해 전진하길 바란다. 이제부터 여러분은 장군인 나와 함께 자랑스러운 검정고시 동문임을 잊지 말라."

검정고시에 합격하고 충의학교를 졸업함과 동시에 군단장과 동문이 되면서 졸업생들에게 검정고시는 자랑 그 자체였다. 이제 이 젊은이들이 자부심과 긍지로 저학력 때문에 받았던 온갖 냉대와 불합리한 조건을 극복하면서 꿈을 향해 한 걸음 한 걸음 나아간다고 생각하니 가슴이 뭉클했다. 과거 방황하던 청소년기에 나를 올바른 길로 인도해 주었던 야학 선생님들이 떠올랐다.

나는 충의학교 졸업식 때 학생들이 긍지를 갖도록 지역의 유지들께 요청하여 모두에게 상장을 주도록 했다. 아마 이들에게 처음이자 마지막 상장일 수도 있겠지만 인생 전체에 커다란 변화를 줄 수 있는 상장이기도 할 것이기 때문이다. 나와 함께 검정고시 공부를 했던 삼성중공업 김장택 부장, 중·고등학교를 검정고시로 마치고 신학대학을 나온 홍성국 안양 평촌감리교회 목사, 전국 검정고시 총동문회 임원들을 초청해 졸업생들을 격려했다.

특히 지역에서 금융기관을 운영하는 이건선 회장은 충의학교 운영에 적극적으로 지원을 해주었다. 사회가 해야 할 일을 군대가

하고 있다면서 학용품과 학교 비품 일체를 지원했다. 더 나아가 면학 분위기 조성을 위해 개인 재산 6억 원을 들여 수도군단 정문 옆 공터에 단층으로 충의학교를 세웠다. 이 밖에도 뜻있는 분들의 많은 지원과 자원봉사의 손길이 있었다. 충의학교를 통해 군과 민이 하나가 되는 행복한 순간이었다.

충의학교 변화의 물결

충의학교에 대한 소문이 주변에 알려지면서 배움에 목말랐던 나이 지긋한 어르신들도 학생으로 입학했다. 아들이나 손자뻘 되는 어린 병사들과 함께 교실에 앉아 있는 머리가 반백이 된 어른들을 볼 때마다 가슴이 뭉클하고 흐뭇한 미소가 절로 나온다.

학생 중에는 상근 예비역으로 온몸에 문신을 한 학생이 있었다. 군대에 오기 전 직업이 나이트클럽 기도였는데, 충의학교에서 공부해 검정고시에 합격하자 그는 어둠의 세계와는 손을 끊고 대학에 진학하고 싶다고 했다. 그러면서 자신의 몸에 낙인처럼 찍혀 있는 문신을 지우고 싶은데 비용이 너무 많이 들어 감당하기 어렵다고 했다. 이 사정을 들은 이건선 회장께서 평소 잘 알고 지내는 피부과 원장에게 도움을 청했다. 원장님은 기꺼이 도와주겠다며 여러 날에 걸쳐 충의학교 학생 문신을 없애 주는 수고로움을 마다

하지 않았다. 참으로 고마운 원장님이다.

명문대에 다니는 친구 대신 미팅을 하러 나갔다가 인연이 되어 결혼했다는 중졸 학력의 나이 많은 여학생도 있었다. 그 학생은 남편과 30년 넘게 살면서 자녀들 모두 결혼까지 시키고는 비교적 안락한 노년의 삶을 살고 있었다. 남편은 대기업 임원까지 지낸 사람으로, 그때까지 아내가 명문대학을 나온 엘리트라고 생각하며 살았다고 한다. 이 학생은 남편 몰래 충의학교를 다녔는데, 고등학교 졸업 자격 검정고시에 합격하자 너무나 감격한 나머지 미친 사람처럼 웃다가 울면서 운전을 해 어떻게 집에 찾아갔는지 모를 정도라고 했다. 그날 남편에게 합격한 사실을 알리고는 지난 세월 가슴에 묻어 두었던 사연을 꺼냈다고 한다. 남편은 그 동안의 부부동반 모임 자리에서 학력 콤플렉스로 다쳤을 아내의 마음을 헤아리게 되었고, 내친김에 대학에 도전하라며 격려를 아끼지 않았다고 한다.

이렇게 충의학교에 나도는 훈훈하고 따뜻한 이야기를 들을 때마다 나는 고집스럽게 학교를 설립하길 정말 잘했다는 생각이 든다.

그 후, 대한민국 군대 여러 곳에서 야간학교 개소식이 있었고 많은 병사들이 의무 복무기간 동안 검정고시에 합격하거나 공부를 하고 있다는 소식이 전해졌다. 낮에는 각자 맡은 바 군복무에 충실하고 밤에는 군대 내의 학교에 모여 군 간부와 동료 병사의 도움으로 공부를 하는 아름다운 기적이 대한민국 군대에서 일어나고 있는 것이다.

제2작전사령부에 '무열학교'를 세우다

나는 수도군단장을 마치고 제2작전사령부 부사령관으로 보직을 옮기게 되어 정든 충의학교를 떠났다. 그리고 내 청소년기의 아름다운 추억이 깃든 대구에 정착해 부사령관 직책을 수행하면서 그곳에서도 '무열학교'를 세웠다.

무열학교 입학식에서 병사들에게 낮에는 일하고 밤에는 야간학교에서 공부했던 나의 경험을 이야기해 주었다. 여러 복잡한 사정으로 인해 고등학교를 졸업하지 못하고 군복무를 하는 무열학교 병사들에게 기죽지 말고, 불평불만지 말고 공부 열심히 해서 제대하기 전까지 반드시 검정고시에 합격하라며 격려했다.

내가 충의학교와 무열학교를 세울 수 있었던 것은 청소년 시절 내가 받은 혜택을 돌려주기 위한 최선의 선택이다. 사회에 있었으면 여러 가지 상황으로 학교 개설에 어려움이 있었겠지만 명령 계통이 정확한 군대에서 장군이라는 직책이 있었기에 가능했다. 이 모든 것이 나의 의지보다는 국가와 사회의 도움에서 비롯되었다고 생각한다.

충의학교와 무열학교 개교 소식이 전군에 전해지면서 검정고시 후배 장교나 장군들이 자신도 검정고시 출신임을 자랑스럽게 밝히며 연락을 하거나 당당하게 드러내고 있다. 또한 검정고시 학교에 대한 의미를 높이 산 군 간부들에 의해 군대 내에 검정고시 학교가 계속 세워지고 있다는 소식을 들을 때마다 감개무량하다.

얼마 전 검정고시 총동문회 문주현 회장을 만났다. 검정고시 총동문회에서 55사단을 방문해 검정고시에 합격한 장병학생들을 격려하면서 졸업생 중 대학에 진학하는 5명에게 전액 장학금을 지원하기로 했다는 말을 들었다. 참으로 감사한 일이다. 검정고시 출신 선후배들 간의 끈끈한 유대관계를 통해 아름다운 세상을 만들 수 있다는 희망을 찾았다.

민주평화통일자문회의 사무처장

나는 2014년 1월, 3성 장군으로 전역하면서 오랜 만의 달콤한 휴식 시간을 가졌다. 그 동안 못 만났던 사람들을 만나고 가족과 함께 여행도 하면서 지냈다. 휴식 시간을 가지면서 내 생의 절반 이상을 보낸 군대시절을 되돌아보는 계기가 되었다. 결론은 내 삶은 전적으로 국가로부터 무수히 많은 혜택을 받고 살아왔다는 생각이다. 그래서 남은 생은 이 경험을 통한 많은 노하우를 국가를 위해 봉사하는 삶으로 살겠다고 다짐했다.

전역 직후 한국연구재단에서 지원하는 프로그램을 통해 괴산에 있는 중원대학교에서 대학생들에게 '국가안보'라는 과목을 개설하여 가르쳤다. 많은 책을 보며 공부하면서 학생들을 가르치는 것은 커다란 기쁨이었다. 국방대학교 박사과정에 등록하여 좀 더 체계적으로 그간의 실무 경험과 학문적 지식을 정리하는 시간도 가졌다.

그러던 중 2016년 7월 8일, 대통령을 의장으로 모시고 있는 헌법기관인 민주평화통일자문회의 사무처장이라는 새로운 보직을 맡게 되었다. 나는 우리나라가 안보, 외교, 통일, 경제 등 여러 분야에서 상당한 도전을 받고 있는 이 엄중한 시기에 조국을 위해 헌신하고 있는 2만여 국내외 자문위원들의 발이 되어 사무처장으로 일하게 됨을 영광스럽게 생각한다.

마지막으로 우리 후배들에게 "기본과 기초를 중히 여기며 최선을 다하라."는 말을 전하고 싶다. '최선'이라면 어느 정도까지를 말하는가 묻는다면 그건 '힘들어 죽을 만큼'이라고 말하고 싶다. 죽을 각오로 무엇엔가 매진한다면 반드시 이루어질 것임을 나는 보장한다. 아직도 이 말은 내 삶의 모토이기도 하다. 이렇게만 할 수 있다면 나는 여러분들 모두가 내가 이룬 것 이상으로 더 큰 목표도 이룰 수 있을 것이라고 본다.

열정

초등학교 졸업 중국집 자장면 배달원이 서울대학교 경제학과에 합격했다는 소식이 MBC TV 〈9시 뉴스〉에 방영되었다. 내가 방송에 나와도 믿지 않았던 사람들은 다름 아닌 내 고향 신안군 압해도 주민들이었다. 그 꼴통 원복이가 서울대생이 되다니, 원복이가 사람 되는 건 천지가 개벽하는 것보다 더 어렵다고 생각했던 사람들이었다. 내가 생각해도 그럴 만하다. 난 초등학교 때부터 이미 골초였고, 도박에다 각종 일탈 행위, 그리고 힘 약한 애들을 괴롭히지 않으면 살맛이 나지 않았던 소위 '문제아'였다. 그래서 동네 어른한테 맞아 목포에 있는 병원에서 치료를 받느라 한 달 동안 학교에 가지 못한 적도 있다. 초등학교 때부터 제멋대로였던 내 앞날에는 험난한 삶이 도사리고 있었다.

방황은
인생의 소중한 자산

초졸 중국집 철가방 소년, 서울대생이 되다

김원복((사)검정고시지원협회 이사장)

서울대학교 경제학과 졸업
전국대학검정고시연합회 회장
대우증권 노조위원장
국회의원 보좌관
전국검정고시총동문회 상임수석부회장

젊 을 때 의 방 황 은 짧 을 수 록 좋 다

'짱깨'라고 불렸던 청소년기

"어이, 짱깨!"

열여섯 살 어린 나이에 들어야 했던 내 이름이다. 나는 시도 때도 없이 '짱깨(중국음식점 종사자들을 비하하여 부르는 호칭)'라는 말을 들었다. 당시 나는 중국집 배달원이니까 '짱깨'라고 부르는 게 당연한 줄 알았다. 하루 열 시간 이상을 철가방을 들고 배달을 다녀야 했던 중국집 배달원이 내가 살아갈 수 있는 일이었다.

자장면 배달은 자존심을 몽땅 내려놓아야만 하는 밑바닥 생활이다. 한 달 월급이라고 해 봐야 고작 2천 원. 당시 자장면 한 그릇 값이 60원이었으니까 하루 종일 배달하고 받는 일당이 자장면 한 그릇에 불과했다. 하지만 시골에서 탈출하듯 서울로 온 16세 촌놈에겐 '숙식 제공 중국집 배달원'은 구세주였다. 어린 나이에 중국집 자장면 배달은 고달픈 생활임에 틀림없었지만, 우선 굶지 않고 잠자리마저 해결된다기에 당시로서는 최선의 선택이었다.

지금이야 오토바이를 타고 배달하지만 그때는 철가방을 들고 뛰었다. 시간이 흐르면서 철가방보다는 주방장이 좋아 보여서 어깨 너머로 주방 기술도 조금씩 배웠고, 그때부터 주방 보조로, 더 나아가 동네 작은 중국집 주방장으로 근무했다.

점점 발전해 가는 것 같았지만 '초등학교 졸업'이라는 낮은 학력 때문에 늘 자신이 없고 가슴 한켠이 허전했다. 내 자신이 배우지 못해 무식하다는 생각에 사람들 앞에서 말도 잘 못하고 점차 대인 관계에 있어서도 위축되었다. 특히 여자들 앞에서는 아예 입도 뻥긋하지 못했다. 초등 졸업 학력에 중국집 배달원이라는 일종의 자격지심 앞에 내 젊음은 끝없이 추락했다.

당시 나에게 연애나 낭만은 거리가 먼 다른 세상이었다. 스무 살이 넘도록 이성으로서 여자와 얘기를 나눈 기억이 없다. 다른 직업을 찾아보려 해도 초등학교 졸업 학력으로는 어디 명함을 내밀 만한 곳이 없다 보니 스스로 움츠러들고 매사에 용기가 나질 않았다. 이렇게 중국집 짱깨로 불리며 내 젊음의 시간은 속절없이 흩어지고 있었다.

사실 이렇게 밑바닥으로 끝없이 처절하게 추락한 것은 순전히 내 탓이었다. 우리 집은 중학교에 진학하지 못할 정도로 가난한 것도 아니었다. 초등학교 시절부터 담배 피우고, 부모님 속이 타들어 가도록 꼴통 짓을 하고 다닌 결과인 것이다. 나처럼 불효막심한 놈은 이 세상을 살아야 할 가치도 없는 놈이라는 생각이 들어 죽기를 결심하고 한강 변에 찾아가기도 했지만 죽을 용기가 나지 않았다. 한강 변에 앉아서 유유히 흘러가는 강물을 바라보며 지나온 내 자신을 돌아보았다.

일탈 행동으로 점철된 어린 시절

1956년 나는 전라남도 신안군의 압해도 조용한 섬마을에서 태어났다. 섬이지만 농업이 주된 경제활동이었으며, 우리 집의 경제적 상황은 마을에서 농사를 많이 짓는 편으로, 의식주는 별로 걱정 없이 살아가는 수준이었다.

나는 초등학교 시절에 많이 망가졌다. 평범한 또래 아이들과는 아주 달랐다. 심하게 말하면 버릇없고 싸가지없는 초딩이었다. 내 타고난 성격인지, 아니면 후천적으로 주위 환경의 영향이 그랬는지는 알 수 없지만, 아무튼 나는 부모님이나 당시 마을 어른들이 생각하는 보통 초등학생이 아니었다.

초등학교 2~3학년 시절에 이미 화투 놀이를 알았고, 화투를 즐기는 수준이 되었다. 5~6학년 즈음에는 두세 살 위인 중학생 선배들과 사랑방에서 종종 집에 들어가지도 않고 밤을 새워 가면서 도박을 했다. 도박 자금을 마련하기 위해 부모님 몰래 곡식을 훔

처다 팔아 결국 아버지한테 들켜서 매도 많이 맞았다. 어린놈이 곡식 훔쳐다 팔아 도박을 즐겼으니, 부모님 속을 어지간히도 썩였다. 지금도 그 생각을 하면 내 머리가 아찔해진다.

5학년 여름방학부터는 어른 흉내 내고 싶은 호기심에서 담배를 피우기 시작했고, 2학기 개학 즈음에는 이미 골초가 되었다. 우리 동네에서는 어린 초딩놈이 담배 피운다고 소문이 쫙 퍼졌다. 소문은 학교에까지 퍼져 담임 선생님께 불려 가 엄청 매를 맞았다. 무수한 매타작에도 나는 이미 담배에 중독되어 끊기가 어려웠다. 학교에서 집으로 돌아오면 책가방을 내팽개쳐 놓고 어른들 눈을 피해 담배 피울 궁리만 했다. 나 때문에 우리 마을에는 담배를 배운 초딩 애들도 있었다.

나는 학교 숙제에 관심도 없었고, 집에서 공부를 해 본 기억도 없다. 때문에 학교에서 숙제 검사할 때마다 손바닥을 많이도 맞았다.

동네는 물론 학교에서 힘 약한 친구들이나 여자애들을 앞장서서 괴롭혔고, 싸움이나 각종 서리 등 좋지 않은 일에는 반드시 내가 개입되어 있었다. 그때마다 부모님의 꾸중이나 매가 뒤따랐지만, 반성도 그때뿐이었다.

5학년 때, 개구쟁이 짓을 하다가 동네 어른한테 맞아서 한 달 동안 학교에 가지 못하고 목포에 있는 병원에서 치료를 받기도 했다. 그야말로 대책 없는 초딩이었다.

놀고 싶어 중학교 진학은 관심 밖

내가 살던 섬 압해도에는 중학교가 없어서 진학하려면 가까운 도시 '목포'로 유학을 가야 했다. 6학년 졸업을 앞두고 중학교 진학 여부를 결정할 무렵, 진학상담을 위해서 아버지가 학교에 오셨다. 아버지는 담임 선생님을 만나자마자 단호하게 말씀하셨다.

"이런 놈을 중학교에 보낸다고 공부는 하겠습니까? 집에서도 사고치는데, 내 슬하를 떠나 목포에서 무슨 짓을 할지 모르니 중학교에 보낼 수 없습니다."

딱 잘라 말씀하시는 아버지께 담임 선생님은 차마 설득을 하지 못했다. 아버지는 자식인 나에 대한 믿음이 조금도 없었던 것이다.

그해 우리 동네 초등학교 남자 졸업생은 7명이었다. 가정 형편은 우리 집이 제일 좋았지만 나만 빼고 6명 모두는 중학교에 진학했다. 당시 나는 공부에 관심이 없었으니 중학교에 진학하지 못한 아쉬움은 조금도 없었다. 오히려 중학교에 진학하지 않아 학생 신분을 확실하게 벗어났으니, 자유롭게 담배도 피우고 도박도 하면서 즐거운 시골 생활을 했다. 어린 초딩 시절부터 부모님께 믿음을 잃고 그야말로 문자 그대로 정통파 '학교 밖 청소년'이 되었던 것이다. '학교 밖 청소년'이면서도 미래에 대한 아무런 고민도 없이 그저 시골 농사일이나 조금씩 거들면서 시간을 보냈다.

초등학교 졸업 후 2년쯤 시간이 지났을 무렵, 목포로 중학교에 진학한 친구들이 토요일 오후에 멋진 교복과 모자를 쓰고 마을에 나타났다. 처음으로 그 친구들이 부러웠다. 저녁에 친구들과 모여 학교에서 일어났던 재미있는 이야기나 우스갯소리를 들으면 '나도 중학교에 진학할 걸 그랬나?' 하는 아쉬움이 일었다. 여전히 공부에는 관심이 없었지만 교복을 입고 싶었고, 여러 친구들과 학교생활을 하고 싶었다. 그래서 하루는 아버지께 중학교에 보내달라고 했다. 여전히 나를 믿지 못하는 아버지는 이번에도 역시 단호하게 'NO' 하셨다. 그 이후로 더 이상 공부에 대해서는 말을 꺼내지 않았다.

위축된 서울 생활

시간이 지나면서 우리가 살았던 섬마을에도 서울로 가출하는 것이 유행처럼 번져 나갔다. 상급학교에 진학하지 못한 동네 형들이 너도나도 대도시로 탈출하는 분위기였다. 섬 생활이 단조롭고 지루해 서울에 가면 무언가 새로운 일이 있을 것 같아서 나도 가슴에 희망을 품고 서울로 올라왔다. 그러나 서울은 시골에서 생각했던 것처럼 그렇게 낭만적인 곳이 아니었다. 초졸 학력에 아무 생각 없이 빈둥거리다가 온 16세 시골 촌놈이 서울에서 할 수 있는 일이 무엇이었겠는가!

우선 배가 고파 먹고 잘 수 있는 곳을 찾아야 했다. 숙식을 제공하는 중국음식점이 제격이었다. 나는 곧 중국음식점 배달원으로 취직하여 자장면 철가방을 들고 서울 거리를 누비기 시작했다. 중국집 배달원으로 한때는 '날아다니는 철가방'이라는 별명도 얻으며 6년의 시간을 보냈다.

그 무렵 누군가가 들려준 한마디, "사람은 날마다 나오는 신문을 봐야 자기 앞은 가리고 살 수 있다."는 말에 정신이 번쩍 들었다. 그 의미는 신문에 매일 쏟아져 나오는 정보를 읽어야 시대의 흐름을 따라간다는 것이었으리라. 그런데 당시 신문은 한자(漢字)가 많아서 한자를 모르면 신문을 읽을 수가 없었다. 그래서 한자를 혼자서 배우기로 했다.

음식점 일을 마치고 매일 3시간 정도, 천자문(千字文)을 읽고 쓰고 했다. 한 3~4개월 정도 반복하고 신문을 보니 드디어 더듬거리며 읽혀지는 것이 아닌가! 그때까지 한자가 어렵다는 이유로 쳐다보지도 않고 살았던 신문을 읽을 수 있게 된 것이다. 그야말로 심 봉사가 눈을 뜬 것처럼 신천지를 발견한 느낌, '배움의 환희'를 맛보았다. 나도 공부를 하면 유식해질 수 있다는 생각을 처음으로 하게 되었다.

군대에 가게 될 나이가 되자 징병검사를 받았다. 소집된 날에 징병검사장에 도착하니 초졸 학력자들은 따로 분류를 하며 인격적으로 깔아뭉개는 듯 무시했다. "초졸 출신은 군대에 갈 자격이 안 된다. 모두 보충역으로 편입되었다."며 집으로 돌아가라고 했다. 사회 여러 곳에서 학력 차별을 느껴 왔지만, 국가로부터 처음으로 학력 차별 대우를 받고는 자괴감이 몰려왔다. 지금도 내 주민등록 병적란에는 "보충역(초졸)"이라고 적혀 있다. '보충역'으로 군대에 가지 못한 이유가 '초졸'인 것이다.

이 무렵, 나처럼 초졸도 공부하여 학력을 취득할 수 있는 '검정고시제도'가 있다는 것을 알게 되었다. 사회적으로 학력 차별을 경험하고, 한자(漢字) 공부 덕분에 신문을 읽게 되면서 그나마 검정고시에 관심이 생긴 것이다.

당시 서울에는 형님 부부가 살고 있었다. 찾아뵙고는 검정고시에 도전하겠다고 하니 시골에 계신 아버지의 허락을 받아오면 도와주겠다고 했다.

'아버지의 허락', 불안한 마음이 생겼다. 초등학교 시절 나에 대한 추호의 믿음도 없어 담임 선생님께 딱 잘라 중학교 진학을 포기하셨고, 초등학교 졸업 2년 후 중학교에 보내달라는 나의 요청을 단칼에 잘라 버린 아버지였다. 어쨌거나 나는 아버지께 도전장을 내듯 각오하고 시골에 갔다. 그리고 공부를 해보겠다고 말씀 드렸다. 역시 아버지는 아무 말씀이 없으셨다. 결국 2박 3일을 시골집에서 머물다 서울로 가기 위해 작별인사를 드렸다.

"열심히 해라."

그때 아버지는 딱 한 마디를 하셨다. 드디어 아버지는 평생 처음으로 나에게 믿음을 주셨다.

목포에서 탄 서울행 기차는 왜 이렇게 느리게 달리는지! 공부할 생각을 하니 마음이 설레고 급해졌다. 내 마음은 이미 서울에 도착하여 공부하고 있었다.

과연 내가 검정고시에 합격할 수 있을까?

형님과 형수님의 지원으로 검정고시학원에 등록하여 공부를 시작했다. 형님은 고등학교 졸업 학력을 취득하여 고향 시골에 가서 면서기(9급 공무원)를 하라고 했다. 내 목표가 '면서기'로 정해진 것이다.

처음 공부해 보는 영어, 수학……. 나는 영어 알파벳을 인쇄체·필기체, 소문자·대문자를 겨우 구분하면서 노트에 쓴다기보다는 그리고 있었다. 그런데 옆 자리 친구는 중학교 2학년을 다니다가 중퇴하였기에 쓰기도 잘 할 뿐만 아니라 영어책을 술술 읽고 있는 것이 아닌가!

'저런 친구들이나 검정고시에 합격하지 나 같은 무식쟁이는 어림도 없을 거야.'

내 실력의 현주소가 파악되니 갑자기 공부에 자신감이 떨어졌다. 내가 정말로 검정고시에 합격할 수 있을지, 공부한답시고 무작정 들이댔다가 합격도 못 하고 헛물만 켜는 것은 아닐지 겪어 보지 않은 길이니 확신도 없고 불안하기만 했다. 그래서 학원 담임 선생님과 상담을 했다. 그랬더니 나 같은 처지에서 합격한 사람이 엄청나게 많으니 걱정 말고 도전하라고 했다. 그때 내 나이 22세, 초졸의 학력이지만 서울 생활 6년 동안 온갖 일을 겪은 터라 선생님 말씀이 액면 그대로 받아들여지지 않았다. 나를 계속 학원에 다니게 하려는 사탕발림으로 하는 소리로 들렸다. 공부에 대한 자신감이 없어지니 스스로 공부를 포기할 핑계를 찾고 있는 것이었다.

'어찌할 것인가?'

이때 바로 "열심히 해라." 하신 아버지 말씀이 떠올랐다. 그렇다. 아버지께서 평생 처음으로 이 못난 아들을 믿어 주셨는데, 여기서 무너지면 다시는 부모님의 신뢰를 얻지 못할 것이라는 생각이 들었다. 22세라는 적지 않은 나이에 비로소 공부하려고 마음먹었는데, 지금 이 기회를 포기한다면 내 인생에 또다시 기회는 없을 것 같았다.

'일단 도전해 보자. 해보고 안 되면 그때 가서 포기하자.'

나는 모든 잡념을 버리고 오로지 '검정고시 합격'이라는 목표만 생각하고 공부에만 집중하기로 했다. 하루 24시간 중 7시간 정도 충분히 자고, 깨어 있는 시간은 모두 공부에 전념했다. 버스 타는 시간에도 영어 단어와 교과서 문장을 외웠다. 중학교 3년 과정을

1년에 마치려면 다른 대안이 없었다.

학원에서 매월 시험을 치렀는데, 처음에는 내 실력이 워낙 낮아서 우리 반에서도 꼴찌 수준에 머물렀다. 공부 시작 4~5개월쯤이 지나자 검정고시 합격 점수인 평균 60점대가 되었다. 이렇게만 간다면 담임 선생님 말씀처럼 검정고시에 합격할 수도 있겠다는 자신감이 생겼다. 10개월쯤 지나자 나는 학원에서 주는 성적 우수 장학금을 받게 되었다. 점점 검정고시 합격에 가까워지고 있었다. 가슴이 설레었다. 목표를 이룰 것 같았다.

드디어 공부 시작 1년 만에 중학교 졸업 자격 검정고시 시험을 치렀다. 자신이 있었기에 합격을 확신하고 합격자 발표를 기다리고 있었다. 그런데 시골에 계신 아버지가 지병으로 돌아가셨다. 나의 검정고시 합격 소식도 듣지 못하시고, 아들에 대한 불신을 조금도 해소하지 못한 채…….

하늘이 맺어 준 인연 천륜(天倫), '아버지와 아들'이라는 이 세상에서 가장 귀한 인연으로 만났건만 아들인 나는 어찌하여 아버지의 깊은 뜻도 모르고 망나니짓만을 일삼고 신뢰를 모두 잃었던가!

초등학교 졸업 후 '학교 밖 청소년' 때 누구의 간섭도 싫어서 하고 싶은 대로만 하고 지냈던 시절, 그때는 왜 그랬는지 부모님이나 어른들의 말씀이 귀에 들어오지 않았다. 매를 맞아도 그때뿐이었다. 아무리 혼내도, 달래도 막나가는 아들 때문에 돌아가시는 날까지 걱정하신 나의 아버지, 지금도 아버지를 생각하면 말로 표현할 수 없는 죄책감에 가슴이 시리고 눈물이 난다.

결혼하여 내 아들이 태어났을 때, 우리 아들이 과거 나처럼 행동하면 어쩌나 하고 은근히 걱정되었다. 그때서야 망나니짓만 일삼는 나 같은 아들을 둔 부모님의 심정이 이해되었다. 나는 비록 망나니짓을 했을지언정 내 아들이 망나니짓을 할까 두려웠다. 그러나 다행히 감사하게도 내 아들은 나를 닮지 않았다.

대학 도전, 서울대 경제학과에 합격

아버지에 대한 아픔을 가슴에 안고 고등학교 졸업 자격 검정고시에 도전했다. 중학교 졸업 자격 검정고시에 이어서 또 1년 만에 고등학교 졸업 자격 검정고시에 합격하였고, 내 목표는 '면서기'에서 눈앞에 보이는 '대학 진학'으로 바뀌었다.

꼭 대학에 가고 싶었다. 하지만 중·고등학교 6년 과정을 번갯불에 콩 구워 먹듯 2년 만에 마친 나에게 대학의 문은 쉽게 열리지 않았다. 대학입시에 두 번의 실패를 겪었다. 실패의 문제점을 되짚어보고 "열심히 해라." 하신 아버지의 말씀을 뼈에 다시 새겼다. 검정고시를 처음 준비하는 마음으로 새롭게 시험 준비를 했다.

초심으로 돌아간 효과는 강력했다. 드디어 서울대학교 사회과학대학 경제학과에 합격했다. 대학교 합격 소식을 듣자 저학력자로 사회적 차별을 받아온 지난 일들이 떠올랐다. 공장에 취직하려고 구로동에 갔다가 중졸 이상을 요구하는 지원 기준을 보고는 취직 신청서도 내지 못하고 발길을 돌렸던 일, 파출소에 자장면 배달을 갔다가 심부름하는 사환을 뽑는다고 해서 지원하려고 했더니 중학교를 졸업하지 못한 사람은 지원할 수 없다는 말을 듣고는 한없이 부끄러워 얼굴 붉히며 조용히 나왔던 기억, 군대 신체검사장에서 초졸들은 사람 취급도 안 하는 듯한 교관들의 태도 등등. 중학교 졸업을 하지 못하여 겪어야 했던 일들이었다.

대학생이 됨으로써 지금까지 내 가슴속에 웅크리고 있던 저학력에서 오는 열등감이 사라졌다. 이제는 내 능력이 미치지 못해 할 수 없으면 모를까, 저학력 때문에 불이익을 받거나 하고 싶은 일을 못 하는 일은 없을 것이었다. 이제 마음이 편해졌고 뭐든 할 수 있다는 생각이 들었다.

초졸 출신 중국집 배달 소년이 대학생이 되었다는 자부심으로 한동안 세상을 다 얻은 듯했다. '짱깨' 소리를 듣던 내가 서울대생이 되었다는 사실에 고향 압해도 주민들은 물론이고 과거에 내가 근무했던 중국집 주인도, 나를 알고 있던 많은 사람들도 '천지개벽할 일'이라고들 했다.

MBC 방송국에서는 초졸 철가방 소년이 서울대생이 된 사연을 취재하여 〈9시 뉴스〉에 내보냈다. 당시 방송 기자가 찾아와 '누구나 방황은 있을 수 있고, 그 방황을 끝내고 꿈을 이루는 것이 중요하다.'는 것을 세상에 보여 주자고 취재를 요청했다. 나도 그러고 싶어 응했다.

나는 대학생활 내내 서클 활동이나 낭만보다는 후배 검정고시 준비생들에게 많은 애착을 갖고 그들에게 꿈과 희망을 전하는 일에 시간을 많이 할애했다. 과거에 다녔던 검정고시 학원에 방학 때마다 가서 후배들에게 검정고시 공부 경험담을 들려주고 상담하면서 격려했다. 또한 1학년 때부터 서울대학교 검정고시 동문회에 가입해 본격적으로 활동을 했고, 그 동문들과 많이 어울렸다.

대학 3학년 때, 서울 소재 20여 개 대학의 검정고시동문회를 하나로 묶은 '전국대학검정고시연합회' 회장으로 선출되었다. 나는 회장으로 있으면서 검정고시 동문들 간의 유대를 강화하고, 검정고시 후배들의 권익을 지키는 일에 앞장섰다. 검정고시 준비생들을 가르치는 야학 운영비 모금행사, 야학 교사 충원 등 '검정고시 야학'을 지원했다. 나는 야학에서 수학을 직접 가르치는 교사로 참여, 대학 시절부터 직장생활 2년차까지 지속했다. 여러 가지 이유로 인해 사회적으로 소외되고 있지만 늦게나마 공부하는 후배들에게 조금이라도 자극이 되어 꿈을 가졌으면 하는 생각에서였다. 이때 함께 야학 교사를 한 친구가 나중에 광주지방법원 부장판사를 지낸 서정암 변호사, 청와대 비서관을 지낸 조용환이다. 이들도 모두 검정고시 출신들이다.

'전국대학검정고시연합회' 회장 임기를 마칠 즈음, 검정고시 출신들을 우울하게 하는 사건이 일어났다. 서울교육대학은 "검정고시 출신 제외"라는 입시요강이 발표된 것이다. 검정고시 출신은 무조건 입학을 할 수 없다는 것이다. 당시는 검정고시 출신들의 권익을 지켜 주고 대변해 줄 만한 기관이나 단체가 없었다. 오로지 대학생 중심의 '전국대학검정고시연합회'뿐이었다. 그래서 나는 회장으로서 불평등한 처사를 바로잡기 위해 앞장섰다. 대학 검정고시 동문 몇 명과 함께 서울교육대학 학장을 만나 검정고시 출신 입학 배제 문제에 대해 따졌다. 헌법상 누구나 평등하게 교육을 받을 권리를 주장했다. 그리고 학장 책상을 손으로 탁탁 치고 발로 차면서 일부러 소란을 피웠다. 나는 이 사건이 언론에 보도되어 사회문제로 수면에 떠오르길 바랐다.

그런데 서울교대 측은 우리가 소란 피우는 것을 경찰에 신고하지 않고 조용히 마무리하려고 했다. 입시요강에 "검정고시 출신 제외"라는 문구는 처음부터 없던 것으로 하고, 검정고시 출신을 일반 고교 출신과 동등하게 신입생에 선발하겠다고 했다. 회장으로 검정고시 출신들의 권익을 사회에서 처음으로 지켜 낸 일로, 나는 마음이 뿌듯했다. 대학 4년을 검정고시와의 인연으로 보람 있고 활기차게 보냈다.

졸업 후 나는 당시 붐을 일으킨 '대우증권'에 공채로 들어갔다. 그리고 시간이 흘러 대우증권 직원을 대표하는 '노동조합위원장'으로 선출되었다. 노조위원장으로 있는 동안 노사 간의 다툼과 타협, 증권맨들의 권익을 위해 노력했다. 대우증권 여수지점장을 끝으로 10여 년간 몸담았던 직장을 떠났다.

개인사업을 시작했으나 성과를 내지 못했다. 그 후, 국회의원 보좌관, 김대중컨벤션센터 서울지사장으로 임용되어 근무하다가 2015년에 퇴직했다.

검정고시 합격증 수여식

검정고시 후배들에게 자긍심을 심어 주기 위해 적극적으로 관여한 일 중 하나는 '검정고시 합격증 수여식'이다. 나는 1978년 4월에 서울에서 중학교 졸업 자격 검정고시에 합격했고, 정동에 있는 창덕여중에서 거행된 합격증 수여식에서 합격증을 받았다. 검정고시 합격의 기쁨과 함께 국가로부터 인정을 받았다는 느낌이 들어 그 행사가 무척 감격스러웠다. 꽃다발을 들고 축하하러 오는 가족, 친구들은 얼굴에 웃음이 가득했다. 검정고시로 대학에 진학하여 동문회 활동을 하고 있는 선배들이 각 대학별로 연단에 올라와서 꼭 대학에 오라고 후배들을 격려하였고, 행사를 마치고서는 현관에서 선배들이 축하한다며 합격증을 나누어 주었다. 그야말로 선후배의 축제 마당이었고, 나에게 '대학'은 미래의 꿈과 희망을 가슴에 담는 충격으로 다가왔다. 그런 합격증 수여식이 전

두환 정부 때 중단되고 말았다.

1985년 대학 3학년 때, '전국대학검정고시연합회' 회장으로 선출된 나는 각 대학 동문회 회장들과 논의 끝에 서울 시내 20여 개 대학에 재학 중인 검정고시동문들이 서명한 탄원서를 들고 서울 시교육청에 찾아갔다. 그리고 합격증 수여식 부활을 요구했다. 그러나 신군부는 학생들이 모이는 행사라며 단칼에 거절했다. 많이 아쉬웠다.

1989년 '전국검정고시총동문회'가 설립되고 동문회 차원에서 서울시교육청에 검정고시 합격증 수여식 부활을 요청했다. 동문회가 행사 비용을 부담하는 조건으로 실시되었으나 그나마도 2회 실시되고 교육감이 바뀌면서 중단되고 말았다. 2008년 강운태 총회장님이 국회에 계셨고, 나는 국회에서 보좌하면서 다시 국회 차원에서 본격적으로 검정고시 합격증 수여식 부활을 추진했다.

교육감의 성향에 따라 변덕을 부리는 합격증 수여식을 법적으로 시행하는 방법을 찾기 위해 법령 검토 작업에 착수했다. 하지만 검정고시 규정을 개정하여 합격증 수여식을 법으로 시행하게 될 경우 중등교육법과 형평성에서 어긋난다는 결론에 이르게 되었고, 결국 다른 방법을 찾아야 했다. 고심 끝에 교육부에 타진했는데, 교육부 검정고시 담당자가 동문회 사무실로 찾아왔다. 그와 함께 논의한 끝에 전국 교육감들의 결의가 있으면 합격증 수여식이 정기적으로 실행될 수 있다는 결론을 얻었다.

서울시교육청에 교육감회의 안건으로 올려 주기를 요청했다. 하지만 교육감회의 안건을 사전에 심의하는 실무자회의에서 검정고시 합격증 수여식 건을 부결시켜 버렸다. 암담했다. 대안을 찾아야 했다. 이에 검정고시 합격증 수여식의 필요성을 공감하는 교육감 한 분을 찾아서, 그 교육감이 긴급 안건으로 상정하여 교육감 결의를 이끌어 내는 방안을 마련했다. 드디어 검정고시 합격증 수여식을 대도시(서울, 부산, 대구, 인천, 광주, 대전, 울산)에서 먼저 실시하고, 이후에 각 지역에서 실시한다는 전국 교육감 결의를 이끌어 냈다. 그 결의에 따라 지금 전국에서 검정고시 합격증 수여식이 거행되게 되었다. 당시 요청을 듣고 적극적으로 도와주신 그 교육감님께 감사를 드린다.

돌아보면 몹시 힘겨운 일이었으나 후배들에게 진정한 보람이 있는 일이었다. 검정고시 합격증 수여식장에서 감회의 눈물을 흘리는 후배 합격생들을 볼 때, 가슴속에서 올라오는 뜨거운 기쁨을 느낀다.

군대 내 검정고시 지원

2009년 국회에서 강운태 총회장님을 보좌하고 있을 때다. 강원도 인제 3군단에서 장교들이 사비를 들여 저학력 장병들에게 검정고시에 도전하도록 지원, 합격시킨 미담이 언론에 보도되었다. 이 얼마나 기특한 일인가! 먼저 국방부 국회 연락관을 만나 합격한 장병들을 축하해 주고, 사비로 장병들을 지원해 준 장교들에게 고마움을 전하고 싶다는 뜻을 밝혔다. 국방부의 반응은 호의적이었고, 더 나아가서 강운태 회장님의 부대 방문을 요청했다. 3군단 내에 저학력 장병들이 500여 명이 있으니, 저학력 장병들을 격려해 달라는 것이었다.

약속된 날, 김서중 이사회 의장님이 기부한 500여 명 분의 빵과 류제리 목사님이 기부한 장학금, 강운태 회장님, 유경선 사무총장님과 함께 강원도 인제군에 있는 3군단으로 향했다. 인제군 도심으로 진입하니 군 헌병대 차량이 앞서서 우리를 부대까지 안내했다. 부대에 들어서니 군단장이 직접 나와서 우리 일행을 영접했고, 우리는 강연장에 들어섰다.

500여 명의 저학력 장병들이 우레와 같은 박수로 환영해 주었다. 강운태 총회장님의 달변으로 분위기는 더욱 고조되었다. 저학력을 극복하여 성공한 우리 동문들 몇 사람의 예를 들어가며 군대에서 검정고시에 합격하여 사회에 나오면 여러분들에게도 기회가 많을 것이라면서 그들의 가슴에 희망을 심어 주었다. 장병들은 검정고시에 도전할 의지를 갖게 되었다고 기뻐했다. 서울로 돌아오는 도중에 장병들 삶에 용기를 북돋아 주어 고맙다고 육군참모총장으로부터 직접 전화가 왔다.

첫 군대 방문이 큰 호응을 얻어 전 부대를 방문하여 저학력 장병들에게 강연하는 계획을 세웠다. 국방부의 협조 아래 타 지역 부대와도 접촉했다. 먼저 동문회 협력업체인 '지식과 미래'에서 받은 200명 분의 검정고시 학습교재 위문품을 들고 광주 31사단 저학력 장병들에게 격려 강연을 했다. 반응은 3군단 만큼이나 열정적이었다. 부산 근처 부대를 방문하려던 때에는 호흡기 전염병 '사스'가 유행하여 계획이 무산되어 대단히 아쉬웠다. 계획을 수정하여 군부대 내에서 저학력 장병들이 쉽게 검정고시에 도전할 수 있는 시스템을 마련하기로 했다.

먼저 협력업체인 '지식과 미래' 측에게 검정고시 학습 동영상을 무상으로 군대 내에 설치된 인터넷 망에 탑재하여 주도록 협조를 얻었다. 다음으로 기획재정부 국방예산 담당자에게 예산 지원을 요청했다. 이 건은 장교들이 사비를 털어서 할 일이 아니라 마땅히 국가가 앞장서서 우리 젊은 미래 인재들에게 투자해야 할 일이라며 제안했다. 그리하여 저학력 장병들에게 검정고시 학습교재를 지원하는 예산 5억(후에 10억으로 증액) 원을 설정하기로 했다. 최초로 군대에서 검정고시 학습 지원 예산이 책정된 것이다. 마지막으로 육군본부는 부대 내에서 검정고시 학습이 원활하게 진행되도록 행정적 지원을 하기로 했다.

군대에 도입된 이 3박자(학습 동영상 제공, 예산으로 교재 지원, 학습 분위기 형성을 위한 행정적 지원) 시스템 덕택에 저학력 장병들이 어느 부대에서나 쉽게 검정고시에 도전할 수 있는 분위기가 형성되었다. 또 검정고시 시험 대비반을 만들어 공부를 가르치는 '군대학교'도 생겨서 매년 3천여 명의 합격자가 배출되고 있다. 그간 일부 부대에서 몇 명씩 산발적으로 검정고시에 도전하여 합격한 것에 비해 지금은 그 합격자 수가 많아 '군장병 검정고시 합격 수기집'도 계속 발간되고 있다.

저학력 군장병들에게는 이렇게나마 검정고시의 기회가 주어져 다행이지만, 군대에 못 간 저학력 청소년들과 저학력 성인들에게 어떤 형태로 검정고시 기회를 제공할 것인가가 이제는 과제로 남아 있다.

사단법인 검정고시지원협회

동문회는 구성원 간에 친목을 쌓아서 서로에게 심리적으로 위안이 되고, 또한 살아가면서 어려운 일이나 즐거운 일이 있으면 서로 돕고 나누는 것이 일반적이다.

200만 검정고시 출신들의 총화인 전국검정고시총동문회는 그런 기본적인 역할 수행과 함께 후학 지원을 적극적으로 하고 있었다. 그런데 전국검정고시총동문회는 법적 단체가 아닌 임의 단체여서 후배들 장학금 재원 마련을 위한 기부금 모집에 영수증을 발급하여 세금공제를 받을 수가 없었다. 뿐만 아니라 정부나 공공단체와 정책 협조, 그리고 정부의 정책사업 참여에 제한이 있었다. 그래서 법적인 자격을 갖추고 후학들을 지원하는 전담기구로 활동하기 위하여 2014년 8월 '(사)검정고시지원협회'를 동문들과 함께 설립했고, 내가 이사장직을 맡았다.

이듬해 2015년 6월 30일 기획재정부로부터 기부금 단체로 지정받고, 이어서 국세청으로부터 공익법인으로 선정되었다. 그리하여 전국검정고시총동문회는 '(사)검정고시지원협회'를 통하여 후배들을 지원하고 있는 것이다.

최근 정부 통계에 따르면 학교에 다니다가 중도에 그만두고 학교 밖에 남아 있는 청소년이 40여만 명이고, 매년 6만여 명의 학생들이 여러 가지 이유로 학교에 다니지 않고 학교 밖으로 나오고 있다고 한다. 그중의 상당수가 경제적으로 또는 정신적으로 방황하고 있다. '(사)검정고시지원협회'는 그런 학교 밖 청소년들과 900여만 명의 저학력 성인들에게 검정고시를 통해서 미래의 꿈과 희망을 심어 주기 위한 활동을 하고 있으며, 매년 그 혜택을 향유하는 후배들이 늘어나고 있다.

'(사)검정고시지원협회'는 3단계로 후학 지원 활동을 전개하고 있다. 우선은 삶의 동기를 부여한다. 방황하는 학교 밖 청소년들과 저학력 성인들에게 학교 밖에서 성공한 선배들의 삶을 보여 주어 검정고시를 통한 미래의 희망이 있음을 안내한다.

다음은 학습을 지원하고 의욕을 고취한다. 온라인 검정고시 학습 동영상과 교재를 무상으로 제공하여 학업을 지원하고, 또한 오프라인으로 검정고시 출신 선생님들이 직접 후학들을 가르치고자 한다. 검정고시 출신 유명인들이 후배들의 학습 의욕을 복돋우기 위한 성원을 동영상과 직접 강연을 통해 제공한다.

마지막으로는 검정고시에 합격한 이후 향후 진로와 진학 안내·각종 장학금 혜택을 부여하며, 전국검정고시총동문회로 영입한 후에는 성공한 선배들과의 인적 네트워크 형성과 또래 모임 결성으로 학창시절의 친구나 선후배 부재로 인한 사회적 소외 현상을 극복하고자 한다.

'학교 밖 청소년'이여!

'학교 밖'이라고 좌절하지 말기를 바란다. '학교 밖'도 '학교'도 모두 장·단점이 있다. '학교'라는 폐쇄된 시스템에 구속되기 싫어서 일부러 '학교 밖'을 선택하기도 한다. 어쩌면 영혼이 자유로운 집단이 '학교 밖'이다. '학교 밖'도 인생길이고 '학교'도 하나의 인생길임을 폭넓게 이해하자. 단지 길이 다를 뿐이다.

지금 상황이 경제적으로 어렵거나 심리적으로 불안정하여, 아니면 다른 이유로 방황하고 있는 중이라면, 방황 그 자체를 두려

위하지 말기를 바란다. 방황을 안 해 본 사람보다는 방황을 해 본 경험이 있는 사람의 인생 깊이가 깊어지는 것이다. "아픈 만큼 성숙한다."고 하지 않던가! 방황의 경험은 인생의 귀중한 자산이기에 방황을 부정적으로 생각하지 말자.

방황의 길이는 짧게는 1~2년, 길게는 몇십 년까지 사람마다 차이가 있다. 방황을 그만두게 되는 동기도 다양하다. 어떤 이에게는 심한 모욕이 오히려 인생의 약이 되지만, 어떤 이에게는 사랑이 약이 되기도 하며, 어떤 이는 스스로 생각의 변화에서 길을 찾기도 한다. 내 경험으로 미루어 볼 때, 청소년 시절 어느 분야에 내 삘(feel)이 꽂히면 스스로 깨우칠 때까지는 주위의 어떠한 좋은 말도 내 귀에는 들리지 않는 법이다.

"공부가 인생의 전부는 아니다."라는 말에 동의하지만, 현대를 살아가고 있는 사람들에게 요구되는 최소한의 지식은 갖추고 있어야 지성인들 대화의 흐름도 따라갈 수 있으며, 사회에서 기회가 왔을 때 그 기회를 잡을 가능성이 높아진다.

학교 밖 청소년이여, '(사)검정고시지원협회'로 오라! 방황하는 청소년을 위해 언제든지 문은 활짝 열려 있다.

열정

나는 초등학교를 졸업하고 2년여 동안 벌목장 인부, 구들장 광산 인부, 나무꾼, 논·밭 경작 품팔이 등 힘들고 거친 일을 닥치는 대로 마다하지 않고 했다. 왜냐하면 어린 나이이지만 가난한 우리 집안의 생계를 책임져야 했기 때문이다. 서울에 올라와서는 공장 노동자 생활로 근근이 끼니를 연명하기도 바빴다. 너무 힘든 나머지 한때는 처지를 비관, 종종 자살을 생각하기도 했다. 나는 이 지긋지긋한 상황에서 벗어나고 싶었다. 이 열악한 환경에서 벗어날 수 있는 길은 오직 '검정고시'뿐이었다. 뒤늦게 중·고등학교 졸업 자격 검정고시에 합격해 대학에 들어갔고, 고시에 전력을 쏟았다. 그리하여 대학 4학년 초, 입법고시에 합격하여 스물여덟 살에 공직에 발을 들여놓았다. 33년 동안 국회 내 주요 근무처를 옮겨 다녔고, 국비로 미국에 유학을 다녀왔다. 그리고 입법부 공직자로서는 최고의 위치인 국회입법차장(차관급), 국회사무총장대행(장관급)으로 공직을 수행했다. 시골 촌놈 가난뱅이 나무꾼 소년이 입법부 최고의 공직자가 될 수 있었던 것은 '검정고시'가 있었기에 가능했다. 이처럼 검정고시는 내 인생에서 '불가능'을 '가능'으로 바꾸는 힘의 원천이 되었다.

가난이 그대를 속일지라도
꿈은 포기하지 말라

노동판을 전전하던 소년, 국회입법차장(차관)이 되다

임병규(삼성경제연구소 상임고문)

서울시립대학교 경영학과 졸업
서울대학교 행정대학원 졸업(석사)
미국 위스콘신 대학교 대학원 졸업(석사, 국비 유학)
제6회 입법고등고시 합격
국회사무처 관리국장
국회사무처 입법차장(차관)
국회사무총장 직무대행
국회의장표창·대통령표창 수상
홍조근정훈장 수훈

꿈을 크게 가져라 늘 깨어 있어라

가난한 집안 나무꾼 소년의 비애

어릴 적 생각을 하면 즐거운 일보다는 '가난'으로 인한 고통스러운 기억들이 내 머릿속을 휘젓고 어지럽힌다. 치부를 드러내는 것 같아 그 과거의 기억들을 세상 밖으로 끄집어내기가 쉽지 않았다. 하지만 돌이켜보면 내 인생에서 가장 힘들었던 그 시절이 어쩌면 가장 열정적인 삶이었지 않았나 하는 생각이 든다. 그 어려움을 헤쳐 나오는 과정에서 생겨난 자양분으로 오늘의 내가 존재한다는 사실에 나 스스로도 놀랐다. 내 과거의 생채기는 '역경'이라는 열매를 탄생시켰고, 아픈 기억들은 내 삶의 한 부분으로서 소중한 '추억'으로 남았다.

나의 어린 시절은 '가난'이라는 어두운 기억이 깊게 자리하고 있다. 지독하게 가난하기도 했던 우리 집은 유독 자식 교육과는 거리가 더 멀었던 것 같다. 초등학교 때 공부는 잘했지만 중학교 진학은 말도 꺼낼 수 없었다. 당시 우리 마을은 초등학교를 졸업하면 한두 명 빼고는 대부분 농사일에 매달리거나 도시로 올라가 공장에 취직해 돈을 버는 게 다반사였다.

나는 경기도 안성과 충북 진천, 충남 천안이 차령산맥으로 만나는 산골 작은 마을에서 5남매 중 넷째 아들로 태어났다. 초등학교 1학년 종업식에서 1등 상을 타고도 성적우수상과 개근상을 모두 탄 친구가 전체 1등으로 잘못 알아 상을 더 타서 꼭 1등을 하겠다고 다짐하던 욕심 많고 순수한 소년이었다. 그래서 2학년 때부터는 전 학년을 꼭 개근하기로 굳게 마음먹었다.

초등학교 2학년 여름, 어머니가 돌아가셨다. 그런데 나는 1등에 눈이 멀어 개근해야 한다며 책보를 들고 학교에 갔다. 초상을 치러야 할 상주가 학교에 왔으니 선생님은 깜짝 놀라며 부모님상은 결석 처리되지 않으니 얼른 집으로 돌아가라고 했다. 그렇게 나는 엄마의 죽음 앞에서도 '슬픔'보다는 '1등'이 중요했던 그런 철없는 아이였다. 나는 공부만큼은 누구보다 잘하고 싶었고, 꼭 1등을 해야만 직성이 풀렸다.

초등학교 고학년 때부터는 집안을 대신해서 여기저기 마을 일에 끌려다녔다. 어차피 중학교도 못 가는 형편이었으니 숙명처럼 받아들였다. 한번은 마을 부역에 나가기 위해 학교까지 조퇴했다. 초등학생이 수업까지 빠지고 마을 일에 나왔으니 어른들로서는 달갑지 않았던 모양이다. 마을 어른들로부터 비난과 꾸중을 듣게 되자 창피해서 그 자리에 있기가 민망했다. 집에 돌아온 나는 아버지께 불평을 늘어놓았다. 그런데 위로는커녕 아버지는 나에게 오히려 매질을 하셨다. 흠씬 두들겨 맞고 나니 서러웠다. 이 집에서, 이런 환경에서 벗어나고 싶었다. 내 마음은 아주 간절했다.

나는 그날 밤 가출을 결심했다. 뜬눈으로 밤을 지새우고 새벽 안개를 헤치며 버스가 다니는 신작로 옆 감나무 밑에 몸을 숨겼다. 그 당시에도 공부에는 미련이 있었던지 보자기에 책이며 공책을 싸서 둘러멘 채였다.

나는 진천에서 출발한 새벽 첫차인 서울행 버스에 몸을 실었다. 막상 서울에 도착했지만 초등학생밖에 안 된 어린 내가 머물 곳은 없었다. 이곳저곳 헤매고 다니다 보니 어느덧 저녁이 되었다. 잘 곳도 없는 나는 불안감에 휩싸여 결국 막차를 타고 다시 안성 집으로 향했다.

산골 우리 마을로 가는 밤길은 칠흑 같았다. 어둠 속 산길을 더듬다시피 해 겨우 집에 도착했지만 아버지가 무서워 당당하게 들어갈 수 없었다. 나는 몰래 집에 들어가 장롱 뒤에 숨었다. 그리고는 이내 잠이 들고 말았다. 결국 나는 아버지에게 발각되어 또다시 매를 맞았다. 이렇게 나의 첫 가출은 허무하게 끝났고, 나의 초등학교 시절도 마감되었다.

1970년 2월, 초등학교를 전교 1등으로 졸업했다. 그리고 인근 중학교에 시험을 보아 장학생으로 합격했다. 하지만 아버지는 나를 중학교에 보낼 생각이 전혀 없었다. 산에 가서 나무나 하고 농사일이나 거들며 그렇게 살기를 바라셨다. 당시 6학년 담임 선생님은 공부 잘하는 내가 중학교에 진학하지 못하는 것을 매우 안타까워하셨다. 선생님은 자신의 집에서 나를 데리고 있으면서 책임지고 교육시키겠으니 중학교에 보내라며 아버지를 설득했다. 그러나 아버지는 내 자식을 왜 남에게 맡기느냐, 중학교는 가서 뭐하느냐며 끝내 선생님의 청을 딱 잘라 거절했다. 결국 초등학교를 졸업한 나는 2년여 동안 병으로 고생하시던 아버지를 대신하여 벌목장 인부, 구들장 광산 인부, 나무꾼, 논·밭 경작 품팔이 등 힘들고 거친 일을 닥치는 대로 다했다. 형들이 있었지만 모두 서울에서 자기 밥벌이도 급급한 상황이었다.

너무도 어린 나이에 가족 생계를 위해 보냈던 고난의 세월, 지금 다시 생각해도 어린애가 감당하기에는 육체적으로 너무나 힘들었던 시절이었다.

작은형 따라 상경, 거울공장에 취직하다

1972년, 구정을 쇠러 고향에 온 작은형 손에 이끌려 나는 서울로 향했다. 그리고 갈현동 소재의 거울공장에 취직했다. 마구간보다도 못한 공장 내 쪽방 기숙사 생활도 만만치 않은 괴로운 생활이었다. 나는 그 공장에서 장식장, 가구, 화장대 등에 사용하는 거울을 제조하고 여러 모양으로 다듬는 기술을 배우고 익혔다.

나는 공장에서 일하면서도 계속 공부에 대한 미련이 남았다. 그해 여름, 공장 일을 마치고 저녁상을 물린 후 형에게 검정고시를 봐서 상급학교에 진학하겠다는 말을 꺼냈다. 작은형은 가정 형편이 어려운데 무슨 재주로 공부하겠느냐며 야단을 쳤다. 나는 "내 인생은 내가 알아서 할 테니 상관 말라."며 형과 크게 다투었다. 그리고 화를 참지 못하고는 반바지 차림에 슬리퍼를 신은 채 무작정 거울공장을 뛰쳐나왔다. 막상 나오긴 했지만 오라는 곳도, 갈 곳도 없었다. 결국 박석고개 인근 야산으로 올라가 어둠에 잠긴 도시를 내려다보며 서럽게 울었다. 내가 원한 것도, 무슨 큰 잘못을 한 것도 아닌데 힘들고 모질기만 한 내 신세를 한탄하며 그날은 짐승처럼 꺼억꺼억 울음을 토해 냈다.

밤은 깊어갔다. 나이도 어린 데다 서울에 아는 사람도, 기댈 곳도 없었다. 그렇지만 다시는 골방 기숙사로 돌아가고 싶지 않았다. 그날 밤, 나무 밑에 쌓인 가랑잎을 긁어모아 이불 삼아 덮고 그렇게 산에서 하룻밤을 노숙했다. 한여름이었지만 산속에서의 노숙은 너무나 추웠다.

날이 밝자 나는 휘경동에 사는 누님이 떠올랐다. 이 넓은 서울에서 내가 갈 만한 곳은 오직 누님 댁밖에 없었다. 곧바로 산에서 내려가 무작정 시내버스에 올라탔다. 수중에 돈 한 푼 없었으니 버스 안내양에게 구걸하다시피 사정을 했다. 꼭두새벽에 꾀죄죄한 옷차림으로 버스에 탄 어린 거지라고 생각했는지 버스 안내양은 더 이상 차비를 요구하지 않았다. 버스는 새벽안개를 헤치며 달렸고 누님 집에 가까이 갈수록 마음은 무거워졌다.

누님 집에 도착했다. 누님을 보니 눈물부터 나왔다. 눈물을 꾹 꾹 참아가며 누님에게 자초지종을 얘기했다. 나에게 어머니 같은 누님은 날 끌어안고 눈물을 흘렸다. 가만히 보니 단칸방에서 살고 있는 누님도 형편이 좋아 보이지는 않았다. 다시 원점으로 돌아가 하루 속히 취직해서 먹고사는 문제를 해결해야만 했다.

1972년 8월경, 매형의 소개로 중화동 봉화산 밑 날염공장에 견습생으로 취직하여 날염용 제도를 배웠다. 견습생 첫 월급은 3천 600원, 한 달 식사용 식권은 4천 원이었다. 한 달 내내 일하고 고작 받는 내 월급은 식비를 치르기도 400원이 부족했다. 400원이 부족한 것을 미리 염두에 두고 대여섯 끼니를 굶었는데, 며칠 후 식권제가 폐지되었다. 월급이 모자라 공연히 몇 끼를 굶어야 했던 씁쓸한 추억이다.

기술도 없는 내가 공장에서 할 수 있는 일이라고는 한겨울에 찬물로 제도용 필름을 닦고 잔심부름을 하며 청소를 하는 것이었다. 온수가 제대로 없던 그 시절, 손이 얼마나 시려웠는지 점점 굳어져 감각이 없어지는 것 같았다. 손을 호호 불어 봐도 소용없어 아랫도리에 집어넣고는 언 손을 녹이며 수없이 눈물 흘리던 기억이 지금도 생생하다. 그럴 때마다 나는 이 힘든 고통에서 벗어나려면 기술을 익혀야 한다는 생각에 이를 악물었다. 그리고 버텨 내며 기술을 익혔다.

그렇게 작심하며 2년여 세월이 흘렀다. 그리고 나는 제도제작 기술자가 되었다. 내 실력은 인근에까지 소문나 다른 날염회사에서 선금을 주면서까지 스카우트 제의가 들어왔다. 나는 좀 더 큰 회사로 이직했고, 월급을 비롯해 근무 여건 등 여러 가지로 형편이 나아졌다.

참아 내고 열심히 일해 온 덕분에 형편은 좀 나아졌지만 이루지 못한 학업에의 꿈, 희망 없는 미래를 자책하면서 술이나 마시며 방탕한 생활이 이어졌다. 나의 자포자기 상태는 꽤나 오래 지속되었다. 이런 세상, 끝까지 살아도 나에겐 희망, 좋은 일은 없을 것 같았다. 어렴풋이 자살도 생각하면서 늘 다량의 수면제를 갖고 다니던 청소년기의 아픔이었다.

첫사랑 그녀

10대 후반, 차츰 이성에 눈이 떠질 시기였다. 같은 회사 사무실 형의 제안으로 모 제약회사 여직원들과 소풍을 가게 되었다. 한마디로 공돌이와 공순이의 만남이 이루어져 가평군 북면 목동 인근으로 1박 2일 야유회를 간 것이다. 그 동안 여자를 사귀어 본 경험이 없었으니 여자만 보아도 얼굴이 붉어지고 가슴이 두근거렸다. 또래 여자와 처음 만나 이야기를 나누다 보니 괜히 설레고 기분은 좋았다.

그때 그 시절, 나를 가슴 설레게 했던 그녀는 나의 첫사랑이었다. 그녀들과 냇가에서 손수 물고기를 잡아 매운탕을 끓여 먹었고, 모닥불을 피워 놓고는 무수히 떠 있는 별들을 보면서 밤을 지새우며 이야기꽃을 피웠다. 그 동안 처지를 비관하며 자살까지 생각했던 나는 비슷한 처지에 있던 그녀에게 의지하고 싶었다. 당시 나는 서울 생활의 지독한 외로움에 지쳐 있었는지도 모른다. 아무튼 나는 첫사랑 그녀가 나의 운명이라고 생각했다.

그날 이후, 그녀와의 두 번째 만남을 약속하고 난생 처음으로 안개 낀 장충단 공원을 거닐며 데이트를 했다. 하지만 꿈같은 데이트도 잠시, 운명은 두 사람의 만남을 허락하지 않았다. 세 번째 만남의 장소인 을지로 6가 어느 다방, 나는 약속 시간보다 두 시간을 더 기다렸지만 그녀는 끝내 나타나지 않았다. 난생 처음으로 사랑하는 사람을 찾았다고 생각했는데, 보기 좋게 바람을 맞고 쓸쓸히 집으로 향했다. 너무 슬프고 참담하여 동네 가게에서 소주 두 병을 사 그 자리에서 벌컥벌컥 마셔 버렸다. 초라한 자취방에 돌아와 밤새 토하고 울고불고하던 아픈 기억이 떠오른다.

첫사랑 그녀는 세 살 때 엄마를 잃고 계모 밑에서 자랐다. 내가 그녀를 만날 즈음 언니와 오빠는 계모의 학대를 이기지 못해 이미 가출한 상태였다. 혼자 오롯이 계모에게 시달림을 받던 그녀도 급기야는 가출을 했다. 그 바람에 나와의 약속 장소에 나오지 못했다는 것을 나중에 알게 되었다. 그런 사실을 알고 나니 그녀가 더 안쓰럽고 더 가슴 아팠다.

몇 번 만나지는 않았지만 운명이라고 생각된 첫사랑 그녀를 나는 잊을 수가 없었다. 가출 후 소식이 없는 그녀를 찾아 서울 근교를 미친 듯이 헤매었다. 송탄 미군부대 근처에서 언니가 산다는 소식에 지푸라기라도 잡을 요량으로 그곳에 찾아갔다. 다 부서질 것 같은 허름한 판잣집이었다. 방문을 두드리니 웬 건장한 흑인 병사가 나왔다. 그 병사는 언니와 동거하던 미군으로, 당시 어린 나로서는 너무나 큰 충격을 받아 다리가 후들거리고 하늘이 노래졌다. 아무튼 그곳에서도 그녀의 소식은 들을 수 없었다.

어디 사는지조차 소식이 막막한 그녀에 대한 그리움으로 어린 내 가슴에는 커다란 구멍이 뚫렸고 상처가 되었다. 순수했던 10대의 첫사랑은 그렇게 나에게 너무나 큰 상처를 남기고 사라지는 듯했다. 외롭고 힘든 낯선 서울에서 처음으로 마음을 주고 싶었던 그녀였기에 이토록 이별이 가슴 저미게 시렸는지도 모른다. 그 후 나는 더욱더 세상에 대한 절망이 깊어갔고, 슬픔을 술로 달래며 10대 후반을 탕진했다.

그렇게 1년여 시간이 흘렀을까, 그녀가 유흥가에서 생활한다는 소식을 듣게 되었다. 그녀를 악의 구렁텅이에서 구해 내야겠다는 정의감에서 그녀가 있다는 술집으로 향했다. 그리고 다음 날, 술집 주인에게 거금 5만 원을 주고는 그녀를 술집에서 빼내었다. 1975년 당시 5만 원이면 나 같은 사람이 몇 년을 저축해야 하는 꽤나 큰돈이었지만 나는 하나도 아깝지 않았다. 오로지 첫사랑을 위한 나의 순수한 마음에서 나온 행동이었다.

술집에서 나왔지만 그녀는 마땅히 갈 곳이 없었다. 그래서 그녀는 오빠의 집으로 갔다. 그녀의 오빠도 별다른 직장 없이 무위도식하면서 마누라 덕으로 먹고사는 대책 없는 사람이었다.

나는 공장에서 퇴근하면 그녀를 만나러 달려갔다. 아무리 어려워도 가출하지 말 것과 다시는 술집에서 일하지 말라고 신신당부했다. 하지만 그녀는 결국 다시 집을 뛰쳐나갔고 연락마저 끊어버렸다. 힘들게 찾은 그녀가 다시금 사라지자 하늘이 무너지는 느낌이었다. 손목 한 번 제대로 잡아 보지 못했던 첫사랑이었지만 그녀에게서 인생의 저 밑바닥 절망감으로 가슴 무너져 내리는 청춘의 비애를 맛본 시기였다.

내 인생의 터닝 포인트, '검정고시'

시간은 어김없이 흐르고 나도 20대 초반이 되었다. 저학력이어서 보충역으로 군대를 때우고 나니 좀 철이 들었는지 못다 한 공부에 대한 미련이 자꾸 발목을 잡았다. 초졸 학력으로는 아무리 발버둥 친들 가난과 멸시에서 벗어나기란 어려울 것이라는 생각이 자꾸 나를 혼란스럽게 머리를 어지럽혔다. 이제는 첫사랑에 대한 미련도 모두 버리고 '검정고시'라는 한 줄기 희망의 빛을 향해 달려가기로 작정했다.

회사의 직속 상사가 마침 매형 친구였는데, 나는 저녁에 1시간 반 일찍 퇴근, 그만큼 월급을 깎고 더 열심히 일하겠다고 제안했다. 내 제안은 우여곡절 끝에 받아들여졌다.

그해 3월, 화신백화점 건물에 있는 제일고시학원 고입 검정고시반에 등록했다. 드디어 그토록 하고 싶었던 학업의 길에 뒤늦게 발을 들여놓게 된 것이다. 사실 힘든 여정의 시작이었지만 못다 한 공부를 다시 할 수 있다는 생각에 뛸 듯이 기뻤다.

학원은 저녁 6시에 수업이 시작되면 밤 10시쯤 끝났다. 전철과 버스를 타고 집에 가면 밤 11시가 넘었고, 나는 고되지만 새벽에 일어나 다시 직장으로 향했다. 다람쥐 쳇바퀴 돌듯 매일 반복되는 고된 생활이 계속되었다. 하지만 검정고시에 합격하고 말겠다는 일념과 미래에 대한 희망이 있었기에 그 순간들이 참 소중했다.

주경야독으로 공부한 지 6개월여, 각고의 노력 끝에 1977년 8월 고입 검정고시에 우수한 성적으로 합격했다. 고된 생활이었지만 이렇게 합격을 하고 나니 욕심이 생겼다. 내친김에 다시 대입 검정 고시에 목표를 두고 화신백화점 맞은편 금자탑학원에 등록했다. 기초가 없는 상태에서의 벼락치기 공부는 점점 더 어려워졌다.

공부에 대한 흥미와 열정이 주춤해지자 다시 세상의 유혹이 슬 며시 다가왔다. 마음도 나약해져 '왜 밤낮으로 코피를 쏟을 수도 없이 쏟아가면서 이 고생을 해야 하나?' 하는 회의도 수없이 몰려왔다. 그럴 때마다 배우지 못해 당하는 비인간적인 대우와 서러움을 떠 올렸고, 벗어나려면 공부밖에 없다며 생각을 정리했다. 오직 할 수 있다는 일념으로 버텼던 참으로 고통스러운 시절이었다.

방황과 다짐, 그리고 노동과 공부를 병행하면서 어느덧 7개월 이 흘렀다. 흘렀다기보다는 '버텼다'는 표현이 더 정확한 것 같다. 1978년 4월, 준비가 덜 된 부족한 상태에서 대입 검정고시에 응시했다. 기초가 부족한 수학 과목만 과락을 넘기면 행운이라고 생각하고 응시했는데, 너무나 감사하게도 단번에 합격했다.

'검정고시'는 삶의 목적 없이 하루하루 술독에 빠져 살던 나의 방탕한 생활을 청산하고 삶에 희망을 준 내 인생의 터닝 포인트였다.

대학 진학을 위한 또 한 번의 도전

대입 검정고시에 합격하자 이제는 남들처럼 대학생이 되고 싶은 욕망이 꿈틀댔다. 몇 달 앞으로 다가온 대입시험을 위해 과감하게 직장을 휴직하고 공부에만 매달렸다. 그 동안 벌어 놓은 돈으로 대입 종합반에 등록하여 본격적으로 예비고사 준비에 들어갔다.

공부에만 매달려 열심히 했지만 예비고사 성적은 별로 좋지 않았다. 본고사 준비도 부족하여 보기 좋게 전기대학에는 불합격했다. 후기대학 중 장학금으로 다닐 수 있는 대학을 찾아봤지만 그마저도 여의치 않았다. 나는 등록금이 사립대의 3분의 1 이하인 서울시립대학교 야간 경영학과에 응시했다. 그러나 거기에도 낙방하고 말았다.

재수를 할 형편이 못 되니 서운하지만 어쩔 수 없이 다시 생활전선으로 돌아가기로 했다. 회사에 복귀하여 소위 '공돌이 생활'

을 다시 시작했다. 이제는 내 인생에 '대학은 없다'는 생각이 들었고, 모든 걸 체념하고 직장생활에 충실하려고 했다. 그런데 며칠 후, 서울시립대 경영학과로부터 추가 합격 통지서를 받았다. 이미 낙방과 체념 등을 반복했던 터라 합격 소식을 전해 듣고도 무덤덤했다. 그때까지 나는 서울시립대학교가 내 인생을 바꿔 놓을 줄은 미처 몰랐다.

꿈에 그리던 대학생활

당시 대학 신입생들은 입학식에서 교복을 입었는데, 나는 중·고등학교를 건너뛰고 난생 처음 대학 교복을 입고는 입학식을 치렀다. 어색하기도 했지만 아무튼 감회가 남달라 감격스러웠다. 이제부터는 내 앞날이 훤히 펼쳐질 것만 같았다.

대학 1학년 때 10·26 사태가 일어났다. 대학은 어수선한 분위기에서 수업이 잘 이루어지지 않았다. 계엄령 하에서 다른 친구들은 민주화를 부르짖을 때 나는 오직 살기 위해 낮에는 일하고 밤에는 공부하며 하루하루를 버텼다. 이렇게 1년여의 대학생활을 하고 나니 또다시 고민에 빠졌다.

'과연 이렇게 대학을 다녀서 남는 게 무얼까? 이렇게 허겁지겁 정신없이 4년을 다녀서 그저 졸업장만 덜렁 갖고 나간다면 무슨 의미가 있을까?'

나는 내 삶에 대해 보다 더 진지하게 고민을 하기 시작했고, 1학년 겨울방학 때부터 고시공부를 하기로 결심했다. "밑 빠진 독에 물 붓기"라는 고시공부가 내 인생을 역전시켜 줄 것이라는 막연한 기대감으로 다니던 직장도 그만두고 2학년 때부터는 본격적으로 행정고시 공부를 시작했다. 청계천 헌책방을 며칠 동안 훑으면서 행시 관련 중고 도서를 구입해 대학도서관에 틀어박혀 공부에만 매진했다.

혼돈의 시절, 계엄령으로 학교 문은 굳게 닫혔고 방황하는 젊은 이들 속에서 나는 살기 위해 고시공부에만 매달렸다. 고시생들이 주로 가는 신림동 고시촌이나 사찰은 내 형편에 엄두도 못 내 신설동에 있는 시립 도서관 열람실에서 공부했다.

1980년 어지러웠던 정국과 최루탄이 난무하는 속에서도 시간은 흘러갔다. 그리고 당시 2학년이던 그해 여름, 나는 행정고시 1차 시험에 합격했다. 주위에서는 의외라는 반응이었고, 나도 놀라웠다. 그저 희망을 잃지 않고 묵묵히 노력한 나에게 행운의 여신이 손을 들어준 것 같았다.

그해 행시 2차 시험은 경험 삼아 응시하기로 하고, 다음 해 1981년 대학교 3학년 때 합격을 목표로 삼았다. 그리고 학교 중앙도서관에 설치된 고시반 열람실에서 행시 2차 시험을 위한 공부를 시작했다. 정국의 혼돈 상황은 여전히 계속되었고 더 이상 학교에서는 공부에 집중할 수가 없었다. 고민 끝에 누나 집 근처에 있는 개인 독서실을 얻었다. 그리고 사생결단이라는 중대 결심 차원에서 삭발까지 하고는 고시공부에 매진했다.

선녀와 나무꾼의 운명적 만남

상봉동 중앙독서실에서 터줏대감 노릇을 하며 고달픈 고시와
의 씨름을 하고 있을 때, 당시 고등학교 2학년이던 지금의 처남을
그곳 독서실에서 처음 만났다. 점심 때 함께 도시락을 먹으면서
친해졌는데, 누나가 이화여대 음대 1학년에 다닌다고 하여 소개
해 달라고 했다. 몇 번을 사정 반 협박 반하여 드디어 지금의 아내
인 소은과의 미팅 약속을 얻어냈다. 당시 나는 야간대학에 다니는
3학년의 가난한 고시 준비생, 아내는 이화여대 1학년 새내기, 우
리는 당시 청량리 대왕코너 지하 커피숍에서 운명의 첫 만남을 가
졌다.

그녀를 처음 보는 순간 선녀가 나타난 것 같아 나는 좀 당황해
서 무슨 말을 하는지도 몰랐다. 나는 저 지방 산골짜기 시골마을에
서 생계형 노동꾼으로 전전하다 서울에 올라와 밑바닥 생활을 거
쳐 운 좋게 대학에 들어온 촌놈, 그녀는 사립초등학교인 화랑초등
학교를 나와 리틀엔젤스로 대표되는 선화예술 중·고등학교에서
6년을 공부한 그야말로 선녀에 버금가는 부족할 것 하나도 없는 서
울 처녀였다. 처음 만난 때가 점심시간쯤이어서 우리는 근처 햄버
거 집으로 갔다. 두 개의 햄버거를 시켰는데, 그녀는 반도 안 먹고

남겼다. 나는 아까운 것을 왜 남기냐며 그녀가 먹던 햄버거를 다 먹어 치웠다. 그런 나의 투박함, 무모함이 그녀에게는 경험해 보지 못한 소박하면서도 순수한 것으로 받아들여졌다. 그리하여 우리는 이후 계속 만남을 이어 가게 되었다. 운명은 이렇게 어느 날 갑자기, 느닷없이 찾아오는 것 같았다.

나는 고시공부에 열중하느라 그녀와 자주 만나지는 못했다. 합격을 목표로 했던 1981년은 어느덧 가을로 접어들었고, 지루한 행시 2차 시험을 보는 날이 되었다. 그날, 한성대학에까지 격려차 방문한 그녀를 보는 순간 나는 너무도 반갑고 고마워서 눈물이 날 뻔했다.

며칠을 이어진 행시 2차 시험은 너무나 힘들어 기나긴 험로로 여겨질 정도였다. 2년 동안의 고시공부로 몸과 마음은 지쳐 있었고, 치질은 최고조의 고통을 안겨 주었으며, 이제는 합격·불합격을 떠나 하루빨리 이 시간에서 해방되고 싶은 심정이었다. 최선을 다했으므로 은근히 합격을 기대하면서 그녀와 함께 본격적으로 데이트를 했다. 그녀와 보낸 두 달여의 시간은 내 생애 가장 꿈같은 시간이었다.

나는 기대와는 달리 행시 2차에 불합격하고 말았다. 그때 제일 먼저 떠오른 것은 '이제 그녀와의 인연도 여기서 끝이구나.' 하는 생각이었다. 그녀와 헤어진다는 생각에 나는 참을 수 없는 번민으로 괴로웠다. 그 괴로움은 고시공부를 할 때보다 더 힘든 지옥 같은 시간이었다.

한 해만 있으면 4학년이니, 졸업은 눈앞에 다가와 있었다. 졸업한들 마땅히 들어갈 직장이 있는 것도 아니고, 이제 어떻게 미래를 설정해야 할지 정말 심각했다. 그 동안 얼마나 어렵게 공부해서 지금까지 왔는지 생각해 보면 고생한 시간이 너무 아까웠다. 다시 한 번 마음을 다잡아야 할 때인 것 같았다. 그래서 어차피 헤어질 거라면 그녀와의 만남도 서서히 줄여야겠다고 결심했다. 그러나 그리 쉽지가 않았다. 그녀에게 꽂힌 내 마음이 단념되지 않았다.

하루 20시간 입법고시에 매달리다

대학교 4학년 1학기가 목전인 1982년 1월, 절망 속에서 한 줄기 희망의 빛이 보였다. 제6회 입법고등고시 시험 공고가 신문에 났다. 나는 다시 한 번 흐트러진 마음을 다잡고 공부에 매진하기로 했다. 이번 입법고시야말로 합격하지 못하면 그녀와는 영영 이별이라는 극단적인 생각까지 하며 단단히 각오했다.

'그녀를 잡기 위해서라도 반드시 입법고시에 합격해야 한다.'

나는 어떤 어려움이나 난관이 있더라도 합격하고야 말겠다는 일념으로 공부에 매진했다. 입법고시 원서접수도 그녀에게 맡기고 독서실로 직행했다. 하루 20시간의 공부시간을 확보하는 것을 목표로 그야말로 사투의 2개월을 보냈다.

시험과목은 행시과목과 거의 중복되었으나 내가 공부하지 않은 정치학이 2차 필수과목으로 포함되어 있어서 고민되었다. 유명 정치학 교과서를 사서 여기에 다른 여러 정치학 서적의 중요 내용을 끼워 단권화 작업을 했다. 그리고 두 달 동안 가장 비중 있게 공부했다.

드디어 입법고시를 치렀다. 1차는 무난히 합격했지만 2차가 문제였다. 그 어느 때보다 공부는 열심히 했으나 기간도 짧았고 새로운 과목도 있어서 불안한 마음에 발표 때까지 안절부절 못했다.

결과 발표가 있는 날, 아침 신문은 손에 들려 있었지만 두려워서 보지도 않고 도서관으로 터덜터덜 걸어 들어갔다. 신문을 든 손이 저절로 떨렸다. 마음을 가다듬고 신문을 펼쳐 확인해 보았다. 내 수험번호를 확인하는 순간, 제일 먼저 그녀의 얼굴이 떠올랐다. 갑자기 눈물이 앞을 가렸고, 곧바로 그녀의 집으로 전화해 합격의 기쁨을 함께 나누었다. 나는 드디어 제6회 입법고등고시 재경직류에 합격한 것이다. 오히려 어렵게 생각했던, 처음 공부한 정치학에서 최고 득점을 받아 입법고등고시 합격에 효자노릇을 톡톡히 했다.

입법고시 합격과 함께 그 동안 느꼈던 집안 배경이나 학교 콤플렉스는 하루아침에 눈 녹듯 사라졌다. 나와의 만남에 대해 그녀 집안에서 문제 삼았던 핸디캡도 극복될 것이라고 생각했다. 이제 그녀는 내 운명의 여신임을 확신했다.

독서실 책상머리에 크게 써 붙여 놓고 공부에 매진하던 '진인사

대천명(盡人事待天命)', 합격 후 이 말은 내 인생의 핵심 좌우명으로 자리매김하였다.

입법부 사무관 시보로 첫 공직 출발

1983년 2월, 28세의 나이에 행정사무관 시보로 처음 임용되어 국회사무처 의사국 계장으로 직무를 수행했다. 네 명의 계원들은 나보다 훨씬 나이 많은 고참 6급 주사들로, 공직사회의 서열과 계급에 생소함을 느꼈다. 역시 고시의 위력을 맛보았다.

그 후 기획예산실 예산계장, 재무위원회·교통체신위원회, 정보통신위원회 입법조사관으로 근무했다. 1995년 40세의 나이로 미국대학 석사과정 국비유학생으로 선발되어 미국 위스콘신 대학교에서 유학했다. 대학이 위치한 주도 매디슨은 미국 유수의 잡지에서 선정하는 매년 미국에서 살기 좋은 100대 도시 중 항상 10위 안에 드는 아름다운 도시로, 도시 전체가 국립공원이라고 지칭되는 교육·행정도시이다. 이 아름다운 도시에서 공부도 하고 여행·골프, 그리고 가족과 행복하게 내 인생에서 꿈같은 시절을 보냈다.

귀국 후 국회사무처 기획예산담당관, 총무과장 등 중요 보직을 거치며 꿈을 키워 나갔다. 미국생활의 향수를 못 잊어 다시금 국장 해외직무 파견을 미국 오리건 주 주의회로 결정하고 주의회와 포틀랜드 주립대학에서 직무 역량을 키웠다.

2004년 귀국 후 농림해양수산위원회 해양수산부 담당 전문위원으로, 국회의 예산집행과 살림을 도맡는 국회사무처 관리국장 등으로 국장 시절을 보냈다.

2008년 당시 의회 권력이 민주당에서 한나라당으로 넘어가면서 전에 핵심 보직인 관리국장을 역임해 새로운 지도부로부터 기피 대상으로 찍혔다. 승진이나 보직에서 소외되고 응징의 대상으로 지목되었으나 평소 지론인 공명정대한 일 처리로 각종 감사에서 불법이나 부조리가 전혀 나오지 않아 건재할 수 있었다.

그 후 인연의 소중함으로 국토해양위원회 수석전문위원으로 승진하여 4년을 거기서 재임했다. 강창희 전 국회의장님과 주위 여러분들의 도움으로 2013년 국회공무원들의 궁극적인 승진 자리라 여겨지는 입법차장(차관급)에 기용되어 직업공무원 최고의 영예를 누렸다. 2014년 2월 당시 정진석 국회사무총장의 충남지사 출마로 공석이 된 국회사무총장(장관급) 대행을 6개월 넘게 수행하여 공직의 대미를 화려하게 장식했다. 장기간의 공직 수행 중 덤으로 국회의장표창, 대통령표창, 홍조근정훈장 등을 수여받아 가보로 간직하게 되었다.

33년의 공직 은퇴, 민간인으로서의 제2의 삶

2015년 1월 5일, 국회공무원으로서 약 33년 생활을 마감하고 공직을 은퇴했다. 국회의사당을 떠나던 날, 만감이 교차해 눈물이 앞을 가렸다. 이렇다 할 큰 사고 없이 30년 넘게 공직생활을 통해 국가에 이바지했다는 자부심으로 뿌듯했다. 한편으로는 전체 국회공무원들의 소망이었던 국회 출신 국회사무총장 임명을 이루지 못하고 나온 것이 아쉬운 점이다.

총장대행 시절, 여러 경로로 사무총장 내부 승진에 대해 노력했으나 정치권의 이해타산과 조직의 역량 미흡, 그리고 본인의 부족함으로 뜻을 이루지 못했다. 의회 행정조직의 수장으로서 국회사무총장의 직위는 언젠가는 국회공무원들이 다시 우리의 것으로 찾아와야 할 시대의 명제라고 생각하며 후배 공무원들이 반드시 이루어 줄 것으로 기대한다.

퇴직 후 1년여를 원없이 놀다가 지금은 그 동안 이어 온 소중한 여러 인연으로 삼성 그룹 소속인 '삼성경제연구소' 상임고문으로 재직하고 있다. 33년의 공무원 경력이 지금의 회사에 어떤 큰 도움이 될지는 모르겠으나 인생 좌우명으로 삼고 살아온 '진인사대천명' 정신으로 항상 최선을 다하고 있다. 그리고 또 다른 좌우명 '그 자리에 있을 때 잘 해'라는 정신도 가슴속에 평생 품고 살아가고 있다. 늘 깨어서 주위를 살펴보고 도움을 줄 수 있을 때 남을 돕는 자세로 임하면 나름대로의 중요한 역할을 할 수 있을 것이라고 확신한다.

마지막으로 검정고시를 준비하고 미래를 준비하는 젊은 학도들에게 "꿈은 항상 크게 가져라." 하고 당부하고 싶다. 산골에서 나무꾼이나 하고 노동판을 전전하던 가난뱅이 촌놈이 검정고시에 합격하고 입법고시에 합격한 후, 다니던 직장의 최고 직위에 오른다는 것은 꿈을 크게 품지 않고서는 결코 이룰 수 없기 때문이다.

　서양 격언 "Boys! Be ambitious!" 이 말을 항상 기억하기 바란다. 아무리 어려운 환경에 처해 있을지라도 좌절하거나 슬퍼하지 말고 미래의 꿈을 향해 도전하기를 바란다. 그런 정신으로 살아가면 반드시 꿈은 이루어진다고 믿는다.

열정

나는 집안 사정 때문에 초등학교만 졸업하고 낮에는 옷감 짜는 편직 일을 하면서 밤에 독학으로 공부했다. 중·고등학교 과정은 검정고시를 통해서 졸업 자격을 취득했고, 대학에 다닐 형편은 아니었지만 그래도 주경야독으로 공부에 매진하여 1978년 서울대학교 사범대학에 입학했다. 1982년에 대학을 졸업하고 서울 서대문중학교에서 교사로 재직, 뜻한 바 있어 1983년 5월에 교사를 그만두고 행정고시에 도전하였다. 그러나 첫 도전에 실패하고, 1984년 증권회사에 다니면서 재도전하여 제28회 행시에 합격했다. 1985년 3월부터 사무관으로 수습을 받고 인천시교육청에서 첫 사무관을 시작으로 32년 동안 공직을 이어 오고 있다. 현재 교육부 중앙교육연수원 원장으로 재직 중이다.

꿈은 희망을 잉태한다

초졸 편직공, 행정고시에 합격하다

정일용(교육부 중앙교육연수원장)

서울대학교 사범대학 졸업(학사)
미국 위스콘신-매디슨 대학교 졸업(박사)
서대문중학교 교사
㈜쌍용투자증권 사원
제28회 행정고시 합격
대통령비서실 행정관(교육)
교육부 산업총괄과장, 감사담당관, 정책총괄과장
울산과기대 설립 추진단장
교육과학기술부 미래인재정책관
충청북도교육청 부교육감
주한 OECD 대한민국대표부 공사
OECD 교육정책위원회 부의장
경상북도교육청 부교육감

노력하면 꿈은 이루어진다

걸어온 뒤안길의 회상

전국검정고시동문회에서 검정고시인들의 경험담을 수기집으로 펴낼 예정이니 원고를 써달라는 청탁을 받았다. 어려운 환경 속에서도 희망을 잃지 않고 검정고시를 준비하는 후배들에게 용기를 주려 한다니 부끄럽지만 흔쾌히 받아들였다.

금년이 공직생활 32년차이고 금년 말 공로연수에 들어가게 되어 지난 세월을 되돌아보니, 까마득한 옛날 같으면서도 엊그제 같기도 하여 어떤 기억은 아직도 생생하다. 인생은 가끔 잠시 쉬면서 뒤돌아보고 반성도 하고 앞날을 설계하는 것도 필요한데, 현실에 부딪혀 일을 하다 보니 앞만 보고 달려온 것 같아 여러 가지로 착잡하다. 즐거웠던 일, 아쉬웠던 일, 후회스러운 일, 걱정만 하고 해결하지 못했던 일 등 수많은 일들이 머릿속을 주마등처럼 스쳐지나간다.

내가 지금 원장으로 재직하고 있는 교육부 중앙교육연수원은 서울 사당역 부근에 있다가 정부기관 지방 이전 계획에 따라 2015년 10월 대구 혁신도시로 이전했다. 사택은 연수원 근처의 아파트를 임대해 출퇴근을 하는데, 거실에서 보면 앞에는 신서저수지가 있고, 멀리는 대구 시내가 보인다. 글을 쓰려니 어디서부터 어떻게 써야 할지 난감해 머리도 식힐 겸 거실로 나와서 야경을 보았다.

집 앞 저수지 건너편 1km쯤 떨어진 곳에 경부고속도로가 있고, 수많은 차량이 지나가는 것이 보인다. 갑자기 경부고속도로와 내가 비슷하다는 생각이 든다. 1968년 경부고속도로가 개통될 때, 우리나라는 1인당 국민소득이 200달러도 채 되지 않는 매우 가난한 국가였다. 대부분의 국민들이 가난하게 살았고, 우리 가족도 어렵게 살았다. 어렵던 시절 고속도로는 꿈을 이루는 길이었고, 많은 사람들이 그 고속도로를 통해 발전해 왔다. 우리나라도 경부고속도로 덕분에 비약적인 경제발전을 이루어 지금은 1인당 국민소득 3만 불을 내다보는 세계경제대국 14위가 되었다.

1968년 나는 초등학교 5학년이었다. 당시 도시락을 싸가지 못하는 경우가 많았고 미국 공법(PL) 480 잉여농산물로 만든 옥수수빵을 점심으로 먹곤 했다. 오히려 옥수수빵이 더 맛있어서 점심때만 되면 그 구수한 빵이 기다려지곤 했다. 초등학교를 졸업하고 가정 형편상 중학교에 진학하지 못하게 되었다. 그러나 나는 집안일을 도우면서도 공부의 끈을 놓지 않고 고등학교 입학

자격 검정고시, 대학 입학 자격 검정고시에 합격하여 서울대학교
에 진학했다. 그리고 행정고시에 합격하여 지금은 두 딸을 둔 가
장으로, 고위공무원으로 국가 교육발전을 위해 나름대로 나의 몫
을 하면서 살아왔다. 이렇게 생각하니 경부고속도로만큼 기여한
바가 크지는 않지만 어느 정도는 위안이 된다.

　한편으로는 어려웠던 그 시절에 돈 벌 생각은 하지 않고 왜 그
렇게도 공부하기를 원했는지 의문이 들 때도 있다. 얼핏 지금도
생각나는 것은 무의미하게 반복되는 삶이 싫었던 것 같다.

　10대 때 친구들도 사귀지 못하고 집안에서 일만 하면서 지내는
삶이 너무나 싫었고, 무언가 다른 삶을 살고 싶어 했다. 그래서 어
떻게 사는 것이 바른 것인지에 대한 회의를 많이 했고, 또 어떻게
하는 것이 최선의 삶인지에 대하여도 많은 고민을 했다. 어떤 때
는 답답한 가슴을 달래려고 말도 없이 나가서 몇 시간이고 걷다가
집으로 돌아와 혼나기도 했다. 결국 공부만이 나의 살길이라는 생
각이 들었고, 그래서 틈만 나면 열심히 공부했다. 심지어 공장에서
기계를 돌리면서도 단어를 써서 걸어 놓고 외웠다. 그러자 공부가
재미있어지고 암기도 훨씬 잘 되었다. 역시 공부는 책상에 앉아서
만 하는 것이 아니라 언제 어디서나 마음만 먹으면 할 수 있는 것
이다. 그 동안 학교에 다니는 학생들이 부러웠고, 학교를 다니지
못하는 나 자신을 한심스럽게 생각했는데, 그런 생각이 사라졌다.
지금도 나는 딸들에게 "책상에 오래 앉아 있다고 공부 잘하는 것

이 아니고, 집중력을 갖고 공부하는 것이 중요하다."고 말한다.

공직생활을 하면서 좌우명으로 삼은 말은 '나의 일에 충실하자'
이다. 부하 직원들에게도 주말에 교회에 가거나 절에 가거나 봉사
활동을 하거나 하는 것도 덕을 쌓는 일이지만, 자신의 일에 최선을
다하는 것도 그에 못지않게 덕을 쌓는 것이라고 얘기한다. 자신의
일과 역할에 최선을 다하는 사람들 덕분에 사회가 발전하고 많은
사람들이 행복한 삶을 살 수 있다고 본다. 청소하시는 분들이 열
심히 청소하시니 거리가 깨끗하고, 경찰관이 열심히 근무하니 안
심하고 밤늦게 다닐 수 있다. 그러니 자신의 역할과 일을 잘 찾아
서 충실하게 수행하는 것이 보람찬 인생을 사는 길이 아니겠는가.

자신의 역할을 잘 찾고 충실하게 일하려면 부단히 자기계발을
해야 하고 마음을 바르게 먹어야 한다. 인디언 속담에, "네가 세상
에 태어나던 날, 너는 울었지만 온 세상은 기뻐했다. 네가 세상을
떠나는 날, 너는 즐겁게 여기를 떠날 수 있고, 온 세상은 너를 보낸
슬픔에 울었다. 인생은 그렇게 살아야 한다."라는 말이 있다. 그
런 삶을 살려고 노력하는 것이 우리 인생이라고 생각한다.

낮에는 편직 일, 밤에는 공부

나는 충북 음성군에서 태어나 어릴 때 서울로 이사하여 1970

년, 서울 돈암초등학교를 졸업했다. 당시 중학교는 무시험 진학으로, 추첨을 통해 학교를 배정받았지만 집안 형편상 나는 중학교 진학이 어려웠다. 대신 어렵게 부모님을 설득하여 학비가 적게 드는 고등공민학교에 진학했다. 그러나 그것도 1학년 1학기를 다니다 그만두고 신문을 배달하면서 돈을 벌며 독학으로 공부했다. 그리하여 1972년, 중학교 졸업 학력 인정 검정고시에 합격하였다.

그 무렵 큰형님이 군에서 제대하여 집에서 하청을 받아 스웨터를 짜는 편직(소위 '요꼬') 일을 하게 되었고, 우리 집은 돈암동에서 금호동으로 이사를 가게 되었다. 금호동 1가는 소위 말하는 산동네였다. 당시 영화배우 신성일이 운영하던 금호극장에서 걸어 20분 정도는 올라가야 우리 집이 있었는데, 지금은 재개발되어 아파트가 들어서는 바람에 예전의 달동네 흔적은 사라졌다.

나는 낮에는 편직 일을 도왔고, 독학으로 밤에 공부했다. 온 가족이 방 한 칸에 살다 보니 모두 잠든 시간에 나 홀로 불을 켜고 공부를 할 수밖에 없었다. 그때마다 '제발 잠 좀 자자'고 성화였다. 참 난감했다. 그래서 궁여지책으로 전등을 신문지로 가리며 공부했는데, 그때 시력이 많이 나빠지게 되었던 것 같다.

당시 동네 내 또래 아이들이 교복을 입고 학교에 다니는 것이 그렇게 부러울 수가 없었다. 한창 공부할 나이에 하루하루를 편직 일에 매달리며 살다 보니 미래에 대한 희망이 전혀 보이지 않았다. 그때마다 나는 왜 살아야 하는지 회의가 들었고, 방황도 많이 했다.

한번은 직업소개소에 가서 낮에는 일하고 저녁에 공부할 수 있는 곳을 찾았다. 그러나 대개 양계장이거나 가내 수공업이어서 탐탁지 않았다. 그래서 겁도 없이 신문에 개인 과외 아르바이트 광고를 내려고 신문사에 찾아갔다. 오로지 중졸 검정고시 합격 자격만 가지고 용감하게 무턱대고 찾아간 것이다. 그 당시 나는, 아마 '검정고시 합격자'라는 사실만으로도 뭔가를 갖춘 듯 자신감이 컸던 것 같다. 신문사 직원에게 중졸 검정고시에 합격해서 중학교 1, 2학년 정도는 가르칠 수 있으니 광고를 내도 되냐고 물었다. 그 직원은 자신 있으면 된다고 했고, 나는 광고를 내고 기다렸다. 그 당시 우리 집에는 전화가 없어서 형의 친구 집 전화번호를 알려주고 전화가 오면 연락 달라고 했다.

3일이 지나도 소식이 없더니 4일째 되는 날 전화가 왔다. 나는 소식을 듣고 얼른 전화를 걸어서 사정 얘기를 했다. 그리고 은평구 신사동으로 찾아갔다. 그곳은 조그만 방 2개가 있었는데, 아르바이트를 구하는 사람과 학생을 1 대 1 개인 과외로 연결해 주는 곳이었다. 내 얘기를 듣던 학원장은 일단 중학교 1학년 학생이 있으니 한번 해보라고 했다.

그날 그 학생에게 과학을 1시간 정도 가르쳤다. 그리고 다음 날 다시 오후에 과학을 가르치고 나오는데, 학원장이 내일은 오기 전에 먼저 전화를 하고 오라고 했다. 나는 아직 어려서 그랬는지 '전화하고 오라'는 말의 의미를 잘 이해하지 못했다. 나는 다음 날 전화하지 않고 그냥 갔다. 학원장은 왜 전화도 없이 왔냐면서 학생이 올 때까지 기다리라고 했다. 하지만 30분이 지나고 한 시간이 지나도 내가 가르치던 그 학생은 나타나지 않았다. 학원장이 내게 와서 오늘은 그냥 가고 내일은 전화 먼저 하고 오라고 했다. 이렇게 학원장과 얘기하며 얼핏 보니 대학생으로 보이는 한 학생이 어떤 학생을 가르치고 있었다. 궁금하여 학원장에게 물어보니 서울대학교 학생이라고 하는데, 당시 입고 있는 그 교복이 정말 너무 멋있어 보였다.

서울대학교 사범대학에 입학

집으로 돌아오는 길에 버스 안에서 많은 생각이 들었다.

'그 학생이 왜 안 왔을까? 먼저 전화를 하라는 말은 무슨 뜻일까? 대학생도 아닌 자기랑 비슷한 또래여서일까? 잘 못 가르쳐서일까?'

아무래도 잘 못 가르쳐서일 것이라는 생각을 하니 내 자신이 초라하고 비참해졌다. 철저한 준비도, 배운 경험도 없이 그저 독학으로 검정고시 합격한 자격만으로 가르쳤으니 서툴고 부족한 것은 당연하다. 생각이 여기에 미치자 나 자신이 한심하다는 생각이 들었다. 그러면서 한편으로는 오기가 생겼다.

'나도 한번 해보자. 학생을 가르치던 그 서울대학생처럼 반드시 서울대 교복을 입고야 말겠다.'

그날 이후 나는 시간이 없다거나 내 신세타령을 하기보다는 시간이 되는 대로 공부를 했고, 일하는 동안에도 영어 단어나 수학 공식 등을 외웠다. '서울대 입학'이라는 목표가 생기자 잡념이 사라지고 공부에 집중할 수 있었다.

공부는 생각보다 잘 되는 것 같았다. 그러나 그렇게 몇 년간 일을 하면서 공부하다 보니 한계가 느껴졌다. 부모님도 그렇게 공부해서는 대학 가기 힘들고, 설령 대학에 합격한다 해도 등록금 낼 형편이 아니니 포기하는 것이 좋겠다고 하셨다. 미래는 불투명하고, 나이는 들어가고… 빡빡한 하루하루에 결국 몸도 지치고 마음도 지쳐서 한계에 부딪치게 되었다.

마침내 나는 부모님, 큰형과 협의를 했다. 딱 1년만 공부에 집중해 대학에 도전해 보고, 그래도 안 되면 포기하겠다면서 독서실에 다니면서 공부할 수 있게 해달라고 했다. 어려운 형편에 내 뜻이 가상했는지 고맙게도 허락을 해주셨고, 나는 어느 때보다도 열심히 공부하리라 다짐했다.

본격적으로 집 근처 독서실에서 공부하기 시작했다. 밥만 집에서 먹고 잠은 독서실에서 자는 둥 마는 둥 공부에만 매달렸다. 덕분에 공부한 지 6개월 만에 1976년 고등학교 졸업 학력 인정 검정고시 전 과목을 한 번에 합격했다. 그리고 그해 대학 입학 예비고사를 보았다. 당시는 대학에 진학하려면 대학 입학 예비고사에 합격해야 했는데, 지역별로 나누어서 응시할 수 있었다. 서울 지역이 커트라인과 경쟁률이 제일 높았지만 나는 등록금도 싸고 당초 목표했던 대학도 서울대였기에 서울 지역에 응시, 대입에 대비했다.

예비고사 결과 성적은 전체 석차 상위 5천 명 이내에 들었던 것으로 기억난다. 당시 서울대 신입생 모집 인원이 약 3천300여 명이었으니 도전해 볼 만하다고 생각했다. 예비고사 후 본고사 대비를 위해 주관식 풀이를 집중적으로 연습했다. 그리고 77학년도 서울대 사범대에 지원, 실패하고 말았다.

나는 나름대로 열심히 했지만 한계가 있었다. 이제 공부를 포기하고 다시 공장으로 가서 일을 해야 한다고 생각하니 가슴이 답답하고 앞길이 막막했다. 정말 울고 싶은 심정이었다. 그런데 뜻밖에도 부모님과 큰형이 혼자 공부해서 1년 만에 이 정도면 잘한 것이라고 격려하면서 학원에 다니며 재도전해 보라고 했다. 나는 눈물이 날 정도로 너무 고마웠다. 없는 형편에 학원까지 보내 주며 다시 한 번 기회를 준 부모님과 형님께 진심으로 고마웠다.

나는 재수학원으로 유명한 종로학원에 합격하여 난생 처음으로 학원이라는 곳에 다녔다. 서울대 신입생의 3분의 1이 이 학원 출신일 정도로 서울대 합격자를 제일 많이 배출한 학원이다. 워낙 공부를 잘하는 학생들과 섞여서 공부하다 보니 경쟁심도 생겼지만 많이 위축되기도 했다. 학원에서는 매월 시험 후 성적을 발표했는데, 처음에는 서울대에 진학할 만한 성적이었지만 시간이 갈수록 성적은 떨어졌다. 이대로 가면 대학 입학이 불가능하다는 생각이 들었다. 학원비 부담도 적잖았던 나는 학원에 다닌 지 3개월 만에 그만두었다.

나는 그길로 가리봉동 쪽방에서 혼자 자취하며 인쇄소에 다니는 둘째 형을 찾아갔다. 그리고 형에게 밥을 해줄 테니 그 방에서 공부만 할 수 있게 해달라고 부탁했다. 형은 흔쾌히 승낙했고, 나는 2평 정도 되는 작은 방에서 공부를 시작했다. 사실 둘째 형은 대부분 인쇄소에서 식사했기 때문에 나는 거의 혼자서 밥을 먹었다. 혼자인 데다 냉장고도 없어서 가급적이면 간단하고 잘 상하지 않는 것으로 요리해 먹었고, 점심은 주로 라면을 먹었다. 약 3개월 정도 라면을 먹었더니 그것도 물려서 식사 때가 되면 고민이 되었다. 하지만 이것저것 따질 형편도, 불평할 상황도 아니었다. 나는 그저 공부할 수 있다는 사실만으로도 무척 고맙게 여기면서 그렇게 열심히 했다. 그 결과 1978년에 서울대학교 사범대학에 합격했다.

합격의 감격은 이루 말로 표현할 수 없었다. 순간 믿기지도 않았다. 제일 먼저 집으로 전화를 걸어 합격 사실을 알렸다. 부모님과 형이 무척 기뻐했다. 기쁨도 잠시 버스를 타고 가리봉동 집에 가면서 이제 등록금을 어떻게 마련할지를 고민했다.

다음 날, 라디오 뉴스에서 초등학교만 졸업하고 서울대 법대에 합격한 사례가 보도되었다. 뉴스를 들으면서 '나와 비슷한 사람이 또 있구나.' 하는 생각을 했다. 그 뉴스가 보도되고 몇 시간 후 가리봉동 쪽방에 있는데, 금호동 집에서 전화가 왔다. 초등학교만 졸업하고 서울대에 합격한 나를 인터뷰한다고 《중앙일보》기자가 집에 왔다는 것이었다. 당시 《중앙일보》 사회면에 특집 박스 기사에 실리면서 많은 사람들로부터 격려의 편지를 받았다.

대학생활은 평범하게 보냈다. 장학금을 받았고, 개인 과외 아르바이트를 하면서 용돈을 벌어 학교에 다녔다. 그러나 '과외 금지 조치'로 3학년 2학기부터는 궁핍한 생활을 해야 했다.

꿈을 좇아 행정고시에 도전

1982년 2월, 대학을 졸업하고 첫 직장으로 서울 서대문중학교에서 교편을 잡았다. 처음 1년은 교직생활이 즐겁고 의미 있어서 나름대로 열심히 했다. 그런데 2년차 교직 생활 도중 학교교육의 변화를 위해서는 교육정책을 다루는 교육부에 들어가야겠다는 생각이 들었다. 그리고 1983년 5월, 행정고시 준비를 위해 교사를 그만두고는 신림동 고시촌으로 향했다.

당시 신림동은 고시원으로 유명한 곳으로, 전국에서 푸른 꿈을 안고 고시생들이 몰려왔다. 방은 한 평 남짓, 잠을 잘 때에는 의자를 책상에 올려놓아야 할 정도로 비좁았다. 처음 한 달 정도는 너무 갑갑해서 1~2시간 공부하고는 바람을 쐬고 들어왔다. 그해 행정고시 1차 시험은 합격했으나 2차에서는 떨어졌다. 다음 해 2차 시험을 다시 준비해야 하는데, 그간 모아 둔 돈이 다 떨어져 돈을 벌어야 했다. 고시원 비용과 용돈을 내가 벌어서 충당해야 했기 때문이다.

당시는 대기업을 포함한 큰 회사들이 연말에 입사시험을 통해 대규모 정규직 신입사원을 선발했다. 나는 쌍용투자증권(주)에 시험을 봤고, 합격하여 다음 해 2월부터 회사 신입사원 연수를 받고 서대문지점에서 첫 근무를 시작했다. 촉망받는 금융 분야에 월급도 많아 모두들 괜찮은 직장이라며 계속 다닐 것을 종용했다. 나도 계속 다닐까 생각했지만 남의 돈을 주식에 투자, 관리하는 업무의 성격상 부담이 컸다. 또 교육정책 분야에서 일하고 싶은 생각을 떨칠 수가 없었다.

1984년 6월, 나는 사표를 제출했다. 당시 사장님이 직접 호출하여 여러 가지로 배려해 주셨다. 그래서 휴직계를 내고 신림동 고시원으로 들어갔다. 이제 내 인생의 마지막 기회라고 생각하며 각오를 단단히 다졌다. 시험은 겨우 4개월 정도밖에 남지 않았다. 절박한 심정으로 공부하니 집중력이 높아져 생각보다 진도가 잘 나갔다. 다행히 2차 시험만 준비해도 돼서 부담은 덜했다.

최선을 다해 시험을 치르고 사무실로 복귀하여 다시 근무했다. 발표 날이 다가올수록 마음이 초초해졌다. 드디어 발표 당일, 나는 애써 태연한 척 여느 때처럼 출근하여 일했다. 그런데 함께 공부했던 친구에게서 전화가 와 '축하한다'는 것이었다. 합격 사실을 알고 얼마나 기뻤는지 모른다. 부모님께 이 사실을 알리고 지점장님께도 알렸다. 흥분된 마음을 가라앉히고 다시 열심히 일하고 있는데, 사장실에서 연락이 왔다. 사장님은 친히 축하를 해주시며 내가 선택한 공무원의 길을 존중해 주셨고, 앞으로 멋진 인생을 기대한다며 격려해 주셨다.

행정고시 합격, 공직의 길

제28회 행정고시에 합격한 나는 1985년부터 1년간 사무관 수습을 거쳐 인천시교육청 사회교육계장으로 첫 발령을 받았다. 당시 사회교육계장은 학원과 사설 강습소를 관장하는 자리였는데, '7.30 과외 금지 조치'로 학원의 재학생 대상 과외 단속, 시설 기준이나 운영 기준 위반한 편법 운영 단속, 미인가 사설 강습소 단속 등의 업무를 했다. 당시 사회교육계 직원은 1년에 1~2명씩 경고나 징계를 받는 실정이었다. 직원 5명이 학원 및 사설 강습소 2천 500여 개를 관리했으니 잘 한다는 것은 거의 불가능했고, 간혹 학원운영자와 공무원의 결탁으로 봐주기 단속했다며 사회적 물의를 야기하기도 했다.

대개 타 시도교육청의 경우 사회교육계장은 어려운 자리라 1년 정도 하면 다른 곳으로 발령을 내주었는데, 나는 교육감에게 몇 번씩 말씀드려도 인사 발령을 내주지 않아 3년간이나 사회교육계장을 했다. 당시 초년병이었지만 사회교육계장 모임에 가면 내가 가장 오래된 사회교육계장이었다. 운이 좋아서 주의 한 번 받지 않고 사회교육계장을 마치고 감사 2계장으로 발령받아 옮기게 되었다.

감사 2계도 온갖 민원과 특수 사안을 다루는 곳이라 하루도 편한 날이 없었다. 당시 나는 결혼하여 서울에서 출퇴근했는데, 하루에 여섯 번씩 버스와 전철을 갈아타면서 다녔고 매일 야근에, 주말에도 쉬지 못하고 일하는 때가 많았다.

집에 늦게 와서 잠만 자고 일찍 나가는 것도 모자라 주말에도 일하러 나가니, 집사람의 불만이 이만저만이 아니었다. 그때마다 과장만 되면 일찍 온다고 달래면서 직장생활을 했다. 당시 과장들은 대개 정시에 퇴근했고, 일은 주로 사무관인 계장과 주무관들이 했다. 그런데 내가 승진해서 과장이 되니 시대가 바뀌어 모든 업무의 중심이 과장 체제로 움직였다. 과장은 되었지만 또 밤늦게까지 일해야 하는 상황이 되었다. 그래서 '국장만 되면' 일찍 오겠다고 또 집사람을 달랬다. 그리고 국장이 되었다. 업무는 국장책임

제도로 바뀌어 청와대 회의, 국회 보고, 부처협의 등 국장이 된 나는 더 바빠지게 되었다. 국가가 발전하고 경제 규모가 커지고 사회가 다양화되고 요구가 증가하면서 정부에서도 해야 할 일이 계속 증가하였고, 정부의 일도 관리 중심에서 기획과 정책 중심으로 변화하면서 업무의 중심이 계장에서 과장으로, 과장에서 국장으로 이동했던 것 같다.

공직생활을 하면서 특히 몇 가지가 기억에 남는다. 1995년 5월 31일 교육개혁 대통령 보고에 관련된 것으로, 당시 나는 대통령 직속 교육개혁위원회(약칭 '교개위')에 근무 중이었다. 교개위에는 쟁쟁한 분들이 위원으로 참여하고 있었는데, 교개위 위원 25명 중 YS 정부와 DJ 정부에서 장관 6명, 수석 1명이 나올 정도였다. 그래서 교개위 위원들은 문민정부의 첫 번째 교육개혁안 보고에 대하여 의욕이 많았고, 나는 교육부 직원으로는 유일하게 교개위 작업팀에 합류하여 보고서 작성 작업에 참여하였다. 청와대 교육문화수석실에서 총괄하기도 하거니와 온 국민들의 관심이 많고 예민한 사항이어서 참여하는 직원에게는 보안 차원에서 미리 사표를 받았다. 만약 교육개혁안을 외부에 누설할 경우 사표 수리를 포함한 어떤 처벌도 감수한다는 내용이었다. '5.31 교육개혁안' 작업은 양재역 부근에 있는 서울교육문화회관(더 케이 호텔)에서 이루어졌고, 집에는 일주일에 한 번 정도만 갔다. 이 작업은 약 세 달 정도 이어졌다.

소위 '5.31 교육개혁안'에는 20년이 지난 지금도 그대로 유지될 정도로 미래를 통찰한 방안들이 많았고, 대통령께 보고 당시에는 충격적인 안도 상당수 포함되어 있어서 대통령 보고 일정이 몇 번씩 연기되기도 했었다. 대표적인 개혁 방안을 보면, 학부모 중심의 학교단위 자치와 운영을 강조하는 학교운영위원회 도입과 교장 공모제 도입, 한 줄 세우기 평가에서 다양한 평가제도 도입을 위한 종합생활기록부 도입, 평생학습사회를 내다본 학점은행제와 독학학위제도 도입, 대학에서의 융합적 전공 습득 허용, 언제 어디서나 학습이 가능한 열린 학습사회 구축을 위한 정보통신기술(ICT)의 교육적 활용 강화 등 100여 개가 넘는 과제를 추진했다. 특히 기존의 교육개혁 보고서와 달랐던 점은 대통령 보고로만 끝난 것이 아니라, 정부에 교육개혁추진단을 설립하여 과제 하나하나에 대하여 추진 현황과 일정 등을 점검하고 관리했다는 점이다.

2004년 정책총괄과장 시절에는 부총리 부서인 교육인적자원부의 정책총괄과 사회정책 조정을 담당하는 중요한 업무를 담당했다. 주말도 없었고 야근은 밥 먹듯 했다. 그때 과로와 과중한 업무 부담 등으로 머리가 반백이 되었다. 한 달에 한 번 정도 부총리 주재나 대통령 주재의 인적자원회의를 준비해야 했다. 과제 발굴과 준비는 관계부처의 협조를 받아 했는데, 부처의 협조를 끌어내는 것이 어려웠고, 더욱 어려운 것은 안건의 개발이었다.

그러던 중 IMF를 잘 극복하고 경제발전이 순조롭게 되면서 1인당 국민소득 2만 불 달성을 위한 비전 제시 요구가 나오기 시작했고, 드디어 청와대에서 「국민소득 2만 불 대비 인적자원개발 종합대책」 보고서를 작성하여 관계부처 합동의 대통령 보고를 추진하라는 지시가 떨어졌다. 당시에 소위 6T(BT : Biology Technology, ET : Environment Technology, IT : Information Technology, NT : Nano Technology, ST : Space Technology, CT : Culture Technology 등 여섯 가지 신기술 분야를 말한다.) 육성이 화두였고, BT의 대표 주자로 황우석 교수가 줄기세포 연구로 유명세를 날릴 때였다. 당시 보고서의 핵심 주제는 2만 불 달성을 위해 10대 신성장동력 육성과 6T 분야 고급 인력을 어떻게 양성하고 활용할 것인가였다. 관계부처와 연구기관의 협의체를 만들어 자료를 분석하고 예측하여 관계부처 협의를 통하여 분야별 고급 인력 수요-공급 예측을 하고, 미스매치 분야와 부족 인력을 어떻게 해소할 것인가와 활용 방안 등을 담는 것이었다. 관계부처 합동 대통령 보고를 마치고 나름대로 추진하는 과정에서 2005년 11월경 황우석 교수의 논문 조작 사건이 보도되면서 6T 산업에 대한 육성이 순식간에 식어 버렸다. 이때 느낀 것은 우리 사회가 너무 빨리 데워지고 빨리 식는다는 것이다.

우리나라 연구개발비 투자에 대한 OECD 자료에 의하면 2014년 경우 약 64조 원으로, GDP 대비 4.29%로서 세계 1위이고 총액으로는 세계 6위에 달한다. 그러나 우리나라는 아직도 노벨상 수상자를 내지 못하고 있다. 대개 연구개발비가 단기과제이고 단기 성과 위주로 흐르기 때문이다. 노벨상의 경우, 보통 20년 이상 연구한 실적을 바탕으로 상을 받는데, 3~4년 정도의 단기과제로는 우수한 기초학문 연구자를 배출할 수 없다. 치열하게 경쟁을 해야 하는 분야가 있는 반면 인내를 가지고 끈질기게 탐구해야 하는 분야도 있는 것이다.

청와대 행정관 시절에는 2000년 말까지 모든 학교의 인터넷 연결 사업과 학급당 정원 35명으로 낮추는 정책, 만 5세아 무상교육 등을 추진하면서 많은 어려움도 있었지만 많은 보람을 느꼈다. 특히 우리나라가 IT 강국으로 빠른 시일 내에 급성장할 수 있었던 배경에는 김대중 대통령의 미래 비전과 결단이 있었기 때문이라고 본다. 사실 인터넷을 포함한 정보통신기술을 가장 많이 활용하는 곳은 학교와 학생이기 때문이다.

교육개혁 추진과 교육발전에 기여

교육부 미래인재정책관 시절에는 학생들에게 학자금을 대출하는 '한국장학재단 설립'을 추진하게 되었다. 나는 과장 시절부터 교육부 산하기관 설립에 직간접적으로 참여했는데, '직업능력개발원(KRIVET)'과 '한국교육학술정보원(KERIS)' 그리고 '울산과

기대(UNIST)' 설립 등이다. 한국장학재단 설립은 이명박 대통령의 선거 공약 일환으로 추진되었으며, 설립 후 청년실업의 증가와 반값등록금 문제가 맞물리면서 기금 규모가 커지고 짧은 시간 내에 기관의 역할도 커졌다. 처음에는 100명 정도의 직원과 1조 원 규모의 기금으로 출발했으나 지금은 300여 명의 직원과 12조 원의 대출 규모로 확대되었다. 처음 설립 당시 금융에 경험 없는 교육부가 주관이 되는 것에 회의적인 지적도 있었으나 나의 증권회사 근무 경험이 나름대로 큰 도움이 되었다.

한국장학재단의 규모가 커지고 역할이 확대된 배경에는 높아지는 청년실업문제와 연계가 크다. 높은 청년 실업문제는 우리나라만의 문제가 아니라 EU 국가들도 같은 어려움을 겪고 있으며, 최근에 불거진 영국의 EU 탈퇴인 브렉시트(Brexit)도 늘어나는 이민에 따른 높은 실업문제와 연계가 높다.

중국 등 소위 BRIICs 국가들의 맹렬한 추격과 인공지능 등 발달은 향후 일자리를 더욱 축소시킬 가능성이 크다. 중국은 15억이라는 인구로 저렴한 인건비와 고급 기술 인력으로 엄청나게 빠른 속도로 발전하고 있다. 2014년 국제통화기금(IMF) 발표 자료에 의하면, 중국은 이미 구매력 평가(PPP) 기준에서 중국 GDP가 미국의 17조 4천160억 달러보다 앞선 17조 6천320억 달러를 기록했다고 발표했다. 2011년 OECD 자료에 의하면, 중국에서 박사급 인력을 매년 약 5만 명 정도 배출하고 있는데, 이 수치는 미국과 같은 규모이다. 지금 중국은 세계에서 가장 많은 고급 두뇌를 배출, 보유하고 있는 국가이다. 이미 중국의 제강능력은 포항제철의 10배에 이르며, 선박건조 부문에서도 세계 1위로 우리를 추월했고, 전자기기 분야에서도 곧 삼성전자와 LG를 추월할 기세다.

유명한 미래학자 토머스 프레이는 2030년이면 현 직업의 80%인 약 20억 개가 감소할 것으로 예측하고 있고, 유엔의 2040 미래보고서도 비슷한 예측을 하고 있다. 감소하는 일자리 추세와 치열한 국제 경쟁사회에서 살아남고 지속적으로 발전하기 위해서는 우리의 미래 인재들이 글로벌 경쟁력을 갖춘 창의인재가 되어야 한다.

꿈과 열정을 가지고 끊임없이 자기계발을 하고 도전하는 창의인재가 필요한 시대이다. 그러나 최근 '흙수저'나 '청년 7포 세대' 등의 이야기를 들으면 안타깝고 서글퍼진다. 교육부에서 30여 년 이상 근무하면서 국민들에게 꿈과 희망을 주지 못하고 이렇게 된 상황에 대해 자책감이 든다. 그러나 현재의 교육문제는 교육부 단독으로 풀 수 있는 문제가 아니다. 높은 청년실업에 따른 일자리 문제, 정규직과 비정규직 간의 높은 임금 격차, 한번 실패하면 다시 일어서기 어려운 사회구조, 과도한 스펙 경쟁 등은 여러 관계 부처와 사회가 힘을 합쳐서 풀어야 할 과제다. 젊은이들이 꿈과 열정을 가지고 자신 있는 분야에서 끊임없이 도전하고 개척하는 정신과 능력을 갖도록 지원하는 교육제도와 사회복지제도의 구축이 함께 어우러져야 한다고 본다.

공직생활의 마무리, 꿈은 희망을 잉태시킨다

공직의 마무리 단계에 오면서 어려운 환경 속에서도 용기와 격려를 아끼지 않으신 하늘에 계신 부모님께 감사드리는 마음이 더욱 일고, 또한 힘든 살림살이 속에서도 두 딸을 잘 키우면서 버텨 준 집사람에게도 감사하다. 그리고 32년간 공직생활을 할 수 있도록 해준 국가에도 감사하는 마음이 생긴다.

요즘 나는 중앙교육연수원 원장으로서 우리 교육의 발전을 위해 두 가지에 중점을 두어 교육정책연수를 실시하고 있다. 하나는 교장 선생님들을 대상으로 어떻게 학생들에게 꿈과 희망을 주는 교육을 할 것인가, 다른 하나는 학부모 대상으로 자녀의 인성교육을 포함하여 어떻게 자녀교육을 할 것인가에 대한 것이다. 우리 연수원은 주로 교장 대상 연수를 실시하기 때문에 교장의 역량과 리더십을 배양하는 데 중점을 둔다. 교육부에서 아무리 정책을 잘 만들어도 교육정책이 학교 현장에서 잘 추진되느냐는 학교장에게 달려 있기 때문이다. 그래서 연수원은 교장의 역량을 강화하여 교육현장의 변화를 촉진하는 데 중점을 두고 있다.

또한 최근 끊임없이 발생하는 '아동학대 사건', '강남역 묻지 마 살인사건' 등은 인성교육에 대한 중요성이 특히 강조되고 있는 현실적인 문제이다. 치열한 경쟁사회 속에서 과도한 사교육비 부담과 자녀 진로지도 또한 중요한 이슈로 등장하고 있어 이에 대한 학부모들의 올바른 인식을 위한 학부모 교육 또한 중요하다. 최근 인지과학에 의한 인간의 발달과정에 대한 연구가 활발하게 진행되면서 인지과학 연구 결과의 자녀교육 활용 또한 매우 유용하다는 측면에서 학부모 대상 설명도 열심히 하고 있다.

나는 교육에 있어서 가장 중요한 것은 학생들에게 꿈을 심어 주는 것이라고 본다. 어려운 가정 형편에서도 꿈과 희망을 놓지 않았기에 나도 그 어려움을 극복할 수 있었다. 이 글을 읽는 검정고시 후배들은 어려운 환경이지만 나름대로 꿈과 희망을 가지고 오늘도 열심히 사는 사람들이라고 믿는다.

세계적인 피겨스케이트 선수인 김연아, 네 손가락의 피아니스트 이희아 등은 모두 꿈과 희망을 가지고 어려운 과정을 극복하고 자신의 능력을 최대한으로 개발한 인간 승리의 표본이다. 누구나 실패는 겪게 되고, 각 능력에도 한계가 있기 마련이다. 그러나 실패를 두려워하지 않고 하루에도 수십 번, 수백 번씩 넘어져도 다시 일어나서 점프 연습을 하여 '김연아 선수'가 되었고, 네 손가락으로라도 열 손가락 가진 사람 이상으로 피아노를 칠 수 있다는 믿음과 노력을 통해 신체의 한계를 극복해 '피아니스트 이희아'가 되었다. 자신의 꿈을 성취하기 위해 믿음을 갖고 최선을 다하는 여러분들의 노력에 좋은 결과가 나오길 그 누구보다 더 간절히 원하고 기대한다. 이 글이 작은 도움이라도 되기를 진심으로 바란다.

열정

나는 초등학교 때 가정 형편이 어려워 고아원에서 몇 년을 지냈으며, 중학교는 1학년도 마치지 못했다. 선반공장 견습공, 분식 센터 접시닦이, 학원 기도 같은 일을 하면서도 나는 이에 굴하지 않고 노력을 거듭해 중·고등학교 졸업 학력인정 검정고시에 합격했다. 그 후 성남세무서와 한국전력공사에서 일하면서도 학업을 게을리 하지 않았다. 한국방송통신대학교(경영학 학사)에 다니면서 고시에 도전하여 29세에 행정고시(제30회, 재경직)에 합격했고, 상공부 중소기업국, 국제협력관실 사무관 등으로 근무하면서 공직의 길로 들어섰다. 이후 나는 보다 의미 있는 삶을 위해 경찰이 되었고, 마침내 2012년 5월 제17대 대한민국경찰청장에 임명되었다. 그리고 11개월 후 2013년 3월 경찰청장직에서 물러나 국가에 이익이 되는 일을 하려고 노력하고 있다.

어떤 어려운 상황이 와도 꿈을 포기하지 말라

선반견습공 소년, 대한민국 경찰청장이 되다

김기용(세명대학교 경찰행정학과 초빙교수)

한국방송통신대학교(경영학 학사)
서울대학교 행정대학원(석사)
행정고시 제30회 합격
경정 특채로 경찰 입문
전남담양경찰서장
서울용산경찰서장
충북경찰청 차장
충남경찰청장
대한민국경찰청 차장
17대 대한민국경찰청장
(사)한국청소년육성회 수석고문

역경에 굴하지 말고 맞서 극복하라

고아 아닌 고아가 되다

어린 시절, 우리 가족은 궁핍했고 내일의 희망보다 오늘 먹을 것을 걱정해야 했다. 세상이 나를 힘들게 했던 시절, 모든 사람의 개개 인간사를 따지고 보면 하나같이 험난하고 남다른 인생이겠지만 내가 살아야 했던 10대는 그야말로 인고(忍苦)의 세월이었다. 물론 청소년기의 다양한 체험과 고통은 이후에 닥쳐온 고난과 역경을 참아 내고 극복해 낼 수 있는 용기를 주었다. 비록 작은 것이라도 내게 주어진 또는 남아 있는 것들에 대해 감사하는 마음을 갖게 했다. 시련이나 고통이 사람을 좌절하게도 하지만 한편으로는 더욱 강하게 단련시키고 성장시킨다는 것을 나는 온몸으로 체험했다.

1957년 8월, 나는 충북 제천시 화산동에서 태어났다. 제천 남당 초등학교에 다닐 때였다. 초등학교 3학년, 그러니까 열 살이 되던 해즈음으로 기억된다. 집을 떠난 아버지가 소식이 없자, 어머니는 혼자의 힘으로 도저히 우리 다섯 남매를 키울 수 없게 되었다. 그래서 어머니는 우리를 고아원에 맡기기로 했다. "조금만 기다리면 엄마가 데리러 오실 거야."라는 말을 누군가에게 들었지만, 우리 다섯 남매는 슬퍼할 겨를도 없이 고아원에 맡겨졌다.

다음 날, 같은 방에 있던 한 아이가 신고식을 해야 한다며 나를 불러 기합을 주려 했다. 내가 대들자 싸움이 벌어졌다. 말이 싸움이지 일방적인 폭행이었다. 분명 같은 학년이라는데, 덩치는 나보다 훨씬 크고 힘도 세서 도저히 상대할 수가 없었다. 내가 엎어지자 담요를 덮어씌우고 발로 찼다. 결국 나는 잘못했다고 빌면서 그 아이에게 복종하기로 맹세했다.

그날 이후 나는 그 아이가 시키는 모든 일에 복종해야 했다. 청소하기, 심부름하기, 심지어는 다른 아이를 폭행하라는 주문까지도 받았다. 또 학교에서 점심으로 주는 옥수수빵을 절반 남겨서 가져다주기도 했다. 동년배라도 그렇게 엄청난 공포의 대상이 될 수 있다는 사실을 그때 처음 알았다. 또한 폭력이 얼마나 두려운 것이며, 사람을 얼마나 비굴하고 비참하게 만들 수 있는지도 알게 되었다.

최근 학교 폭력 때문에 자살하는 아이들이 신문 기사에 종종 등장한다. 그 아이들이 느꼈을 아픔과 절박한 심정은 정말이지 당해 본 사람만이 알 수 있는 것이다.

그렇게 2년여가 지난 뒤, 어머니는 여전히 곤궁함을 벗어나지 못했지만 우리 남매를 더 이상 그곳에 놔두지 않으셨다. 어린 가슴에 깊은 상처를 남긴 우리는 비로소 고아원 생활을 마감했다.

어린 시절의 추억을 회상하면 가장 잊을 수 없는 기억은 이때의 고아원 생활 2년이다. 엄청나게 많이 맞았고 그 어린 나이에 폭력에 대해, 그리고 사람의 잔인함과 무서움을 절절히 느꼈던 때였다.

먹고살아야 한다

1970년 3월, 나는 어렵사리 입학금을 내고 중학교에 입학했다. 그러나 입학한 지 얼마 되지 않은 5월이 되자 2/4분기 학비를 내야 한다는 독촉이 시작되었다. 사립학교였기에 담임 선생님은 조회 시간부터 학비 미납자들을 불러내어 교실 뒤에 세워 놓거나 부모님을 모셔 오라고 내몰았다.

그때 당시 우리 어머니는 서울로 가서 가발공장 구내식당에서 일을 했고, 아버지는 매일매일 행상이나 막노동 등을 했지만 벌이가 시원찮아 학비를 내지 못했다. 결국 2학기 중반쯤 나는 자퇴 처리되었다.

어느 날, 우리 집은 경기도 성남으로 이주했다. 1970년경 당시 성남은 서울에서 철거민들이 대거 이주해 와서 그야말로 아수라장이었다. 철거민들은 곳곳에 천막을 치고 살았고, 한쪽에는 공단이 들어서 있었다. 어머니는 가까스로 공단 근처에 포장마차를 장만했다. 그리고 우리는 단칸방에서 뒤엉켜 지냈다.

그때 우리 다섯 남매는 학교에 다닐 엄두도 내지 못했다. 하루하루 굶지 않고 살아가는 일이 중요한 과제였다. 당시 나는 열네 살쯤이었는데, 가끔 포장마차에 가서 잔심부름을 했다. 그때 손님들이 먹는 어묵(오뎅) 꼬치와 삶은 계란을 보면 저절로 침이 넘어갔다. 그런 나에게 어머니는 가끔 모양이 망가진 계란이나 어묵을 꺼내 주었다. 멸치를 넣어 푹 끓인 국물에 통통 불은 어묵과 계란이 얼마나 맛이었던지, 지금도 그 맛을 잊을 수가 없다.

어머니는 열심히 포장마차를 꾸려 가셨지만 그 수입으로는 우리 가족 끼니도 해결하기 어려웠다. 그래서 형과 나는 신문 배달을 하고 다방을 돌면서 주간지를 팔기도 했다.

그 후 나는 영등포에서 선반공장 견습공으로, 성북구 삼양동에서 식당 종업원으로, 종로 2가 화신백화점 뒤편 분식 센터에서 접시닦이로 일을 하면서 돈을 벌었다. 분식 센터에 출입하는 손님들은 대부분 고등학생이거나 재수생들이었다. 특히 여학생들은 얼마나 예쁘던지……. 순정소설에 나오는 청순한 여주인공들이 거기에 다 있었다. 그녀들은 남학생들과 데이트를 하면서 키득거리거나 하얀 이를 드러내며 까르르 웃기도 했다. 주방에서 홀로 음식을 내고 빈 그릇을 받는 작은 창으로 그 모습을 지켜보던 나는 마냥 부러웠다. 아니 화가 났다. 부끄러웠다.

그래도 배워야 산다

생계유지 자체가 힘들던 상황 속에서 어머니는 나와 남동생을 교육시키기로 결심했다. 이것이 내가 어머니를 존경하는 이유 중 하나이다. 어머니는 "배워야 산다.", "배워야 사람이 된다.", "당장 어렵고 굶주리더라도 너희는 배워서 훌륭하게 성공해야 한다."라고 하면서 교육을 시켰다.

어머니의 결심과 노력으로 나는 우여곡절 끝에 성남에 있는 'ㅇㅇ상업전수학교'에 입학했다. 그러나 신기하고 재미있는 학교생활은 안타깝게도 2학기가 되면서 더 이상 이어지지 못했다. 결국 중학교 졸업장은 가질 수 없었다. 아쉬운 마음에 궁리하던 중 종로 2가 분식 센터에서 일하던 시절, 인근에 대학 입시학원들이 많이 있고, 학원에서 고학생들이 일한다는 것이 생각났다. 나는 무작정 종로 2가 경복학원에 찾아가 그곳 직원에게 말했다.

"일하면서 강의도 듣고 공부하고 싶습니다."

그랬더니 잠시 후 40대 중반의 덩치가 크고 눈두덩이 두툼한 아저씨가 나타나 나를 쓱 훑어봤다.

"야, 꼬맹이잖아? 그냥 보내."

나는 여기서 포기할 수 없었다.

"열심히 하겠습니다, 열심히 하겠습니다."

나는 간청하고 또 간청했다.

그리하여 마침내 허락을 얻어냈다. 이제 나는 학원에서 일하면서 학원비를 내지 않고 공부할 수 있게 되었다. 학원 학생들은 나 같은 사람을 '기도'라고 불렀다. 기도들은 보수 없이 수업 준비 등 뒤치다꺼리를 했다. 강의가 끝나면 다음 강의를 위해 강의실을 청소하고, 칠판을 지우고, 지우개를 털고, 분필을 색깔별로 정리했다. 새벽 첫 강의 전에 출근해 마지막 강의가 끝날 때까지 반복되는 일이었다. 수강증 없이 수업을 듣는 '도강생'을 적발해 내는 것도 기도의 일이었다.

처음 몇 개월은 칠판을 닦는 내내 얼마나 뒤통수가 뜨거웠던지……. 강의실에는 200명이 넘는 수강생이 빽빽하게 들어차기도 했었는데, 수업 중간 쉬는 시간에 칠판을 지우러 앞으로 걸어 나가면 그 많은 학생들이 일제히 나를 보는 것 같아 어색했다. 더구나 여학생들도 많았는데…, 당시 나는 까만 얼굴에 작은 키, 수줍음 많은 소년이었던 것 같다.

어느 날, 자수성가한 사람이 쓴 "가난은 수치가 아니다. 다만 조금 불편할 뿐이다."라는 글을 보았다. 당시 나는 그 글귀에 공감할 수 없었다. 나에게 있어서 가난은 수치 그 자체였고, 불편함을 넘어 엄청난 고통이었다. 그렇다고 절망하며 비관만 할 수도 없는 노릇이었다. '현재의 창피함보다 미래의 성공이 훨씬 더 중요하다. 이 고생이 헛되지 않게 하자. 언젠가는 나도 당당하게 저들과 경쟁할 수 있다.'며 나는 스스로 다짐하고 위로하면서 각오를 새롭게 했다.

나는 기도로 일할 때 중요 과목의 기초를 다져 놓아 나중에 독학하는 데 큰 밑바탕이 되었다. 당시 경복학원의 기도들은 모두 학업 열의가 높아 힘든 여건 속에서도 열심히 노력했다. 그때 만난 친구들은 이후 평생 동지처럼 지내고 있으며, 몇몇은 요즘도 가끔 만나 그 당시 이야기를 나누곤 한다.

마도로스를 꿈꾸다

기도로 일한 지 1년여, 그러면서 1975년이 저물었다. 나는 노력에 노력을 거듭했다. 마침내 1976년 4월 중졸 검정고시에 합격하고 같은 해 8월 고졸 검정고시에도 합격했다.

'검정고시'는 어떤 이유로든 정규 교육과정을 밟지 못한 사람들에게 시험을 통해 국가에서 일정한 학력을 인정해 주고 새로운 기회를 열어 주는 제도다. 뜻하지 않은 일로 학교에서 탈락된 학생들에게, 경제적 여건이 어려워 학업을 포기해야 했던 사회적 약자들에게는 일종의 '패자부활전' 같은 것이다. 검정고시는 배움의 기회를 통해 국가와 사회에 정상적인 참여와 재기의 기회를 준다.

대학입시를 준비하던 시절, 나는 해양대나 육사에 들어가고 싶었다. 두 학교는 학비가 무료에다 숙식이 제공되고 취업 걱정이 없다는 점 때문에 선택한 것이다. 그런데 공부에 열중하다 보니 시력이 나빠지고 말았다. 결국 자격이 되지 않아 할 수 없이 육사는 포기하고 해양대에 집중하기로 했다.

사실 나는 바다를 동경하고 있었다. 더구나 해양대 졸업 후 2등 항해사 자격을 받아 외항선을 타면 꽤 많은 월급까지 받게 된다니 더 이상 바랄 것이 없었다. 어쩌면 지긋지긋하게 고생만 하는 이 나라를 떠나 먼 나라로 훨훨 날아가고 싶었는지도 모른다.

그런데 그 꿈도 허망하게 무너지고 말았다. 대학에 낙방한 것이다. 충격은 컸다. 아무런 생각도 떠오르지 않았다. 나는 돈도 없어서 더 이상 재수를 하거나 일반 대학에 가서 공부할 수 있는 여건이 못 된다는 것을 그 누구보다도 잘 알고 있었다. 그래서 나는 무조건 합격해야 했고, 또 할 수 있다고만 생각했다. 그런데 그것은 결국, 근거 없는 자신감이었다.

보다 적극적인 삶을 살기로 결심하다

대입 실패 후 수개월을 방황하면서 진로를 고민했다. 아버지는 객지를 떠돌아 소식이 없었다. 어머니는 식당 주방에서 일했는데, 건강상 또는 식당 사정상 일하다 쉬다를 반복했고, 형은 군복무 중이었다. 그래서 우리 가족의 생계는 여전히 어려웠고, 아무도 나에게 공부를 계속할 경제적 지원은 물론 관심도 없었다. 오히려 내가 나가서 돈을 벌어야 했다. 그러나 가족 중 누구도 그런 요구를 하지 않았다. 어쩌면 그것만도 다행이었는지 모른다.

이 시기에 나는 많은 책을 읽었다. 주로 세계 명작을 읽었는데, 내 언행과 사상의 기본 틀은 이 시기에 어느 정도 형성되었다고 생각한다. 이때 읽었던 책 중 가장 기억에 남는 것은 로버트 슐러 목사가 쓴 『불가능은 없다―적극적 사고의 철학』이다. "아무리 어려운 상황에서라도 좌절하지 말고 희망을 가지고 노력하라.", "적극적으로 사고하면 생애의 산을 옮길 수 있다."며 여러 가지 사례를 들어 설명했다. 그 책에서 나는 가정환경이나 학벌, 체격 등 초라하고 곤궁한 내 운명을 내것으로 받아들이고 보다 적극적인 삶을 살기로 결심했다. 결과적으로 나의 삶과 생활태도에도 큰 영향을 주었다.

1977년 2월, 나는 병역 관계로 신체검사를 받았는데, 편평족(평발)으로 보충역 판정을 받았다. 내가 편평족이라는 것을 그때 처음 알았다. 당시 학력이 고졸 이하면서 편평족은 현역 입영에서 제외되었다. 사실 나는 현역으로 가는 것이 좋겠다고 생각했다. 형이 군복을 입고 휴가 나왔을 때 멋있어 보였고, 방위병은 좀 창피하다는 생각도 들었기 때문이다. 사실은 더 큰 이유가 있었다. 방위병은 집에서 출퇴근하는데, 그때 나는 마땅히 할 일도 없었고, 또 내게 밥해 줄 사람도 없었기 때문이다.

스무 살이 되던 해 4월 즈음은 장래에 대한 불안 등으로 불안정했던 시기였다. 그때 나는 독서실에 다니며 다시 입시 준비를 하고 있었는데, 우연히 그곳에서 9급 공무원 시험을 준비하는 사람을 알게 되었다. 그는 원서를 접수할 시기가 되자 나에게 함께 시험을 보러 가자고 졸랐다. 별다른 생각 없이 나는 원서를 접수했고, 함께 시험을 보았다. 그런데 나는 합격을 하고 그 친구는 안타깝게도 낙방하고 말았다.

그때 그 친구를 만나지 않았더라면 내 인생에 '9급 공무원'이 있었을까? 운명이란 이렇게 아주 사소한 계기와 인연으로 엉뚱하게 뒤바뀔 수도 있는 것이었다.

합격은 했지만 나는 별다른 감흥이 없었다. 처음부터 9급 공무원을 하려고 시험을 본 것이 아니었고, 여건이 어렵기는 했지만 대학에 가려고 나름 공부를 계속했기 때문이다. 그러던 중 7월 중순 어느 날, 총무처에서 통지가 왔다. 8월 16일부터 성남세무서로 출근하라는 것이었다. 나는 세무직을 지원한 것도 아닌 데다 연말이나 내년쯤 발령이 날 것으로 생각하고 입시 준비를 계속하고 있었기에 갑작스런 발령에 무척 당황스러웠다.

며칠간 대학을 포기하고 출근해야 하나, 아니면 공무원을 포기해야 하나 고민에 빠졌다. 당시 우리 집 경제적 상황은 얼마간의 수입이라도 포기할 수 없는 입장이었다. 오랜 고민 끝에 나는 성남세무서에 다니면서 공부를 계속하기로 결심했다.

이때 경험한 약 2년간의 9급 공무원 생활은 고시 합격 후 상급자가 되었을 때 큰 도움이 되었다. 상사가 부하 직원을 나무랄 때 여러 사람 앞에서 공개적으로 비난하는 것, 면전에서 하지 않고 뒤통수에 대고 구시렁대는 것, 사무실 분위기를 잡는다며 특별한 잘못도 없는데 돌아가면서 기합을 주고 다그치는 것……. 이런 모습은 상사로서 존경받기 어렵다는 것을 알게 되었다. 덕분에 나는 젊은 직원들의 어지간한 실수나 일탈에 대해서는 지난날의 내 모습을 보는 듯해 비교적 관대할 수 있었다.

아, 이런 일도 가능하구나!

아무 계획도 없이 세무서를 그만두고 나니 막막했다. 그러나 이때는 내 인생에 큰 영향을 준 시기로, 그 세 가지를 소개한다.

첫째는 '조재연 씨의 사법고시 합격'이다. 그해 7월 어느 날, 방송통신대학 학보에서 조재연 씨가 사법고시에 수석 합격을 했는데, 방송통신대학 경영학과 졸업생이라는 것이었다. 관심 있게 그의 이력을 보니 참으로 놀라웠다. 가난 때문에 덕수상고에 진학, 졸업 후 대학 진학을 포기하고 한국은행에 입사, 공부의 끈을 놓지 않고 노력하여 방송통신대학 경영학과를 거쳐 성균관대학에 편입, 야간 과정을 다니면서 사법고시에 합격, 그것도 수석 합격을 했다는 그야말로 인간 승리의 스토리였다.

'아, 이런 일도 가능하구나!'

나는 가슴이 뛰었다. 방송통신대학에서 열심히 공부하고 편입하면 무엇인가를 이룰 수 있으리라는 희망을 보았기 때문이다. 이 사건은 2년이 지난 후 내가 고시공부를 시작할 것인지 말 것인지를 고민할 때 용기를 내는 데 큰 힘이 되었다.

둘째, 우연히 황제 마르쿠스 아우렐리우스의 『명상록』이라는 책을 읽은 것이다. 이 책은 내 삶의 목표를 다시 생각하는 계기가 되었고, 그 후 나의 태도에 크게 영향을 미쳤다. 특히 내 마음을 사로잡은 구절은 다음과 같다.

그대는 똑바로 서라. 그렇지 않으면 똑바로 세워지지 못할 것이다…….

자기 직분을 지켜 나갈 때에는 언제나 생명을 내던질 각오를 한 사람처럼 진퇴를 결정하고 아무런 서약도 어떤 사람의 증언도 필요 없이 묵묵히 행동해야 한다. 또한 쾌활해야 하며 외부의 원조를 구하지 말며 타인이 주는 평화를 바라서도 안 된다. 남아는 자기 힘으로 서야 한다…….

타인이 그대를 비난하거나 미워할 때에는 그들의 심령에 접근하여 그 속을 통찰하고 과연 어떤 종류의 인간인가를 간파하라. 그리하면 그들이 그대를 시비할지라도 상심할 까닭이 없음을 발견하게 될 것이다….

셋째, 『신념의 마력』이라는 책을 읽게 된 것이다. 저자는 클라우드 M. 브리스톨이다. 나는 이 책을 읽으면서 내 신념을 강화할수 있었고, '성공하기 위한 구체적인 행동강령'을 배웠다. 그 후 고시공부를 하는 과정에서, 또 사는 동안 나태해지거나 신념이 희미해질 때마다 나에게 큰 힘이 되어 주었다. 늘 염두에 두고 되새긴 구절은 다음과 같다.

어떠한 일이든지 된다고 믿으면 그것은 반드시 이루어진다…….

건강, 재산, 행복에 대하여 심적 영상을 항상 마음속에 그리고 이것을늘 되새기면 반드시 실현된다…….

당신은 무엇을 구하고 있는가? 원하고 있는 그것에 대한 대가를 지불하고 가져가라…….

운명의 기회 사다리, '방송통신대학'

그 후 나는 1980년경 한국전력공사에 입사해 2년을 다니다 퇴사했다. 1980년 방송통신대학에 입학하여 1982년 2월 행정학과를 졸업하고, 정규 대학에 편입하기에는 형편이 어려워 방송통신대학 경영학과 3학년으로 편입했다.

그 당시는 돈이 없어서 배움을 포기해야만 했고, 못 배웠기에 살아가면서 가끔 수치스러웠던, 그래서 더욱 배움에 목말랐던 이 땅의 많은 청장년들이 방송통신대학으로 몰려들었다. 그래서 경쟁률도 매우 높았다.

그런데 이 대학은 공부 방법이 독특했다. 심야나 이른 새벽에 라디오 방송으로 강의가 진행되었고, 학생들은 집에서 그것을 들으며 공부했다. 또 '출석수업'이라는 것도 있는데, 별도의 학교(강의실)가 없기 때문에 일반 학생들이 학교를 쉬는 방학 동안에 지역별로 학교를 빌려 수업했다. 대부분 직장인이었던 학생들은 낮에는 일하면서 야간에 라디오 방송으로 강의를 듣고 과제물을 써서 제출하는, 그야말로 '주경야독(晝耕夜讀)'이었다. 방송통신대학의 교육과정은 단지 '시험을 위한 공부'가 아닌 '어떻게 살 것인가'라는 삶의 기본 문제에 대해 고민하는 계기가 되었고, 철학이나 문학 등 인문학에 관심을 갖게 되었다.

이를 바탕으로 나는 더욱 열심히 공부해서 방송통신대를 졸업하던 1986년 8월에 행정고시(재경직)에 합격했다. 그리고 다음 해인 1987년 2월에는 서울대학교 행정대학원 석사과정에 입학했다. '방송통신대학'을 몰랐다면, 또 입학하지 않았다면 오늘의 나는 없었을 것이다.

한국 행정학회 회장을 역임한 한성대학교 행정학과 이종수 교수는 『한국사회는 공정한가』라는 책에서 "우리 사회는 지난 세기 동안 시험 사다리와 교육 사다리 그리고 시장 메커니즘이 계층 상승의 주된 통로로 활용되었는데, 최근에 기득권 계층의 '사다리 걷어차기' 때문에 계층 상승의 통로들이 좁아지거나 사회적 게임 방식이 불공정하게 변질되고 있다."고 지적했다. 이 사회의 밑바닥이라 할 수 있는 식당 종업원, 학원 기도였던 내가 경찰청장에까지 오르게 된 것은 검정고시, 행정고시 등 '국가시험'과 '방송통신대학'이라는 '기회 사다리'가 있었기 때문이다. 그런 점에서 나는 이런 제도를 만들고 잘 운영해 준 국가와 사회에 감사하지 않을 수 없다. 그러나 앞서 이종수 교수의 지적대로 최근 이런 계층 이동 사다리가 점차 좁아지고 불공정해진다는 것은 매우 안타깝고 유감스러운 일이다. 계층 간 이동이 활발한 사회가 건강한 사회라고 한다면 이런 '사다리 걷어차기'는 재고되어야 하며, 오히려 '사다리 만들기'에 더욱 힘써야 한다.

운명아 비켜라, 내가 간다

나는 상공부 중소기업국과 국제협력관실 사무관 등으로 근무하면서 서울대 행정대학원에서 석사학위를 받았다. 5년 뒤, 1992년에 나는 '보다 의미 있는 삶'을 위해 경찰 조직의 일원이 되었다. 경남경찰청으로부터 시작해 통영서 경비교통과장, 경찰청 보안국 계장을 거쳐 2000년 초 총경에 임명되었고, 전남청 담양서장, 완도서장을 역임했다. 다시 경찰청 예산과장, 서울용산경찰서장을 거쳐 경찰청 정보 3과장을 역임했고, 2008년 3월에 경무관으로 승진했다. 충북경찰청 차장, 서울청 보안부장을 거쳐 2010년 9월에 치안감 승진, 충남경찰청장에 임명되었고, 1년 3개월 재직 후 경찰청 경무국장을 거쳐 2012년 2월 경찰청 차장으로 승진했다. 그리고 3개월 후인 2012년 5월 2일, 제17대 경찰청장에 임명되었다. 11개월 후인 2013년 3월 28일, 경찰청장직에서 물러났다.

현재는 불우한 청소년을 돕는 일에 관심을 갖고 '(사)한국청소년육성회' 수석고문으로 활동하고 있다. 또 2014년 제천 소재 세명대학교 경찰행정학과 초빙교수로 위촉되어 현재까지 학생들을 지도하면서 학교폭력예방, 지역사회봉사 등 다양한 활동을 하고 있다.

"니는 해낼끼다"

많은 사람들이 나에게 묻는다. 중앙에서 보다 더 큰 꿈을 이룰 수도 있었을 텐데 왜 굳이 고향으로 돌아왔느냐고. 나는 경찰청장

퇴임 이후 곧바로 '(사)청소년육성회'라는 단체에 들어가 불우청소 년들을 돕는 일에 참여했다. 내가 청소년 문제에 남다른 관심을 갖 는 이유는 청소년들이 대한민국의 미래이고 희망이기 때문이다. 우리가 자라던 시절보다는 많이 나아졌지만, 지금도 편부모나 결 손가정, 가난이나 질병으로 힘들게 살아가는 그런 아이들이 많다. 그들을 보면 힘들었던 나의 어린 시절이 생각나 가슴이 시리다. 그 래서 그 힘든 청소년들에게 용기와 희망을 갖게 하고 싶었다.

이렇게 퇴임 후 또 다른 인생을 열심히 살아가고 있던 중 지난 2013년 12월, 나로서는 참 부끄럽고 죄송하게도 어머니가 운명하 셨다.

'평생 고생만 하셨는데……'

평소에 자주 찾아뵙지 못했지만 그래도 내가 힘들 때면 늘 "니 는 해낼끼다." 하며 용기를 주던 어머니였다. 이제 그렇게 의지할 분이 없어졌다. 외로움을 느꼈고 문득 고향이 생각났다. 그래서 제천에서 열린 어떤 행사에 참석했는데, 뜻밖에도 많은 친구들이 환대해 주었다. 그리고 "그간 나라를 위해서도 수고 많았지만 이 제는 고향을 위해 남은 인생을 바쳐라." 하고 권유했다.

깊은 고민을 했다. 나는 충남경찰청장이나 대한민국경찰청장 을 하면서 많은 국회의원들과 만나고 교분이 있었지만 내가 정치 를 한다는 생각은 없었다. 오직 국가와 국민을 위한다는 사명감으 로 주어진 직분에 최선을 다하고 보람을 찾았다. 그랬기에 그렇게 승진이 어렵다는 경찰 조직에서 방송통신대학 출신이 처음으로, 또 충북 출신으로서 최초로 경찰 총수에까지 올랐는지도 모른다. 나는 현직에 있으면서 정치권에 기웃대는 부류를 가장 싫어했고, 부하 직원들 중 그런 사람들이 있으면 "본직에 충실하지 않고 정치하려면 그만두라."며 나무랐다. 그러다 보니 고향이 제천이라 해도 내가 정치하기 위한 사전 활동이 있을 리 없었다. 또 다른 측면에서는 '나보다 훌륭한 사람이 많은데, 굳이 흙탕물 싸움에 내가 꼭 나서야 하나' 하는 회의도 들었다.

그런데 수차에 걸친 논란 중에 내 마음이 움직였다. 한마디로 "김기용이 가진 남다른 장점이 있고 그것을 사장시키기는 아깝다. 혼자만의 편안함보다는 남은 인생을 낙후된 고향 발전을 위해 희생하라."는 것이었다. "어려운 환경을 극복하고 방송통신대를 거쳐 고시에 합격했고, 국회청문회를 통과, 대한민국경찰청장까지 하면서 능력과 청렴성이 검증되었다. 13만 대규모 경찰 조직을 이끌던 경험과 중앙정부 장·차관들과 함께 국가 중대사를 논의하던 남다른 경륜이 있다. 그간의 과정 속에 행정고시 동기들, 서울대 대학원과 외교연구원 등에서 사귀었던 많은 인맥들이 현재 중앙부처나 각종 단체, 정치권에 있으므로 지역 발전에 도움을 받을 수 있다."는 점 등이 그것이다. 또 고향 제천 지역이 과거 충주, 원주에 비해 비슷한 수준이었음에도 현재는 너무 낙후되었고 이대로 방치할 수는 없지 않느냐는 주장에도 공감이 갔다. 그래서 귀향을 결심했다. 우리 고향을 위해, 후손들을 위해 무언가 해야겠다고…….

정치라는 전혀 새로운 분야에 뛰어들기는 두려움이 없진 않았지만 이보다 훨씬 힘든 역경도 극복해 온 나다. 인생에는 반드시 죽음이 있다(人生必有死). 무엇을 두려워할 것인가!

고향에 온다고 하자 여러 선배님들이 많은 격려와 당부를 해주었다.

"고향에 뼈를 묻는다는 각오를 하고 와야지 왔다 갔다 하면 안 된다."

"겸손해야 한다."

그렇다. 이제 또 어디를 가겠는가. 그 동안 고향을 위해 열성을 다하지 못했던 아쉬움이 있었는데, 이제라도 내가 살았던 고향을 지금보다 더 살기 좋고 자랑스러운 고장으로 만드는 일에 매진하기로 했다. 그리고 이곳에서 뼈를 묻어야겠다는 생각을 했다. 미나리밭을 지나서 대한통운 창고와 제천역을 거쳐 남당학교에 가던 일, 의림지로 소풍 가서 노래했던 일 등 고향 생각이 아련히 떠오른다.

늘 보다 나은 내일을 위해

30년쯤 전에 고시공부를 하면서 힘들었던 일 중 하나는 '나 자신과의 싸움에서 이기는 일'이었다. 그런데 그 후 살아가면서 느끼는 어려움은 '자신에게 솔직해지는 것'이다. 자서전을 쓰는 일도 그렇다. 스스로 정직하자고 다짐했지만 실제로는 모든 것을 털어놓지 못했다. 너무 부끄러운 부분도 있었고, 또 다른 사람들과의 관계 때문에도 그랬다.

인생에는 반드시 죽음이 있고(인생필유사(人生必有死))
죽고 사는 일에는 반드시 천명이 있다(사생필유명(死生必有命)).

나는 현실의 역경에 굴복하지 않았고, 오히려 맞서서 극복하려고 노력했다. 누구를 원한 적도 없고, 누구의 도움도 없이 혼자 서려고 했다. 작은 성취에 만족하거나 안주하기보다는 늘 보다 나은 내일을 위해 고민했으며, 새로운 목표를 세우고 도전할 때는 실패를 두려워하지 않았다.

이 글을 읽는 후배들에게 부탁하고 싶은 말은 "어떤 어려운 상황이 와도 절대 꿈을 포기하지 말라."는 것이다. 삶이란 늘 그렇듯 기회는 반드시 오기 마련이다. 그날을 대비해 끝까지 최선의 노력을 다한다면 반드시 자신의 꿈을 이룰 수 있다고 생각한다. "노력하는 자에게 실패는 없다."는 것이 동서고금의 진리이다.

열정

중학교 때 예기치 않은 사고로 부모님을 모두 여의고 친척 집을 전전하며 청소년
기를 보냈다. 서울고등학교를 자퇴하고 검정고시와의 인연을 맺어 공군사관학교에
입학했다. 4학년 때에는 전 생도를 지휘하는 전대장생도를 지냈고, 졸업식에서는
대통령상을 수상함으로써 사관학교 역사상 최초로 형제가 수석으로 졸업하는 영예
를 안았다. 공군장교로 첫 임무를 수행한 이후, 여러 보직을 거쳐 공군 중장으로 진
급하는 영예를 얻었다. 전역을 앞두고 공군사관학교에서 교장으로 재직하며 후배
생도들을 가르치는 영광도 누렸다. 지금까지 살아온 세월을 돌이켜보니, 나는 국가
로부터 무수히 많은 혜택을 받고 살아왔다. 앞으로 남은 삶은 국가 발전에 이바지
할 수 있는 그런 일을 하면서 살고자 한다.

구름 위에는
언제나 환한 태양이 있다

검정고시 출신 3성 장군이 되다

김형철(청주대학교 항공운항학과 객원교수)

공군사관학교 졸업(공사 28기)
주미 대사관 공군 무관(대령)
공군 제18전투비행단장(준장)
공군 인사참모부장, 한미연합사 정보참모부장(소장)
공군교육사령관, 공군참모차장, 공군사관학교 교장(중장)
미(美)공군대학원(AFIT) 체계관리학 석사,
경남대학교 정치외교학 박사과정 수료
대통령표창 수상
미 공로훈장(Legion of Merit),
보국훈장 천수장, 보국훈장 국선장 등 수훈

어려운 환경을 당당하게 받아들여라

유년의 추억 속으로

이 글을 쓰는 내내 60년 내 삶이 고스란히 담겨 있는 빛바랜 앨범을 오랜만에 보는 기분이었다. 인생이란 앨범을 넘길 때마다 파노라마처럼 지나온 내 삶의 흔적들이 툭툭 튀어나와 솔직히 당황스럽기도 했다. 조용히 내 삶을 돌이켜보는 동안 삶이 다 그렇듯 슬픔과 행복이 교차되어 나를 울고 웃게 했다. 그리고 그 동안 참 소중한 인연으로 살아왔다는 사실을 깨닫게 되었다. 특히 내 인생의 모토가 되어 준 사람이 있는데, 바로 아홉 살 많은 나의 형님이다. 부모님을 일찍 여의었기 때문에 어찌 보면 형님은 부모나 다를 바 없었다. 형님과 함께한 어린 시절의 추억은 기쁨이었고, 함께 공군에서 청춘을 바친 형제의 삶은 자부심과 긍지를 갖기에 충분했다. 그렇게 형님은 나의 어린 시절에 신과 같은 존재였다.

나는 형님과 함께 목욕 가는 시간을 가장 좋아했다. 형님은 목욕탕에서 내 등을 밀어 주었고, 목욕을 마치고 나오면 항상 포장마차에서 토스트와 우유를 사 주었다. 형님과는 아홉 살이나 차이났기 때문에 내가 유치원에 다니던 시절 형님은 고등학생이었다.

어느 겨울 날, 형님은 학교에 만들어진 스케이트장에 나를 데리고 갔다. 중학교 때부터 농구선수로 활약하던 형님은 모든 운동에 만능이었다. 스케이트 역시 멋지게 타는 모습을 나는 발이 꽁꽁 얼어붙는 줄도 모르고 바라본 기억이 난다.

우리는 가정 형편이 좋지 않아 형님은 대학 진학 때 무척 많은 고민을 했다. 부모님은 일반 대학을 원하셨지만 형님은 끝내 공군사관학교를 택했다. 그렇게 형님은 집을 떠나 공군사관학교에 입학했다. 그 후 나는 외톨이가 된 기분으로 어린 시절을 보냈다.

내 인생의 롤모델, 나의 형님

나는 어린 시절 공군사관생도였던 형님이 집에 오는 날이면 제일 신이 났다. 제복이 멋있어 보여 형님 옷을 입어보거나 모자를 쓰고 동네 골목을 휘젓고 돌아다니며 으쓱거렸던 기억이 난다. 형님은 집에 오면 나를 품에 껴안고 잠자는 것을 좋아했다. 사관학교로 복귀하기 전에는 꼭 나에게 얼마간의 용돈을 주었다. 나도 사관생도 생활을 해봤지만 빠듯한 생활에 어린 동생에게 꼬박꼬박 용돈을 챙겨 주었던 형님, 지금 생각해도 감사할 따름이다.

형님은 운동에도 소질이 있었는데 중·고등학교 때에는 학교 대표 농구선수로 활동했다. 그 덕에 생도 1학년 때부터 공군사관학교 축구 골키퍼로 활약했다. 원래 베테랑 선배 골키퍼가 있었는데 급성 맹장염으로 수술하는 바람에 형님이 대타로 삼군사관학교 체육대회에 출전했다.

나는 어머니와 형님이 골키퍼로 뛰는 삼군사관학교 체육대회를 보러 갔다. 상대팀 볼이 공군사관학교 진영으로 넘어올 때마다 불안해서 경기를 제대로 못 볼 지경이었는데, 걱정이 곧 현실이 되었다. 상대팀이 슈팅한 볼을 골키퍼인 형님이 받았다가 놓치는 바람에 결국 골망으로 들어갔다. 순간 어찌나 가슴이 철렁했는지 그 자리에서 울고 싶을 정도였다. 다행히 선수들의 선전으로 공군사관학교는 그해 축구와 럭비 부문에서 모두 우승하여 종합 우승의 영예를 안았고, 형님의 실수는 훗날 이야깃거리로 남게 되었다.

내가 중학교에 입학한 후, 우리 집 가정 형편은 더 어려워져 종로구에서 서울 변두리 면목동으로 이사를 갔다. 당시 마포 중학교에 다니던 나로서는 통학이 여간 힘든 것이 아니었다.

중학교 때, 나는 사관학교 생활이 궁금해서 형에게 방문할 수 있게 해달라고 졸랐다. 형님은 당직 사령생도 근무를 서는 날 면회 오라고 했다. 친구와 함께 당시 보라매공원에 있던 공군사관학교를 찾아가 형님을 만났다. 당직 근무를 서는 형님은 제복에 예도용 칼을 차고 있었는데, 그 모습은 마치 장군을 연상시켰다. 형님은 사관학교 이곳저곳을 안내하며 친절하게 설명해 주었다. 멋진 생도 모자를 우리들에게 씌워 주고 예식용 칼도 채워 주면서 사진을 찍어 주었다. 내가 훗날 공군사관학교에 가게 된 것도 어쩌면 그날의 형님 면회가 크게 영향을 미친 것 같다.

중학교 3학년 초, 담임 선생님께서 나를 부르셨다. 나는 그 당시 학급에서 1, 2등을 유지했는데, 선생님은 나에게 공부가 조금 떨어지는 급우와 함께 그 친구 집에서 공부할 의향이 없느냐고 물으셨다. 부모님께 여쭈어 보니 마침 집도 멀어 통학이 어려웠는데 잘 되었다면서 흔쾌히 승낙해 주셨다. 그 다음 날부터 나는 그 친구 집에서 함께 먹고 자면서 공부했다.

그 친구는 여러 면에서 재능이 있었다. 키가 컸고 잘 생겼으며 무엇보다 노래를 잘 불렀다. 노래라면 음치에 가까운 나로서는 노래를 잘 부르는 그 친구가 그렇게 부러울 수가 없었다. 그 친구는 집에서 대학생한테 과외를 받았는데, 친구 부모님의 배려로 나도 같이 공부를 했다. 대학생 과외 선생님은 둘을 놓고 열심히 가르치는데, 내 친구는 10분만 지나면 꾸벅꾸벅 졸았고 공부는 나만 하는 날이 태반이었다. 중학교를 졸업한 후, 그 친구를 한 번도 만나지 못했다. 훗날 중학교 동창들을 통해 들었는데, 그 친구는 현재 어느 대학의 생활음악과 교수로 있다고 한다. 한 번 꼭 만나보고 싶다.

부모님과의 영원한 이별

나의 가장 어려운 시기가 중학교 3학년 초기에 찾아왔다. 변두리에서 음식점을 하시던 부모님이 연탄가스 중독으로 함께 돌아가셨다. 학교 수업시간에 선생님이 이 사고 소식을 전해 주셨다. 나는 급작스런 상황에 넋이 나간 채 집으로 달려갔다. 당시 중위 계급으로 비행 훈련을 받던 형님도 부리나케 집으로 왔다.

나는 어려서 부모님 장례를 어떻게 치렀는지 정확히 기억이 나지 않지만, 부모님을 의정부 북쪽에 있는 한 공원묘지에 모셨다. 그때부터 나는 홀로서기를 해야 한다는 독립정신이 강했으며, 공군사관학교에 가겠다는 나의 결심은 더욱 굳어졌다.

중학교 졸업 무렵, 담임 선생님의 적극적인 추천으로 나는 서울고등학교에 시험을 치러 합격했다. 당시는 고교 무시험제 시행 직전이어서 시험을 통해 고등학교에 입학하는 마지막 해였다.

전국의 수재들이 모인 곳이라는 서울고등학교에 입학하고 나니 떨리는 마음은 이루 말할 수가 없었다. 고등학교에 입학해서 3월 첫 월례고사를 치르고 그 다음 날이 되었다. 교실 맨 앞쪽에 큰 그래프 용지가 붙어 있고, 꺾은선 그래프로 성적이 게시되어 있었다. 두근거리는 마음으로 다가가면서 내 번호대를 어림하여 살펴보았다. 불쑥 솟아오른 것이 보였다. 혹시나 하는 마음으로 확인해 보니 3월 첫 월례고사에서 내가 학급 1등을 한 것이다. 수재들 사이에서 자신 없이 출발했던 나의 고등학교 시절은 이렇게 시작되었다. 그리고 오로지 공부뿐이라는 마음으로 공부에 매진했다. 그 결과 학급에서는 항상 1등을 놓치지 않았고, 전교에서도 10등 안팎을 오르내렸다.

1학년 여름방학이 끝나고 과제를 중심으로 치른 시험에서는 전교 1등을 했다. 그 후로는 전교 1, 2등을 겨루게 되었다. 가정 형편이 어렵다는 것을 아신 담임 선생님은 총동창회에서 수여하는 장학금을 추천해 주셔서 전액 장학금을 받는 영예도 안게 되었다.

부모님이 불의의 사고로 돌아가시는 바람에 나는 이모님과 삼촌 댁을 전전하면서 학교에 다녔다. 나에게는 참 힘들었던 시기였다.

서울고등학교 자퇴, 검정고시와의 인연

내 인생에서 두 번째 갈림길은 고등학교 2학년 때 찾아왔다. 무슨 큰 계기가 있었던 것은 아니고 누구나 그 시절 추억의 한 페이지를 장식할 사소한 사건이었다. 청소년의 객기라고 불러도 좋을 듯하다.

어느 날, 평소와 마찬가지로 하교 후에 학교 도서관에서 공부를 하고 있었다. 서울고등학교 도서관은 자리 맡기가 하늘의 별 따기였는데, 그곳에서 3년을 개근하고 서울대학교에 합격하지 못하면

271

바보라고 할 정도로 학생들 간에는 인기가 있는 장소였다.

저녁 시간에 학교 앞 분식집에서 라면을 먹고 잠시 쉬고 있었다. 그때 한 친구가 나에게 다가와 오늘 이화여고에서 발표회가 있는데, 배재고 학생들이 우리 서울고 학생들이 오는 것을 막고 있다는 것이었다. 그래서 2학년 학생들이 단체로 이화여고로 갔다면서 늦었지만 함께 가자고 제안했다. 평소 지기 싫어하는 성격과 불의를 보면 못 참던 나였기에 오기가 발동했다.

"지들이 뭔데 우리 학교 학생들을 막아?"

나도 모르게 오기에 차서 소리쳤다. 나는 그 친구와 함께 이화여고 쪽으로 발걸음을 향했다. 그런데 중간도 가기 전에 우리 학교 학생들이 헐레벌떡 뛰어왔다. 이화여고 부근에서 배재고와 서울고 학생들끼리 패싸움이 벌어져 경찰이 출동하는 바람에 모두 흩어졌다고 했다. 그래서 우리는 일이 싱겁게 끝났다며 아쉬워하고는 학교로 돌아와서 평소처럼 공부를 하고 집으로 갔다.

사건은 그 다음 날 아침에 터졌다. 교실에 도착하니 교무실로 출두하라는 쪽지가 내 책상 위에 있었다. 교무실에는 벌써 많은 친구들이 옹기종기 모여 바닥에 무릎을 꿇고 앉아 있었다.

학생주임 선생님은 어제의 패싸움 주동자를 찾아내려고 애썼다. 사실 나는 누가 패싸움을 주동했는지, 왜 그런 일들이 벌어졌는지 전혀 모른 채 반나절이 지나도록 교무실 바닥에 꿇어 앉아 있었다. 주동자를 색출하려는 선생님의 성화는 점점 심해졌고, 친구들은 모두 자신은 아닌 것처럼 책임을 면하려고만 했다. 그 순간, '그래 동기들을 위해서 내가 나서자.' 하는 생각이 들었다. 어차피 공군사관학교에 가기로 마음먹었고, 잘하면 올해 검정고시를 통해서 1년 먼저 입학할 수도 있겠다고 생각하니 용기가 생겼다.

"애들아, 잘 들어. 이 사건을 빨리 마무리하려면 누군가는 책임져야 하니, 내가 책임지겠다. 함께 책임질 친구 한 명만 더 나와라!"

내 말이 끝나기도 전에 한 친구가 함께 책임지자며 손을 들었다. 그렇게 두 사람은 패싸움의 영문도 모르고는 주동자가 되었고, 학교 측은 당장 등교하지 말라는 처분을 내렸다. 그 친구와 나는 지금도 가장 친한 친구로서 우정을 나누고 있다.

학교를 그만둔 다음 날, 우리는 약속이라도 한 듯 청주행 고속버스에 몸을 실었다. 전국에서 유일하게 남은 검정고시 시험에 응시하기 위해서다. 그날부터 친구와 나는 검정고시 시험 준비에 들어갔다. 검정고시는 일반 대학시험과는 달리 국어, 영어, 수학, 과학 이외에도 음악, 미술, 체육 등의 과목을 실기가 아닌 이론으로 시험을 봐야 했다. 시험까지 남은 열흘 남짓한 기간 동안 거의 하루에 한 과목씩 마스터해 나가야 했다. 지금 생각해 봐도 초인적인 능력을 발휘한 때가 그때가 아닌가 하는 생각이 든다. 그 전까지 악보를 봐도 음도 잘 모르는 까막눈이었는데, 그 기간에 집중적으로 공부해서 문제를 풀 수 있는 정도가 되었다. 또한 우리 역

273

사에 대한 체계적인 지식이 정립된 것도 그 시기였다. 어쨌든 열흘간의 준비를 통해서 우리는 고졸 검정고시에 합격하는 영예를 안게 되었다.

검정고시에 합격한 후 나는 그해 가을, 공군사관학교 시험에 응시했다. 고등학교 3학년 과정을 마치지 않았던 나는 사관학교 시험과목을 집중적으로 공부했다. 다행히 나는 시험에 합격했고, 신체검사와 체력검사 및 면접 등을 남겨 놓은 상태에서 그다지 합격을 걱정하지는 않았다. 그런데 그해 겨울, 신체검사에서 고혈압 판정을 받게 되었다. 믿기지 않아 다음 날 재검을 해 봤지만 역시 혈압은 떨어지지 않았다. 그때까지 혈압 한 번 재 보지 않은 것이 나의 불찰이었다. 결국 나는 공군사관학교 입학을 위해서 1년을 기다려야 했다.

공군사관학교에 들어가기 위해 재수를 하는 동안 군 복무 중인 형님과 함께 살았다. 당시 형님은 사천 공군기지와 김해 기지에서 복무하며 비행 교관 임무를 수행 중이었고, 지금의 형수님과 결혼하여 큰 딸을 막 낳은 상태였다. 함께 사는 1년 동안 큰 조카는 내가 많이 안아 주고 재웠다. 형님이 출근하면 나는 가끔 형수님과 함께 장에 가곤 했는데, 내가 조카를 안고 갔다. 그때 형님과 함께 생활하면서 조종사 세계를 알게 되었고, 알면 알수록 공군사관학교에 꼭 입학해야겠다는 생각이 굳어졌다. 빨간 마후라(머플러)를 두르고 조종복 차림으로 출근하는 형님의 모습에서 나의 훗날을 보는 듯했다. 그렇게 1년의 시간이 흐르고 나는 1976년 공군사관학교에 입학했다.

꿈에 그리던 공군사관학교 입교

사관학교는 정식 입학하기 전에 약 한 달가량의 가입교 기간이 있다. 이는 철부지 고등학교 졸업생을 군인으로 만드는 과정이다. 약 4주간의 훈련을 미 공군사관학교에서는 'Animal Training'이라고 하는데, 그만큼 힘든 훈련이라는 뜻이다.

공군사관학교에 입학한 나는 사실 남다른 감회가 있었다. 내가 중학교 시절부터 꿈꿔 왔던 곳이기도 하지만 형님이 몸담았던 곳이고, 더구나 형님이 수석으로 졸업하면서 대통령상까지 수상했기 때문이다. 남들은 힘들다고 하는 가입교 훈련 기간이 나에게는 그렇게 좋을 수가 없었다. 나만의 공간이 생겼다는 안도감과 공군사관학교라는 조직의 일원이 되었다는 자부심은 남들이 느끼지 못한 나만의 특별한 감정이었으리라.

한 달간의 힘든 가입교 훈련이 끝나고 정식 입교하던 날, 찾아온 형님 내외분과 고등학교 친구들은 나의 변한 모습에 깜짝 놀랐다. 그날 점심시간에 보여 준 나의 왕성한 식욕은 두고두고 친구들의 놀림감이 되었다.

사관학교에서도 공부만큼은 타의 추종을 불허했다. 이미 서울 고등학교에서 학습법을 터득했기 때문에 학과 수업은 자신이 있었다. 문제는 체육과 군사훈련 등 몸으로 해내야 하는 것들인데, 나는 형님에 비해 상대적으로 운동신경이 둔해 체육·구보·하계 군사훈련 등은 참으로 힘든 시간이었다. 그러나 신기하게도 평가 때만 되면 안 되던 기계체조 과목도 마지막 순간에 요령을 터득해 단 한 번의 불합격이나 낙오 없이 통과했다. 정말 신기하고 감사한 일이다.

공군사관학교 재학 시절은 나의 모든 재능을 발휘한 기간이다. 학과에 있어서는 한 학기를 제외하고 모두 우등상을 수상했다. 2학년 때에는 기생회장 생도를 역임하였으며, 3·4학년 때에는 응원 부단장과 단장을 맡아서 삼군사관학교 체육대회의 응원을 리드했다. 그리고 4학년 때는 전 생도를 지휘하는 전대장생도를 지냈고, 졸업식에서는 대통령상을 수상함으로써 사관학교 역사상 최초로 형제가 수석으로 졸업하는 영예를 안게 되었다.

그러나 사관학교 시절이 모든 게 순조로웠던 것만은 아니다. 생도 3학년 때, 신체검사에서 폐결핵 판정을 받았다. 학과 수업을 받는 데는 지장이 없었지만 앞으로의 진로가 걱정이었다. 전투기 조종사를 꿈꾸던 나로서는 청천벽력 같은 일이었다. 전투기 조종사는 완벽한 신체조건을 갖추어야 하는데 폐결핵에 걸렸으니 이제는 불가능할 것 같았다. 방법은 오직 하나, 의사의 지시에 따라 열심히 노력해 몸을 회복시키는 것이다.

당시 나는 자포자기하는 심정으로 가장 친한 이춘우 동기에게 심정을 토로했다.

"난 조종사가 되고 싶지만 결핵에 걸려서 어떻게 될지 모르니 너는 꼭 전투기 조종사가 되어 내 원을 풀어다오. 그 대신 나는 졸업 후 의과대학 위탁교육을 받아서 너를 위한 비행군의관이 되겠다."

그런데 신기하게도 불과 3개월 만에 결핵이 완치되었다. 그리고 삼군사관학교 체육대회에서 응원 부단장으로 활약할 수 있었다.

4학년 하계휴가가 끝나고 학교로 돌아왔다. 사관학교는 8월 하순부터 9월 말까지는 정상적인 학업을 할 수 없다. 10월 1일에 있을 국군의 날 행사와 10월 2일부터 3일간 열리는 삼군사관학교 체육대회를 준비하기 때문이다. 1~3학년 생도는 오전부터 오후까지 여의도 광장에서 국군의 날 행사를 준비하고, 오후에 돌아와 저녁식사 후부터 밤 10시까지는 응원 연습을 했다. 나는 응원단장으로서 응원본부를 이끌고 낮 동안에는 응원동작 연구와 응원 연습을 준비했다.

그 전 해, 삼군사관학교 체육대회에서 해군사관학교가 응원전을 완전히 장악했기 때문에 학교에서는 다른 해보다 더 많은 관심을 가졌다. 보통 체육대회에 참가하는 사관생도들은 빨강, 파랑, 노란색의 수술과 점퍼 등 응원 도구가 가득 들어 있는 여행용 가방을 지참하는데, 당시 해군사관생도들은 말쑥한 흰색 정복에 뒷주머니에 박수판 두 개만 가지고 등장했다. 설마 하는 마음으로 응원을 시작하는데, 아니나 다를까 해군사관학교 응원단에서는 일체 응원 도구를 쓰지 않고 응원단장의 지시에 맞춰 생도들이 움직이며 글씨를 만들면서 박수만 쳤다. 당시 삼군사관학교 체육대회는 KBS, MBC 등 공중파에서 TV 생중계를 할 정도로 인기 있는 행사였기 때문에 해군사관학교의 그런 돌출적(?)인 응원은 센세이션을 일으키기에 충분했다. 어찌 되었건 3학년 때의 삼군사관학교 체육대회는 시원찮은 경기와 해군사관학교의 기발한 응원 덕에 공군사관학교가 주목을 받지 못했다.

문제는 그 다음 해 내가 응원단장으로 리드할 응원이었다. 해군사관학교의 방식을 그대로 벤치마킹할 수도, 그렇다고 기존의 응원방식을 고수할 수도 없는 상황이었다. 그래도 해군사관학교 응원방식에 대해 연구할 필요가 있어 응원본부 참모들에게 연구해보라고 지시했다. 그러나 신통한 방법이 떠오르지 않았다. 400여 명의 응원단으로 글씨를 만드는 것은 컴퓨터가 없었던 당시로는 일일이 수작업으로 해야 하기 때문에 도저히 엄두가 나지 않았다.

마침 삼군사관학교 교환 방문행사가 있었다. 해군사관학교를 방문하게 된 나는 해군사관학교 응원단장을 만나 해사 응원본부를 둘러보았다. 그런데 한쪽 구석에 놓인 기다란 책상이 눈에 띄었다. 그 책상 위에는 바둑판처럼 가로·세로줄이 쳐져 있는 종이판과 바둑돌이 있었는데, 순간 '아! 이것이구나.' 하는 생각이 들었다.

나는 학교로 돌아오는 즉시 응원반 참모들과 함께 응원 대형에 맞는 가로·세로줄 판을 만들고 번호가 적힌 바둑돌을 가지고 글씨를 하나씩 새겨 나갔다. 수작업으로 하면 며칠을 걸려도 어려웠을 것들이 단 30분 만에 만들어졌다. 그리하여 공군사관학교의 응원도 한 단계 업그레이드되었다.

공군 전투기 조종사가 되다

4학년 응원단장으로서 응원을 지도하던 어느 날, 담당 대대장님이 나에게 1차반으로 비행훈련을 가라고 했다. 사관학교 입학할 때부터 고대하던 전투기 조종사의 꿈이 드디어 이루어질 수 있는 기회가 주어진 것이다. 결핵을 앓았던 병력 때문에 혹시 비행훈련을 받지 못할까봐 걱정을 많이 했다.

조종사가 될 수 있다는 생각이 들자 그 동안의 걱정은 순식간에 사라지고 세상을 다 차지한 것처럼 설레고 기뻤다. 그러나 비행훈련은 생각처럼 쉬운 것이 아니었다. 지상 점검, 엔진 시동, 지상 활주, 이륙 등등 수많은 절차를 외고 또 외웠지만 항공기 시동을 거는 순간 그 이후의 모든 절차가 머릿속에서 빠져나가는 것 같았다. "머리가 하얗게 된다."는 말이 이런 거구나 싶었다. 그렇게 비행훈련은 시작되었고, 또 다른 영역에서 나와의 싸움이 시작되었다. 공중 조작과 이착륙이 전부였던 초등 비행훈련이 왜 그렇게 어렵게 느껴졌던지 지금 와서 생각하면 의아하지만 그때는 그랬다. 함께 1차반으로 비행훈련을 받던 나의 가장 친한 동기 이춘우 생도가 마지막 단독 비행을 나가지 못해 결국 조종사가 아닌 다른 길로 가게 된 것도 그때였다.

중등 비행훈련에 입과하니, 이제는 비행기가 프로펠러가 아닌 쌍발의 제트기였다. 배워야 할 비행도 공중 조작과 이착륙은 기본이고 계기비행, 특수비행, 야간비행 등 고난도의 과목들이 줄을 서 있었다. 이착륙만 해도 초등 훈련에서 타던 프로펠러 항공기와는 비교도 되지 않는 빠른 속도의 제트기였다. 조금만 방심하면 활주로 정대가 안 되거나 접근 고도가 높거나 낮아져서 Go-around(복행)를 해야만 했다. 약 30명의 동기들이 한 차반으로 입과했는데, 그중에 한 명이라도 위험한 조작을 한 날이면 어김없이 단체기합을 받았다. 소위 말하는 '줄빠따'인데, 맞은 횟수를 '正' 자로 표시했던 어느 동기생의 모자 챙 안쪽이 '正' 자로 빼곡했던 기억이 난다.

우리는 임관한 이후 중등 비행 과정에 입과했기 때문에 장교 신분이었지만 비행 학생이라는 이유로 장교 숙소에서 살면서 외출이 제한되었다. 마치 생도 시절처럼 주말에 1박 2일 외박을 나가는 것이 고작이었다. 당시 사천에서 서울까지는 고속버스로도

6시간 이상 되는 긴 거리였지만 지금의 아내를 만나기 위해 나는 부지런히 사천과 서울을 오르내렸다.

아내와는 내가 사관생도 2학년 때 처음 만났다. 사관학교 한 해 선배의 여자 친구로부터 소개받았는데, 당시 그녀는 대학교 1학년의 풋풋한 새내기 대학생이었다. 처음 여자를 만나 데이트를 하다 보니 정신줄을 놓고 어리둥절했다. 그녀와 헤어질 때 다음에 만나자는 약속도 못 하고 이름도 정확히 기억하지 못할 정도로 당황했던 것 같다.

이런 우여곡절 끝에 약 1년 정도 교제를 했을 때, 어떤 이유에서인지 우리는 서로 냉각기가 필요하다고 생각했다. 3학년 하계휴가가 끝날 무렵 우리는 당분간 만나지 않기로 했고, 다음 약속을 그해 크리스마스 날로 잡았다. 만약 그날 약속 장소에 나오지 않으면 헤어지겠다는 의미를 암암리에 새기며 우리는 그렇게 돌아섰다.

그리고 5개월, 이 기간은 생각보다 참으로 길게 느껴졌다. 약속한 크리스마스 날이 되었다. 나는 '혹시?' 하는 불안한 마음을 억누르고 용기 내어 약속 장소에 나갔다. 그리고 잠시 후 맑은 미소를 띠고 그녀가 나타났다. 그날 이후 우리는 장래를 약속하는 연인 사이로 발전하기에 이르렀다.

드디어 마지막 고등 비행훈련 과정에 입과했다. 중위로 진급했지만 여전히 조종학생 신분이었기에 행동의 제약은 심했고, 무엇보다 비행 자체가 어려웠다. 고등 비행 과정에서는 복좌의 전투기를 탔기 때문에 이전의 훈련기와는 비교도 되지 않았다. 특히 전투 임무를 대비한 편대비행, 공중 전투기동, 대지 사격훈련 등 전투기 조종사들이 하는 비행 임무를 훈련하기 때문에 매우 어렵고 힘들었다.

특히 어려웠던 과목은 편대비행이었는데, 빠른 전투기로 #1 항공기와 약 1m 간격을 유지하면서 기동을 하는 것은 많은 담력과 기술을 요하는 것이었다. 교관이 조종간을 잡고 편대대형을 유지한 후 나에게 조종간을 넘겨 주면 바로 항공기가 춤을 추기 시작했다. 몇 번을 시도했지만 편대대형을 유지하지 못했다. 다른 과목과는 달리 절차를 숙지하거나 어떤 비행 준비를 요하는 것이 아니고 순전히 조종사의 '감(感)'이 요구되는 과목이기 때문에 더욱 애가 탔다. 그런데 평가를 단 1회 앞두고 편대대행이 유지되는 것이었다. 마치 사관생도 시절 그렇게 안 되던 기계체조가 평가 전날 되던 것처럼 말이다. 아마도 그런 것을 "지성이면 감천"이라 했나 보다.

그렇게 고등 비행을 수료하게 되었고, 나는 꿈에 그리던 파일럿이 되어 수원 전투비행단으로 배속되었다. 약 2년 이상 남쪽 지방에서만 근무하다 수원으로 배속되니 날아갈 것 같은 기분이었다.

비행단에 배속된 지 약 1년 만인 1982년 5월, 아내와 결혼을 했다. 1977년 4월에 만났으니 만난 지 5년 만에 맺어진 결실이었다.

보고 싶은 동기 이춘우

인생은 아무도 알 수 없는 항해라고 하지만 이춘우 동기와의 인연은 더욱 그런 것 같다. 이춘우 동기는 비행훈련에서 탈락하여 조종사가 되지 못하고 일반 특기를 받았다. 다행히 중위 때 서울대학교 의과대학 위탁교육을 받았는데, 내가 결핵에 걸렸을 때 친구에게 한 말이 정반대로 실현되는 듯싶었다.

그런데 공군 조종사로 근무하고 있던 어느 일요일 저녁, 뉴스에서 시외버스가 빗길에 미끄러져 많은 사상자가 발생했다는 보도가 나왔다. 그리고 그 사망자 명단에 그 동기와 부인의 이름이 있는 것이 아닌가! 나는 그길로 대전으로 달려갔고 영안실에 누워 있는 친구의 주검을 확인했다. 나는 믿을 수 없는 사실에 하늘이 무너지는 것 같았고 이내 울음을 터뜨렸다. 평생을 함께하자고 약속한 둘도 없는 친구와 그의 아내를 그렇게 허무하게 보낼 줄이야.

그 친구는 참으로 착했다. 서울에 마땅히 갈 곳이 없는 나를 잘 챙겨 주었고, 외박 때 거의 절반 정도는 그 친구 집에서 잤다. 내가 응원단장이 되었을 때 춘우는 리더반 반장으로서 응원본부를 함께 이끌었다. 그렇게 좋은 둘도 없는 친구를 떠나보내니 내 마음의 쓸쓸함과 그 허무함이란 이루 말할 수가 없었다. 독실한 가톨릭 신자였던 그 친구를 하느님께서 당신이 쓰시기 위해 먼저 불러 갔다고 생각하니, 마음이 좀 위로가 되었지만 친구를 떠나보낸 아픔은 지금도 내 가슴속에 남아 있다.

국가로부터 받은 소중한 혜택

나는 공군 전투기 조종사가 된 이후 참으로 많은 혜택을 군과 국가로부터 받았다. 그 첫 번째 혜택은 내가 한미연합사령부의 참모장이었던 미 공군 중장의 부관으로 선발되면서부터다. 고등 비행 과정의 비행 교관으로 있던 시절에 한미연합사 참모장이었던 John L. Pickett 중장이 나를 전속 부관으로 선택했다. 공군본부에서 3명의 대위급 조종사를 지정, 인터뷰를 했는데 적임자가 없었는지 추가로 나에게까지 기회가 와서 장군님과 인터뷰를 가졌고, 결국 내가 선발되었다. 부관 직책을 수행하면서 대한민국 방위에 있어서 한미연합전력에 의한 연합작전이 얼마나 중요한 것인지를 알게 되었다.

두 번째 혜택은 약 1년 반의 부관 생활을 마친 후 미 공군대학원(Air Force Institute of Technology)의 Systems Management 과정에 위탁교육을 가게 된 것이다. 1985년, 나와 아내 그리고 두 돌 된 딸 민영이와 함께 미국행 비행기에 탑승했다. 미 공군대학원 석사과정은 비행훈련 과정 이상으로 혹된 기간이었다. 15개월간 5개 쿼터 안에 논문 작성까지 마쳐야 했고, 이공계도 아닌 경영학 분야였기 때문에 일부 수학과목도 있었지만 경제, 경영 등 토론과 발표가 주를 이룬 학습이었다. 거기다가 논문 지도교수는 자신의 전공인 통계학에 관한 패키지 개발을 하자고 하면서 연구실과 컴퓨터까지 제공하면서 지도해 주었다. 미군 장교 및 정부 관리들을 대상으로 하는 과정에 외국군 장교도 상당수 있었는데, 15개월 만에 과정을 마치고 귀국한 외국군 장교는 나와 싱가폴의 장교 단 두 명으로 기억된다.

그 기간 중 아내는 원룸에서 차도 없이 딸아이와 단 둘이서 하루 종일을 무료하게 보냈다. 아내가 기다리던 유일한 시간은 일요일 오후 함께 장을 보는 것과 Laundry에서 세탁하는 시간이었는데, 그나마 나는 책을 가지고 가서 세탁하는 시간에도 공부를 했다. 내가 15개월 위탁교육 기간 중 아내를 위해서 한 것은 매 쿼터가 끝나고 주어지는 열흘의 기간 중 근방의 한국군 장교 또는 연구원 가족과 함께 팀을 짜고 계획을 세워서 디즈니 월드와 그랜드 캐니언 등을 여행한 것이 전부였다.

AFIT 기간 중 공식적으로 워싱턴 DC를 방문할 수 있는 기회가 주어졌다. 가족과 함께 간 워싱턴에서 당시 공군 무관이셨던 안 대령님을 만나게 되었다. 내가 연락을 드리지 않았는데도 무관님은 호텔에 오셔서 직접 승용차를 운전해 공관으로 데려갔다. 사모님은 맛있는 저녁을 준비하셨고 무관님의 예쁜 딸은 어린 민영이를 잘 챙겨 주었다. 경제적으로, 또 시간적으로 힘들었던 유학생

신분에서 만나게 된 무관님과 사모님의 모습은 우리 부부에게 커다란 감동으로 밀려왔다. 행복한 집안에서 풍기는 은은한 향기는 그날 밤 우리 부부를 들뜨게 만들었고, 나중에 혹시 기회가 된다면 우리도 워싱턴 DC에서 무관 임무를 한번 수행해 보면 좋겠다는 결론을 내렸다.

힘들었지만 보람된, 미국에서 석사과정을 마친 나는 들뜬 마음으로 고국에 돌아왔다. 하지만 3년간 비행단을 떠난 대가를 혹독하게 치러야 했다. 고참 대위였지만 비행 경력이 일천한 나를 선뜻 받아 주겠다는 비행대대가 없었다. 우여곡절 끝에 비행대대로 복귀하여 비행을 재개했지만 3년의 공백을 메우기가 쉽지는 않았다. 세상은 공평했다. 양지가 있으면 음지가 있는 법, 전투기를 몰아야 할 기간에 부관 생활과 석사과정을 마쳤으니 그것은 응당 치러야 할 대가였다. 나는 후배로부터도 비행을 배우는 자세로 비행대대 생활에 임했다. 그렇게 비행생활에 전념하여 편대장이 되고 비행교관 자격도 획득했다. 그리고 시험비행 조종사까지 되어 비행단 품질관리실장으로 비행단 정비 업무를 감독하고 시험비행도 상당 기간 수행했다. 그 10년간이 나에게는 빨간 마후라로서 원없이 비행을 즐겼던 시기다.

내가 공군 전투기 조종사가 되어 입은 세 번째 혜택은 1995년부터 1996년까지 중령 시절 대통령 비서실에서 근무를 하게 된 것이다. 당시 외교안보 상황에 대한 신속한 대처를 위해서 신설된 외교안보 상황실의 상황반장으로 선발되었다. 청와대 근무 기간 중 삼풍백화점 붕괴, 성수대교 붕괴 등 많은 사건사고를 신속하게 파악하여 보고하고 조치했는데, 그 기간 중 가장 기억에 남는 사건은 북한으로 쌀을 지원하러 가던 돌진호를 회항시킨 일이다. 당시의 기록이 인터넷에는 이렇게 남아 있다.

국제사회에 대한 북측의 수해 지원 요청에 남측이 응답하여 1995년 6월 25일 쌀 2,000톤이 부산항에서 청진항으로 가게 되었다. 그런데 6월 27일 청진항 앞에서 북한 군인들과 도선사가 뱃머리에 강제로 인공기를 걸게 하는 일이 발생했다. 이 사실이 언론에 보도되면서 "퍼주고 뺨맞았다."는 등 여론이 급격히 악화되었고, 결국 정부는 쌀 수송 전면 중단을 선언하기에 이르렀다. 그리곤 이미 29일 마산항을 떠나 북한 영해까지 진입했던 '돌진호'를 우여곡절 끝에 회항시켰다. 일련의 과정을 통해 북측은 사과와 재발 방지 약속이 없으면 쌀 지원을 하지 않겠다는 우리 정부의 입장이 확고하다는 것을 깨닫고, 7월 10일 정금철 당시 협상 대표 명의로 국기를 서로 달지 않기로 한 합의가 청진부대에 잘 전달되지 못해서 일어난 일이라고 사과한다. 그리고 쌀 지원이 재개되어 그해 10월까지 총 15만 톤을 다시 지원하게 된다.

위 기록에 남아 있는 "돌진호를 우여곡절 끝에 회항시켰다."는 부분에는 당시 상황실을 지키던 나와 상황 장교의 노력이 포함된 것이다. 나는 그 공로를 인정받아 그해 12월에 대통령 비서실장 공로상을 수상했다.

내가 군으로부터 받은 네 번째 혜택은 대위 시절 아내와 함께 워싱턴 DC의 한 호텔에서 다짐했던 것을 실현할 수 있게 된 것이다. 2002년 주미대사관의 공군 무관으로 임명된 나는 아내와 함께 17년 전의 다짐을 실천하겠다는 일념으로 많은 군 외교 행사와 대사관 업무에 충실했고, 워싱턴을 찾아오는 선후배님들을 정성껏 모시려고 노력했다. 후일 나는 기억이 나지 않는데도 많은 후배 장교들이 워싱턴에서의 환대에 감사 표시를 하는 것을 보면 건성건성 무관 임무를 수행한 것은 아닌 것 같다.

군인의 영예, 장군으로 진급

2007년 1월, 군인으로서는 더할 나위 없는 영예인 '장군'으로 진급했다. 더구나 내 형님도 장군으로 공군에서 전역했기 때문에 '형제 보라매'에 이어 '형제 장군'의 탄생은 형님과 나에게는 특별한 의미 그 이상이었다.

준장 진급이 되고 처음으로 보임된 곳은 한미연합사령부의 작전계획처장이다. 대위 부관 시절 느꼈던 한미연합작전의 중요성을 직접 담당하는 자리였다. 한미연합사령부의 가장 중요한 임무는 연합작전계획을 보완·발전시키는 것이며, 작전계획대로 한미 연합연습을 시행하는 것이다. 나는 그 임무에 충실했고, 작전계획을 새롭게 만들 때는 미군들과 협의하여 작성한 작전계획을 우리 글로 옮김에 있어서 한 문장 한 문장 심혈을 기울였다. 3주에 걸쳐 주말에도 처원들을 불러내어 한 문장 한 문장 검토하던 것이 엊그제인 양 새롭다.

그해 12월, 나는 전투기 조종사로서 최고의 영예인 비행단장에 보임, 그것도 내 비행생활의 대부분을 보낸 강릉비행단에 보임되었다. 비행단장으로서 나는 조종사들에게 비행은 천직이라는 의식을 심어 주려고 했고, 품질관리실장을 역임했던 비행단장으로서 정비사들을 누구보다 아끼고 격려해 주려고 정성을 기울였다.

공군부대 중에는 격오지로 소문이 나서 오기 꺼려하는 부대를 누구나 오고 싶어 하는 부대로 만드는 데에는 당시 주임원사였던 김재환 원사의 공이 컸다. 그는 1천 명이 넘는 부대 병사 대부분의 이름을 외고 있었고, 특히 갓 배치된 병사의 경우에는 그 부모님의 목소리를 알 정도였다. 그만큼 병사 관리에 철저했고, 자기 임무에 충실한 주임원사였다. 그 덕분일까 내가 비행단장으로 재임하는 중에는 비행사고가 단 한 건도 없었고, 보임된 지 1년 만에 소장으로 진급하는 행운도 얻을 수 있었다.

진급 예고를 받고 비행단을 떠나기 바로 전날, 부관 및 주임원사와 함께 저녁식사를 했다. 그 자리에서 각자의 목표를 말하는 시간을 가졌는데, 주임원사는 공군 주임원사를 하는 것이 자신의 목표라고 했다. 인사참모부장으로 보임된 후 공군 주임원사를 교체하게 되었을 때 참모총장께 적극 건의 드려 김재환 원사를 공군 주임원사로 발탁하기도 했다.

소장으로 진급한 후에는 공군본부 인사참모부장으로 보임되었다. 인사참모부장은 공군의 작전 이외 거의 모든 것을 책임지고 지원해야 하는 자리이다. 인사참모부장으로서 가장 역점을 두고 추진한 것이 비행 사고 방지를 위한 조치였다.

내가 강릉 비행단을 떠나고 1년 조금 지난 후 강릉 비행단에서 대형 비행 사고가 발생했다. 기상이 썩 좋지 않은 상태에서 훈련을 위해 이륙하던 전투기 두 대가 대관령 산 중턱에 충돌하여 조종사 3명이 순직한 것이다. 그 3명 중에는 그 비행대대를 지휘하던 대대장도 포함되어 있어서 더 충격적이었다. 더 큰 문제는 그로부터 3개월 후에 발생했다. 순직한 대대장의 뒤를 이어 취임한 신임 대대장이 이번에는 바다 쪽으로 착륙 접근 중 바다 속으로 들어간 것이다. 공군은 물론 국방부, 심지어 청와대에서까지 문제의 심각성을 인식하고 대책 마련에 분주했다. 문제는 공군이 고질적으로 안고 있던 숙련급 조종사 유출 문제였다. 사관학교 출신 조종사는 15년, 그 이외 출신 조종사는 10년이라는 의무 복무 기간이 법으로 정해 있어서 의무 복무를 마친 조종사는 자신의 의지로 전역을 할 수 있고, 그것을 막을 법적 장치가 없었기 때문이다.

이즈음 많은 국가 예산을 들여 육성한 조종사가 한창 활용할 시기에 전역하는 것을 막아야 한다는 여론이 비등했다. 이 문제를 해결하기 위해서 공군본부에는 특별 대책반이 운영되었고, 각 분야별로 수립된 사고 재발 대책의 핵심에 숙련급 조종사 유출 방지가 있었다. 핵심 사안을 맡게 된 주무 참모로서 이 문제는 반드시 해결하여 공군의 오랜 숙제를 풀어야겠다고 마음속으로 다짐했다.

이 문제를 해결하기 위한 첫 번째 단계로 조종사 유출의 심각성을 일깨워 줄 누군가의 도움이 필요했다. 아무리 공군 내부에서 조종사 유출이 심각하다고 외쳐 봐야 크게 관심 끌지 못하기 때문이다. 그래서 국방부와 KIDA(국방연구원)에 내밀었다. KIDA는 국방에 관한 주요 현안을 연구하고 검토하는 기능을 갖고 있으며 그를 위하여 각 분야에 정통한 박사급 연구위원이 다수 포진해 있다. 그러나 KIDA에 그러한 연구를 의뢰하는 것은 반드시 국방부를 거치도록 되어 있는데, 이미 그해에 수행할 연구과제는 확정되어 KIDA로 지침이 내려간 상태였다. 그래서 부장인 내가 그 업무를 담당하는 후배 장군을 찾아갔다. 그 장군은 비록 군은 달랐지만 조종사 유출 문제의 심각성에 동의하면서 기꺼이 도와주겠다고 했다. 그런 후 KIDA 원장님을 찾아뵙고 공군의 어려운 사정을 말씀드렸다. KIDA 원장님께서도 쾌히 동의하시면서 신속한 지원을 약속하셨고, 드디어 공군의 숙원 과제에 대한 연구가 KIDA에 의하여 시작되었다. 연구를 책임지셨던 김종탁 박사님과 팀원들은 공군부대를 다니시면서 조종사를 면담하고 환경을 분석하는 등 발 빠른 조사를 통해 신속하게 해결책을 제시하셨다.

남은 문제는 이 사실을 어떻게 알리느냐 하는 것이었는데, 국회에 도움을 청하기로 했다. 당시 한나라당 원내대표인 김무성 의원님께 이 문제를 보고 드리고 도움을 청한 결과 의원님은 조종사 유출 문제에 관한 공청회를 직접 주관해 주시겠다고 하셨다. 천군만마를 얻은 기분이었다. 국회의원회관에서 열린 '숙련급 조종사 유출 방지를 위한 공청회'에는 많은 국회의원들이 참석하여 힘을 실어 주셨고, 회의 말미에는 김무성 의원님과 참석했던 공군참모총장 및 공군조종사들이 함께 〈빨간 마후라〉 노래를 힘차게 부르면서 공청회를 마쳤다.

이러한 과정을 통하여 의무 복무를 마친 후에도 계속 복무하는 조종사들에게 특별 복무수당을 신설했고, 지방 근무 조종사들의 가족을 위한 숙소를 여의도에 건립할 수 있는 근거를 마련했으며, 사관학교 출신 이외의 조종사 의무 복무기간을 현행 10년에서 13년으로 늘리도록 법률을 개정하기까지 했다. 또한 비행 사고로 순직한 조종사 유자녀들을 지원하기 위한 기금을 마련하여 '하늘사랑 장학재단'을 설립한 것도 이 무렵이다.

하루는 출장을 마치고 계룡대로 가는 기차에 탑승해 있는데, 광명역에서 탑승하는 인사참모부 군무원을 만났다. 그 군무원은 약간의 취기가 있었는데, 기획재정부 실무자와 조종사 유출 방지를 위한 수당 신설 문제를 협의하고 저녁 시간에 술을 한잔 나누었다고 한다. 그러면서 이런 일 때문에 출장 가고 저녁을 사는 거라면 열 번이라도 할 수 있겠다고 하는 군무원의 말에 진정한 팀워크를 느낄 수 있었다. 숙련급 조종사 유출 방지 대책을 실천에 옮기기 위해 당시 노고를 아끼지 않았던 인사참모부 요원들에게 이 기회를 빌어 재삼 감사드리며, 특히 공군의 오래된 숙제를 해결하는 원동력을 마련해 주신 KIDA의 김종탁 박사님과 조관호 박사님 등께도 무한한 감사를 드린다.

군 생활의 화려한 절정, 중장으로 진급

공군본부 인사참모부장 직책을 마치고 한미연합사 정보참모부장에 보임되었다. 대위 시절 미군 참모장 부관으로 연합사와 인연을 맺은 후 마지막으로 한미연합사의 중책을 맡게 된 것이다. 참모부장이 되고 나니 지금까지와는 달리 미군 사령관에게 직접 보고하는 기회도 자주 갖게 되었다.

지금도 마찬가지이지만 2011~2012년에는 김정일 사망과 김정은으로의 권력 세습, 연평도 포격, 북한 핵 및 미사일 도발 등 정보 분야가 중심이 되어 처리해야 할 긴급 사항들이 줄을 이은 시기였다. 이 기간 중 한미연합 정보체제를 가동하면서 미군과 긴밀한 정보 공유를 했던 것만으로도 책 한 권의 분량이 되겠지만 정보업무의 민감성 등을 고려해서 자세한 이야기는 하지 않기로 한다.

어찌되었건 그간의 공로를 인정받아 2012년 5월에 중장으로 진급했다. 중장으로는 3년간 공군 교육사령관, 참모차장, 공군사관학교장 등 3개 보직을 수행했다.

군 복무의 마지막인 공군사관학교장 시절은 나에게 특별한 의미가 있다. 나를 파일럿으로 키운 모교의 교장이 되었다는 개인적인 이유와 더불어 공군사관학교장 직책을 수행하면서 대한민국 통일의 중요성을 깨우치게 되었기 때문이다.

참모차장직을 수행하던 중 다음 보직이 공군사관학교장이라는 통보를 받은 시기에 통일부 담당관으로부터 '통일정책 최고위 과정'에 입과할 수 있겠느냐는 연락을 받았다. 사관학교장 보임 후 내가 무엇에 역점을 두어야 할까 고민하던 차에 연락을 받은 나는 '통일정책 최고위 과정' 입과와 공군사관학교장으로서 사관생도들과 함께 '통일·안보 비전 프로젝트'를 추진해야겠다고 결심했다.

'통일·안보 비전 프로젝트'는 생도들은 물론 공군사관학교 간부들에게도 통일에 대한 인식을 새롭게 하기 위해서 계획하고 추진한 것이다. 우리나라의 통일에 대하여 고민하고 연구하는 오피니언 리더들을 모셔서 통일을 주제로 워크숍·아카데미·포럼을 개최하였고, 3학년 생도들과 1주일 동안 경주에서 동해안 간성까지 통일을 위한 행군도 하였으며, 통일을 기원하는 음악회를 청주시와 공동으로 개최하기도 했다.

한반도 통일의 그날을 위하여

나는 영광스럽게도 2015년 5월 숱한 고뇌와 회한, 그리고 자긍심이 서려 있는 군문을 나섰다. 내 젊은 청춘과 삶의 영광이 고스란히 남아 있는 공군을 떠나면서 많은 감정이 교차되어 밀려왔다. 국가로부터의 아낌없는 혜택과 사랑을 받았다는 사실에 감격하여 나도 모르게 저절로 눈물이 흘러내렸다.

그렇게 군문을 나선 지 1년이 지났다. 한동안 남은 생을 무엇을 위해 살아야 할 것인지 고민했다. 우선 그 동안 내가 터득한 경험을 토대로 조종사가 되려는 꿈을 지닌 청주대학교 항공운항과 학생들을 가르치고 있다. 그러면서 평생 국가와 군으로부터 무한한 은혜를 입은 군인으로서 보답하는 길은 내가 가장 잘 할 수 있는 일을 하는 것이라는 결론에 도달했다. 그래서 박사과정의 마지막 관문인 논문을 작성 중이다. 주제는 '한반도 통일'이며, 그중에서도 '통일의 효과'에 관해 논문을 쓰고 있다. 공군사관학교장으로서 생도들과 함께 '통일·안보 비전 프로젝트'를 추진하면서 많은 국민들이 통일을 원하지만 통일에 따르는 막대한 비용을 두려워해서 통일에 소극적이라는 것을 알게 된 것이 '통일 비용'과 '통일 편익' 등

'통일의 효과'에 대하여 공부하기 시작하게 된 계기가 되었다.

2차 세계대전이 끝난 후 미국의 국무장관 죠지 마샬은 '마샬 플랜'으로 알려진 '유럽부흥계획'을 수립하고 실천에 옮겼다. 당시 소련은 동부 유럽을 자신의 위성국가로 만들고 점차 서쪽으로 그 영향력을 확대하고 있었다. 마샬은 소련의 영향력으로부터 서부 유럽을 지켜 내지 못한다면 20세기 내에 또다시 세계대전의 참화를 겪게 될 것이라는 우려를 가지고 막대한 미국의 예산을 서부 유럽 16개국 부흥에 투입하는 계획을 추진한 것이다. 그 과정에서 의회의 많은 반대가 있었지만 그 자신의 말에 의하면 '마치 대통령에 출마하려는 사람처럼' 의원들을 설득하고 국민들을 설득하여 결국 마샬 플랜을 실행에 옮겼다.

나는 마샬과 같은 훌륭한 군인도, 위대한 전략가도 아니지만 "우리는 내일의 안전과 평화를 누리기 위해서 오늘을 희생하지 않으면 안 됩니다."라고 강조한 죠지 마샬의 말을 실천에 옮길 수 있도록 나에게 주어진 마지막 임무를 성실히 수행하려 한다.

두 곳의 고등학교 졸업

지난 일들을 돌이켜보니 나는 고등학교를 두 곳이나 졸업한 행운아다. 공군 중령으로 청와대에 신설된 외교안보 상황실의 상황

반장으로 임무를 수행할 때, 서울고등학교 동창회로부터 개교 50
주년을 맞이해 명예 졸업생으로 선정되었다는 연락을 받았다. 비
록 졸업은 못했지만 사회에서 활약하고 있는 동문들을 찾아 명예
졸업장을 수여한다는 것이었다. 그 후, 나는 서울고등학교 동문들
과 자주 사석에서 만나 아무 거리낌 없이 친구로서 잘 지내고 있
다. 또한 검정고시 출신이라는 것이 부끄러울 것이 없다는 문주
현 전국 검정고시 총동문회장의 말에 용기를 얻어 이제는 서울고
등학교 동문 모임과 검정고시 동문 모임을 꼭 같은 비중을 가지고
참석하고 있다.

어차피 고등학교를 중퇴한 것도, 검정고시를 택한 것도 나의 결
정에 의한 것이라면 떳떳하게 받아들이고 부끄럼 없는 삶을 사는
것이 중요하다는 생각을 가지게 되었다. 그래서 나는 공군 장병들
중에 고등학교를 졸업하지 못한 저학력 장병들에게 검정고시를
볼 수 있도록 조처했다. 공군사관학교 강당에서 직접 합격증을 수
여할 때 검정고시인으로서 부끄럼 없이 당당하게 긍지와 자부심
을 갖고 살도록 격려했다. 부끄럽지만 내 삶의 이야기를 쓰는 이
유도 여기에 있다. 검정고시는 나의 목표를 이루게 해준 내 삶의
일부이다.

열정

'은평치과'는 오전 9시 30분 진료가 시작되기도 전에 대기실이 환자들로 가득 찰 때가 많다. 특히 월요일이면 환자들이 장사진을 친다. 이는 임플란트와 틀니가 의료보험 혜택을 받게 된 것과도 연관이 있는 것 같다. 고심 끝에 얼마 전부터 예약을 받지 않고 접수하는 순서에 따라 진료하고 있는데, 이러한 시스템이 자연스럽게 정착됐다. 불광역 대조시장에 자리 잡은 지 15년, 열심히 몸부림치다 보니 어떻게 흘렀는지 모르게 지나간 세월이다. 우리 병원에는 서민층 어르신들이 비교적 많은 편인데, 면면이 가족처럼 느껴진다. 다들 단골이다. 왜 우리 병원에 오시느냐고 물으면 편해서 좋고, 잘해 줘서 좋고, 의술이 좋기 때문이라고 한다. 다른 질환의 경우도 마찬가지겠지만 치아 건강도 예방이 중요하다. 그래서 나는 치아에 관한 기초 지식과 건강 상식을 틈나는 대로 환자들에게 역설하고 지역신문에 칼럼으로 연재하기도 한다. '환자들이 어떻게 하면 부담감을 덜고 편하게 내원할 수 있을까?' 이는 늘 치과의사로서 내가 갖는 화두다.

노력하는 자에게는
눈물이 보석이 된다

열세 살 어린 상주(喪主),
임플란트 명인 100인에 선정되다

이영만(은평치과의원 원장)

통합치과전문임상의
한림대, 성균관의대, 서울대 연수원 외래교수 역임
한국자유총연맹 은평지회장
초이스임플란트 개발 특허
'2015 네오바이오텍 임플란트 명의 100인'에 선정
서울대학교 총동창회 종신이사

색소폰 합주단의 팡파르 속에서

색소폰 합주단의 장중한 연주가 울려 퍼졌다. '뮤직 스와니 빅밴드' 악단의 30여 명 단원이 일찌감치 무대에 자리 잡고 식전 공연을 펼치고 있었다. 2016년 1월 28일은 내가 제10대 한국자유총연맹 은평지회장에 취임하는 날이다. 오후 3시가 되기 전에 은평구청 대강당 은평홀에는 화환이 빼곡하게 들어찼고, 내빈과 구민들이 좌석이 부족할 정도로 모여들었다. 난과 화환이 100여 개나 되었고, 참석 인원은 700여 명을 넘어선 것 같다. 구청 관계자들은 은평홀이 생긴 이래 이렇게 많은 축하 화환이 들어오고 축하객이 운집한 것은 처음 있는 일이라고 했다. 행사장에 입장하면서 나 자신도 어안이 벙벙할 정도로 깜짝 놀랐다. 아내도, 어머니도 놀라기는 마찬가지였다. 어머니는 내게 귓속말로 속삭이셨다.

"아들아, 밤낮없이 열심히 살더니 이런 날도 있구나!"

오후 3시 정각, 국민의례를 시작으로 취임식이 거행되었다. 나는 한국자유총연맹 총재의 임명장을 받은 후 연맹기를 좌우로 힘껏 흔들었다. 우레와 같은 박수 소리가 식장에 울려 퍼졌다.

"여러 모로 부족한 사람이 참으로 큰 중책을 맡게 되었습니다. 책임의 막중함을 느끼며 걱정이 앞서기도 합니다. 그러나 회원 동지 여러분께서 지금처럼 격려와 성원을 보내 주시고 함께해 주신다면 저는 앞으로 3년의 임기 동안 최선을 다하겠습니다."

나는 이날 취임사를 통해 조직을 미래 지향적으로 활성화시키고 자유수호사업을 적극적으로 펼치며, 지역사회 발전과 사회통합을 위해 최선을 다하겠다는 각오를 밝혔다. 또한 북한의 권력세습 집단이 제4차 핵실험을 강행하여 세계와 우리를 경악케 할수록 안보의식을 드높이고 대한민국 헌법의 가치와 체제를 수호하기 위한 운동에 앞장서자고 강조했다. 아울러 탈북민의 정착을 돕고 소외된 이웃과 함께하며 은혜롭고 평화로운 은평구 만들기에도 적극 동참함으로써 지회 활동의 지평선을 넓혀 나가겠다고 말했다.

나는 취임식 이후 곧바로 은평지회 산하 조직을 점검하고 몇 곳은 새롭게 결성함으로써 16개 동 조직을 재정비했다. 살아 있는 조직을 구축하기 위해서는 적극적인 행동을 보여 주는 것이 중요하다고 생각했다. 나는 아무리 바쁘더라도 중앙과 지회에서 개최하는 캠페인과 강연회를 비롯한 각종 행사에는 회원들을 독려하며 적극적으로 참여하고자 했다.

다양한 봉사활동을 펼치며

7월 4일에는 청와대 영빈관에서 박근혜 대통령을 예방하고 '한국자유총연맹 회장단과의 대화' 행사에 참석했다. 대통령을 접견하고 오찬을 나누는 자리였는데, 나로서는 그야말로 가문의 영광이었다. 최선을 다해 열심히 살다 보니 여기까지 왔구나 싶어 감회가 새로웠다. 이날 행사는 한국자유총연맹 창립 62주년을 맞아 국민대통합에 앞장서고 있는 회장단과의 면담을 통해 연맹의 역할을 조명하고 앞으로의 비전을 새롭게 하며, 회원들의 사기를 진작하고자 마련되었다.

서두에 이런 이야기를 꺼내는 까닭은 시민 단체의 지역회장이 엄청난 감투나 명예라고 여겨서라기보다는, 나의 삶의 단면을 보여 주는 최근의 한 예로서 내가 그간 추구해온 신념이 또 하나의 결실을 맺었다는 생각이 들었기 때문이다.

주위 사람들은 한국자유총연맹 은평지회장 취임식을 바라보면서 "이 원장이 아마도 국회의원이나 구청장에 출마하려나 보다."라고 평하기도 했다. 또 출마하기만 하면 따 놓은 당상이라고 엄지손가락을 치켜세우는 사람도 꽤나 있었다. 사실 문득문득 그러한 유혹을 느끼는 것도 사실이다. 그래서였을까? 지난 국회의원 총선 때는 참으로 곤혹스럽기도 했다. 이 당, 저 당에서 도와달라는 부탁이 끊이지를 않았다. 나의 인맥이 선거판 표심에 중요한 역할을 할 수 있다고 생각했던 것이다. 그러나 나는 엄정 중립의 입장을 취하기로 맘을 굳게 먹었다. 선거법상 추호라도 저촉되고 싶지 않았고, 그것이 내가 취할 마땅한 도리라고 생각했다.

나는 어디까지나 사람과의 친교가 소중하다는 것, 내가 살고 있는 동네에 무엇인가 봉사하며 기여해야 한다는 것을 상식적인 기본으로 여긴다. 그 이상 정치적인 행보는 삼가야 한다고 선을 그었다. 치과의사로서 은평경찰발전위원장을 비롯한 직책을 여러 개 가지고 봉사활동을 펼치는 나에 대해 지인들은 "사람이 수더분하고 친근한 게 진국이다. 권위적인 데가 한 구석도 없다."고 평했다. 이것이 나의 장점이라면 그 이상을 넘어서지 말자는 것이 나의 생각이다. 돌이켜보면 15년 전, 은평구 불광동에 치과를 개원한 이래 지역사회의 여러 단체에 관여하면서 그야말로 눈코 뜰 새 없이 바쁜 나날을 보냈다.

'지행합일(知行合一)'의 좌우명으로

'은평치과'에 들어서면서 환자들이 약간 놀라는 표정이다. 이유는 대기실 벽을 빈 틈 없이 채우고 있는 각종 감사패와 공로패, 표창장 그리고 임명장, 위촉장 때문이다. 이는 내가 살아온 삶의 궤적을 있는 그대로 보여 주는 증거물들이라고 할 수 있는데, 환자

303

들이 나를 가리켜 "자랑스러운 우리 원장님"이라고 부르는 까닭이 이것과도 연관이 있지 않을까 싶다. 오전 9시 30분부터 오후 7시까지 매일 100여 명의 환자를 치료해야 하는 숨 가쁜 일정 속에서 어떻게 이런 대사회적 봉사활동을 전개할 수 있었는지 돌이켜보면 나 자신도 신기할 정도다. 어쩌면 늘 가슴속에 간직해 온 좌우명 '지행합일(知行合一)'이 생활 속에서 자연스럽게 실천으로 나타난 결과이리라.

그간 나는 은평적십자사 사업발전위원회·장애인 치과 진료를 위한 해피 프렌즈 네트워크·은평사랑재능나눔봉사단·보물섬지역아동센터·독도수호국민연합·재경향우회·아동안전보호협의회 등에 관여해 왔으며, 현재 서울대 총동창회 종신이사·은평구장애인체육회 이사·연신중학교 운영위원장·은평청소년육성회 고문·은평생활안전협의회 고문·대은초등학교 교의·경찰청 집회시위 자문위원회 위원·은평구민장학재단 이사 등의 직책을 맡아 봉사 차원에서 활동하고 있다.

(사)전주 이씨 대동종약원 서울특별시지원장으로부터 받은 표창장도 내게는 의미가 있다. 전주 이씨 덕원군 20대 손으로서 조상을 기리는 마음으로 문중에 기여한 데 대한 상이기 때문이다.

여러 봉사활동 중 내가 많은 시간을 할애한 소임은 은평경찰서 경찰발전위원회 위원장이다. 경찰발전위원회는 경찰관서의 치안정책 수립과 행정업무 발전에 도움이 되는 내용을 발굴·제공하는 행정분과위원회, 청소년을 대상으로 불법 영업이나 가혹·착취 행위 등을 적발·선도하고 주민의 불편·요망 사항을 제보하는 선도분과위원회, 경찰관의 불법·부조리·불친절 행위를 시정하는 청문분과위원회 등 3개 분과위원회로 구성되어 있는데, 위원들은 지역사회에서 신망이 높은 모범적인 유지들로 30여 명이 위촉된다. 나는 이러한 은평경찰발전위원회의 위원장으로 6년간 활동해왔으며, 동시에 31개 서울지방경찰청 경찰발전위원회 위원장 모임의 사무총장 겸 수석부회장직을 맡아 나름대로 최선을 다해 왔다. 돌이켜보면 자랑스럽고 보람찬 경험이었다고 생각한다. 몸은 힘들어도 '은혜롭고 평화로운 은평구' 발전에 일조한다는 자긍심을 가질 수 있었기 때문이다. 나는 기꺼이, 즐거이 이러한 일들을 감당해 왔고 앞으로도 그러할 것이다.

문화예술에 대한 욕구

봉사활동 말고도 내가 관여하는 문화적 활동 영역이 있다. 2014년 4월 7일 은평문화예술회관에서는 《은평타임즈》가 주최하고 은평구청과 은평구의회가 후원하는 '제11회 신춘은평휘호대회'가 열렸다. 나는 이 행사를 주관하는 운영위원장을 맡아 대회사를 했다.

"『서경(書經)』'홍범편(洪範篇)'에는 오복(五福) 중 네 번째를 '유호덕(攸好德)'이라 하여 덕을 좋아하며 즐겨 덕을 행하는 것을 선비의 덕목으로 삼았습니다. 이번 휘호대회가 참여한 모든 분들께 이 시대의 선비로서 덕과 복을 가꾸는 장이 되길 기대합니다."

나는 재작년에 이어 올해 13회까지 3년간 신춘은평휘호대회 운영위원장을 맡았고, 연신내 물빛공원에서 열린 '한국트로트 배호 가요제'에서도 축사를 했다.

나의 손재주는 아버지를 닮은 덕인지 모르겠다. 치과의사의 정교한 작업도 실은 손재주와 연관이 있다. 바리스타 2급 자격증도 따고, 그림에도 취미가 있어 2013년 6월 인사 아트센터에서 열린 '제1회 치의미전' 공모전에서는 회화부문에 〈밝은 미소, 건강한 치아〉(50F, 유화)로 입선, 제2회에서는 사진으로 입선했다. 또 도자기나 골동품, 미술품에도 관심이 많다 보니 KBS TV 〈진품명품〉에 출연하기도 했다. 이렇게 활동하는 걸 보면 아마도 내 속에 잠재한 문화예술에 대한 끼가 때때로 분출하기 때문인 것 같다.

아무튼 두루두루 사람 만나는 것을 좋아하고 일 벌이는 것을 겁내지 않는 내 성격이 일인다역(一人多役)의 삶을 만들어 간다는 생각이다. 이렇다 보니 후배 결혼식 주례 서는 일도 마다하지 않게 되었다. 꽃다운 신랑신부에게 축복을 빌어 주는 자리에 서고 보니, 이제 내 나이가 많지도 않지만 결코 적지도 않구나 싶다. 감당해야 할 사회적 역할과 책임이 연륜만큼 무거워졌다는 자각이 든다.

가마솥 걸고

올해 6월에는 한국자유총연맹 은평구지회 단합 친목대회를 열었다. 경기도 고양시 덕양구 신원동에 위치한 나의 농장에 16개 동 회장을 비롯하여 회원 250여 명이 모였다. 수목이 울창한 숲속에 무대와 객석을 만들었다. 가마솥을 걸고 돼지 세 마리를 삶아 푸짐한 먹거리와 막걸리를 준비했다. 10년 전 이곳에 농장과 산을 매입하면서부터 내 머릿속에 구상했던 모임이 비로소 이뤄지는 느낌이 들었다.

'뮤직 스와니 빅밴드' 악단의 색소폰 연주에 따라 노래자랑이 흥겹게 펼쳐졌다. 나도 노래 한 곡을 불렀다. 자타가 공인하는 애창곡 〈안동역에서〉이다. 이 노래를 부를 때마다 가수 뺨친다, 가수로 데뷔해도 되겠다는 분에 넘치는 칭찬을 듣는다. 모처럼 치과 진료실에서 해방되다 보니 심신의 긴장과 스트레스가 풀리는 듯하다. 회원들과 함께 막걸리 잔을 들고 유쾌하게 건배사를 외치고 나니 시원한 바람을 타고 시구가 떠올랐다.

그리 높지도 낮지도 않은
산 중턱에서 발길을 멈춘다
느긋한 너럭바위가 따뜻해지는 시간
그리 빠르지도 느리지도 않은

유월의 햇살 속에서 눈을 감는다

살아 있는 듯 속삭이는 잎새
눈동자처럼 반짝이는 열매
깊은 잠에 취한 고목 옆에서
새싹 올리는 줄기들의 가쁜 숨소리
뿌리의 정적과 솟구치는 아우성이 뒤섞일 때
그 경계선에서 뒤돌아보는 아득한 꿈길

살아온 길이 살아갈 길을 넘어선
그리 길지도 짧지도 않은 삶의 중턱
그 비탈길 위에 빛바람 불어와
또다시 벅찬 꽃망울 터지고 있다.
— 졸시 〈삶의 중턱에서〉

'이〔齒〕'가 자식보다 낫다

예로부터 우리나라 사람들은 가장 행복한 삶을 지칭할 때 "오
복(五福)을 갖추었다."라고 했다. 그래서 새로 집을 짓고 상량(上
梁)할 때 대들보에 연월일시를 쓰고 그 밑에 "하늘의 세 가지 빛에

응하여 인간 세계엔 오복을 갖춘다(應天上之三光備人間之五福)."
라고 쓰는 것이 전통적인 관례가 되었다.

오복은 오래 살고(壽) 재물이 풍족하며(富) 건강하고(康寧) 복을
지으며(攸好德) 편하게 천수를 누리다 생을 마치는 것(考終命)인
데, 여기에 치아 건강과 부부 해로, 인복(人福)을 넣기도 한다.

치아가 얼마나 소중한지 이가 아파 먹지도 못하고 말하기도 힘
든 고통을 당해 본 사람은 알 것이다. 오죽하면 "이가 자식보다 낫
다.", "앓던 이 빠진 것 같다."는 속담이 있을까. 그런데도 사람들
은 '치과' 하면 겁부터 낸다. 아파서 무섭고 비싼 치료비가 겁나서
치과 가는 것을 주저하게 된다고 한다. 원초적 본능과 생명 현상을
생각하면 치아 건강이야말로 단연 오복 중의 하나가 아닐 수 없다.

오복 중에 사람들의 '치복(齒福)'을 관리하는 직업이 바로 치과
의사이다. 치과환자에게는 치과의사가 바로 구세주처럼 느껴질
수밖에 없다. 그래서 나는 늘 스스로에게 주문을 건다.

'나는 구세주 같은 치과의사다. 나는 치복(齒福)을 주는 치과의
사다.'

사실 온종일 환자의 입을 들여다보며 진료하는 치과의사의 일
과는 그 스트레스가 매우 크다. 좋아서 하지 않는다면 화병에 걸
릴 수도 있는 직업이 바로 치과의사다. 그래서 나는 일찌감치 나
의 직업을 하늘이 부여한 소명이자 천직(天職, calling)으로 받아들
였다. 『중용(中庸)』 제25장에는 이를 뒷받침하는 내용이 있다.

성(誠)이란 것은 스스로 이루는 것이요, 도(道)라는 것은 스스로 가는 길이다. 성이라는 것은 사물(事物)의 처음과 끝으로서, 성(誠)하지 않으면 사물이 있을 수 없다. 그러므로 군자는 성을 귀하게 여긴다(誠者自成也而道自道也. 誠者物之終始不誠無物. 是故君子誠之爲貴.).

지금까지 치과의사로서 이런 소신을 가지고 연구, 개척하며 봉사해 온 나의 삶을 돌아보면 "하늘은 스스로 돕는 자를 돕는다."라는 말을 실감한다. 주위에서는 나를 두고 오복 이상의 복을 받은 사람이라고 말한다. 사람들의 치복(齒福)을 관리하는 의사로서 일복〔事福〕·인복(人福)·처복(妻福)·문복(文福)·건강복(健康福)·복 짓는 복(유호덕(攸好德))·부복(富福)을 받았고, 치과의사와 치위생사가 되겠다는 아들딸까지 두어 자식복(子息福)까지 받았으니, 성경에 "우리가 알거니와 하나님을 사랑하는 자, 곧 그 뜻대로 부르심을 입은 자들에게는 모든 것이 합력하여 선을 이루느니라. (로마서 8 : 28)"라고 한 말씀이 내게 합당하다는 것이다.

신기술 '초이스 임플란트 시스템(CIS)' 특허

끊임없이 진보하는 의학계에서 쉼 없이 신기술을 연구하고 자격증을 터득하지 않으면 안 되는 것은 치과 분야도 마찬가지다. 나는 한림대 의과대학에서 「금은화 추출물이 구취 제거 및 치주 조직에 서식하는 세균에 대한 항균 작용에 미치는 영향에 관한 연구」로 박사학위를 받았다. 원인도 다양하고 근본적인 치료법도 나와 있지 않기 때문에 많은 사람들이 심리적인 부담감과 함께 사회생활에 불편함을 겪는 것이 바로 구취 문제이다. 이 논문은 구강세정제, 구취제거제를 개발하기 위한 방법론을 연구한 논문인데, 전문적인 연구 분야라 일반인들은 봐도 이해하기 어렵다.

모든 학문이 그렇겠지만 치의학 분야 역시 박사학위를 땄다고 공부가 끝나는 것은 결코 아니다. 단골 환자들이 어쩌다 원장실에 들어와서 헤아릴 수 없을 정도로 걸린 각종 학술세미나 참가 명찰을 보고는 입이 딱 벌어진다. 병원 개원했으면 됐고, 환자들 많으면 됐지 바쁘게 사는 사람이 어떻게 저렇게 공부하러 다니느냐는 것이다. 나는 의사로서의 자질과 품격을 지켜 나가기 위해서는 이런 지속적인 학구열과 열정이 있어야 한다고 생각한다.

나는 기회만 있으면 전공과 관련된 공부를 이어 가며 자격증을 취득했다. 그간 미국 컬럼비아 치과대학 보철임플란트학과와 서울대 치과병원 턱교정외과를 수료했으며, 통합치과 전문 임상의·대한치과 임플란트학회 인증의·대한치과 턱관절학회 인정의 자격증을 취득했다. 그리고 대한치과 보철학회 우수보철의사, 대한구강악안면임플란트학회 우수회원으로 선정되기도 했다.

또한 기회가 되는 대로 강단에 서서 열과 성을 다해 배운 것을 전수하는 노력도 기울였다. 혜전대학교 치기공과 강의교수·경북대학교 치위생과 겸임교수·서울대학교 치과대학 연수원 외래교원을 역임했으며, 현재 한림대학교 임상치의학 대학원 외래교수·성균관대학교 의과대학 외래조교수로 강의하고 있다.

나에게는 서울대학교 23대 총동창회 이사를 역임하며 동창회 발전에 기여한 공로로 총동창회의 종신이사로 등재된 것도 뜻깊은 일이며, 현재 지역사회에서 은평구치과의사회 법제이사로서도 활약하고 있는 것도 보람찬 일이다.

내가 치과의사로서 가장 열정을 쏟는 곳 중 하나는 학문적인 연구와 교류를 위한 단체 'CIS 임플란트연구회'이다. 이 모임은 CIS 임플란트의 임상적인 연구뿐 아니라 임플란트와 관계되는 기초연구를 통해서 임플란트의 기능적, 생물학적 수준을 끊임없이 높여 가고 임플란트의 질을 개선하며 실제적인 시술에 대한 방법적 기준을 마련함으로써 임플란트의 유지 및 후유증 관리에 대한 학문적, 임상적 방법을 제고하는 데 그 목적을 두고 있다.

이러한 연구 활동을 통해 2013년 '초이스 임플란트 시스템(CIS)'으로서 '응력분산형 임플란트 고정체'에 대한 발명 특허(제10-1327655호)를 획득한 것은 노력과 집념, 그리고 추진력이 만들어낸 귀중한 성과라고 할 수 있다. 임플란트 고정 기술을 진일보시킨 이 특허기술 제품은 약한 골절에 식립할 때 응력분산 효과가 있으며, 초기 고정을 확실하게 지지해 주고, 발치나 골 결손 시 연조직 증식을 차단하는 효과가 있다. 동료 의사들로부터 임플란트에 날개를 달아 주었다는 평가를 받았고 그 성취감도 컸다.

2014년 11월 23일에 열린 제4회 서울대학교 임상치의학 학술세미나에서는 내가 선보인 발명특허품 '초이스 임플란트'가 주목을 받았다. 나는 '라이프 덴토메디칼' 회사를 설립하여 전국 치과병원에 초이스 임플란트를 공급하고 있으며, 앞으로는 대량 생산하여 중국과 동남아에 수출할 계획도 가지고 있다. 나의 이 구상은 돈을 벌기보다는 질 좋은 임플란트를 공급하자는 데 그 목적이 있다. 또 후속 모델도 준비 중이라는 설명에 많은 분들이 격려를 아끼지 않았다. 이 자리에는 계용신 서울대 치과대학 연수원 총동창회장, 홍예표 전 회장, 박기성 학술이사, 이영준·이승호 이사 등 임원을 비롯한 많은 동문들이 참석, 깊은 관심을 보여 주었다. 이날 계용신 회장으로부터 학술세미나 개최에 기여한 데 대한 감사장을 받기도 했다.

'임플란트 명의 100인'에 선정, 메디컬센터 빌딩을 세우다

'서민에게 문턱이 낮은 편안한 병원'으로 소문난 은평치과는 오전 9시 30분 진료가 시작되기도 전에 대기실이 환자들로 가득 찰 때가 많다. 특히 월요일이면 환자들이 장사진을 친다. 이는 임플란트와 틀니가 이제 의료보험 혜택을 받게 된 영향도 있는 것 같다. 고심 끝에 얼마 전부터는 예약을 받지 않고 접수하는 순서에 따라 진료하고 있는데, 이 시스템이 자연스럽게 정착되었다. 불광역 대조시장에 자리 잡은 지 15년, 열심히 몸부림치다 보니 어떻게 흘렀는지 모르게 지나간 세월이다.

우리 병원에는 서민층의 어르신들이 비교적 많은 편인데 면면이 가족처럼 느껴진다. 다들 단골이시다. 이분들께 왜 우리 병원에 오시느냐고 물으면 편해서 좋고, 잘해 줘서 좋고, 의술이 좋기 때문이라고 한다. 다른 질환의 경우도 마찬가지겠지만, 치아 건강도 예방이 중요하다. 그래서 나는 치아에 관한 기초 지식과 건강 상식을 틈나는 대로 환자들에게 역설하고 지역신문에 칼럼으로 연재하기도 한다. '환자들이 어떻게 하면 부담감을 덜고 편안하게 내원할 수 있을까?' 이는 늘 치과의사로서 내가 갖는 화두다.

오늘의 은평치과는 나 혼자만의 노력으로 이루어진 것이 아니다. 병원 문을 열고 들어서면 제일 먼저 대기실 카운터에서 환자들을 맞아주는 푸근한 미소의 상담실장 남현순은 바로 나의 아내다. 병원 살림살이의 총책이기도 한 아내는 고객 환자들의 병력은 물론 집안 사정까지 두루 꿰고 있는 정보통으로, 환자의 대모 역(代母役)을 한다. 아내와 결혼할 당시 장인어른은 호랑이 두 마리가 높은 산에서 포개어 자는 꿈을 꾸었다며 둘이 잘 살 것이라고 하셨다. 사람들이 우리 부부를 "부창부수(夫唱婦隨), 찰떡궁합"이라고 하는 걸 보면 아무래도 그때 그 꿈이 맞는 것 같다. 호흡이 척척 맞는 12명의 치위생사와 기공사의 잽싼 발걸음과 손놀림도 우리 은평치과의 일등공신이다.

병원을 내원한 사람들은 병원 분위기가 편하고 부드럽다고 말한다. 은평치과를 방문했던 한 시인이 시를 써서 보내왔다.

소문으로 알고는 있었다

거기 가면 이빨이 편케 된다는 것을.

영혼마저 질식시킬 듯한

지독한 치통을 누가 끝내줄꼬 하니

배고파도 씹어 삼킬 수 없는

서러운 고통을 누가 풀어줄꼬 하니

연신내역에서 내리는 어르신이

씰쭉 웃으며 가리킨다.

녹번역에서 전철 타는 꼬맹이가

방글거리며 가리킨다.

불광역 대조시장에 가면

아들 같고 아빠 같은

히포크라테스 박사의 정겨운 눈길과 자상한 손길을 만나

웃을 수 있다고.

그렇지, 아무리 살림살이 빽빽해도

이빨만은 수호해야지.

찾아보니 시장통 한가운데 문턱 없이

자리 잡은 은평치과라.

일찌감치 은혜롭고 평화로운

은평 동네의 사랑방이 되었나

아홉 시 반 땡 하고 문 열자마자

대기실이 빼곡히 차는구나.

눈치코치 척척 열두 명 간호사 기공사들 발 빠르고

총각 같은 원장박사 이마에 땀방울 맺히는데

듬직한 상담실장역 부인의

교통정리 솜씨가 노련하다.

이토록 사계절 하루같이 바쁜 와중에

무슨 감사패며 공로패며 표창장을

이리도 많이 받았노?

물으니, 단골들 이구동성 외친다.

노블레스 오블리주라고

이 양반 최고 박사여, 우리 동네 진짜 스타여!

물으니, 이 박사 답한다.

어린 날 꿈에도 소원인 치과의사 의학박사

죽자 사자 이뤘더니 눈물도 보석이 되더라고!

이제 환자마다 부모 자녀 같아서

바빠 제 때 밥 못 먹어도 배고픈 줄 모르겠노라고!

아, 수더분한 몸짓에

히포크라테스의 양심과 품격으로 우뚝 선

은평 동네의 자상한 주치의여!

내게도 튼튼한 이빨 하나 심어 주시오!

— 〈은평 동네의 자상한 주치의여!〉, 김산경

올해 7월 1일부터는 그간 70세 이상에 적용되었던 임플란트와 틀니 보험 적용 기준이 65세로 확대 적용되었다. 참 다행스러운 일이다. 시술이 절실하면서도 비용 때문에 망설이거나 결국 포기하는 환자들을 볼 때마다 얼마나 안타까웠는지 모른다. 우리 삶에서 씹는 즐거움, 잘 먹을 수 있는 기쁨을 빼면 무슨 즐거움이 있겠는가.

그런데 병원 진료 임상 경험상 임플란트 1~2개로 해결되는 경우는 거의 없다. 더 많은 식립을 필요로 하는 사례가 많기 때문에 평생 2개밖에 보험 혜택을 받을 수 없다는 사실이 조금 아쉽다. 또 50%의 비용도 여전히 부담스러워한다는 것, 연령대도 제한적일 수밖에 없다는 것 등도 아쉬운 점이다. 이왕이면 본인 부담금을 더 낮춰 저소득층을 포함해 더 많은 분들이 혜택을 볼 수 있는 과감한 치아복지 정책이었더라면 좋았겠다 싶다.

일전에 임플란트를 끝낸 단골 어르신이 내 손을 꼭 잡고는 "이제 살맛 난다."며 함박웃음을 지었다. 치아 건강은 삶의 질, 행복지수를 향상시키는 데 직결된다. 그만큼 우리 삶에 있어서 치아건강이 미치는 영향이 크다는 의미이다.

2013년 10월 불광역 인근 요지에 7층 규모의 '메디컬센터' 빌딩을 세워 오픈했다. 나는 이 빌딩이 나의 꿈과 집념이 담긴 또 하나의 '복(福)의 결정체'라고 믿는다. 여기에는 내가 단지 치과의사로만 머물지 않고 지역사회 발전을 기원하며 봉사활동을 해온 불면의 기록이 공든 탑처럼 농축되어 있기 때문이다. 나는 지역사회에서 받은 복을 지역주민을 위해 환원하는 것이 마땅하다고 생각한다. 이 빌딩에 장학재단 사무실을 두어 학습 지원도 하고 어려운 이웃과 음식도 나누겠다는 청사진도 이러한 생각의 발로에서다. 나를 가까이에서 지켜본 지인들은 나의 활동상을 '보람차고 건강한 삶의 롤모델'이라고 과찬하기도 한다. 최근에 나는 '대한민국 임플란트 명의 100인'에 선정되었다. 참으로 기쁘다.

열세 살의 상주(喪主) 그리고 검정고시

나의 고향은 전북 완주군 화산면 화월리이다. 전주 이씨 아버지(기창)와 광주 이씨 어머니(정순)의 3남 1녀 중 차남으로 태어났다. 어린 시절의 나는 동네가 시끄러울 정도로 개구쟁이 짓을 하고 다니며 '골목대장', '꼬마대장' 소리를 들었다. 그렇게 놀기를 좋아하여 또래들과 몰려다니다가 집에 돌아오면 아버지의 호된 회초리 세례를 받기가 일쑤였다.

아버지는 손재주가 좋아 가야금이며 기타, 피리를 비롯하여 갖가지 장난감을 만들어 주실 정도로 다감한 면도 있었지만, 공부에 관한 한 엄격하기 그지없었다. 그러나 그렇게 맞고 혼나면서도 나의 실력은 그리 향상되지 못했다. 돌이켜 생각해 보면 아버지는 아들에 대한 큰 기대와 소망을 가지셨던 것 같다. 아마 '개천에서 용 나는 식'으로 판검사가 되기를 바라셨던 건 아닐까?

나는 집안 내력을 어렴풋하게나마 기억하고 있다. 아버지 고향은 전북 진안군 용담면 송풍리이다. 용담댐이 들어서면서 수몰된 곳인데, 당시 할아버지는 양조장을 운영하면서 제법 여유 있는 집안을 꾸려 가셨다. 그런데 친척 간에 벌어진 송사에서 지는 바람에 집안이 망하다시피 하고 큰아버지도 돌아가시는 사건이 터졌다. 이 일로 18세에 고향을 떠난 아버지는 화산에 정착, 어머니를 만나 가정을 꾸렸다.

아버지의 가슴속에는, 언젠가는 자가용 몰고 금의환향하여 고향사람들에게 성공한 모습을 보여 주겠노라는 꿈이 있었을 것이다. 재판에 져서 망한 집안을 자식 훌륭하게 키워 다시 일으켜 세

왔다고 자랑하고픈 한스러운 염원 같은 것 말이다. 당시의 어린 내가 어찌 아버지의 그 속마음을 알았으랴. 게다가 그런 아버지를 그렇게 일찍 여의리라고는 꿈에도 생각하지 못했다.

초등학교 6학년 무렵, 열세 살 되던 해 어느 날이었다. 아버지는 외갓집 동네 모종으로 놀러 가서 친구와 함께 노시다가 정자에서 주무셨다. 그 다음 날 아침 일찍 아버지의 친구라는 분이 우리 집에 찾아오셨다. 그리고 아버지가 계시는 곳을 알려 주고는 모셔 오라고 했다. 나는 아무 생각 없이 휘파람까지 불며 즐거운 마음으로 아버지를 찾아갔다. 아버지는 윗옷을 다 벗은 알몸으로 누운 채 주무시고 있었다.

"아버지, 일어나세요! 집으로 가셔야죠."

나는 아버지를 흔들며 소리쳤다. 그런데 아버지는 깊은 잠에 빠져 미동조차 없었다. 마침 근처 물레방앗간에서 물꼬를 보고 계시는 외할아버지한테 달려갔다.

"할아버지, 아버지가 깨워도 안 일어나세요!"

할아버지는 황급히 달려와 아버지를 일으키며 크게 소리쳤다.

"어이, 여보게 명주(어릴 적 이름)! 일어나게나."

이상하게도 일으켜 세운 아버지의 몸이 뻣뻣했다. 할아버지는 흐려지는 눈빛으로 내게 말했다.

"영만아, 네 아버지 죽었다."

아버지는 42세의 젊은 나이에 심장마비로 돌아가셨다. 부슬비가 내리는 아침이었다. 40세의 젊은 아내와 어린 자식 3남 1녀를 두고 일찍 하늘나라로 가 버린 아버지의 죽음이 과연 무슨 의미인지, 향후 어떤 일이 닥칠지 열세 살의 철부지는 도무지 알 수가 없었다.

장례식을 치르며 무덤에 첫 삽으로 흙을 던질 때 나는 왠지 모를 막연한 비애를 느꼈다. 대학 재학 중에 입대한 열 살 위의 형님은 관보를 쳤는데도 열흘이 지나서야 휴가를 받아 집에 올 수 있었다. 나는 엉겁결에 장남 아닌 차남임에도 상주가 되었던 것이다. 아마도 이러한 충격을 겪으며 나의 잠재의식 속에는 '이제 내 갈 길은 스스로 개척해야 한다.'는 방향성이 세워졌지 않았나 싶다.

나는 화산중학교를 졸업하고 치른 전주고등학교 입학시험에 낙방하면서 처음으로 좌절을 맛보았다. 궁여지책으로 이리 제일 전자고등학교에 들어갔지만 도무지 적성에 맞지 않아 몇 달 만에 포기하고 말았다. 내가 도전할 수 있는 유일한 길은 검정고시밖엔 없었다. 그러나 당시 주위에는 검정고시 전문학원도 없었고 통신 수강도 마땅치가 않았다.

마침 검정고시를 준비하고 있던 삼촌과 나는 사설 독서실에 등록하여 거기에서 먹고 자며 공부에 전념했다. 다행히도 그 독서실은 새벽 5시면 일제히 기상하게 하는 등 시간 관리가 철저했다. 이 시기에 나는 스스로를 절제하고 조절하는 내면의 힘을 기를 수 있게 된 것 같다.

당시 나는 모두의 로망인 법조계의 판검사가 되는 것보다는 보건의료 계통이 나의 적성과 개성에 맞는다는 생각을 했다. 1976년 검정고시를 무난히 합격하고 대학 진학을 준비하던 중 예비고사 체력장에서 다리를 삐는 바람에 결과적으로 내게는 바람직한 기회가 열렸다. 원광보건대학교에서 물리치료과, 동남보건대학교에서 치기공과를 전공한 것은 이후 미국 컬럼비아 치과대학, 서울대 치과대학연수원 임플란트 과정, 차의과학대학교 통합의학과 의학 석사과정을 이수하고 한림대 임상치의학 대학원에서 임플란트학 전공으로 치의학 석박사 학위를 취득하는 데 큰 도움이 되었다.

어머니의 손 놓지 않으리

불광역 은평치과에서 불과 30분이면 찾아가는 일산시 덕양구 신원동의 전원마을, 삼송역에서는 10분이면 송강(정철)고개를 넘어 바로 당도하는 곳. 쭉쭉 뻗어 치솟은 참나무, 상수리나무가 빽빽하고 매실수까지 제법 자란 야산 자락에 나의 농장이 자리 잡고 있다. 내가 들어서는 발자국 소리가 나면 문 앞에서 잘생긴 진돗개 '두부'와 크고 작은 강아지, 고양이들이 반갑다고 이리 뛰고 저리 뛴다.

10년 전 이곳의 신선한 공기와 조용한 숲의 정취에 매료되어 임야 한 자락을 매입하고 어머니를 위한 조립식 주택을 직접 지었다. 겉으로 보면 비닐하우스지만 내부 구조는 안락하고 따뜻하다.

어머니는 아직도 얼굴선이 곱지만 허리는 기역 자로 굽었다. 40세의 젊은 나이에 남편을 하늘로 보내고 홀몸으로 4남매를 키우셨으니 얼마나 고생이 많으셨을까. 어머니를 생각하면 가슴이 울컥해질 때가 많다. 어머니 건강을 위해서 편히 모시겠다고 이곳으로 모셔왔는데, 오히려 일감을 잔뜩 던져 준 결과가 된 것도 같다.

독하게 몸에 밴 근로습관 때문에 어머니는 손에서 일을 놓지 못한다. 제법 널찍한 밭에 깨, 배추, 고추, 무, 고구마, 호박, 감자 등을 길러 내는 농사일이 해도 해도 끝이 없다. 주위에서 아들이 저만큼 성공했으니 좀 편히 쉬셔도 되지 않느냐고 하면 어머니는 말씀하신다.

"눈에 보이지 않아야 손을 놓지. 저 땅을 어떻게 놀려두노?"

그리고 한 말씀 더 하신다.

"우리 영만이가 공부하겠다고 꽤나 애쓰더니만 마침내 제 몫을 하누만그랴. 어릴 때 코흘리개 시절에도 친구들 앞에서 나팔 마이크 들고 연설도 해쌌더만."

옆으로 기찻길이 지나가는 이 천혜의 전원 농장을 이웃과 지인들을 위한 사랑방 문화쉼터로 만들고 싶다. 올 초에 하우스 옆에 멋들어진 정자를 세웠는데, 정담을 나누기에 참 안성맞춤이다. 6월 말일에는 병원 직원과 이웃들이 정자에 모여 고기도 구워 먹고 매실을 따서 나누고 보물찾기도 하는 모임을 가졌다. 얼마나 즐겁고 흐뭇했는지……. 조만간 족구장도 마련하여 건강한 웃음이 넘쳐나게 하고 싶다.

나는 2015년 12월호 월간 《문학바탕》에 〈어머니의 하루〉 외 4편의 시를 게재함으로써 시인으로 등단하는 과정을 마쳤다. 진료를 하면서, 농장을 오가면서, 어머니와 함께 농작물을 기르면서 문득문득 떠오른 시상(詩想)을 정리하다 보니 시심(詩心)이 조금씩 자란 것 같다. 아직은 서툴기 짝이 없지만 시는 나에게 또 하나의 삶의 안내자가 되어 주지 않을까 하는 기대를 해 본다.

남편을 가슴에 묻고 45년을 하루같이 '자식바라기'로 살아오신 어머니께, 그리고 너무나 안타깝게도 일찍 저 하늘나라로 가신 아버지께 나의 서툰 시라도 들려줄 수 있다는 것이 기쁘고 감사하다.

꼼짝없이 온종일 환자의 치아를 들여다보며 정교한 치료를 하는 치과의사의 하루하루는 그야말로 스트레스의 연속이다. 그 지독한 스트레스를 푸는 방법은 환자들의 복을 빌어 주는 나만의 주문을 시처럼 외는 것이다. 복을 비는 주문을 시처럼! 그러면 또 다른 삶의 지평이 보다 환하게 열리지 않을까?

상수리숲 사이로 달리는
신원동 녹슨 철길 위로

어머니의 무명치마처럼

소복이 눈이 내려

그 위에 누워 꿈을 꾸노라면

적막한 어둠조차 어찌 그리 포근한지

지난 날 빛바랜 일기장의

가슴 저린 사연

시야를 흐리는 이야기들 되살아나

파노라마처럼 흘러간다

언젠가 흰 눈 소복이 내리는 날

신원동 녹슨 철길 위로

푸른 기적소리 울리며

꿈처럼 꿈의 열차 달려와

저 상수리숲 너머로 비상할 때

어머니 손 놓지 않으리

하늘 땅 경계 없이

어디로든 펼쳐지는 기차 소풍놀이에

어머니와 더불어 한껏 웃으리.

─ 졸시 〈꿈〉

열정

서울은 그렇게 호락호락한 곳이 아니었다. 1년만 일을 하면 고등학교에 다니게 해 준다는 말을 믿고 을지로의 한 고속버스 회사에 취직했지만 일주일이 지나자 그게 다 거짓이라는 것을 알게 되었다. 나는 청소하던 빗자루를 내던지고 울면서 그길로 형이 자취하고 있는 집으로 돌아갔다. 마침 형도 벌이가 없어 절망감 속에서 두 끼 니를 굶고 나니 시골에서 어머니가 수북이 담아 주던 밥이 생각나 펑펑 울고 말았 다. 서둘러 남대문 시장의 돼지머리 파는 곳에 취직을 했다. 추운 겨울에 운동화를 신고 물일을 하다 보니 당연히 발에 동상이 걸리고 말았다. 내게는 어머니가 사 주 신 검은 운동화 한 켤레뿐이었다. 병원에서는 발을 자를 수도 있다는 청천벽력 같 은 말을 했다. 결국 어머니가 서울로 올라오셨다. 나는 다시 고향집으로 내려가는 길에 신작로 500여 m를 어머니 등에 업혀서 들어가게 되었다.

가난을 탓하지 말라!
노력하면 안 되는 일 없다

열여섯 살 제과점 꼬마, 체인점 대표가 되다

이낙근(이낙근 찹쌀떡 베이커리 대표)

대한민국제과기능장
강동대학교 호텔조리학과 재학 중
건국대학교 농축대학원
제과제빵 최고경영자과정 수료
NCS국가직능과정 수료
(사)대한제과협회 부회장
(사)대한제과협회 강동송파지회장
서울시지회장협의회 회장
직업훈련교사자격취득
전국기능경기대회 심사위원
기능장 자격시험 감독위원
보건복지가족부장관상·농림축산식품부장관상·
해양수산부장관상·서울시장상·88올림픽 제과부분 공로상·
2016 대한민국평화공헌 대상·2016 대한민국소비자선호 브랜드 대상·
2013 Siba 베이커리페어 금상·2015 코리아푸드 트랜드페어 대상 수상

성실과 근면은 부와 성공을 이룬다

40여 년을 한 길로 달려온 오너
빠티시에(pâtissier)

나는 현재 '이낙근 찹쌀떡 베이커리'를 운영하는 오너 빠티시에
(pâtissier)다. 아침 6시에 기상하여 매장 오픈하고 샌드위치를 만드
는 것으로 하루를 연다. 직업 특성상 이른 아침이 바빠서 직원들
이 출근 후 배송 유무를 확인하고 나면 보통 10시쯤 잠시 여유를
찾게 된다. 이 시간에 나는 화단 관리를 하고 고객들과 대화를 하
며 시간을 보낸다. 고객들 중에는 오래된 단골이 많아서 나를 보
면 무척 반가워하며 제품에 대한 것들을 물어온다. 이 시간이 내
겐 제일 행복한 시간이다. 또 진정으로 행복한 자리는 나의 매장
인 것이다.

최근에는 내 이름을 넣은 이 브랜드가 탁월하고 우수한 브랜드
파워로 국가와 사회 발전에 기여했다며 '2016 대한민국 소비자 선

호 브랜드 대상'을 주었다. 1974년 단돈 3만 원을 들고 상경해서 40여 년을 오직 한 길로 달려온 내게는 이 수상이 주는 의미가 남다르다. 남들은 오랫동안 쉬지도 않고 일을 해왔으니 이제는 여행이나 하면서 자유롭게 살라고 하지만, 나는 그것은 내 길이 아니라고 생각한다. 내가 살아온 여정을 뒤돌아보면 더욱 그렇다.

김제평야 너른 들판에서 자란 어린 시절

나는 1959년 겨울에 전북 김제시 '상방부락'이라는 작은 마을에서 5남 1녀 중 셋째 아들로 태어났다. 김제평야 넓은 들판 한가운데 산도 없고 밭도 귀한 우리 동네에는 감나무 한 그루와 포도나무 한 그루가 과실나무의 전부였다. 1971년쯤, 새마을운동이 시작되면서 전기가 들어오고 유실수도 심었으며, 그 당시 수확이 많은 통일벼·유신벼는 모두 우리 동네에서 시범농사를 지어 전국으로 펴져 나갔다. 내 고향 김제는 모든 게 볏짚으로 시작해서 볏짚으로 끝나는 곳이어서 가마니 짜는 것뿐만 아니라 땔감이나 지붕도 모두 볏짚을 사용했다.

우리 집은 넉넉하지 않았지만 그렇다고 굶지는 않았다. 어린 시절 가마솥을 열어 보면 보리밥과 쌀밥이 8 대 2의 비율로 나누어져 있었다. 어머니는 아버지와 막둥이 것만 쌀밥으로 담고 나머지는 큰 나무주걱으로 싹 섞어 버렸다. 그러고는 아침밥을 푸고 남은 세 그릇 정도의 밥에 물 한 바가지를 부어 끓여서 일곱 명의 점심을 만들어 먹였다. 그 시절에는 '좀도리'라는 자그마한 항아리가 따로 있었는데, 밥을 지을 때마다 단지 안에 쌀 한 주먹씩을 담은 다음 그걸 모아 생선이나 과일로 물물교환해서 먹곤 했다.

새벽에 아버지가 먼저 일어나 따뜻한 물을 데워 놓으면 30분 후 쯤 어머니가 일어나 아침을 준비하셨다. 아버지는 술과 도박은 하셨지만 가족 말고 남들한테는 아쉬운 소리를 하는 법이 없었고, 농기구가 없어도 옆집에 빌리러 가지 않고 직접 만들거나 사서 사용하셨다. 한때는 큰아버지가 일찍 돌아가시는 바람에 사촌형들과 한집에서 살기도 했는데, 사촌형님이 아버지를 보증인으로 세운 것이 잘못돼 한밤중에 빚 받으러 대여섯 명이 들이닥친 적도 있었다. 그때 그 사람들이 함께 밤을 새우기도 했는데, 우리 형제들을 보고 자식들이 똘망똘망하게 잘생겼다고 했던 기억이 난다.

1971년에 나는 중학교에 다니며 막내를 업어 키워야 했다. 우리 동네는 징 소리에 맞추어 합동으로 모를 심었는데, 어머니가 모 심으러 가면 나는 설거지를 끝내고 학교에 가야 했다. 친구들은 일찍이 학교에 가고 나 혼자 걸어 다니는 것을 보다 못한 아버지가 송아지를 팔아서 새 자전거를 사 주셨다. 나는 키가 작아서 자전거 옆으로 다리를 넣어서 타고 다녔는데, 그 당시에는 자전거가 귀해서 새 자전거를 둘러싼 아이들에게 갑자기 인기가 좋아졌다. 또 체육 담당이신 권귀신 선생님은 내게 버스 차비를 주면서 내 자전거를 빌려 타고 가정방문을 다니기도 했다. 결국 아버지가 사 준 그 새 자전거가 내 운명을 결정짓게 되었다.

중학교 2학년 때는 수학여행을 가지 못하게 되자, 수학여행 당일 아침부터 점심까지 온 동네가 다 떠나가도록 소리 높여 울었던 적이 있다. 어머니는 아무 말씀도 없이 내가 울음을 그치고 난 뒤에야 어디선가 나타나셨다. 지금 생각해 보면 어머니도 어디선가 울고 오시지 않았을까 싶다. 지금도 생생한 그 일을 떠올리면 어머니가 얼마나 마음이 아프셨을까 다시금 죄송스럽다. 그 일 이외에는 평소에 부모님께 어리광을 피우거나 한 기억이 없다.

우여곡절 끝에 만난 나의 평생 직업

중학교를 졸업하고 나니 어머니는 1년만 기다렸다가 고등학교에 진학하라고 하셨다. 그때 서울에 있는 둘째 형의 편지를 받고 나는 서울로 가서 학교를 다니겠다는 야심찬 계획을 세우게 되었다. 하지만 서울은 그렇게 호락호락한 곳이 아니었다. 1년만 일을 하면 회사 계열의 고등학교에 다니게 해준다는 말을 믿고 을지로의 한 고속버스 회사에 취직했지만 일주일이 지나자 그게 다 거짓이라는 것을 알게 되었다. 나는 청소하던 빗자루를 내던지고 울면서 그길로 형이 자취하고 있는 집으로 돌아갔다. 마침 형도 벌이가 없어 놀고 있었는데, 절망감 속에서 두 끼니를 굶으니 어머니가 시골에서 수북이 담아 주던 밥이 생각나 펑펑 울고 말았다.

서울에 올라온 지 열흘도 되지 않아 좌절을 겪고 서둘러 남대문 시장의 돼지머리 파는 곳에 취직을 했다. 추운 겨울에 운동화를 신고 물일을 하다 보니 당연히 발에 동상이 걸리고 말았다. 병원에 가 보니 발을 자를 수도 있다고 했다. 결국 어머니가 서울로 올라오셨다. 다시 고향으로 내려가는 길에 나는 신작로 500여 m를 어머니 등에 업혀서 고향집에 들어가게 되었다. 병원에도 갈 수 없는 상황에서 어머니는 온갖 지혜를 짜내어 집에서 민간요법으로 치료를 시작했다. 석유곤로에 대야를 올려놓고 물속에 마른 가짓대와 백반을 넣고 끓인 다음, 뜨거운 물속에 동상 걸린 발을 수일 동안 수차례 담그게 하는 것이었다.

나는 졸업하고 훨씬 지난 후에야 고등학교 원서를 쓰기 위해 학교에 가게 되었는데, 마침 운동장에서 수업을 하고 계신 권귀신 선생님을 멀리서 발견하게 되었다. 그 순간 내 자전거를 타고 다니시던 선생님의 모습이 훤하게 떠오르며 다른 친구들처럼 제때 학교에 가지 못한 자신이 너무 창피하게 느껴졌다. 나는 선생님을 피해 몰래 학교를 빠져나와 그길로 다시 서울로 올라오고 말았다. 친구들의 후배가 되어 학교를 다니느니 낯선 서울로 올라가 어떻게든 다른 학교를 다니는 편이 낫겠다는 생각이 들어서였다.

서울에 올라오니 우선 먼저 먹고 잘 곳이 필요했다. 어느 날 제과점 쇼윈도에 내놓은 케이크를 보고 저거 한번 해보고 싶다고 생각했는데, 마침 함께 일하는 형이 연결해 주어서 남대문 옆에 있는 '유성당'이라는 제과점에 들어가게 되었다. 열여섯 살 어린 나이의 나는 '꼬마'라고 불리며 매일 새벽 4시에 일어나 앞치마와 실장갑을 양잿물에 삶는 일 같은 것을 하게 되었다. 나는 우선 내 힘으로 숙식을 해결할 수 있게 되어 뿌듯했고, 일이 크게 불편한 것도 없어 그때부터 이 일이 적성에 맞는다는 생각이 들었다. 나는 처음부터 빵 만드는 일이 좋았고 그때부터 기술을 잘 배워서 훗날 나만의 제과점을 해 보리라는 꿈을 꾸게 되었다. 그때나 지금이나 나는 내가 하는 일에 불평을 하지 않았으며, 당연히 내가 헤쳐 나가야 하는 어려움이라고 생각했다.

중급 정도의 기술을 배워가고 있을 때였다. 지금 생각해 보면 '스카우트'라고 할 수 있겠지만, 한번은 가지 말라는 기술자 형의 명령(?)을 어기고 밤새 다른 형이 오라는 직장으로 짐을 옮겼다. 다음 날 호출을 받고 나갔더니 기술자 형이 맴버(1m 길이의 밀대)로 이십 대만 맞으라고 했다. 당시는 기술자 형들이 법이고 길인 때였으므로 나는 반항도 못 하고 그날 밤 실컷 맞았다. 지금도 그 형을 가끔 보게 되는데, 서로 자연스럽게 인사는 하지만 그 형의 얼굴에 말로 표현하지 못하는 감정을 읽고는 한다. 그걸 보면 역시 맞은쪽이 편하다는 말이 옳은 것 같다.

'니 분수를 알라'는 어머니의 말씀

어머니는 "니 분수를 알고 살라."는 말씀을 자주 하셨다. 아마도 자신의 처지에 맞게 행동하라는 뜻일 것이다. 내 위치는 상중하 중 '하(下)'라고 생각했고, 오직 노력만이 살길이라고 생각했다.

서울에서 딱히 갈 곳이 없기도 했지만 직장생활을 하며 거의 쉬어 본 적이 없었다. 1년에 딱 한 번, 아버지 생신날인 음력 6월 15일은 고향에 내려가 하룻밤을 자고 다시 서울로 돌아왔다. 돌아올 때, 신작로에 서서 버스가 안 보일 때까지 손을 흔드시는 어머니를 바라보며 꼭 성공해서 돌아오리라고 몇 번을 다짐했는지…….

하지만 철들고 나서 부모님께 큰 절을 드린 것이 세 번, 서울에 3만 원을 들고 와 첫 월급을 타 내복을 사드린 것 등등이 내가 부모님께 할 수 있는 최선이었다. 내겐 오직 빵과 케이크가 전부였다. 한 단계 한 단계 올라가기 위해서 나는 친구들이 모두 가는 당구장이나 고스톱 판에는 얼씬도 하지 않았다. 명절에도 며칠 동안 외출도 않고 직장에 없는 전문서적을 구해 읽으며 언젠가는 보란 듯이 고향에 내려가리라는 다짐을 되새겼다.

육군에 입대했을 때 나는 누구보다 사격은 잘했지만 고등학교에서 교련을 배우지 못해 제식훈련에 애를 먹은 적이 있다. 그렇게 곤혹을 치르고 나니 내 짧은 학력을 새삼 되돌아보게 되었다.

군대에서는 정말 많은 것들을 배울 수 있었다. 초등학교 시절 교문 앞에서 먹어 본 칡도 직접 캐 보고, 산에서 돌을 캐 트럭에 실어 와 방벽을 쌓아 보기도 했다. 용문산 근무 시절에는 식도를 잘 다룬다는 이유로 경계근무 대신 소대 취사를 담당하기도 했다. 그때 석유 버너에 불을 붙이다가 눈썹을 자주 태워 먹었던 기억이 난다.

군복무 전역 일주일 후, 나는 선배의 도움으로 이화여대 앞 '그린하우스'라는 제과점에 들어가게 되었다. 취직한 다음 날 바로 빵 반죽과 팥빵을 만들었는데, 3년여의 공백 기간이 있었음에도 신기하게 내 몸이 그 모든 과정을 기억하고 있었다. 덕분에 나는 곧바로 실무에 투입되었고, 숙달된 능력은 평생 가도 몸에 남는다는 것을 경험을 통해 그때 깨닫게 되었다.

요즘 젊은 사람들이 시간도 투자하지 않고 땀을 흘리는 과정도 없이 뭐든 쉽게 생각하는 걸 보면 안타깝다. 내가 보기에는 운전면허증은 있지만 운전은 잘 못하는 격과 같아 보인다.

결혼 적령기가 되어 친구의 여자 친구가 지금의 아내를 소개했는데—묘하게도 우리는 결혼하고 그 친구들은 헤어졌다.—처음에는 나를 전라도 사람이라고 반대하던 처갓집 식구들이 한번 인사를 드리고 나니 흔쾌히 승낙을 해주었다. 아내가 좋았던 나는 결혼 전 아내에게 나의 전 재산인 500만 원을 그대로 맡겼다. 아내는 내 돈 500만 원에 200만 원을 보태서 옥수동에 전세방을 얻었고, 그때부터 우린 신혼살림을 시작하게 되었다. 첫 딸을 낳은 날, 장모님은 딸을 낳아서 이 서방을 어찌 보겠냐며 병원 복도를 서성이며 걱정했지만 사실 나는 딸이 더 좋았다. 아들이 많아 평생 집안일 하느라 고생 많았던 어머니가 떠올랐기 때문이다.

검정고시로 정규 대학에 진학

내가 처음 서울에 올라온 목적은 고등학교 진학이었다. 하지만 객지 생활을 오래 하다 보니 그 사실을 잊고 있었다. 결혼을 하고, 두 딸을 키우고 일에 매진하다 보니 정신이 없었던 것이다. 우연히 건국대학교의 제과제빵 최고경영자 과정을 같은 업계 사람들과 수료하게 되었는데, 수료식에 온 가족들과 학사모를 쓰고 사진을 찍다 보니 초등학생 딸들이 내가 대학교를 졸업한 줄로 착각했다. 그래서 나는 내친김에 '검정고시를 할까?' 생각을 하게 되었는데, 그때 내 나이가 벌써 마흔다섯이었다. 당시 제과점과 관련된 자격증도 많이 있었기 때문에 쉽게 결정을 내리기 힘들었다. 당장 기능장 시험을 보는 것이 실리적이긴 했지만 두 딸에게 실망을 주고 싶지 않았다. 결국 나는 딸의 기대를 깨고 싶지 않아 대입 검정고시를 선택했다. 가끔 집에서 공부하는 내게 딸이 뭐 하냐고 물으면 행정고시 본다고 둘러대기도 했다.

신문에 난 광고를 보고 책자를 받아 공부를 해 보니 영어와 수학이 아무래도 어려웠다. 용기를 내 강남의 한 검정고시 학원에 등록했지만 하루 만에 그만두고 말았다. 교실 안을 둘러보니 어린 학생들과 깔끔해 보이는 주부 몇 사람이 있을 뿐 내 또래의 남자라곤 한 명도 없었고, 수학 강의를 들어보니 도무지 알아들을 수가 없었다. 방법은 단 한 가지, 연필을 굴리는 수밖에 없었다.

시험을 치르기 전에는 조마조마했지만 다행히 점수가 잘 나와 그해 드디어 나는 대입 검정고시에 합격하게 되었다. 덕수궁 부근 학교에서 합격증을 받아 오던 날, 내 발걸음은 너무나 가벼웠다. 이때부터 나는 힘이 나서 다시 새로운 도전들을 하게 되었다.

우선 미뤄두었던 직업 관련 자격증들을 하나씩 취득했다. '제과기능사'와 '제빵기능사', '제과기능장'을 취득하고 그때까지 상상해 본 적도 없는 '직업훈련교사 자격증'까지 취득했다. 두 딸의 기대를 만족시키려고 시작된 공부가 점점 늘어나 현재는 겸연쩍게도 아내의 적극적인 도움으로 정규 대학의 학생 신분이 되었다.

내게는 같은 분야에서 일하는 친구들도 많고 고향 친구들도 있지만, 모두 58년생이거나 나이가 같지 않다. 몇 년 전 우연히 송파구민 체육대회에서 당시 '검정고시동문회 59회' 회장이던 권승철을 만나게 된 것은 나로서는 정말 기쁜 일이다. 갑자기 내린 소낙비를 피해 들어간 텐트 안에서 통성명을 하고 나이를 묻다가 우리 둘 다 나이가 같고, 또 같은 검정고시 출신이란 것을 알게 된 것이다.

검정고시동문회 59회 모임에 나가 보니 모두들 무척 친근하게 느껴졌고, 또 오래 전부터 동문회를 만드느라 애써온 사실도 알게 되었다. 동문회 선후배들을 보면 뒤늦게 숟가락만 들고 합류한 것 같아 미안한 마음이다. 그러던 차에 김원복 선배님과 유경선 사무총장이 내게 총동문회 수석부회장직을 권유해 흔쾌히 수락했다.

몸담았던 직업으로 평생 일하는 것이 진정한 성공

큰딸이 태어났을 때 기념으로 쓴 우리 집의 가훈은 '정직, 성실, 근면'이다. 좀 촌스러운 것 같아도 나는 늘 성실과 근면으로 얻고자 하는 것을 얻었을 뿐 아니라, 희생 없이는 무언가를 가질 수도, 지킬 수도 없다는 것을 알고 있기 때문에 여전히 이 가훈이 마음에 든다. 그럼에도 요즈음 사람들이 내가 복이 많다거나 운이 좋다고 말할 때 부정할 수가 없는 것이, 누군들 열심히 살고 성공하기 위해 노력하지 않았을까 하는 생각이 들어서이다. 그러고 보니 나는 운도 좋았다. 80년대에 압구정에서 처음으로 생크림을 선보였을 때 생각보다 손님들의 반응이 좋았고, 4명의 직원으로 시작한 '생크림 전문점'은 직원 20명이 될 정도로 행운이 따랐다. 특별한 광고 전략이 있는 것도 아니었는데, 입소문을 타고 손님들이 또 다른 손님을 데려오곤 했다. 2000년 들어 밀가루가 몸에 좋지 않다는 뉴스가 자주 나오자, 나는 옛날 제과점의 '찹쌀떡'을 다시 찾아보자는 아이디어를 떠올렸다. 우리 찹쌀에 건강식품인 녹차,

복분자, 호두를 넣고 야심차게 판매를 시작했지만 처음 1년은 적자를 면치 못했다. 하지만 그 역시 시간이 흐르고 입소문을 타면서 지금은 빵보다 찹쌀떡의 매출이 더 많아졌다.

2015년, '이낙근 찹쌀떡 베이커리' 사옥을 지어 직원을 비롯한 온 가족이 입주했다. 1975년 이후로 제과점 전용 건물이 올라간 건 이 건물이 처음이라고 한다. 드디어 열여섯 살 어릴 적 내 꿈이 이뤄진 것이다. 돈이라는 것은 발이 달렸다고 생각하는 사람으로서 더 많은 돈을 벌기 위해 사옥을 신축한 건 아니다. 내가 조금만 노력하면 50여 명이 먹고살 수 있겠다는 생각에서 시작된 일이다. 이제 이 곳이 직장으로서 안정되면 직원들에게 매출을 공개해 함께 나누는 것도 좋겠다는 생각이다.

몇 년 전 KBS TV의 〈강연 100℃〉라는 프로그램에서 출연 제의가 들어왔다. 당시 그 프로그램의 방송작가가 더 불행한 시절의 얘기를 해달라고 해서 곤혹스러웠던 기억이 난다. 나는 내게 주어진 길을 그저 걸어왔을 뿐 불행하다는 생각을 한 번도 해 본 적이 없다. 이제 자식들이 결혼해 손녀까지 보았고, 이 일이 좋다며 거들어 주는 딸과 수영선수를 그만두고 내 자리를 메꿔 주는 사위 덕에 힘들지도 않다. 그저 배우가 무대에서 마지막을 보내고 싶어 하듯이 하던 일을 계속하고 싶을 뿐이다. 앞으로의 시대는 명예나 부보다는 자신이 몸담았던 직업을 평생 지속하는 사람이 성공한 사람이 아닐까? 배우가 무대에서 마지막을 보내고 싶어 하듯이 말이다.

열정

2000년 초, 엔터테인먼트 회사 최초로 코스닥 시장의 직상장으로 진입한 대형 연예기획사 '예당엔터테인먼트'는 1999년 전 세계 금융대란 전까지 예당 전체 그룹 회사가 시총 2조 원대에 진입하며 성공가도를 달렸다. 예당 그룹의 성공신화에는 두 형제의 땀과 정열이 깃들어 있다며 각종 언론 매체의 조명을 받았다. 형은 낮에는 공부를 하고 저녁에는 서울의 유명 음악다방 DJ로 활동하였고, 나는 낮에는 도금공장을 전전하다가 저녁에는 DJ를 하는 형을 도와 판돌이 생활을 했다. 그리고 1982년 300만 원으로 '예당기획'을 설립, '연예계의 미다스 손'으로 불리며 거침없는 성공신화를 써 내려갔다. 한류열풍 이전, 첫 번째 미국을 교두보로 삼아 일본·동남아·중국 진출, 한·중 수교 전 1991년부터 중국시장을 공략하였고, 1992년 수교 후에는 유명 연예인들과 함께 중국 현지에서 음반 제작과 공연을 성공시켰다. 예당 그룹은 음반·영화·드라마 제작, 게임 산업, 출판, 해외 유전자원개발 등에 투자하며 거침없이 달렸다. 그리고 금융위기로 인해 한창 사업이 어려울 때 갑작스럽게 형의 죽음을 맞았다. 하지만 현재 중국 부동산 1위 완다 그룹 자회사인 미디어 그룹 '바나나프로젝트'와 함께 국내와 중국 진출을 목적으로 협업하게 되었고, 나는 경영 일선에 나서서 재도약하고 있다.

성공은
하나의 '점'에서 시작된다

음악다방 판돌이와 DJ,
최고의 엔터테인먼트 회사를 만들다

변차섭(ETN-TV 방송국 예당미디어 대표이사)

중국 북경 예당엔터테인먼트 법정대표 겸 회장
ETN 엔터테인먼트 대표이사
한양대학교 심리학과 졸업
서울대학교 경영대학원 CEO 과정 수료
고려대학교 경영대학원 CEO 과정 수료
중앙대학교 문화예술대학원 연구과정 수료

끊임없이 노력하여 꿈을 키워라

목이 길어 슬픈 짐승

전남 화순에서 태어나 무일푼으로 서울에 올라온 우리 형제는 용감했다. 아니 가진 것이 없었기에 무슨 일이든 거침없었고, 하고 싶은 일을 할 수가 있었다. 음악다방 DJ와 판돌이가 의기투합해서 대한민국 최고의 방송연예기획사 '예당'의 신화를 쓸 줄은 그 누구도 예상치 못했다. 시총 2조 원대라는 천문학적이고 독보적인 '예당'으로 성장시키기까지 그 배경에는 나와 형의 남다른 열정과 피눈물 나는 노력이 있었다.

우리 형제는 어릴 때부터 형제애가 유독 돈독했는데, 특히 큰형하고는 비슷한 점이 너무 많았다. 형과 나는 검정고시 출신이고 모두 암을 극복했다. 그리고 훗날 사업상 구속되었지만 모두 무죄선고를 받은 이력이 있다.

아무튼 형은 공부를 잘해 광주에서 숭일중학교를 다녔고, 고등학교는 다니지 못해 검정고시를 했다. 그 무렵 나는 초등학교만 졸업하고 고향에서 어머니를 모시고 농사를 지었다. 그러나 열세 살 어린 나이에 농사일은 너무 버거웠다. 1년 넘게 농사일에 매달렸지만 생활은 나아지질 않았다. 열다섯 살 무렵, 좀 더 많은 돈을 벌어야겠다는 생각에 무작정 광주로 갔다.

나는 형과 함께 살면서 충장로 5가 수정약국 앞 노상 신문가판대에서 신문이나 잡지, 우산을 팔았다. 비가 오나 눈이 오나 더우나 한결같이 목폴라 티셔츠를 입고서 말이다. 특히 무더운 여름날, 땀을 뻘뻘 흘리면서도 목폴라를 고집하는 나를 보고 사람들은 이상하게 생각하기도 했다. 그러나 나는 아랑곳 하지 않고 하루도 빠짐없이 목폴라 티셔츠만을 입었다.

지금까지도 나는 이 목폴라 티셔츠를 고집스럽게 즐겨 입는다. 한때는 연예사업에 종사하는 사람들로부터 '시건방지다'는 오해를 사기도 했다. 무더위가 기승을 부리는 한여름에도 '폼생폼사'에 목매는 사람처럼 목을 가리는 와이셔츠나 티를 입고는 목에 깁스라도 한양 뻣뻣이 세우고 다니니, 그런 말이 나올 법도 했다. 그러다 보니 이제 목을 가리는 이 옷은 변차섭의 트레이드마크가 되어 버렸다. 어떤 사람들은 내 옷차림을 두고 '모가지가 길어서 슬픈 짐승'이라고 별명까지 붙여 부르기도 했다.

내가 이렇게까지 사람들의 오해를 사거나 별명까지 붙어도 꿈쩍하지 않는 데는 그만한 이유가 있다. 나에게는 평생 지울 수 없

는 문신처럼 온몸을 뒤덮은 아픔이 스민 열두 살 때의 '화상' 자국
이 있기 때문이다. 남들이 보기에도 흉할 뿐만 아니라 나의 아픈
흔적을 가리고 싶어서 한여름의 더위도 무릅쓰고 굳이 목폴라 티
셔츠를 고집하는 것이다.

초등학교 3학년짜리 관(棺)

지울 수 없는 아픈 상처의 시작은 초등학교 3학년 때로 거슬러
올라간다. 전남 화순 이서에서 태어나 자랐고, 초등학교 때에 아
버지는 광주로 나가서서 판자촌 무허가 건물에서 사셨다. 부모님
은 연탄집게를 만들어 파는 일로 생계를 꾸렸는데, 연탄이 난방수
단이었던 당시에는 덩달아 연탄집게도 잘 팔렸다. 그런데도 한창
먹성이 좋았던 우리 7남매는 입에 풀칠하기도 바빠 늘 끼니 걱정
을 했던 기억이 난다.

형하고 나는 호롱불을 켜놓고 공부했다. 그 당시에는 전기가
들어오지 않아 호롱불이나 등잔불을 많이 사용했는데, 우리 집도
예외는 아니었다. 그런데 그것이 화근이었다.

어느 날, 나와 형은 공부하다가 호롱불을 켠 채 그만 잠이 들었
다. 누군가 부르는 소리에 깜짝 놀라 형이 일어나 나를 깨웠다. 호
롱불을 끄려고 호롱 심지가 있는 뚜껑을 들었다 때렸는데, 그날따

라 불은 꺼지지 않고 뚜껑이 방바닥으로 떨어졌다. 그 바람에 심지에 묻었던 석유기름이 내 몸으로 번졌다. 불을 끄려고 고개를 숙여 입으로 부는 순간, 불은 오히려 내 온몸으로 퍼졌다. 당시에는 나일론 옷이 대부분이었던 터라 불은 쉽게 붙고 일순간에 확 번졌다. 이것이 오늘날 나에게 평생 목폴라를 입게 만든 사건이다.

다급했던 형은 이불로 내 몸을 덮어 겨우 불을 껐다. 그러나 나는 이미 화상을 입어 매우 고통스러워했다. 동생의 고통에 당황스러웠던 형은 엉겁결에 내 몸에 눌러 붙은 옷을 머리 위로 벗겨 냈다. 안타깝게도 그때 눌러 붙은 목의 살점이 떨어지면서 지금의 흉측한 흉터로 남게 되었다.

나는 전신 화상을 입어 기절한 상태로 병원에 실려 갔다. 오랜 기간 입원해 치료를 받았지만 차도는 없었다. 상태는 점점 나빠져 급기야 의사는 가망이 없으니 마음의 준비를 하라고 했다.

부모님은 내가 죽으면 쓸 작은 관을 짜 놓고는 목 놓아 우셨다고 한다. 전기가 들어오지 않아 호롱불 켜놓고 늦은 밤까지 공부하는 큰아들을 나무랄 수도, 온몸에 화상을 입고 고통스러워 사경을 헤매는 작은아들의 고통을 모른 척할 수도 없는 노릇이었다. 열 손가락 깨물어 안 아픈 손가락 없다고, 하나같이 아까운 내 자식인데 누구를 탓하고 누구를 원망하겠는가! 부모님은 심장이 갈기갈기 찢어지는 아픔을 보듬고 초등학교 3학년인 어린 자식을 차가운 땅속에 묻어야만 하는 현실 앞에서 속수무책이었다.

장례 치를 준비를 하라는 날벼락에 우리 가족은 한동안 웃음이 사라진 채 어둠에 갇혀 지냈다. 형은 본의 아니게 죄인이 되어 넋 나간 사람처럼 제정신이 아니었다. 나 또한 온몸을 붕대로 감고는 흐릿한 의식 속에서도 무거운 집안 분위기를 어렴풋하게 감지했다.

화상의 고통은 당해 보지 않으면 모를 만큼 정말 상상할 수 없을 정도다. 어린 아이가 감내할 고통이라고 하기에는 너무나 잔인했다. 누가 단 1초만이라도 이 죽을 것 같은 고통 속에서 나를 잠시만이라도 대신해 주기를 얼마나 기도했는지 모른다. 나는 살고 싶었지만 내 의지대로 할 수 있는 것은 아무것도 없었다. 그저 고통에 신음하고 가쁜 숨을 헐떡이면서 불에 탄 어린 새처럼 그렇게 서서히 죽어가고 있었다.

죽었다가 다시 살아나다

나는 고통 속에 몸부림치다 지쳐 잠깐 잠이 들었다. 꿈결에 "파란 보리 순을 뜯어다가 짓이겨서 화상에 바르면 낫는다."는 전혀 알지 못하는 음성을 어렴풋이 들었다. 나는 꿈이 하도 신기해서 어머니께 꿈 이야기를 했다. 어머니는 지푸라기라도 잡는 심정으로 내 말을 듣고는 곧바로 추운 겨울날 보리 순을 뜯어다가 짓이겨 화상 부위에 발랐다. 그 순간, 머리 뒤통수가 터지면서 가스가 새어 나왔다. 놀랍게도 내 몸에 있던 화기가 빠져 나오면서 그때부터 나는 조금씩 회복되었다.

매일 무거운 분위기에 짓눌려 살았던 우리 가족은 소생하는 내 모습에 기쁨이 넘쳐 감격의 눈물까지 흘렸다. 머지않아 죽는다던 어린 자식이 다시 살아났으니, 그 이상 어떤 기쁨이 있겠는가.

병원에서 퇴원한 나는 고향 화순 이서로 갔다. 그곳에서 8개월 동안 민간요법으로 극진하게 치료했다. 그 결과 깊은 화상의 흉터는 지울 수 없었지만 건강을 조금씩 회복해 다시 광주로 갔다.

오랜 만에 학교에 가 보니, 이미 내 친구들은 5학년을 지나 6학년이 되어 있었다. 담임 선생님은 5학년을 월반해 그냥 6학년에 다니라고 배려해 주셨다.

학교에 다닌 지 얼마 되지 않아 졸업을 앞두게 되었고, 곧 진학 상담이 이루어졌다. 나는 형편상 중학교 진학이 어렵다고 선생님께 말씀드렸다. 담임 선생님은 선뜻 등록금을 내주겠다며 중학교에 진학하라고 격려했다. 하지만 나는 화상으로 인해 이미 가슴과 팔이 붙어 구부러진 상태인 데다 친구들에게 보이고 싶지 않아 스스로 중학교 진학을 포기했다.

초등학교 졸업과 동시에 나는 다시 용기를 내어 어머님 모시고 농사를 짓기로 마음을 먹었다. 5남 2녀 중 차남이지만 농사를 짓는 소년 가장 농사꾼이 되었다. 사실은 화상 입은 내 몸이 너무 흉하고 보기 싫어서 새로운 사람들과 어울려 살기보다는 내 사정을

347

알고 있는 고향에 처박혀 그저 농사꾼으로 살고자 했다.

당시 아버지는 광주에 일을 하러 가셨기 때문에 농사일은 오로지 내 몫이었다. 나는 열세 살 어린 나이였지만 쟁기질과 지게질을 하며 소년 가장으로서 힘든 농사일에 매달렸다.

어느 날, 나는 일을 하다 말고 논두렁에 앉아 생각에 잠겼다. 이렇게 계속 농사를 지어서는 더 이상 어린 동생들을 먹이고 공부시킬 수는 없다는 생각이 들었다. 결국 열다섯 살이 되던 해에 다시 광주로 향했다. 그리고 광주 충장로 5가 노상에서 잡지와 신문, 우산을 팔면서 특별한 인생의 목표 없이 무기력하게 십대를 보냈다.

서울행 완행열차에 23시간 몸을 싣고

광주에서의 고단한 삶은 또다시 나를 더 큰 도시, 즉 '서울'로 향하게 했다. 이왕 이렇게 살 바에야 서울에 가서도 한번 살아보자는 생각이었다. 그리하여 열일곱 살의 나는 서울행 완행열차에 몸을 실었다.

막상 서울에 올라와 보니 나를 반기는 사람도, 아는 사람도, 잘 곳도 없었다. 서울역 부근을 배회하다가 어쩔 수 없이 며칠을 큰 드럼통 속에 들어가 잠을 잤다. 새벽녘이 되어 한기가 느껴져 저절로 눈이 떠졌다. 하늘을 보니 덩그마니 떠 있는 서울의 달빛마저 차갑게 느껴졌다.

나는 이곳저곳을 돌아다니며 직장을 알아보았지만 목에 있는 화상 흉터가 있어서인지 채용해 주지도 않고, 쉽게 직장을 찾을 수가 없었다. 그러던 어느 날 우연히 거리에서 이름도, 성도 모르는 좋은 분을 만났다.

"시골에서 왔냐? 좋은 공장에 취직시켜 줄 테니 따라오너라."

화상 입은 내 모습이 안타까웠는지 그분은 나에게 친절을 베풀었다. 나는 무작정 그분을 따라 부천으로 향했다. 그리고 그날로 안전벨트를 만들고 도금을 하는 '덕부산업'에 취직했다. 나는 남들보다 더 열심히 일했다. 적은 액수지만 월급 2만 5천 원을 받으면 꼬박꼬박 모았다가 동생들 학비와 부모님 생활비에 보탰다.

그리고 스물한 살 무렵, 못다 한 공부가 하고 싶었다. 이렇게 공돌이로 만년 살다가 늙을 수는 없었다. 이즈음 역곡역 부근에 '새마을중고등학교'가 있었다. 낮에는 일하고 저녁에만 공부하는 생활이 어려운 학생들이 다녔다. 나는 학교를 방문해 열심히 공부해 졸업하면 대학도 갈 수 있냐며 선생님께 물었다. 선생님은 잠시 머뭇거리다가 교육부 인가가 없어서 졸업을 해도 학력 인정이 되지 않아 어렵다고 했다. 꼭 대학에 가고 싶으면 '검정고시'라는 학력 인정제도가 있으니 열심히 해 보라고 알려 주셨다. 이 학교에 다니려고 몇 달 동안 열심히 공부했는데, 그 순간 기대감이 사라지고 허탈감에 막막했다. 하지만 다시 정신을 차려 공부하기로 마음을 먹었고, 독학으로 4월에 중학교 졸업 학력 인정 검정고시에 합격했다. 내친김에 고등학교 졸업 학력 인정 검정고시를 보기 위해 신설동 고려학원 야간반에 등록했다.

나는 학원비와 생활비를 벌려고 부천 심곡동에서 새벽 4시에 일어나 첫 전철을 타고 청량리역에 도착, 버스를 타고 매일같이 구리시 동구릉에 있는 액세서리 도금공장에 일하러 다녔다. 그리고 학원을 4개월 정도 다니고는 8월에 고등학교 졸업 학력 인정 검정고시에 합격했다.

이참에 대학에 도전해 보려고 공장도 그만두고 신설동 도서관에서 살았다. 밥 먹는 시간도 아까워서 300원짜리 비빔밥, 라면 등으로 끼니를 해결하면서 3개월 동안 불철주야 공부해 학력고사를 보았다. 시험을 잘 보았다는 생각에 순간 세상 모든 것을 다 얻은 기분이었다.

그런데 그것도 잠시, 나는 장에 문제가 생겨 응급실로 실려 가고 말았다. 장을 잘라 내는 대수술을 받고 한 달 만에 퇴원하니 대학갈 돈도 없고, 동생들과 부모님이 걱정되어 눈에 아른거렸다. 나는 '더 이상 욕심 부리지 말자! 고등학교 졸업장이 있으니 여기서 만족하고 당당하게 살자.'고 마음먹었다.

담당 의사는 고시원에서 공부하면서 1년 동안 라면으로 끼니를 때웠던 것이 병을 키운 것 같다고 했다. 그 후로 지금까지 라면은 아예 쳐다보지도 않는 제일 싫은 음식이 되었다.

음악다방 판돌이, 연예계에 발을 들여놓다

여전히, 하루도 빠지지 않고 성실하게 도금공장에서 일하며 틈틈이 공부해 방송통신대를 준비하던 그 무렵, 형에게서 연락이 왔다. 형은 서울에 올라와 낮에는 검정고시를 준비하면서 당시 유행했던 음악다방 DJ로 맹활약 중이었다. 당시 유명했던 '꽃다방', '다빈치', '한국다방' 등에서 DJ를 하던 형은 참 인기가 좋았다. 형을 보려고 많은 여성들이 음악다방으로 몰려들었고, 유명 DJ 덕에 음악다방 매출이 늘자 형님의 주가도 점점 올랐다.

형은 시간을 쪼개어 종로, 노량진, 영등포, 가리봉동 등 서너 군데의 유명 음악다방에 옮겨 다닐 정도로 최고의 전성기를 누리고 있었다. 그때는 음악다방 DJ를 하다가 방송으로 진출한 사람들도 여럿 있었는데, 라디오 진행자로 유명한 강석·서세원 등도 그 당시 음악다방에서 활동했다.

유명 DJ들은 시간을 쪼개어 여러 곳에서 활동하다 보니 신청곡을 고를 시간이 모자랄 정도였다. 그래서 미리 레코드판(LP판)을 골라 주는 일명 '판돌이'를 따로 두었다. 당시 형은 중학교 정도의 영어 실력이었지만 아예 외국 팝송을 통째로 외워 유명 DJ가 되었다. 이 열정과 노력은 훗날 연예계에서 유명한 일화가 되었다.

내가 고등학교 졸업 학력 인정 검정고시에 합격했다는 소식을 들은 형은 영어를 꽤 하는 줄 알고 '판돌이'를 해 보라고 권했다.

DJ로 성공한 형의 말에 나는 귀가 솔깃했다. 망설임 없이 도금공장을 다니면서 저녁에는 음악다방 판돌이가 되었다. 그때부터 자연스럽게 다양한 음악을 접하게 되었다.

어릴 때부터 연예인 성향이 강했던 형은 직접 음악다방을 경영하기도 했는데, 형은 DJ로만 머물지 않고 기회를 봐서 연예계에 진출하려는 꿈을 갖고 있었다. 그러던 어느 날, 음악다방 주최로 '음악경연대회'가 있었다. 그 경연대회에서 '가람과 뫼'가 대상을 수상했다. 가람과 뫼를 시작으로 형과 나는 최성수, 조덕배, 이진관, 신계행, 박강성 등과 매니저 계약을 맺었다. 이때부터 형과 나는 가수들의 손과 발이 되어 방송국과 신문사 그리고 잡지사를 내 집 드나들듯 했다. 최성수의 인기가 치솟으면서 나는 스케줄을 조정해야 할 정도로 매우 바삐 활동했다. 화순 촌놈이 비로소 경쟁이 치열한 화려한 연예계에 첫발을 들여놓은 것이다.

300만 원으로 골방을 얻어 세운 '예당기획'

나는 형과 함께 300만 원의 자금을 마련해 '예당기획'을 창업하여 연예인들 매니저 사업에 뛰어들었다. 당시 가요계에는 변화가 일고 있었다. 오랜 동안 가요계를 장악했던 트로트는 통기타 세대에게 밀려 설 자리를 잃었고, 통기타 시대도 발라드 시대가 도래

하면서 뒷전으로 밀려났다.

1980년대의 감성을 울리는 발라드 가수들은 청소년들의 우상이 되어 들불처럼 번졌다. 연예 전문 잡지나 신문, 방송사 등은 연예인의 활동을 비중 있게 다루는 프로그램을 편성하여 국민들의 기호에 부응했다. 다양한 연예 매체, 연예인 매니저, 연예기획사의 등장 시대가 열리면서 연예 시장은 활황을 예고했다. 예당기획은 시대의 흐름을 정확히 꿰뚫고는 연예전문 기획사를 설립했다.

나는 스무 살 초반부터 신인 연예인들의 매니저가 되어 방송국과 신문사 그리고 잡지사와 밤업소를 내 집 드나들듯 하면서 연예인들의 홍보와 방송 스케줄 조절에 열을 올렸다. 기자들의 인터뷰는 주로 밤에 이루어졌고, 잡지 표지 촬영이나 CF 촬영, 그리고 뮤직 비디오 촬영은 낮 시간이나 새벽에도 마다하지 않았다. 언제든지 언론 매체에서 부르면 빠른 시간 내에 달려가려고 늘 긴장된 시간 속에서 살았다.

80년대 후반까지는 연예잡지의 전성시대였다. 《여학생》, 《하이틴》, 《여고시대》, 《주니어》 등 청소년 전문잡지나 성인잡지에는 연예인 소식이나 행사가 늘 단골 메뉴로 소개되었다. 일간 신문에도 연예 파트가 있었고, 특히 스포츠 신문은 연예소식에 상당한 지면을 할애했다. 그리고 곳곳에서 콘서트가 열리면서 화려한 미디어 전성시대를 펼쳤다.

1980년대 후반부터 1990년대 초반에는 댄스 가수들이 부각되면서 젊은이들의 소비층이 늘어났고, 성인가수들은 구석으로 밀리기 시작했다. 박남정, 김완선, 심신, 이범학 등과 같은 팝 발라드 가수와 댄스 가수들이 전성기를 누렸다. 이때 1990년대 가요계의 돌풍을 일으키며 '서태지와 아이들'이 등장, 가요계를 평정했다. '서태지와 아이들'은 예당엔터테인먼트 소속 가수들로, 앨범이 나오기 무섭게 늘 정상을 차지하며 대한민국 가요계를 평정했다.

1992년 이후에는 댄스가수들의 춘추전국시대였다. 현진영, REF, 영턱스클럽, 잼, DJ DOC, 신승훈, 김건모, 노이즈, 유피, 어스, 주주클럽, 터보 등 수많은 가수들이 이 시기에 전성기를 누렸고 대부분 예당 소속 가수들이 인기를 독차지했다. IMF 외환위기 직전까지 버블경기에도 100만 장이 넘게 팔리는 신곡이 나왔다. 특히 김건모의 3집 〈잘못된 만남〉은 320만 장이 팔리는 기염을 토했다. 그리고 1996년 1월 '서태지와 아이들' 해체와 더불어 'HOT' 시대가 열렸다. 이때부터 아이돌 엔터테인먼트 시대가 도래했고, 김경호·젝스키스·룰라·육각수·지누션·태사자 등이 인기를 누렸다.

나는 하루에 4시간도 못 잘 정도로 밤낮 없이 소속사 연예인들을 관리, 홍보하느라 정신없이 살았다. 각종 언론사의 담당 연예부 기자와 친하게 지내느라 늦은 밤까지 미팅을 갖는 것은 기본이었다. 엔터테인먼트라는 직업 자체가 힘은 들었지만 새로운 세계에 빠져들다 보니 무척 흥미롭고 재미있어서 힘든 줄을 몰랐다.

시간이 갈수록 우리 회사에 소속된 연예인들이 인기가도를 달렸다. 팬클럽이 결성되고 콘서트가 대성황을 이루면서 연예계 종사자로서 큰 보람도 느꼈다. 예당기획은 '예당엔터테인먼트'로 상호를 바꾸고는 연예인들을 발굴, 육성하여 스타의 반열에 올리면서 함께 성장했다.

연예계의 미다스 손 '예당엔터테인먼트'

'예당엔터테인먼트'는 날이 갈수록 승승가도를 달리며 성공신화를 써내려갔다. 가수는 최성수·박강성·육각수·조덕배·양수경·이진관·서태지와 아이들·룰라·육각수·지누선·김건모·김경호·박미경·이정현·싸이·한스밴드·국카스텐·임재범·알리 등이 있었고, 연기자는 김영호·이정재·차지연·김하늘·김아중 등으로 대한민국 최대의 연예기획사로 성장했다. 해를 거듭하면서 타의 추종을 불허할 만큼 승승장구한 '예당엔터테인먼트'를 두고 일각에서는 '연예계의 미다스 손'이라며 칭찬이 자자했다.

연예인의 성공 뒤에는 연예기획사의 종합적인 기술과 투자가 지대한 영향을 미친다. '예당엔터테인먼트'는 홍보력과 자금력이 풍부해 신인가수들을 잘 키워 성공하는 경우가 많았다. 그러다 보니 늘 수많은 지망생들로 문전성시를 이루었다.

나는 신인 발굴에 있어서, 내가 살아가면서 좌우명으로 삼는

"성공의 시작은 점 하나에서부터 시작된다."는 말에 무게를 두고 연예인 지망생들을 관찰한다. 이 말은 시작은 하나의 작은 점에 불과해 미약하지만 성공은 바로 그 하나의 작은 점에서 싹이 터 시작된다는 의미가 있다. 즉, 작은 점은 선이 되고, 선은 원이 되고 도형이 되듯 성공 역시 한 단계씩 진행될 때 비로소 이룰 수 있는 것이다. 나는 이런 마인드로 학력, 나이, 성별을 구분하지 않고 연예 지망생의 실력이 인정되면 전폭적인 지원을 아끼지 않았다. 이처럼 나는 신인 발굴에 대한 애착이 남달랐는데, 이것이 계기가 되어 사람의 심리를 좀 더 깊게 알고자 한양대학교 심리학과에 지원하여 공부하게 되었다.

소속 연예인들이 성공가도를 달리자 예당은 음반 제작, 영화 제작, 드라마 제작, 게임산업, 방송사업, 유전개발, 출판에 이르기까지 손길을 뻗쳤다. 소속사의 가수들 음반 판매가 잘 되면서 '예당 음향'도 호황을 누렸다. 요즘 가수 음반 제작사는 나의 셋째 동생 변종은이 맡아서 운영하고 있다. 그리하여 삼형제가 모두 연예계에 발을 들여놓은 것도 드문 일이라며 세 사람의 행보를 주시했다.

〈겨울연가〉의 신화를 창조하다

'예당엔터테인먼트'가 쾌속 성장을 이뤄 자리를 잡아가자 미래의 예당을 위해 좀 더 시야를 넓힐 겸해서 그간 못다 한 공부를 하기로 했다.

검정고시로 중·고등학교 과정을 마치고 방송통신대학 중어중문학과를 수료했지만 뭔가 아쉬움이 컸다. 그래서 늦게나마 한양대학교에서는 심리학과를 졸업하고 서울대학교 경영대학원 과정, 고려대학교 경영대학원 과정, 중앙대학교 문화예술대학원 과정을 수료했다. 그리고 전문적 연예기획 공부를 하기 위해 일본 도시바 EMI에서 프로듀서 공부를 했다. 일본 유학을 통해 선진 연예기획 문화를 배울 수 있는 기회를 가졌고, '조용필과 위대한 탄생' 멤버인 유영선과 커넥션으로 음반 제작 프로듀서를 했다.

우리나라 최초로 일본에 현지 법인을 설립하여 2002년 KBS에서 방영한 〈겨울연가〉 드라마를 앞세워 일본시장을 공략했다. 〈겨울연가〉는 예당에서 투자하고 팬 엔터테인먼트에서 제작하여 국내와 일본에 배급한 작품이다.

〈겨울연가〉의 열풍은 일본 사람들의 마음을 사로잡았다. 그 결과 OST 음반도 200만 장이 팔렸고, DVD는 45만 세트가 팔리는 기염을 토했다. 2004년 삼성경제연구소 발표에 의하면 〈겨울연가〉가 유발한 경제적 파급 효과를 관광 유발 수입 8천400억 원, 배용준 화보 200억 원, 배용준 달력 100억 원 등 3조 원에 달하는 것으로 분석했다. 또한 예당에서는 〈식객〉과 〈미인도〉를 직접 투자 제작하였다.

최초의 한류사업, 북경에 현지 법인 설립

우리나라에 닥친 IMF 외환위기로 음반산업에도 타격이 컸다. 국내 음반 판매가 저조해지자 수익률도 덩달아 내리막이었다. 이 때 나는 예당의 미래는 중국 진출에 있다고 감지하고는 곧 밀어붙였다. 당시에는 한류열풍까지는 생각지 못했고, 그 동안 예당기획을 창업하고 '흥행 제조기'라는 명성을 쌓았던 노하우를 중국으로 옮겨 성공하고 싶었던 것이다. 중국의 산업화가 급속화되면서 분명히 과거 한국에서처럼 문화에 대한 갈망이 클 것은 자명했다.

아직 한류열풍을 예상하지도, 꿈도 꾸지도 못했던 시절, 한국의 대중문화를 소개한다는 소박한 생각으로 나는 중국시장을 개척하기 위해 홀연히 떠났다. 현재에 머물기보다는 보다 큰 미래를 위해 '14억 중국 소비시장'을 향해 누구보다도 먼저 달려가 사업을 일으키고 싶었다.

나는 중국에서 가수를 발굴하고, 공연을 기획하고, 음반 제작을 하는 등 활발한 사업을 진행했다. 곧 중국에서는 현지화가 없이는 생존할 수 없다는 사실을 깨달았다. 조선족 가수 '아리랑'을 연변에서 발굴하여 북경에서 연습시키며 현지화를 위해 노력한 결과, 중국 CCTV 가요프로그램에서 1등을 차지하는 등 가시적인 성과를 얻기도 했다. 이정현, HOT, NRG 등 국내의 인기 가수들과 함께 중국시장 진출을 위한 사전 단계인 대규모 공연으로 한류열풍을 일으켜 중국 사회에서 큰 반향을 얻었다. 이때 중국시장에 대한 막연한 지식에서 벗어나 귀중한 현장 경험을 얻었다.

이를 바탕으로 본격적인 중국 진출을 위해 '북경 예엔터테인먼트'를 세우고 활발한 활동을 펼쳤다. 한류를 문화 컨텐츠로 전환, 세계에 수출하고자 하는 소망을 안고 한 걸음 한 걸음 나아갔다.

나는 조선족 동포들을 돕기 위한 사업의 일환으로 중국을 자주 방문했다. 2000년 '한·중 연변영화제' 제1회를 개최하여 첫발을 내딛은 후, 2001년도에는 '할빈 빙등제'와 '하얼빈 중국 가수 콩쿠르대회'를 할빈문화원과 공동 개최하는 등 신인 발굴과 함께 양국 간 문화 교류에도 기여했다. 또 2001년 중국 상해 8만 체육장 공연을 한국 최초 독자적으로 추진하였고, 홍콩·중국·북경·상해·심양·심천·대련·천진 등을 비롯해 중국 전역 주요 도시에서 다양한 공연 행사를 진행하여 중국과의 문화 교류를 통한 우호 증진에 이바지했다. 한편 중국 연변대학교와 북경 수도사범대학에서는 나에게 한국 분교를 만들어 합작 교육사업을 하자고 제의하고 계약을 체결했다. 이러한 의욕적인 활동을 통해 중국으로부터 한국에 대한 우호적인 분위기를 이끌어 내는 데 한몫을 했다.

중국에서의 활약이 알려지면서, '제1회 한·중가요제'를 예당엔터테인먼트가 맡아 진행해 달라고 북경 법인에 의뢰가 들어왔다. 따라서 한국의 KBS와 중국의 CCTV가 주최하고 북경 법인이 모든 공연을 기획, 연예인 섭외를 했다. 지금은 양국의 방송사가 매년 돌아가면서 개최하고 있다. 이 모든 것이 한류열풍을 직시하고 일찍이 중국에 진출한 예당의 힘이며, 완벽한 기획에서 온 결과물이다.

중국 관중이 꽉 들어찬 북경명인체육관을 바라보면 감격의 눈물이 절로 흘러나온다. 그럴 때마다 연예기획자로서의 자부심과 긍지를 느끼며, 이것이 '애국'이라는 생각이 들기도 한다. 가수들도 보기 드문 이 엄청난 관중들의 환호와 호응에 전율을 느낄 정도로 감격해 오랜 동안 팬들의 사랑을 잊지 못한다.

나는 한류열풍이 일기 전부터 국민가수 송대관, 주현미, 이정현, 베이비복스, NRG, 하지원, 김조한 등 인기 연예인들과 같이 중국에서 공연을 많이 하여 중국 현지 CCTV 방송은 물론이고 타 방송국의 뜨거운 관심을 받았다. 중국 가수 곤봉 형제·김해심·아리랑 등 현지 가수들을 양성, 현지화에 노력하는 등 중국에서 활발한 활동을 전개하여 중국의 모든 언론들이 취재하며 예당을 주목했다.

이처럼 중국과 동남아시아의 폭발적 한류열풍은 결코 하루아침에 이룬 것이 아니다. 나를 비롯한 수많은 관계자들의 수고와 노력으로 이루어졌다는 사실을 밝히고 싶다.

예당 그룹사의 연예다각화산업 진출

'예당컴퍼니'는 다각화산업에 진출하면서 게임 시장이 미래의 성장 산업임을 예견하여 온라인 게임회사 '오디션 게임'을 인수, 게임 업계에 진출했다. 더 나아가 러시아에 진출하여 방송사업을 하고 있었고, 그 배경으로 자원개발인 유전사업에 손을 댔다.

당시 상트페테르부르크 부시장이었던 블라디미르 푸틴은 형님을 통해 러시아에 진출해 유전사업을 해 보라며 솔깃한 제의를 했다. 때마침 상장사 예당컴퍼니 자회사인 '테라리소스'는 연예사업뿐만 아니라 게임 등 다각화 사업에 진출하던 시기여서 흔쾌히 받아들였다. 그러나 금융대란이 오면서 자금을 더 이상 투자할 수 없게 되어 유전사업은 담보 상태가 되었다.

당시 '예당 온라인'는 상암동 DMC 단지에 3천 평 규모의 엔터테인먼트와 게임 복합 빌딩을 건설하려고 계획 중이었고, 입찰에서 강력한 라이벌들을 제치고 최종 입찰을 서울시로부터 받았다. 이 건물은 외국 아티스트들이 한국에 오면 방송국으로 가는 게 아니라 헬기를 타고 예당엔터테인먼트 빌딩 옥상에 내려 바로 공연할 수 있도록 입체 설계한 것이다. 일본에는 이미 그런 시스템을 갖춘 건물이 있어 벤치마킹하여 우리나라 최초로 엔터테인먼트와 게임 복합 빌딩을 세운다는 야심찬 계획이었다. 명소가 될 뻔했던 이 상암동 사옥도 금융대란으로 인해 차질을 빚다가 그만 계획이 무산되고 말았다.

이렇게 예당이 추진하던 여러 가지 사업들은 줄줄이 어려움에 처하게 되었다. 게다가 부진한 사업으로 인한 스트레스로 2013년

6월경 형님마저 돌아가셨다. 많은 연예인들과 관계자들은 1세대 엔터테인먼트사의 불운을 안타까워하면서 슬픔을 함께 나누었다.

예당의 신화창조가 실패한 원인은 금융대란도 한몫했지만 무엇보다도 음반 CD에서 MP3로, 또 눈 깜짝할 사이에 스마트 폰 시대로의 다양화된 음원 공략에 발 빠르게 대처하지 못한 결과이다. 오늘 날 차세대 연예엔터테인먼트사인 YG, JYP, SM 등은 변화하는 음반 시장을 잘 읽고 파악해 어려운 시기를 극복하여 성장궤도를 달리고 있다. 스마트 폰 시대가 오면서 음악의 패러다임이 음원으로 빠르게 바뀌었지만 발 빠르게 대처하지 못하고 허둥대는 사이 예당은 동력을 잃고 좌초하는 뼈아픈 시기를 맞이하게 되었다. 이 세상에서 영원한 승자는 없다는 진리를 현실로 보여 주었다. 하지만 한때, 예당 소속 가수였던 양현석 회장이 현재 1위를 달리고 있는 YG를 성공으로 이끈 연예사업가로 성장해 기분이 좋다.

구속과 무죄 판결

'변두섭'이라는 탁월한 선장을 잃은 '테라리소스'와 '예당컴퍼니'의 주식은 곤두박질치고 결국 상장 폐지되었다. 초창기 연예엔터테인먼트 1세대인 '예당엔터테인먼트'의 몰락은 연예계는 물론 일반 시민들에게 큰 충격을 안겨 주었다.

나는 슬퍼할 겨를도 없이 쓰러지는 회사를 일으켜 세우려고 몸부림쳤다. 단돈 300만 원으로 형과 함께 부푼 꿈을 안고 '예당기획'을 세웠던 그때의 초심으로 돌아가고자 노력하고 있다. '예당'의 사업이 여러 가지 악재로 내리막길로 치닫는 가운데, '㈜예당미디어 ETN' 연예 TV 케이블 방송국은 아직 건재하고 있어 나에게 큰 위안이 되고 있다.

그 즈음 나는 법원에 기소되었다. 형의 사망 사실을 숨기고 내가 보유하고 있던 예당컴퍼니 주식을 매각해 10억 원대의 손실을 회피한 혐의였다. '자본시장법 위반' 등의 혐의로 기소되어 2년여의 재판 과정 끝에 나는 무죄를 선고받았다. 또 예당컴퍼니 소유의 다른 회사 주식을 배임 횡령한 혐의에 대해서도 모두 무죄 판결을 받았다.

나는 비록 무죄 판결을 받아 명예를 회복했지만 가족들의 마음고생은 말로 표현할 수 없을 정도로 컸다. 아내는 매일 하루도 거르지 않고 서울 구치소에 면회를 와 주었다. 당시 큰딸은 고3 수험생이었는데, 수능시험을 코앞에 두고 심한 충격을 받아 급성맹장염 수술까지 받았다. 큰딸은 공부를 참 잘했는데, 내가 구속되는 바람에 충격을 받아 입시에서 가장 중요한 2개월을 어렵게 보냈다. 결국 원하는 서울대에 진학하지 못하고 성균관대에 입학했다. 아버지로서 딸의 입시를 도와주지는 못할망정 불운을 겪게 한 것은 지금 생각해도 가장 마음이 아프다. 그때 중2로 사춘기였던 둘째 딸은 마음에 큰 상처를 입었다. 자신이 하고 싶은 가수의 꿈을 접고 사회에 힘없고 억울한 사람을 지켜 주는 일을 하겠다면서 삶의 목표를 바꾸었다. 아내는 평생 경험하지 못한 집안 압수수색의 후유증으로 눈에 혈관이 터져 지금까지도 병원을 오가면서 하루하루 지내고 있으니 남편으로서 너무 미안하고 한없이 죄스럽기만 하다. 새삼 나를 끝까지 믿고 지켜 준 가족에게 감사할 뿐이다. 가족이란 울타리가 없었다면 나는 모든 걸 포기하고 한을 품고 죽었을 것이다.

정말 법원에 말하고 싶은 것은 "무조건 구속이 능사는 아니다."라는 것이다. 처음부터 철저한 수사를 한 다음 구속 여부를 결정해야 한다. 대법원에서 무죄 판결을 받기까지 나는 오랜 동안 구속 상태였고, 그로 인해 현재 한 가정은 풍비박산이 났다. 이 돌이킬 수 없는 시간을 어떻게 되돌릴 수 있단 말인가! 참으로 안타깝고 억울한 일이다.

대한민국 최고의 엔터테이먼트사가 어려움을 겪으면서 당한 어처구니없는 일들이었다. 이처럼 불행의 파도는 한꺼번에 쓰나미처럼 겹쳐 온다더니, 그 말이 맞는 것 같다. 사방이 적으로 에워싸인 듯해 한동안 헤어 나오지 못했다. 그럴 때마다 속이 상하고 분노가 치밀었지만 나는 스스로 화를 참고 이해하려고 노력했다. 예당 소속이었던 장진영 배우가 마지막으로 남긴 말이 생각나서였다. 그녀가 하늘나라로 가기 며칠 전, 나와 형님은 배우 장진영이 입원해 있는 압구정동의 작은 병원에 방문했다. 그때 배우 장진영은 "죽음을 체념하고 마음을 비우니 모든 것들이 참으로 예쁘고 아름답네요."라고 말했다. 천사 같았던 그녀가 죽음을 목전에 두고서 한 말은, 서로 이해하고 포용하면서 살라는 뜻으로 늘 가슴에 품고 있다.

중국의 최대 부동산 그룹 '완다'와 손잡다

나는 위기에 처한 예당을 위해 다방면으로 노력했다. 다행히 예당엔터테인먼트 소속 아이돌 인기 걸그룹 'EXID'를 비롯해 '걸스데이' 등 가수들의 활발한 연예활동은 예당에게 힘을 실어 주었다.

나는 우선 예당의 난관을 극복하기 위해서 중국 미디어 그룹의 투자에 관심을 가졌다. 오랜 동안 중국의 현지 법인 북경 예당엔터테인먼트를 이끌었기에 중국 미디어 산업의 장·단점에 대해 일찍이 파악하고 있었고, 이때 쌓아둔 노하우와 인맥을 결집해 재기하기 위해 다방면으로 노력했다. 이런 시점에 하늘이 도왔는지 중국 부동산 재벌 완다 그룹 왕젠린 회장 아들 왕쓰총이 운영하는 '바나나프로젝트' 회사가 우리 예당과 함께 한국에서 협업을 하자고 제안을 해왔다. 바나나프로젝트는 중국에서 판다 TV 등을 운영하며 주목받는 미디어 그룹 중 하나이다.

예당은 지속적으로 발전하는 중국시장 진출에 앞서 국내에서 다양한 콘텐츠를 제작할 수 있는 환경을 구축하고자 협업을 결정했다. 막강한 자본으로 무장한 중국 연예방송사의 지원과 수십 년 동안 쌓아온 예당의 노하우가 결합되어 다시 한 번 도약을 꿈꾸며 미래를 향해 시동을 걸었다.

"추락하는 것은 날개가 있다.", 이제 한 시대를 풍미하며 최고의 반열에 올랐던 '예당'은 다시 힘찬 날갯짓으로 더 높은 창공을 향해 비상하고 있다.

'신연예산업', 전문가 양성 프로젝트 실현의 꿈

1993년에 개국한 케이블 ETN 연예TV는 발 빠르게 변화하는 케이블 시장 방송에 대처하고 전문적이고 분석적인 프로그램을 개발해 한국적인 라이프스타일에 프로그램을 적용하기 위한 목적에서 시작되었다.

ETN은 내용이 충실한 자체 프로그램으로 짜인 종합 엔터테인먼트 연예방송으로 거듭나 많은 관심과 주목을 받았다. 가수활동뿐만 아니라 연예인들의 프로그램을 제작하여 생방송으로 송출하여 내보내면서 더욱 주목을 받았다. 그리고 다양하고 알찬 연예정보 중심의 뉴스, 드라마, 리얼리티 프로그램, 시청자 참여 양방향 프로그램 등으로 아이덴티티를 높이며 성장하였다.

ETN은 글로벌 한류화 시대에 발 맞춰 신속하고 정확한 연예계 뉴스와 차별화된 정보의 연예전문 채널의 필요성에 의해 설립된 국내 최초의 케이블 방송 채널로 성장하였다. ETN 연예 TV 방송국 대표이사인 나는 오랜 경험을 바탕 삼아 또 하나의 기적을 만들어 보려고 미국 '애플 TV'와 중국 '아이팬시다컴', 국내 '다음카카오 TV', '네이버 TV 캐스트'와 손잡고 세계를 향하여 전진하고 있다.

ETN은 다년간의 축적된 노하우와 콘텐츠를 바탕으로 한국미디어 산업을 주도하고 그 동안 축적된 방송연예 노하우를 가지고 국내는 물론이고 해외에 판매하는 일에 목표를 두고 있다. 따라서 한국엔터테인먼트의 콘텐츠 상품 수출도 중요하지만 이 분야의 전문가 양성을 게을리 할 수 없다고 생각하여 나는 지속적으로 후진 양성에 매진해야 한다는 소신을 여러 차례 밝혀 왔다.

콘텐츠가 차지하는 산업 고부가가치로, 예를 들자면 '해리포터 콘텐츠'는 한나라를 먹여 살릴 정도의 크나큰 고부가가치성이고 나아가 국가 경쟁력 확보는 물론, 경제력 향상에도 기여하는 바가 크다. 스포츠 스타들이 해외에 나가 국위선양을 하고 있는 것처럼 한국의 엔터테인먼트가 기업적인 마인드를 가지고 이제부터라도 주먹구구식 사업이 아닌 세계적인 발판을 만들어 연예산업도 해외로 멀리 진출하는 것이 내 개인적인 소망이기도 하다.

이제 중국의 거대한 자본력은 우리 연예산업에도 파고들고 있다. 막강한 자금으로 중무장한 중국의 미디어 그룹은 한국의 크고 작은 연예기획사들을 인수 합병하고 있다. 연예계 일각에서는 중국의 자본에 그 동안 어렵게 쌓은 연예기획사들의 노하우가 잠식당해 일순간 먼지처럼 사라지는 것이 아니냐는 우려의 목소리가 높다. 그래서 일부 연예기획사는 중국이나 해외에 연예기획이나 프로그램을 팔기도 한다. 그런데 그것은 일시적인 것으로 한계가 있다. 따라서 나는 21세기 신연예산업으로 미래의 먹거리를 창출하고 현재 불거진 여러 가지 우려를 불식시키는 대안이 무엇인지 고민하지 않을 수가 없었다. 그래서 나는 큰 자본을 들이지 않고서도 황금알을 낳을 수 있는 21세기 연예산업을 주도할 '신연예산업 프로젝트'를 추진하고 있다.

유럽이나 중국, 동남아시아의 연예산업은 경제 성장과 더불어 하루가 다르게 성장가도를 달리고 있다. 미디어의 홍수 속에서 살고 있는 시청자들은 늘 새로운 프로그램을 원하고 있다. 그러나 자국의 열악한 연예산업을 보다 더 발전시키기 위해서는 다른 나라의 프로그램을 모방하거나 사 오는 것은 한계가 있다. 그래서 해외의 연예산업기획자, 방송 PD, 매니저 등 미디어 관련자들을 초청해 일정 기간 연수를 시켜 다방면으로 뛰어난 한국의 연예기획 노하우를 전수하는 일을 계획, 진행하고 있다.

연예인의 성공 뒤에는 1차적으로 본인의 노력이 제일 중요하지만 소속사의 홍보 마케팅과 복잡한 환경 요인이 주도한다. 이러한 여러 요인들을 충분히 알고 경험한 사람으로서 일시적으로 프로그램을 파는 것이 아니라 축적된 노하우를 바탕으로 성공하는 연예기술을 파는 것이다. 즉, 세계의 연예 전문가 집단을 한국으로 불러들여 장기간 연수를 통해 자본 투자 없이 기술력을 파는 것이다. 예당 그룹과 예당미디어가 그 동안 쌓은 엄청난 노하우와 인력을 바탕으로 해외의 연예기획사, 연예방송, 각종 미디어 관련자들을 초청해 일정 기간을 연수 판매하는 신개념 산업이다.

21세기의 미디어는 연예 전문 인력을 키우고 배출하는 사업만이 미래를 창조할 수 있다. 이제 예당이 세계에 그 노하우를 판매하는 신산업을 주도할 것이다. 나는 미래의 먹거리로 대한민국을 먹여 살릴 수 있는 새로운 콘텐츠를 만드는 제작과 연예산업 기술을 파는 일에 매진하려고 한다. 끝으로 예술문화산업에 관심 있고 재능 있는 후배들에게 이렇게 조언하고 싶다.

"자신이 제일 하고 싶은 일을 하라!"

그렇다고 베짱이처럼 실속 없이 노래만 하라는 것이 아니다. 끊임없이 노력하고 때를 기다리며 미래의 꿈을 위해 정진한다면 분명 성공할 수 있다. 나는 미래의 찬란한 꿈에 도전하고 있는 젊은이들에게 "겉으로 보이는 화려함을 좇기보다는 뒤에서 끊임없이 노력하는 자만이 성공할 수 있다."는 아주 평범한 진리를 전해 주고 싶다.

열정

여수로 내려가 낮에는 철공소에서 일하고 밤에는 단과학원을 다니며 공부했다. 하지만 철공소에서 온종일 쇳덩이와 씨름을 하고 나면 공부에 집중하기가 쉽지 않았다. 열심히 공부해서 대학에 입학하겠다는 생각은커녕 내일 일어날 일에 대한 생각도 정리할 수가 없었다. 그러던 어느 날, 저녁 늦게 일을 마치고 리어카에 장비를 가득 싣고 끌고 가다가 우연히 고향 친구를 만났다. 친구는 나와 달리 책가방을 들고 있었다. 대학입시를 준비하기 위해 학교 도서관에서 늦게까지 공부하다가 귀가하는 거라는 친구의 말을 듣고 있자니 공장의 먼지를 뒤집어쓴 채 땀에 전 시커먼 얼굴로 리어카를 끌고 있는 내 모습이 새삼 초라하게 느껴졌다. 친구와 헤어져 집으로 돌아왔다. 도무지 잠을 이룰 수가 없었다. 부끄러웠다. 미래에 대한 꿈을 잃고 하루하루 살아가고 있다는 자각과 함께 무거운 자괴감이 나를 짓눌렀다.

성공은
소중한 인연에서 시작된다

섬마을 소년, 전문 경영인이 되다

윤규선(AJ 렌터카 주식회사 대표이사 사장)

인하대학교 경영학과 졸업
한양대학교 국제경영학과 졸업(MBA)
한일 STS 입사
대한중석 입사(거평 그룹 기획조정실 파견 근무)
아주 그룹 신규사업 팀장
아주 그룹 오토금융 그룹 실장(아주캐피탈 상무)
AJ 가족 기획조정실장
AJ 토탈 대표이사
AJ 장학재단 이사장

전문 경영인으로서 살아간다는 것

나는 현재 'AJ렌터카㈜' 대표이사 사장으로 재직하고 있다. 렌터카는 '공유의 시대'를 대표하는 산업이라 할 수 있다. 과거의 소비재를 직접 소유하던 '소유의 시대'에서 이제는 재화를 나눠 쓰며 재화의 효용과 사용자의 효익을 극대화하는 '공유의 시대'로 트렌드가 급속히 변화하고 있다. 특히 차량의 경우, 여러 사람이 함께 자동차를 공유하게 되면 주차 면적과 교통량의 감소뿐만 아니라 배출 가스 절감 효과로 우리가 살고 있는 지구의 환경 개선에도 일조를 하게 될 것이며, 이외에도 나는 여러 측면에서 렌터카 산업의 확장성과 성장성을 확신한다.

AJ 렌터카는 업계 최초로 한국증권거래소에 상장된 회사로, 500여 명의 임직원들이 가족처럼 일하고 있다. 우리 회사는 AJ 가족의 주력회사로서 미국·카자흐스탄·베트남 등에도 현지법인을 설립하여 운영하고 있으며, 특히 렌터카의 본고장인 미국에서 세계적인 렌터카 회사들과 경쟁하고 있다. 또한 신흥 성장 시장으로 부각되고 있는 아세안시장으로의 진출을 위한 교두보로 베트남을 선택하여 하노이를 필두로 한국의 렌터카 서비스로 아세안시장을 공략하고, 또 다른 거대 시장인 중국·일본과는 전략적 제휴를 통하여 간접 진출을 진행하고 있기도 하다.

내가 생각하는 '전문 경영인으로 사는 것'은 바로 '준(準)공인으로 사는 것'이라 정의하고 싶다. 회사의 대표자로서 회사 내외부의 모든 이해관계자들, 즉 주주, 임직원, 거래처를 비롯한 금융기관 등 회사의 밸류체인의 모든 접점과의 관계와 그들의 입장을 고려하고 배려해야 하는 막중한 책임을 가지고 있기 때문이다. 특히 모든 정보가 오픈되어 있는 상장회사 CEO로서 고도의 치밀함과 도덕성이 요구되는 터라 늘 긴장하지 않을 수 없고, 무엇보다 올바른 경영에 대해 고심해야만 한다. 이런 중압감을 견뎌 낼 수 있는 힘의 원천은 역시 힘들었던 나의 어린 시절이 아닐까 싶다.

소 먹이는 섬마을 소년

나는 '소리도'라는 조그마한 섬에서 7남매 딸부잣집의 다섯째 외동아들로 태어났다. 소리도는 전남 여수에서도 배를 타고 4시간을 들어가야 닿는 아주 조그마한 섬으로, 지금도 서울에서 새벽에 출발해도 해가 질 때서야 도착하는 외진 곳이다. 지금은 많이 달라졌지만 내가 자랄 당시에는 대부분의 주민들이 어업으로 어렵게 생계를 유지하고 있었다. 나의 아버지 역시 어부였고 늘 바다에 나가셨으며, 어머니는 산비탈에 조그마한 밭을 일구는 농사일을 하셨다. 여러 모로 척박한 환경이었다.

어려운 환경이었지만 공기 좋은 곳에서 가족들과 다복하게 지냈다. 다행히 배 고프게 자라지는 않았던 것 같다. 다만 어린 시절부터 집안의 크고 작은 생업을 거들어야 했다. 초등학교에 입학하기도 전부터 새벽에 일어나 소를 몰고 나가 풀을 먹였는데, 소를 먼저 먹이고 돌아와서 비로소 내가 아침을 먹고 학교에 갔다. 또 학교를 마치고 돌아오기가 무섭게 다시 산으로 올라가 소에게 풀을 한번 더 먹이고 저녁 무렵에나 집에 돌아오는 일을 매일 반복했다.

섬마을 아이들이 초등학교를 졸업하면 졸업생의 10% 정도는 여수로 유학을 가고, 남는 학생의 절반은 고등공민학교에 입학했다. 그마저도 여의치 않은 나머지 절반은 어린 나이에 고기잡이배를 타거나 외지로 나가서 생업전선에 뛰어들어야만 했다. 당시 철이 없던 나는 부모님께 여수로 중학교를 보내달라고 졸랐고, 그때 난감해하시면서 고개를 돌리고 나를 외면하시던 부모님의 얼굴이 지금도 생생하게 떠오른다. 되돌아보면 바로 어부가 되거나 공장에서 일을 시작했던 친구들보다 그나마 공민학교에 입학한 나는 엄청난 혜택을 받았던 것이었다. 공민학교에서의 학창시절은 나의 미래를 꿈꾸게 되는 전환점이 되었던 것 같다.

연도고등공민학교 선생님들은 비록 정식 교사 자격증은 없었지만 무척 열정적으로 학생들을 가르쳤다. 그중 조선대를 졸업하고 오신 이정진 선생님은 정해진 교과목 공부 외에 배구 등의 운동도 가르쳐 주시고, 또 세상 이야기도 들려주시며 진심으로 우리를 아껴 주셨다. 그 당시 만난 선생님들 덕분에 나는 '공부하는 것'의 의미를 처음으로 진지하게 생각해 볼 수 있었다. '공부는 재미없고 어려운 것'이 아니라 '내가 어디에서 어떤 일을 하며 살아가든 나의 인생과 꿈을 준비하기 위해 꼭 필요한 것'이라는 중요한 사실을 깨닫게 되었고, 이는 후에 어려운 여건 속에서도 검정고시를 치르고 대학에 입학하기까지 나를 버티게 해주는 밑거름이 되었다.

열여섯 나이에 산업전선으로

소리도에서 고등공민학교를 졸업한 아이들은 육지로 나가 공장에 취업을 하거나 고기잡이배를 타는 어부가 되었고, 나 역시 대부분의 친구들처럼 어부가 되어 고기 잡는 일을 시작했다. 그때 내가 탔던 배는 새벽에 나가서 하루 종일 파도와 싸우며 고기를 잡아 저녁 무렵에나 하루를 마감하는 고단한 일정의 배였다.

하루하루 어부로 사는 일도 힘들었지만 가끔 멋진 교복을 입고 다니는 친구들을 만나면 어린 마음에 부러워 우울해지곤 했다.

그러던 어느 날, 고등공민학교에 다닐 때 나를 아껴 주시던 이정진 선생님이 우리 집에 찾아왔다. 열여섯 어린 나이에 고기잡이배를 타는 것이 안타까웠던 선생님은 부산에 있는 신발공장에 취업하게 되면 야간에 공부를 할 수 있다고 여러 번 찾아와 적극적으로 부모님을 설득하셨다. 부모님은 큰맘 먹고 나를 육지로 내보냈고, 나는 처음으로 섬을 떠나 부산에 있는 신발공장에 취업했다.

부산의 신발공장은 고무냄새로 가득한 열악하기 그지없는 곳이었다. 근무시간은 오전 7시부터 오후 6시까지였지만 잔업이나 밤을 꼬박 새우는 철야근무가 다반사였다. 공기 좋은 섬마을에서 살다 온 나는 지독한 고무냄새와 공장 먼지로 인해 기관지가 점차 나빠져 지속적인 기침과 가래에 시달려야 하는 난감한 상황에 이르렀다. 같은 라인에서 일하던 누나들이 사탕을 주며 달래 주기도 했지만 내게는 견딜 수 없는 최악의 근로환경이었다.

열여섯 소년에게 12시간, 아니 거의 매일 그 이상의 시간을 힘들게 일하고 야간에 공부까지 한다는 것은 불가능했다. 공부하기 위해 신발공장에 취업한 것인데 일에 지쳐 도무지 공부를 할 수가 없었다. 나는 신발공장을 그만두고 여수로 내려가 철공소에서 일하면서 검정고시를 준비하기로 결단을 내렸다.

낮에는 철공소에서 일하고 밤에는 단과학원에 다니며 공부했다. 하지만 철공소에서 온종일 쇳덩이와 씨름을 하고 나면 공부에 집중하기가 쉽지 않았다. 열심히 공부해서 대학에 입학하겠다는 생각은커녕 내일 일도 생각할 겨를이 없었다. 그러던 어느 날, 저녁 늦게 일을 마치고 리어카에 장비를 가득 싣고 끌고 가다가 우연히 고향 친구를 만났다. 친구는 나와 달리 책가방을 들고 있었다. 대학입시를 준비하기 위해 학교 도서관에서 늦게까지 공부하다가 귀가하는 거라는 친구의 말을 듣고 있자니 먼지를 뒤집어쓴 채 땀에 전 시커먼 얼굴로 리어카를 끌고 가는 내 모습이 새삼 초라하게 느껴졌다. 친구와 헤어져 집으로 돌아왔다. 나는 도무지 잠을 이룰 수가 없었다. 부끄러웠다. 미래에 대한 꿈을 잃고 하루하루 살아가고 있다는 자각과 함께 무거운 자괴감이 나를 짓눌렀다.

그날 이후 나는 인생의 목표를 대학 진학으로 정하고 정말 열심히 공부했다. 철공소와 학원을 오가며 공부에만 집중하던 어느 날, 박정희 대통령의 시해사건에 이은 광주민주화운동으로 계엄령이 선포되는 일이 일어났다. 다니던 학원이 문을 닫아 당황했지만 바로 집으로 돌아와 혼자 책상 앞에 앉아 공부하고 또 공부했다.

서울 상경, 그리고 검정고시 준비

여수에서 검정고시를 준비하면서 단과학원만으로는 채워지지 않는 부분을 보강하기 위해 당시 서울에서 직장생활을 하던 누나를 찾아갔다. 서울에서 자취생활을 하면서 공부했는데, 무엇보다 누나의 도움이 컸다. 누나도 어린 나이였고 힘들었을 텐데도 마다하지 않고 동생 뒷바라지하느라 참 많은 고생을 했다. 덕분에 나는 1981년에 중·고등학교 졸업 검정고시를 한꺼번에 합격할 수 있었다.

검정고시 합격 후 한층 더 마음을 다잡고 대학입시를 준비하고 있는데, 갑자기 아버지가 암 선고를 받고 3개월 만에 돌아가시는 상황이 벌어졌다. 아버지가 돌아가시고 막내 동생이 고등학교에 입학하게 되니, 어머니가 농사일을 해서 버는 얼마 되지 않는 소득으로는 동생의 뒷바라지가 어려운 현실이 되어버린 것이다. 결국 나는 대학입시를 포기하고 고향에 내려가 어머니의 농사일을 거들게 되었다. 그렇게 2년여의 시간이 흐르는 동안, 어머니를 도와 농사일을 하고는 있지만 나의 미래에 대한 꿈도 점점 희미해져만 가는 답답한 상황이 계속되었다.

2년이 지난 그해의 여름이 지나고 입시철이 다가오자 '이대로 대학을 포기할 수는 없다.'는 생각이 점점 강해졌다. 누구의 지원도 받을 수 없었지만 '나 혼자서라도 3개월만 후회없을 만큼만 공부해 보자.'고 다짐하고는 1984년 9월, 서울에 재상경하여 아현동 독서실에서 다시 입시를 준비했다. 당시는 학력고사 성적만으로 대학 입학이 가능했던 때였기에, 단기간에 공부해서 점수를 많이 얻을 수 있는 과목 위주로 집중하겠다는 나름의 '선택과 집중전략'을 수립하고 정말 열심히 공부했다. 그리고 학력고사를 치렀다.

섬마을 촌놈, 드디어 대학생이 되다

학력고사는 마쳤지만 당장 대학에 들어갈 입학금이 없었던 나는 종로구 수송동에 있는 '해마'라는 일식집에 취직을 했다. 당장 먹고 잘 곳도 필요했기 때문에 무슨 일이든 해야 했다.

나는 학력고사 점수를 기준으로 수도권에서 지원할 수 있는 경영학과를 찾아보았다. 가난한 집에서 태어나 경제적 어려움이 많았던 나는 대학을 졸업하고 취업하기 위해서는 경영학과가 제일 낫겠다고 판단했던 것이다. 인하대학교 경영학과가 적합해 보였다.

합격자 발표 당일에도 나는 일을 하느라 밖에 나갈 수가 없었다. 그날 오후 늦게 일하고 있는 일식집으로 찾아온 여동생이 상기된 얼굴로 찢어진 종이쪽지를 내밀었다. 그 종이에 깨알같이 적어 놓은 내 이름, 지금 생각해 보면 아마도 그때가 내 인생에서 가장 짜릿하고 감격적인 순간이었을 것이다. 나는 손바닥보다도 작은 찢어진 합격자 발표 용지를 받아 들고 밀려오는 격한 감정에 아무 말도 하지 못했다. 지금 생각해 보면 한심하기도 하고 창피하기도 하지만 그 당시 나는 인생의 목표 중 절반을 이루었다고 생각했다.

대학 시절은 한결 편안해진 마음으로 지내게 되었다. 나는 방학 때마다 숙식이 제공되는 공장이나 식당 등을 찾아서 등록금 버는 일을 열심히 했고, 학기가 시작되면 자취하는 친구 집에 얹혀살면서 밀린 공부를 했다. 궁핍했던 학창시절에 만났던 그 친구들과는 지금도 자주 만나는 절친들이다. 살아가면서 좋은 친구를 만난다는 것은 참으로 소중하고 중요한 일인 것 같다.

'직장인'으로의 성장

요즘 대학생들은 취업하기가 재수, 삼수는 기본이고 몇 년이 걸려도 어렵다고 한다. 하지만 내가 취업할 당시에는 그렇게 어려운 일이 아니었다. 나는 장학금도 여러 번 받았을 정도로 성적도 괜찮았고, 과대표에 졸업준비위원도 하며 활발히 대학생활을 했기에 그리 취업이 어려울 거라고는 생각하지 않았다. 그러나 막상 부딪치고 보니 그룹사, 은행, 손해보험사 등에서 서류나 필기시험에는 합격하지만 면접에서는 번번이 떨어졌다. 대기업 기준으로 볼 때 내 스펙이 그리 선호할 만한 것이 아니라는 걸 나중에야 알게 되었다. 가난한 어부의 아들로 태어나 중·고등학교를 검정고시로 마치고 군대는 '부선망독자'로 6개월 만에 전역한 데다, 대학을 갓 졸업한 나를 그들로서는 선발해야 할 이유가 없었던 것이다. 그들은 정상적인 가정, 정상적인 교육을 받은 규격화된 사람, 창의적인 일보다는 회사에서 시키는 일만 잘하는 사람이 필요했던 것이다.

주요 기업 면접에서 탈락한 후 실의에 빠져 있던 내게 다행히 중기업인 한일 STS㈜에 가서 일해 보라고 지도교수님이 제의를 하셨다. 드디어 제대로 모습을 갖춘 첫 직장의 기획실에 출근을 하게 된 나는 누구보다 열심히 일했다. 크지 않은 회사였지만 좋은 분들이 많았고, 대체로 나의 창의성을 살려 주는 분위기였다. 입사 1년차 때는 최근에 주요 그룹에서 시행하고 있는 'Junior Board(청년중역회의) 제도'를 내가 제안해 채택되기도 했다. 회장님이 예산까지 배정해 주어 벅찬 마음으로 활동했던 기억은 지금도 보람 있는 일로 간직하고 있다.

당시 나의 주 업무 중 하나가 신규 사업 추진을 위한 주거래 은행으로부터의 승인을 취득하는 일이었는데, 그러다 보니 자연스레 각 은행의 심사역을 자주 만나게 되었다. 하루는 한 심사역이 호출을 해서 찾아갔더니 내게 당황스러운 제안을 해왔다. 당시 공기업이었던 '대한중석'에서 경력사원을 채용하니 입사 서류를 제출하라는 것이었다. 놀란 내가 얼결에 거절했더니 실력도 좋고 열심히 하는 모습이 동생처럼 생각된다며 큰 회사에서 일하는 게 좋을 것 같으니 서류를 제출하라는 것이었다. 그분의 설득과 성의를 무시할 수가 없었던 나는 마지못해 입사 서류를 제출하게 되었고, 결국 '대한중석'에 경력사원으로 입사하게 되었다.

삶의 길목마다 나를 이끌어 준 사람들

'대한중석'은 내가 근무하던 중에 정부의 공기업 민영화 정책에 따라 거평 그룹에 인수되었다. 나는 거평 그룹 기획조정실 신규 사업팀으로 파견 발령을 받아 신규 사업과 M&A를 담당하게 되었다. 거평 그룹 기획조정실 전무님은 삼성 그룹의 관리 담당 임원 출신으로, 나에게 업무 노하우를 아낌없이 전수해 주는 반면, 엄청난 양의 업무를 투하하였다. 쉬는 날 없이 매일 출근해 코피까지 흘리며 일에 몰두하는 진귀한 경험도 할 수 있었다. 당시에는 일하는 게 무척 재미있었고, 추진했던 거의 모든 M&A에 성공했다. 한번은 제철화학 인수자로 선정된 후 회사로 돌아왔을 때 기획조정실 전 직원이 폭죽을 터뜨리고 축하해 주었던 기억이 난다.

그러나 1997년에 우리나라를 덮친 IMF는 거의 모든 직장인들이 피해 갈 수 없었던 블랙홀과 같았다. 나도 별반 다르지 않아서 승승장구하던 거평 그룹도 그 여파를 견디지 못하고 결국 해체 수순을 밟게 되었다. 나는 다른 생각 할 겨를 없이 마지막까지 남아 회사 정리를 마무리했다. 직장인으로서 내가 몸담았던 조직에 대한 의무감도 있었지만 마지막까지 최선을 다했다는 자존심을 지키고 싶었던 게 더 큰 이유였던 것 같다. 당시에는 약간의 손해였을 것 같지만 지금의 내게는 직장인으로서의 떳떳함과 함께 내 삶의 훌륭한 자산으로 남아 있다고 확신한다.

1999년, 아주 그룹 신규사업 팀장으로 입사했다. 당시 아주 그룹은 레미콘사업을 중심으로 하는 건자재사업과 호텔, 냉장창고 등의 서비스업을 하는 중견 그룹으로서 탄탄한 재무구조를 가지고 있는 회사였다. 회사업무는 팀워크가 중요하고 구성원들 간의 합이 잘 맞아야 하는데, 입사 후 만난 상사 한 사람은 일하는 방식이나 사고방식이 너무 달라서 도무지 일의 진행 자체가 어려웠다. 끝내는 사직서를 냈는데, 당시 나를 아껴 주셨던 전무님이 '회사가 싫지 않으면 같이 일하자.'고 해 다시 남겠다고 마음을 바꾸었고, 다행히 그 후 추진했던 M&A마다 거의 성공, 모기업인 아주산업 기획팀장까지 겸직해 많은 일을 하게 되었다. 2007년 아주 그룹이 '아주 그룹'과 'AJ 가족'으로 계열 분리되면서 나는 AJ 가족의 기획조정실장으로 자리를 옮기게 되었고, 이듬해부터는 냉장창고 사업을 주업으로 하는 'AJ 토탈(주)'의 대표이사까지 겸직했다. 이어 2013년에는 AJ 가족의 숙원사업인 사옥 마련을 위해 사업계획을 수립하고 사업부지 시장 조사 및 선정 작업을 거쳐서 현재의 'AJ 빌딩'을 신축, 전 가족사가 같은 공간에서 근무하게 된 것도 보람된 일이다.

2015년 1월부터는 기획조정실장을 후배에게 물려주고 AJ 렌터카(주)의 대표로 재직 중이다. 자동차 후방산업의 성장성을 고려하여 AJ 렌터카의 인수를 결정하고 인수팀장으로 업무를 수행했던 때가 2003년이었는데, 결국 내가 인수 작업을 주도한 회사에 12년 만에 대표이사로 다시 부임하는 재미있는 사례를 남기게 되었다.

나의 버킷리스트를 생각하며

대학 입학 후 지금까지 주위 사람들은 나에게 "촌놈이 출세했다."고들 한다. 개인적으로 친분이 있는 사람들에게는 워낙 자주 듣는 말이어서 이제 익숙해지긴 했지만 진짜 내가 출세했다면, '과연 그 출세가 오로지 내 능력에서만 기인하였을까?' 하는 생각이 든다. 내 인생의 고비마다 직간접적으로 중요한 영향을 미친 분들, 나를 아껴 주고 걱정해 주었던 선생님들과 상사들, 친구들, 그리고 나의 가족들이야말로 오늘의 나를 있게 한 소중한 존재가 아닐까?

내 삶이 바뀌는 결정적인 순간에는 꼭 사람이 있었다는 것, 결론은 '사람'이라는 것을 나이가 들수록 새삼 깨닫게 된다. 사람이란 좋은 사람들을 만나 그들을 통해 어떤 계기가 만들어지고, 다시 동기 부여가 되어 힘을 내며 살아갈 수가 있는 것이 아닐까? 나의 삶을 이끌어 주었던 분들이 나에게 해주었던 것처럼 나도 누군가에게 소중한 도움을 줄 수 있는 멘토(Mentor)가 되어 조금이나마 그들의 삶이 보람되고 행복해지는 데 함께하고픈 마음이 늘 있다.

우리 회사는 '따뜻하고 재미있게'라는 캐치프레이즈를 모토로 우리와 우리 주변이 따뜻하고 재미있는 환경이 될 수 있게끔 만들어 가고자 함께 노력하고 있다. 일례로, 나를 포함한 전 임직원의 봉사활동 성적을 인사고과에 반영하고 매년 영업이익액의 0.5%를 사회에 환원하고 기부하며, 기업과 전 임직원의 사회공헌을 일상화하고 있다. 이와는 별개로 'AJ 장학재단'을 설립하여 내가 이사장으로 이 재단을 직접 운영하며 결손가정, 다문화가정, 탈북자가정의 자녀들을 대상으로 고등학교를 졸업할 때까지 매월 장학금을 지급하고 있다. 보다 세심한 지원을 위해 우리 회사의 직원들과 일대일로 아이들을 연결하여 돌보게 하는 멘토링 프로그램을 운영하고 있으며, 대학에 진학할 경우 학자금 지원, 졸업 후 우리 회사에 취업을 원할 경우에는 가산점을 부여하여 취업을 지원할 예정이다. 최근 들어서는 아이들에게 지원되어야 할 부분이 허투루 새지 않도록 지역단체와의 연계를 통한 지원 체계의 시스템화를 꾀하고 있다. 궁극적으로는 어렵고 불우한 우리 아이들에게 숙식까지 제공하며 자유롭게 공부할 수 있는 기숙학원을 설립하여 밝고 희망찬 미래를 열어갈 수 있는 발판을 만들어 주고, 그들이 행복해지는 것을 함께 느끼며 살아가는 것이 나의 꿈이다.

언제일지는 모르지만 직장생활을 마무리하고 나면 나는 현재 이사장을 맡고 있는 'AJ 장학재단'에서 최소 5년 정도는 더 봉사를 하며 앞서 말한 나의 꿈을 실현하고 싶다. 그리고 그 후에는 30여 년을 쉬지 않고 달려온 나 자신에게 장기간의 휴가를 주고 싶다. 그래서 좋은 사람들도 자주 만나고, 또 좋아하는 낚시도 맘껏 하고 싶다. 열여섯 살, 어린 어부가 해야만 했던 노동으로서의 낚시가 아니라 유유자적하며 바다 위를 떠다니는 세월 모르는 낚시꾼으로서 한 시절을 보내고 싶다.

청춘,
그 찬란한 희망

'날자', 학교 밖 청소년들이여!

이성학(네이버카페 '세학자' 대표)

지각대장 이성학, 자퇴하다

내가 다니던 학교는 아침 8시 10분에 1교시가 시작되어 밤 10시에 야간 자율학습이 끝났다. 학교에 가기 위해선 7시에 집을 나서야했고, 11시가 다 되어야 집에 돌아올 수 있었다. 아침부터 저녁까지 하루 중 3분의 2에 해당하는 시간을 학교에서 소비하는 거였다.

그렇다고 학교생활이 알찼던 것도 아니다. 배움이 아닌 대학 진학을 위해 가르치는 수업과 관심 없는 교과, 배움보다 좋은 평가에 목매는 선생님, 이것들이 내가 기억하는 학교의 교육이다. 심지어 야간 자율학습 시간에 책을 읽다가 '쓸데없는 짓' 한다고 혼나기도 했다.

그러던 중, 중학교 동창 친구가 고등학교를 그만뒀다는 이야기를 들었다. 아마 그때가 처음이었던 것 같다. 세상엔 학교를 다니지 않는 선택지가 있다는 것을 알게 된 것이. 그때부터 자퇴를 고민하게 되었다. 그렇지만 우유부단했던 나는 바로 학교를 그만두지 못했다. 학교를 그만두겠다는 이야기를 입에 달고 다니면서도 남들보다 늦은 시간에나마 학교엔 꼬박꼬박 갔다.(당시엔 자취를 하고 있어서 자유롭게 학교에 갈 수 있었다.)

고등학생 때부터 '대학생'이라는 별명이 있었고, 성적이나 교우 관계가 나쁘지 않았던 나는 선생님한테 '학교만 잘 다니면 괜찮은 애' 취급을 받았다. 그렇게 1년 반을 지각했더니 학교에서 먼저 학교를 그만두는 것을 제시했다. 이런 과정을 거쳐 학교를 떠나게 되었다.

당시 이성학의 인생에서 학교를 제외하곤 아무것도 존재하지 않았고, 그 '학교'라는 것도 나에겐 큰 의미가 느껴지지 않았다. 지금 돌아보면, 그 안에서 일어나는 역동들과 교과 수업들이 갖는 가치를 어느 정도 이해할 수 있다. 그렇지만 여전히 그렇게까지 해야만 하는 것인지는 모르겠다. 학교가 입시의 장이 아닌, 교육의 장이 되어야 한다고 생각한다. 학교는 더 효율적인 '교육'을 해야 한다.

편의점 알바, 또 다른 세상을 배우다

학교를 다니고 싶진 않았지만, 학교를 다니지 않고 살아가는 길에 대해 배운 적이 없었다. 무언가에 대한 강한 의지나 열망도 없었다. 좋은 사회를 만들고 싶다는 막연한 꿈은 있었지만 구체적인 계획은 없었다. 하고 싶은 일을 하기 위해 대학 진학이 필요했고, 그 정도의 학력은 충분히 취득할 수 있었다. 그래서 나는 그냥 살았다. 집에서 게임을 하고, 책을 읽고, 도서관에 다니고, 공부를 하면서.

반년쯤 지나니 이러한 생활이 너무 무료했다. 어려운 가정 형편 속에서 열심히 살아가는 누나가 보였다. 나도 뭔가 하고 싶었고, 돈이 필요했고, 정기적인 일이 필요했다. 그래서 여러 가지 아르바이트를 구하려 했으나 19세 청소년에겐 선택지가 거의 없었다. 어렵게 어렵게 편의점 아르바이트를 하게 되었다. 이곳에서 대학 진학 이후까지 1년 가까이 일을 했다.

편의점에서 일을 하면서 세상에 대해 배울 수 있었다. 지금까지는 나와 비슷한 사람, 나와 맞는 사람들을 만나고 살아왔다면, 편의점에서는 나와 다른 사람, 지금껏 볼 수 없던 사람들을 만났다. 한 노숙인은 매일 일정하게 편의점에서 매운 라면을 사갔다. 중학생들은 같은 건물에 있는 마트보다 두 배 비싼 값에 아이스크림을 샀다. 드럭스토어 매장의 누나는 내가 19살이라고 하자 믿지 않았고, 2시쯤 교복을 입고 학교에 가던 동갑내기 여자아이는 내가 19살인 것을 알고 자지러졌다. 어떤 아저씨는 카운터 앞에서 계산하지 않은 소주를 한 병 원샷하더니 다시 돌아오지 않았다. 늦은 시간엔 취객도 여럿 있었고, 편의점에서 싸움이 나서 경찰을 부르기도 했다. 옆 가게에서 일하던 단골 누나는 일을 그만둔다고 하자 화장품을 선물해 주기도 했다. 비가 많이 오는 날엔 손님들이 가게에 들어와 신호등을 기다렸고, 눈이 쌓인 날엔 가게 앞이 미끄럽다고 항의하기도 했다.

내게 편의점은 하나의 학교였다. 세상엔 나 같은 사람만 있지 않다는 것을 가르쳐 준 학교. 세상에 살아가며, 사람들을 만나며 어떻게 행동해야 하고 어떻게 살아야 하는지를 알려 준 학교. 내 세상만이 세상의 전부가 아니란 것을 편의점 아르바이트를 통해 배울 수 있었다. 학교 밖 청소년 이성학은 편의점과 도서관, 책, 교회 등지에서 세상을 배웠다.

그러던 중, 고등학교 때 같은 반이었던 친구와 연락이 닿았다. 그 친구는 홀로 검정고시를 본다는 것이 두려웠던 것 같다. 시험 전부터 연락을 주고받으며 지내다 수시 시즌이 되었다. 그 친구는 나에게 명지대학교가 검정고시 점수로 수시 지원이 가능하다는 것을 알려 주었다. 목표하던 학교가 있었던 나는 그 동안 다른 학교를 찾아보지 않다가 그 친구의 이야기를 듣고 명지대학교에 대해 찾아보게 되었다. 학과를 찾다 '청소년지도학과'를 발견하게 되었고, 나의 꿈을 이루기에는 이곳이 더 적합할 수 있단 생각이 들어 명지대에도 원서를 내게 되었다.

운이 좋게도 두 학교 모두 합격했다. 우유부단하던 나는 또 한

번 고민을 하게 되었다. 그런데 그 고민은 어느 학교에 갈지가 아닌 '대학에 가야 할지'였다. 그 동안 교육제도에 대해 비판적인 입장이었기 때문에 대학에 가고 싶지 않았고, 대학을 간다고 좋은 교육을 받을지에 대한 의문이 있었다. 이렇게 고민을 하다가 결국 대학에 진학하기로 했다.

내가 대학에 진학한 이유는 두 가지다. 첫 번째 이유는 엄마다. 엄마는 자신이 자식을 잘 돌보지 못해 내가 고등학교를 그만뒀다는 부채의식을 갖고 계셨다. 이 와중에 내가 대학 진학까지 포기한다면 엄마가 나에게 더 미안해하실 것 같았다. 효자는 아니지만 그래도 엄마에게 '고등학교에 다니지 않은 것이 내 인생의 실패'가 아니라는 것을 보여 주고 싶었다. 두 번째 이유는 대학을 진학하지 않고 살아가는 법을 몰랐다는 점이다. 열아홉 이성학의 경제생활이란 편의점 알바뿐이었다. 그러나 이 일을 5년 뒤에도, 10년 뒤에도 하고 싶지는 않았다. 하지만 지금껏 다른 삶의 방법을 알지 못했던 나는 대학에 가는 방법 외에는 배우지 않았기에 그렇게 대학에 입학했다.

세상이 학교인 자퇴생들 카페 '세학자' 운영

2010년, 신입생이던 나는 대학생활을 즐기고 있었다. 그 동안

했던 것처럼 공부는 딱히 하지 않았고, 돈은 필요했으니 알바는 하였으며, 풋풋하게 연애도 했다. 꿈을 갖고 대학에 입학하긴 했지만 지금껏 살던 것처럼 그냥저냥 살아가고 있었다. 그러던 어느 순간, 함께 입학한 동기들을 보니 주말마다 무언가 '활동'을 하러 다니는 것이 보였다. 수업을 빠지면서 '캠프'를 다니는 선배도 매우 많았다. 그러면서 마음속에 작은 두려움이 생겼다.

'이렇게 아무것도 하지 않고 살다가 뒤처지면 어떡하지?'

두려움이 생기자 무언가 해야겠단 생각이 들었다. 그러나 주위를 둘러봐도 '자퇴생'에 관련된 일을 하는 선배도, 동기도, 기관도 아무것도 보이지 않았다. 전공을 살려 일하는 선배들은 대부분 수련 시설에서 근무했고, 활동을 하는 선배와 동기들 역시 수련 시설에서 활동했다. 하고 싶은 분야가 있었지만 그 분야에서 일하는 사람들을 찾을 수 없던 나는, 예전에 활동하던 카페에서 다시 활동하게 되었다.

'자퇴생'에서 '대학생', '전공자'로 입장이 바뀌니 활동하는 것도 조금 달라졌다. 지금껏 친구의 입장에서 아무 책임감 없이 활동했는데, 이제는 내 말에 공신력이 생기고, 그만큼 책임감이 생겼다. 보다 어른스럽게 활동하며 무언가 해야 한다는 부담을 갖게 되었다. 그러다 보니 자연스레 좋은 삶의 모습을 보이기 위해 노력할 수 있었다.

그러던 중, 매니저와 큰 트러블이 생겨 억울하게 카페에서 강퇴

당했다. 억울하기도 했지만 내가 할 수 있는 게 없었기에 어쩔 수 없이 지금껏 해오던 것을 포기할 수밖에 없었다. 심지어 적반하장으로 내 편을 들어 주는 다른 회원들까지 강퇴되었다. 그러나 몇몇 아이들이 나와 함께했고, 그 아이들을 중심으로 새롭게 카페를 만들었다. 그것이 2011년 4월에 있던 일이었고, 그 카페가 지금의 '세학자'다. '세학자'는 '세상이 학교인 자퇴생들'의 모임이다.

'세학자'에서도 마찬가지로 지금껏 하던 일을 했다. 누군가의 고민을 들어 주고 아이들과 함께 이런 저런 놀 일을 만들어 놀았다. 사람이 사람을 만날 수 있는 공간, 학교에 소속되지 않은 아이들이 소속감을 느낄 수 있는 공간을 만들기 위해 노력했다.

내 닉네임인 '날자'를 딴 〈날자 학교〉라는 프로그램을 운영하면서 아이들이랑 재밌게 놀았던 기억이 난다. 같이 여성인권영화제도 가고, 나름대로 머리 맞대고 토론 모임을 갖기도 했다. 고궁을 가기도, 서울 지하철 투어도 했다. 여행을 가고 싶을 땐, 서울 안에서 평소 가 보지 않은 곳들을 다니는 '서울 여행'도 했다.

더 잘 해 보고자 '서울시 학교 밖 청소년지원센터(전 서울시 대안교육지원센터)'의 〈언젠가 학교 집중 과정 1기〉에 참여하기도 했다. 당시 교육 담당자가 했던 말 중 한 단어가 잊히지 않는다. '삼인행 필유아사(三人行 必有我師)', 세 사람이 걸으면 반드시 나의 스승이 있다는 것. 세상엔 많은 배움이 있지만, 그중의 제일은 사람이 아닐까. 이 이야기는 내가 '세학자'를 운영하면서 가장 중요하게 생각하는 가치가 되었다. 내가 능력이 있는 사람도, '세학자' 가 대단한 공간도, 가진 돈도 없지만 우리가 할 수 있는 것은 '사람'이라는 것, 그리고 그 사람이 가장 중요한 스승이라는 것을 느꼈다.

대학축제의 '학교 밖 청소년 학술제'

스물한 살, '세학자'를 시작했다. 그리고 스물 초반의 다른 남자들처럼 군대에 가게 되었다. 운이 좋게도 나는 남들보다 군복무를 편하게 했다. 의경으로 복무하여 서울 시내에서 생활했고, 정기적인 외출과 외박을 보장받았다. 육군에 비해 인터넷을 사용하는 것이 자유로웠다. 덕분에 큰 어려움 없이 '세학자'를 운영할 수 있었다. 입대할 때 1천 명이 되지 않던 카페는 입대 1년이 채 되지 않았을 때 2천 명이 가입한 카페로 성장했다.

그렇게 전역을 했고 나는 다시 학교로 돌아왔다. 21개월 사이에 '세학자'는 수 배로 성장했고, 그 사이 학교 밖 청소년 지원에 관한 법률이 제정되었다. 그러나 다시 돌아온 학교는 이전과 많이 다르지 않았다.

그렇게 전역 첫 학기가 끝나가던 11월, 한 선배에게서 솔깃한 제안을 받게 되었다. 학생회를 하지 않겠냐는 제안이었다. 나는 평소 학과 학생회에 큰 관심을 갖지 않았기에 학생회를 할 생각조차 하지 않았다. 그러나 선배가 좋은 기회를 제안했고, 이 기회를 통해 '청소년지도학과'에서 학교 밖 청소년에 대한 무언가를 할 수 있을 거란 생각이 들었다. 마침 법 시행을 기다리고 있었던 때라 학과에서 학교 밖 청소년에 대한 무언가를 할 명분도 충분했다. 그렇게 학생회를 하게 되었다.

학생회를 하면서 가장 하고 싶었던 사업은 학술제였다. 11월에 하는 행사인데, 전공에 대한 주제를 다루는 자리다. 일찌감치 '학교 밖 청소년'을 학술제 주제로 선정했다. 법이 시행된 직후였기에 당시 이슈로도 적절했고, 학술제의 책임자인 국장(나)이 전문성을 가진 분야였으며, 학과 내에서도 관심을 가진 학우들이 있었던 주제였기에 주제를 잘 선정할 수 있었다.

학술제에서 내가 하고 싶은 이야기는 '학교 밖 청소년도 청소년'이라는 거였다. 이를 위해 '세학자'에서 연사를 한 명 찾았고, 우리 과에 진학한 학교 밖 청소년 출신 신입생도 섭외했다. 또한 학교 밖 청소년들이 실제로 겪는 어려움을 알리기 위해 '세학자'를 통해 의견을 듣기도 했다. 그렇게 학술제를 진행했고, 지금껏 들어보지 못했던 찬사를 들을 수 있었다. 그리고 학술제를 통해 청소년지도학과에 학교 밖 청소년에 대한 관심을 일으킬 수 있었다.

이후 마지막 한 학기는 이전과 많이 달랐다. 법 시행 덕에 수업에서는 학교 밖 청소년에 대해 다루기 시작했고, 후배들은 학교 밖 청소년을 주제로 과제를 하거나 발표를 했다. 그리고 그때마다 나에게 정보들을 묻기도 했다. 이전과는 많이 달려졌다는 것이 느껴질 만큼 새로운 일자리도 많이 생겼기에 '꿈드림센터'에 취직한 선후배들도 몇몇 나타났고, 이들에게 가끔 연락을 받기도 한다.

나의 대학 시절은 좋은 기억들이 가득하다. 남들이 하지 못했던 일, 남들이 할 생각도 못 했던 일을 했다. '검정고시'라는 덜 평범한 경험을 가지고 시작한 대학생활은 남들과 다른 특별한 것들을 만들어 냈고, 다시 평범한 주류 사회에서 비주류의 목소리를 낼 만큼 강해졌다. 내가 검정고시를 보지 않았다면 나는 평범한 주류 사회에서 평범하지만 힘없는, 눈에 띄지 않는 사람으로 살지 않았을까.

미래의 이성학을 위한 날갯짓

올해는 대전 유성에 있는 이해경 동문 덕분에 정부에서 운영하는 '꿈드림 수퍼멘토단'에도 위촉되었다. 검정고시동문회와 검정고시지원협회와도 인연을 맺게 되었다. 지금은 '학교 밖 청소년 지원센터'에서 일을 한다. 여전히 나는 '세학자'를 운영하고 있고, '세학자'도 예전보다 한층 더 성장했다. 내가 만나는 아이들은 대부분 학교를 다니지 않고, 내 친구들도 반 정도는 학교를 다니지 않았다.

사실 나는 평범하게 살고 싶다. 학교를 다니지 않고도 남들과
다를 것 없이 사는 모습을 보여 주고 싶다. 그러나 어쩌다 보니 '검
정고시', '학교 밖 청소년'이 나의 전부가 되어가고 있다. 내 머릿
속은 항상 '학교 밖 청소년'뿐이다. 내 생활 반경도 모두 그렇다.
이제 나는 '학교 밖 청소년'을 빼면 아무것도 남지 않는다.

가끔씩 일을 하다 지치기도 한다. 그나마 회사는 월급이라도
주지, '세학자'는 내게 주는 것 하나 없이 요구하기만 한다. 피곤
할 만한데 그래도 일하는 게 행복하다. 남의 일이 아니라 내 후배
들의 일이고 나의 일이라서 그렇다. 아마 남의 일이었다면 이렇게
열심히 하진 않았을 것 같다.

더 재밌는 것은 올해 어머니께서 중졸, 고졸 검정고시에 모두
합격했다는 사실이다. 홀로 검정고시인인 게 아니라 2대째 검정
고시인이다.(하지만 내가 엄마보다 선배다.) 의식한 적이 없었지만
나에겐 검정고시인의 피가 흐르고 있었나 보다.

검정고시는 나를 만들어 줬다. 어릴 때 꿈꾸던 일들을 이루어
가게 만들어 주었다. 검정고시를 보았기 때문에 누군가에게 내 이
야기를 할 기회가 생겼고, 아이들에게 '선생님' 소리를 듣는다. 나
름대로 영향력을 가진 사람이 되었고, 이렇게 책까지 쓰게 되었
다. 검정고시가 아니었다면 난 무엇을 했을까? 도무지 상상이 되
지 않는다.

검정고시를 보지 않았으면 어땠을까? 나는 아마 여전히 행복했을 것이다. 지금과 크게 다르지 않은 월급을 받았을 것이고, 지금과 비슷한 생활을 유지했을 것이다. 그러나 검정고시는 나를 한 층 더 풍성하게 만들어 주었다. 내게 '검정고시'란, '커피 한 잔'과 같다. 없었어도 내 삶에 큰 영향을 미치진 않았을 거니까. 그러나 그 한 잔의 커피로 인해 다른 사람과 이야기를 나누고, 여유를 느끼고, 행복을 느낄 수 있었다. 내게 검정고시란 그런 커피 한 잔이다.

홈스쿨러에서 찾은 나만의 교육

나기업(서강대학교 법학전문대학원 6기)

학교를 그만두다

땅에 발을 내디딜 수 없을 만큼 땡볕이 내리쪼이는 여름 한낮, 나는 방구석에 앉아 고민을 했다. 영어는 그야말로 짧은 내 인생의 동반자였고, 내가 너무 사랑하는 대상이었다. 그 동안 하루도 빠짐없이 텔레비전 앞에 앉아 있었고, 눈이 빠지게 영어 채널을 보면서 저 알 수 없는 언어를 반드시 알아내고야 말리라 했던 시간이 어느 새 10년이었다. 만화영화 스무 편, 영화 다섯 편, 장편 비디오 만화 열 편, 이렇게 많은 분량의 영어 대사를 완전히 외워버릴 정도로 영어에 빠져 지냈다. 진심으로 나만큼 영어를 학습 대상이 아니라 즐기면서 토닥토닥 정을 쌓아가는 대상으로 받아들인 사람이 얼마나 될까?

나는 진정 특목고에 가기 위해서, 훗날 수학능력시험에서 좋은 점수를 받기 위해서 영어를 공부한 것이 아니다. 토익이나 토플 고득점을 얻기 위해서도 아니고, 해외 명문대 합격을 위해서 한 것은 더더욱 아니었다. 그냥 시골 어린 촌놈이 영어라는 새로운 세계를 접하는 순간 빠져들었고, 말 그대로 만화영화를 즐기다 보니 영어와 자연스럽게 사귀게 되고, 사랑하게 되고 그랬던 것뿐이다. 여기서 즐긴다는 말은 완전히 정신을 빼앗겨 중독까지 갈 정도로 빠져 버리는 것을 의미한다.

나는 학교에서 돌아와 화장실에 갔다 오는 시간, 밥 먹는 시간, 잠자는 시간을 빼고는 오로지 텔레비전만 보았다. 그렇게 10년 동안 영어와 손잡고 걸어온 나에게 주어진 점수가 10점 만점에 9점이라니, 나는 오히려 영어에게 미안했다. 그렇게 늘 함께하며 나를 위로하고, 자극하고, 발전시킨 영어에게 나는 아무것도 해줄 수 없을 것 같아서 그야말로 허탈했다.

방 밖으로 나오지도 않고, 찜질방을 방불케 하는 방 안에 앉아 고민하는 아들이 안쓰러웠던지 아버지가 방으로 들어오셨다.

"기업아, 네가 딱히 다른 애들보다 잘하는 게 뭐다니?"

"그러니까, 다른 과목은 별로고. 영어 좀 잘하나? 잘해요!?"

"근디 시험 점수가 왜 그렇게 나왔다니?"

"내 말이요. 매일 학교에서 만나는 원어민 선생님도, 미국 친구도 내가 가장 잘한다고 했어요."

"그렇다면 네 영어 실력은 시험 같은 걸로는 가늠 못 허니께 검정고시 봐서 중·고등학교 과정 패스해 버리고, 다른 건 홈스쿨링하는 거여 영어 위주로."

방문을 나서는 아버지를 나는 얼른 붙잡았다. 뒤돌아볼 필요도 없이, 더 이상 생각할 필요도 없이 바로 그 제안에 오케이를 해 버렸다.

'그래, 지금 나에게 다른 선택은 없다! 더 이상 말도 안 되는 시험 점수 속에서 헤매며 상처 입을 필요 없다. 돌파구가 있는데 굳이 무덤을 파며 갈 이유가 없다. 이런 사실을 안 것만으로 충분하다. 학습지, 모의고사, 진단고사 같은 것 전부 머릿속에서 말끔히 지워 버리고 처음의 의지를 그대로 불살라 내 페이스대로 영화 보고, 책 읽고, 텔레비전 보고. 한번 해보자.'

처음부터 아버지는 우리 교육 현실에 불만이 많으셨다. 그래서 대안 교육에 관심을 가졌다. 홈스쿨링, 미국·유럽 등 선진국에서는 자연스러운 교육 방법 중 하나이다. 가정만큼 좋은 교육 장소도 없다고 믿기 때문이다. 우리나라에서도 홈스쿨링은 대안 교육의 하나로 날로 증가하는 추세이며, 국가에서도 이를 인정하려고 검토하고 있다. 각 대학에도 홈스쿨링 학생을 위한 문호가 활짝 열려 있다.

나는 휴학을 했다. 잠깐이지만 추억을 함께 나눈 친구들과도 작별했다. 잔정이 유독 많은 나는 친구들과 헤어지는 게 못내 아쉬웠지만, 나에게는 그보다 더 오래 사귄 친구 '영어'가 있지 않은가! 또

학교를 그만둔다고 해서 친구들을 아주 못 만나는 것도 아니다.

모든 상황은 일사천리로 진행되었다. 이제는 돌이킬 수 없다. 돌이킨다고 해도 우스운 상황일 뿐이다. 나는 휴학 서류에 서명을 했고, 부모님도 같이 서명했다. 교장 선생님이 처리해 주셨고, 그 순간부터 나는 집에서 혼자 공부하는 홈스쿨링 학생이 되었다.

내가 학교를 그만두고 홈스쿨링을 결심한 이유는 이런저런 상황이나 사정에 얽매이지 않고 내가 배우고 싶은 것, 내가 원하는 것들을 마음껏 공부하고 싶어서였다. 물론 학교생활을 하면서 다양한 과목의 지식을 습득하고, 친구들과 공동체 생활을 하는 과정을 거치는 것도 당연히 필요하다고 생각한다. 하지만 나는 어떤 선택의 기로에서 학교생활이 주는 혜택보다는 홈스쿨링 쪽을 내가 가야 할 길로 받아들였다.

아, 지금 이 순간 〈브레이브 하트〉에서 멜 깁슨이 외쳤던 대사를 나도 한번 외쳐 보고 싶다.

"Freedom!"

홈스쿨러는 본능에 충실하다

나는 갑자기 바뀐 환경에 어떻게 적응해야 할지 몰라 허둥거렸고, 내게 주어진 너무 많은 시간을 버거워했다. 새벽부터 일어나

먼 거리까지 통학해야 하는 등하교 시간도 고스란히 내것이었고, 학교에서 내 의지와 상관없이 해야만 했던 교과 과정 외의 시간도 내것으로 돌아왔다. 또 친구들과 어울려 보냈던 시간도 오로지 나만의 것이었다.

이렇게 시간이 많을 때일수록 치밀하고 체계적으로 계획표를 짜고, 머리에는 '필승'·'나는 당당한 홈스쿨러' 같은 문구가 적힌 흰 띠라도 질끈 둘러매고, 책상 위에는 생수 한 병 올려놓은 채 각 잡고 공부했으면 참 좋았으련만……. 그런 것은 만화나 상투적인 드라마에서나 나오는 우스꽝스러운 이야기일 뿐이다. 나는 그러지 못했다. 워낙 즉흥적인 것을 좋아하는 나는 그런 식으로 결연한 의지에 차서 하는 공부는 체질에 맞지도 않았다. 과연 이렇게 생활하는 게 나에게 독이 될지 약이 될지 가늠할 수조차 없었고, 그래서 그냥 본능에 충실하기로 했다.

먼저 중학교 검정고시 문제집을 뒤적거렸다. 아무래도 지금까지 해왔던 학업을 중단하는 것은 무모한 짓일 테니까. 생각보다 검정고시 문제가 그렇게 어렵지 않았다. 중학교 검정고시는 지금 실력으로도 통과할 수 있을 것 같았다. 미국의 초등학교 고학년 과학책을 다 공부한 나는 과학 부분도 어느 정도 익혔고, 영어는 물론 당연히 패스! 수학도 교육방송 채널로 해결했다. 국어는 평소에 책을 많이 읽었기 때문에 큰 어려움은 없었다.

나는 검정고시를 준비하며 내가 텔레비전을 통해 보았던 과학,

사회 다큐멘터리가 이런 시험에도 유용하다는 것을 처음으로 알았다. 5년 동안 보아온 과학 잡지도 큰 도움이 되었다. 물론 초등학교 저학년 때 본 학습 만화들도 말이다. 그러니 시험 대비는 나중에 하고 지금은 내가 하고 싶은 것을 먼저 하자, 그렇게 마음을 먹고 내가 하고 싶은 것들을 적어 보았다.

가정도 훌륭한 학교

홈스쿨링을 한 지 몇 달이 지나고, 곧 겨울이 될 때쯤 그 동안 나는 세 가지를 했다. 하나는 미국 드라마를 보는 것이고, 또 하나는 첼로를 다시 시작한 것이고, 나머지 하나는 독서를 하게 된 것이다. 한때 나는 첼로를 무참히 버린 적이 있었다. 그리고 다시 내가 첼로를 안고 연주할 것이라는 생각은 꿈에도 하지 못했다. 그런데 어느 날 하게 된 것이다.

"기업아, 낼부터 연습에 아빠 대신 니가 좀 나가라. 아우 진짜 귀찮아 못살겠다."

나는 아버지 대신 관현악단 첼로 파트를 맡아 연습했다. 점점, 하루에 10분도 채 연습하지 않았던 첼로가 좋아지기 시작했고, 그 뒤로는 매일 20분씩 연습을 했다. 이 정도만 해도 대단한 진전이었다. 다행히 연주회는 성공적으로 끝났다. 나는 첼로에 생긴 홍미가 쉽게 수그러들지 않아 하루에 한 시간씩이나 연습을 하게 되었고, 더 이상 첼로 없이는 살 수 없게 되었으며, 하루도 손에서 첼로를 놓을 수 없게 되었다.

홈스쿨링의 최대 장점은 식구들과 친밀한 대화 시간을 많이 가질 수 있다는 것이다. 그러잖아도 나는 부모님과 너무 많은 이야기를 하고 사는 편이기는 하다. 가끔은 할 말 못 할 말 구분 못해 쫓겨(?)날 정도로. 어쨌든 시간이 많아진 나는 부모님과 신문도 나눠서 보고, 사회 현상에 대해 토론도 하고, 함께 산에 올라가서 주위에 보이는 나무와 꽃 이름 알아맞히기를 하며 즐겁게 보냈다. 나에게는 이보다 좋은 학습법이 없는 것 같다. 홈스쿨링은 다행히 나하고 궁합이 아주 잘 맞았다. 역시 홈스쿨링을 선택하기를 정말 잘 했다는 생각이 다시금 들었다.

홈스쿨링은 자신이 원하는 방식과 원하는 과목을 골라서 공부할 수 있어서 좋다. 하지만 공부에 대한 압박감에 있어서는 자유롭지만은 않았다. 학교에 다니는 것만큼, 아니 오히려 그보다 더 공부해야 한다. 매순간 혼자와의 싸움이기에 스스로 완전히 마스터하기 전까지 공부를 손에서 놓을 수 없다. 다만 공교육이 가진 특유의 규율이나 체계 안에서 생기는 압박에서만큼은 자유로울 수 있다.

나의 경우를 비춰 보면 홈스쿨링은 시골에 내려가서 하는 것이 좋다는 생각이다. 도시에서 공부하면 분명 학원에 다니게 될 것이다. 이미 온라인을 통해서도 유명 강사들 강의를 들을 수 있고, 학습할 수 있다. 그러니 물 좋고, 공기 좋고, 인심 좋은 시골로 내려가 홈스쿨링을 한다면 몰입도 면에서는 최고다. 노는 것도 하루 이틀이고, 심심하고 할 일 없을 때 손에 잡히는 것은 오로지 책들뿐이다.

검정고시 시험

나는 이제 학교를 그만두었기에 학력을 인정받기 위해 검정고시를 치러야 한다. 원래대로라면 중학교 2학년이 될 나이였다. 그해 3월부터 나는 매일 두 시간씩을 학교 공부에 투자했다. 그 시간만큼은 영화도, 첼로도 미뤄두고 공부를 했다. 중학교 검정고시는 중학교 1학년 수준만 완벽하게 마스터해도 패스하기가 그리 어렵지 않은 수준이었다. 그 다음이 어렵다는 고등학교 과정 검정고시인데, 수학이나 과학을 중점적으로 공부한 결과 다행히 한 번에 패스할 수 있었다. 아마도 학교 교과 과정에 맞춰 교과서를 중심으로 문제 풀이를 하기보다 그 동안 다양하게 쌓아왔던 상식과 과학 그리고 미국 수학 교과서가 가장 큰 힘을 발휘하지 않았나 싶다.

나는 그렇게 크게 힘들이지 않고 중학교 과정과 고등학교 과정 모두 학교를 그만둔 지 1년 만에 모두 해냈다. 홈스쿨러로서 이 정도면 되었구나 싶었다.

홈스쿨러는 제도권 밖에서 자신의 학습 플랜이나 그 밖의 모든 문제를 해결해야 하므로 자립적으로 성장할 수 있다는 장점이 있다. 하지만 홈스쿨링 기간이 길어지면 무력감에 빠질 확률이 높아져서 아무래도 빨리 끝내는 게 바람직하다고 생각했다. 내 경우는 그랬다. 그래서 나는 계획을 조금 빡빡하게 짰고, 검정고시를 서둘렀다.

시간은 인간에게 많은 것을 준다. 그러나 시간적 여유가 너무 많거나 시간에 전혀 구애받지 않는다면, 그 소중함을 모르고 마구 낭비하고 방치하기 일쑤다. 그래서 만약 누군가 홈스쿨러가 되기 원한다면, 시간을 아껴 쓰는 절약 정신이 최우선이라고 말하고 싶다.

요즈음 어머니는 내 영어 실력을 보며 산골에서 아이들을 가르치는 영어 선생님이 되기를 은근히 바라신다. 어머니와 같은 교사의 길을 갔으면 하는 것이다. 하지만 아버지는 아니다.

"더 크걸랑 결정혀라. 네놈이 뭘 안다고, 클라믄 멀었어! 공부나 열심히 혀."

역시 아버지답다.

결과적으로 나는 아직 내 미래의 직업을 정할 만큼 성장하지 않았다는 생각이 든다. 그리고 세상이 계속 변하니 내 꿈도 계속 변할 것이다. 그래, 내 꿈은 아직 미정이다. 수만 개의 직업이 이 세상에 있는데, 미래의 직업을 미리 정해 놓고 그쪽만을 바라본다는 것은 부담스럽다. 내가 지금 해야 할 일은 오로지 열심히 공부하는 것, 무엇이 될지는 앞으로 3년 뒤에 진지하게 생각해 볼 것이다. 나에게는 아직 도전할 의지, 모험할 용기가 충만하기 때문이다.

21세기 돈 보스코를 꿈꾸며

서민수(명지대학교 청소년지도학과 1학년)

〈뿌리 깊은 나무〉라는 드라마가 방영된 적이 있다. 베스트셀러 소설이 원작인 이 드라마는 한석규, 장혁 등의 명배우들이 출연해 훈민정음 창제를 소재로 한 작품이다. 백성들을 사랑하고 아끼는 마음에 문맹인 그들이 글을 읽을 수 있도록 한글을 만든 세종대왕은 분명 '뿌리 깊은 나무'였을 것이다. 나는 내 자신을 '뿌리 깊은 갈대'로 표현하고 싶다. 갈대처럼 거센 폭풍우와 바람에 흔들리고 가끔은 방황하고 좌절했지만, 나만의 꿈과 미래를 위해 깊게 뿌리를 내려 뿌리째는 절대 뽑히지 않는 '갈대'에 비유하고 싶다.

외로운 고등학교 생활, 자퇴를 결심하다

내가 고등학교를 자퇴한 것은 2011년 6월, 고등학교에 새내기로 입학한 후 첫 수능 모의고사인 6평을 치르기 직전이었다. 나는 초등학교 때부터 줄곧 선생님의 말을 잘 듣고, 수업시간에 발표를 잘하여 선생님의 예쁨과 관심받는 것을 즐기는 그런 아이였다. 수업 외에는 책 읽는 걸 좋아해 주로 도서관에서 책을 읽고, 공놀이와는 담을 쌓고 산 흔히 말하는 '범생이'이기도 했다. 그런 내가 자퇴를 하게 된 데는 세 가지 이유가 있다.

첫 번째로는 '강박증'이라는 신경증을 앓게 되었고, 그로 인해 가족들과도 자주 마찰을 빚었다. 회상해 보자면 어렸을 때부터 약간 '완벽주의'적인 성향을 지니고 있었는데, 그것이 고등학교에 입학하며 조금 이상한 방향으로 에너지를 분출하지 않았나 싶다. 즉 책, 특히 문제집에 집착하는 경향이 생겼는데, 문제집이 조금이라도 찢어지거나 흠집이 나 있으면 교환·반품을 하기 일쑤였다. 나는 열심히 공부했던 '예비 고1 겨울방학'과는 달리 공부는 뒷전이고 학기 중에도 책을 바꾸러 다니거나 우체국을 들락날락하며 쓸데없는 에너지를 낭비했다. 점차 학교에 다니는 것도 불안해하고 힘들다는 생각을 가지게 되었는데, 이런 나 때문에 가뜩이나 치매에 걸린 할머니 부양으로 예민했던 우리 집은 매일 다툼이 있는 등 바람 잘 날이 없었다.

두 번째로는 내신 성적이 급격하게 하락했다. 나는 아주 공부를 잘하는 상위권은 아니었지만, 강남 8학군 중학교에서 전교 70~100등 사이의 중상위권을 유지하며 나름 학교생활을 착실히 했고, 수업 듣기를 좋아하는 편이었다. 그래서 고등학교에 올라가면 상위권 아니 더 나아가 최상위권이 되려고 방학에도 열심히 부족한 공부를 보충했다. 하지만 고등학교에 진학한 후, 기대와는 달리 첫 중간고사에서 '150등'이라는 현저히 떨어진 등수를 받게 되었다. 무척 실망이 컸다. 그때 힘들었던 감정들이 함께 분출되면서 부족한 성적은 자퇴의 한 이유가 되었다.

세 번째로, 학교 선생님과의 갈등과 외모로 인한 콤플렉스로 반 친구들과의 대인관계가 원만치 못했다. 나는 뚱뚱한 체형으로 본래 체육 과목을 싫어하는 편이었는데, 그로 인해 체육 선생님과 항상 갈등과 마찰을 빚어 학교에 다니는 것이 점점 힘들어지던 상황이었다. 그러던 중 5월 말쯤 결정적인 계기가 생겨 자퇴를 결심하게 되었다. 그나마 고등학교를 다니며 의지하던 친구가 반에 한 명 있었는데, 내가 체육 시간마다 그 아이와 붙어 다니며 자유 시간에 축구나 농구에 잘 참여하지 않는 것을 보고 선생님이 기합을 주셨다. 그러고는 반 아이들에게 "이 어두운 두 명이 붙어 다니지 않도록 잘 감시하라."는 충격적인 통보를 접하게 되면서 나는 자퇴를 결심하게 되었다. 또, 어렸을 때부터 나는 소아비만이었다. 그로 인해 친구들이나 또래들에게 다가갈 때마다 종종 상처를 받는 일이 생겼고, 그 때문인지 내 안에는 커다란 열등감과 두려움이 중첩되어 자꾸만 쌓여 갔다. 그래서 고1 때까지 친구가 거의 없이 외롭게 학교생활을 했고, 결국 자퇴를 하게 되는 가장 결정적인 이유가 되었다.

6개월간의 연예인 악플,
보호관찰 대상자가 되다

그렇게 나는 2011년 6월 7일, 3개월 정도 다니던 고등학교를 떠났다. 자퇴 후 처음의 포부는 아주 강력했다. 공직에 계시는 아버지를 보며 행정고시를 처음엔 꿈꾸었다. 흔히 우리나라 최고의 대학이라 인정하는 S대학교에 진학해 우리나라의 경제와 사회복지 분야를 리드하는 고위 공무원이 되고 싶다는 큰 꿈을 꾸게 된 것이다. 그렇게 공부를 시작했고, 우선은 검정고시를 고득점으로 통과하겠다는 생각을 하게 되었다.

'자퇴 후 공고일로부터 6개월'이라는 검정고시 응시 제한이 있어, 나는 다음 해 4월까지 긴 레이스를 통해 '올백'을 맞겠다는 꿈을 처음으로 꾸게 되었다. 하지만 학교라는 규칙적인 활동반경이나 틀이 없는 것은 의지박약한 나에게 게으름과 나태함을 선물했고, 어영부영하다 다음 해 4월을 맞이하게 되었다. 긴장했고, 예상치 못한 중학교 미술 선생님과 마주치며 힘들게 끝낸 2012년 4월 검정고시에서 평균 95.5점의 점수를 얻게 되었다. 국어, 수학, 영어, 국사, 도덕 5과목은 100점이었지만, 사회와 가정과학에서 각

각 한 개씩 틀려 96점, 미술 선생님을 탓하는 건 아니지만 극도로 긴장했던 그때의 상황을 반영했는지 미술 선생님이 감독으로 들어오셨던 과학은 72점을 맞아 평균 점수를 크게 깎아먹는 아픔을 겪게 되었다. 하지만 내 나름대로는 만족할 만한 점수를 받았고, 검정고시 점수는 정시에 들어가지 않았기 때문에 이제 S대 출신 복지전문가가 되기 위해 마지막 남은 대입의 산, '수능'을 잘 넘으면 되는 상황이었다.

그런데 나는 점점 의욕을 잃어갔다. 검정고시를 치른 이후 어떤 일을 해야 할지, 내가 진정으로 좋아하는 것은 무엇인지 갈피를 잡지 못했고, 팔랑귀처럼 이게 좋다더라 저게 좋다더라 하면 시시때때로 꿈이 바뀌었다. 그런 나를 속으로 바라보며 느끼면서도 참 한심하고 줏대 없다는 생각을 가지게 되었고, 내 자신에 대한 열등감과 분노는 점점 커져만 갔다. 게다가 학교를 자퇴한 이후 친구들과의 연락도 모두 끊게 되어, 일명 '은둔형 외톨이' 생활을 하게 되었다. 그러던 중 컴퓨터 게임과 인터넷에 몰두하게 되었고, 점점 그중에 한 인터넷의 한 연예인 커뮤니티 사이트에 빠져들게 되었다.

그 인터넷의 연예인 커뮤니티 사이트는 내게 관심을 주는 대상이자, 주목받는 스타가 되는 공간이라는 느낌이 들었다. 그래서 검정고시를 통과한 이후 하루 종일 그 사이트에만 접속해 나는 불특정 다수 연예인에게 악성 댓글을 마구 달기 시작했다. 하지만 그러한 관심도 잠시뿐이었고, 더 많은 관심과 주목을 갈구하기 위해 나의 악성 댓글 수위는 점점 높아져 갔다. 결국에는 그 사이트에서 가장 주목받고 인기 있던 한 남자 연예인에게 집중적으로 6개월간 악성 댓글을 달게 되었다. 그로 인해 2013년 내내 경찰서에 소환되었고, 법원에서 정식 재판까지 받게 되었다.

그 후 끊임없는 사죄와 반성으로 소년법원에 인도, 나는 단기 보호관찰 1년을 받게 되었다. 그렇게 보호관찰을 받는 생활이 흔히 말하는 아홉수 나이에 시작되었다. 그리고 그곳에서 내 인생을 바꾼, 그리고 지금도 정기적으로 찾아뵈어 인생의 조언을 구하는 나의 멘토, 보호관찰소 청소년상담실의 한 선생님을 만나게 되었다.

보호관찰소에서 만난 내 인생의 멘토

그 선생님은 그 동안 만났던 선생님들과는 무언가 달랐다. 나에게 언제나 칭찬과 함께 뼈있는 조언을 진심 있는 마음과 연륜이 담긴 목소리로 전해 주셨고, 매일매일 일기를 써보라는 제안을 해주셨다. 그로 인해 나는 글 쓰는 것을 좋아하고, 재주가 어느 정도 있다는 사실을 알게 되었다. 그리고 평소 좋아하던 드라마를 집필하는 '드라마 작가'라는 꿈을 가지게 되었다. 아르바이트를 하며 평소 글 쓰는 연습을 틈틈이 해, 2014년 말에는 동아방송예술대학교 방송극작과에 합격하게 되었다. 하지만 나는 더 체계적인 공부와 더 많은 경험들을 위해, 그리고 계속하던 아르바이트를 하며 돈을 벌고 싶어 합격한 대학 진학을 포기하고, 조금 더 변화하고 진화한 스무 살의 한 해를 마무리하게 되었다.

그리고 맞이한 2015년, 다음 글에서도 설명하겠지만 이 해는 나에게 평생 잊지 못할 해가 되었다. 그 후로도 나는 여러 가지 도전들을 했다. 아르바이트 직종을 바꿔 보고, 좋아하는 분야·잘 하는 분야뿐만 아닌 새로운 분야의 책들을 마구 읽고, IT 학원에 다녀 보기도 했다. 하지만 나는 그렇게 큰 흥미를 느끼는 직종을 찾기는 어려웠다. 결국 나는 모든 일을 그만두며 또다시 새로운 무언가를 해 보고 싶단 생각이었다. 그러던 중 문득 한 청소년 기관의 선생님이 검정고시를 재응시할 수 있다는 정보를 알려 주셨다. 나는 그 동안 과학 점수가 아쉬워 후회했던 검정고시를 재응시하기로 결심했다. 그때가 2015년 7월 20일, 검정고시로부터 2주 전 월요일의 일이었다.

검정고시 올 100점, 대학 수석 합격의 영광

나는 폐지되어 점수를 지울 수 있던 가정과학을 제외하고, 사회와 과학 두 과목 재응시를 준비했다. 목표는 처음 검정고시를 응시할 때와 같이 '올백(100)'이었다. 2주 동안 정말 피나는 노력과 내용 숙달을 위해 매일 책을 들여다봤다. 책 때문에 시작되었던 강박증이 무색할 정도로 책이 헐고 찢어질 때까지 밑줄을 치고, 공부를 했다. 그때 처음으로 제도권 공부에 대해 진정한 즐거움을 느꼈던 것 같다. 비록 쉽고 간단하다고 평가하는 검정고시 시험이지만, 한 문제라도 놓칠까 지엽적인 부분까지 세세히 공부하고, 시험 당일 직전까지 요약해 놓은 요약집을 들여다볼 정도로 간절했다. 또 "지성이면 감천"이라는 말을 비유할 수 있을 정도로 지극 정성으로 공부했다. 그렇게 시험에 응시했고, 나는 거짓말같이 두 과목 모두 100점을 맞아 3년 만의 재응시에서 '전 과목 올백(100)'이라는 영광스러운 검정고시 점수를 취득하게 되었다.

사실 여기에는 한 가지 요인이 있었다. 검정고시 공부를 하던 중, 이제 대학에 다시 진학하고 싶다는 생각이 들어 대학을 알아보았다. 마침 검정고시 점수와 면접으로만 진학할 수 있는 명지대학교에 '청소년지도학과'가 있다는 사실을 알게 되었다. 내가 진심으로 존경하고 또 좋아했던 보호관찰소 청소년상담실 선생님처럼 방황하는 갈대 같은 청소년과 함께 있어 주고 도움을 줄 수 있다는 '청소년지도사', '청소년상담사'라는 직업, 그리고 그와 관련된 공부를 할 수 있다는 것에 나는 메리트를 느끼게 되었다. 막연히 S대학교에 가고 싶다는 생각과 달리, 정말 간절하고 간절하게 이 학교에 가고 싶어졌다. 그러한 바람과 간절함이 결국은 '검정고시 올백(100)'이라는 점수를 만들었고, 10월 15일에는 결국 '명지대학교 청소년지도학과'에 수시전형 학과 수석으로 합격, 1학기 전액 장학금 수혜의 기쁨과 영광을 얻게 되었다.

돈 보스코의 삶을 지향하며

대학생활을 하고 있는 지금, 이제 입학한 지 겨우 반년이라는 시간이 지났지만 내게는 명확한 꿈과 앞으로의 비전이 있다. 첫 번째로는 가톨릭의 성인 '돈 보스코'와 같은, 청소년에게 끊임없이 봉사하고 특히 학교 밖 청소년들이 좀 더 즐거운 청소년기를 보내고, 자신들이 누려야 할 당연한 권리를 찾을 수 있도록 함께 하는 청소년 분야의 최고 전문가이며 학자가 되고 싶다. 두 번째로는 어려운 가정 형편과 불편한 몸으로 초등학교 졸업이라는 저학력을 가지신 부모님들이 검정고시를 통해 꿈꿔왔던 만학의 터전을 닦고 당신이 종사하고 있는 분야를 보다 전문적으로 공부하실 수 있도록 도움을 드리는 것이다. 마지막 세 번째로는 이러한 방향들과 성취를 통해 어느 정도 사회적인 지위에 오르면 검정고시동문들이 서로 친교를 다지고 조직된 힘을 가질 수 있도록 모두에게 '거미줄 역할과 다리 역할'을 하고 싶다.

나의 청소년기는 어떤 시각으로 보면 매우 불우하고, 많은 폭풍우를 겪은 것처럼 보일 수도 있다. 나도 가끔은 그렇게 생각할 때가 있다. 하지만 지금에 돌이켜본 그때의 모습은, '검정고시'라는 희망이 있었기에 더욱 전진하여 달릴 수 있지 않았나 하는 생각이 든다. 단연코 검정고시에 대해 이야기하자면, 조금은 어려운 상황에 놓이고 시련을 겪더라도 다시 날아오를 수 있는 희망의 날개 역할을 모든 검정고시동문들과 그리고 앞으로 검정고시를 응시할 많은 예비 동문들에게 하고 있다고 생각하고, 느끼고 있다.

뿌리 깊은 갈대로 살아온 지난 22년의 삶, 앞으로도 나는 뿌리 깊은 갈대의 삶을 계속 살아가고 있을 것이다. 하지만 그렇게 지내왔던 삶들과 검정고시를 통해 다시 비상하며, 나와 같은 어려움을 겪거나 선택의 기로에 서 있는 학교 밖 청소년들에게 귀감이자 희망이 되고 싶은 것이 나의 작은 바람이다.

검정고시는 도화지이다. 어떤 그림이든, 어떤 꿈이든 나의 미래를 마음껏 펼치고 보여 줄 수 있는 꿈의 장이기 때문이다. 검정고시인들, 그리고 앞으로의 나, 모두 파이팅이다!

진인사대천명(盡人事待天命)

이상훈(55사단 170연대 2대대 퇴계원면대 상병)

　"'진인사대천명(盡人事待天命)', 자신이 할 수 있는 일을 다 하고 나서, 하늘의 뜻을 기다린다."

　이 말은 요즘 내가 가슴속에 품고 있는 고사성어이다. 검정고시에 합격한 지금과는 달리, 입대 전 내 생활은 엉망진창 그 자체였다.

　어릴 적 부모님의 사업 실패로 인해 날이 갈수록 우리 집안 사정은 악화되었고, 나는 어린 마음에 세상을 원망했다. 방황을 하다 보니 자연스럽게 학교 수업에 소홀해졌고, 다니던 학교마저 그만두게 되었다. 그 후 아무런 생각과 비전 없이 하루하루를 살았다. 그야말로 생각 없이 그냥 살았다.

　군에 입대하기 전까지는 하루하루를 사는 것조차 버거운 상황에서 내가 왜 공부를 해야 되는지 몰랐다. 그리고 미래에 대한 생각은 하지도 않았다. 그렇게 의미 없는 생활이 지속되던 가운데

'입영통지서'를 받게 되었고, 처음으로 내 인생에 대해 진지하게 생각을 해 보았다.

'지금 변하지 않으면 평생 이런 생활에서 벗어날 수 없겠구나!', '군 생활을 통해 내 인생이 바뀔 수 있지 않을까?' 등 결론 나지 않는 미래에 대한 고민으로 밤을 지새우곤 했다. 그렇게 고민스러운 나날을 보내 던 중 나는 한 가지 결론을 찾아냈다.

'군복무를 하며 내 꿈을 찾아서 전역 후 나만의 삶을 만들어 보자!'

하지만, 막상 군 생활을 시작하니 초심과는 멀어지게 되었다. 면대에서 일과를 마치고 나면 피곤하다는 핑계로 잠을 자거나 친구들과 놀기 위해 공부는 뒷전이었다.

입영하고 나의 미래를 찾기는커녕 무의미하게 생활하던 어느 날, 사단에서 운영 중인 '봉화학교'에서 검정고시에 합격할 수 있도록 적극적인 지원을 해 준다는 공지사항을 보게 되었다. 혼자서는 공부하는 것이 어려웠던 나는 면대장님과 지속적인 면담을 했고, 봉화학교를 통해 검정고시에 합격하겠다는 목표를 세우게 되었다.

면대장님과 선임들의 배려 속에서 남들보다 조금 늦게 시작한 공부, 그런데 공부가 생각보다 쉽지만은 않았다. 6년 가까운 기간 동안 공부를 하지 않아 그런지 어떤 공부를 어떻게 시작해야 하는지조차 막막하기만 했다. 학교에 다닐 때에는 선생님을 중심으로 공부를 시켜서 했었지만, 검정고시의 경우는 순전히 자신의 의지로만 해야 한다는 것이 무엇보다 힘들었다. 퇴근 후에는 친구를 만난다거나 게임을 하는 등 여러 가지 유혹에 신경이 쓰여 집중하기가 더욱 힘들었다.

그러나 어머니와 면대장님, 그리고 선임들이 곁에서 늘 "넌 잘하니까 꼭 합격할 수 있을 거야."라는 응원의 말을 해주어 자신감을 가지고 공부할 수 있었다. 그렇게 평일 낮엔 근무를 하고, 밤에는 열심히 공부를 하다 보니 어느 순간 검정고시에 합격한 나 자신을 발견하게 되었다.

이번 합격을 계기로 나는 스스로에 대한 확신이 생겼으며, 대학에 가야겠다는 목표와 함께 훌륭한 경찰이 되고 싶다는 확고한 꿈도 가지게 되었다.

군대는 꿈도, 미래도 없이 방황하던 나에게 '봉화학교'를 통해 나아갈 길을 알려 주었다. 새로운 꿈을 가질 수 있게 배려해 주신 사단장님 예하 전 간부님들과 선임 용사들, 특히 공부할 수 있는 분위기를 만들어 주시고 항상 따뜻한 격려를 해주신 170연대 2대대장님과 퇴계원 면대장님께 진심으로 감사드린다. 이번 검정고시는 내 인생에 있어서 '새로운 도약'의 발판이 될 것이다.

나는 이렇게 비로소 군대에 와서야 내 인생의 새로운 도약을 할 수 있게 되었다. 나처럼 여러 가지 개인 사정으로 학교를 마치지 못한 전우들이 검정고시에 합격할 수 있고, 또 새로운 인생을 살

수 있는 기회를 준 군에 진심으로 감사하는 마음이다. 이 배려를 잊지 않고 더욱더 멋진 사람이 될 수 있도록 끝까지 내 인생을 위해 노력할 것이다.